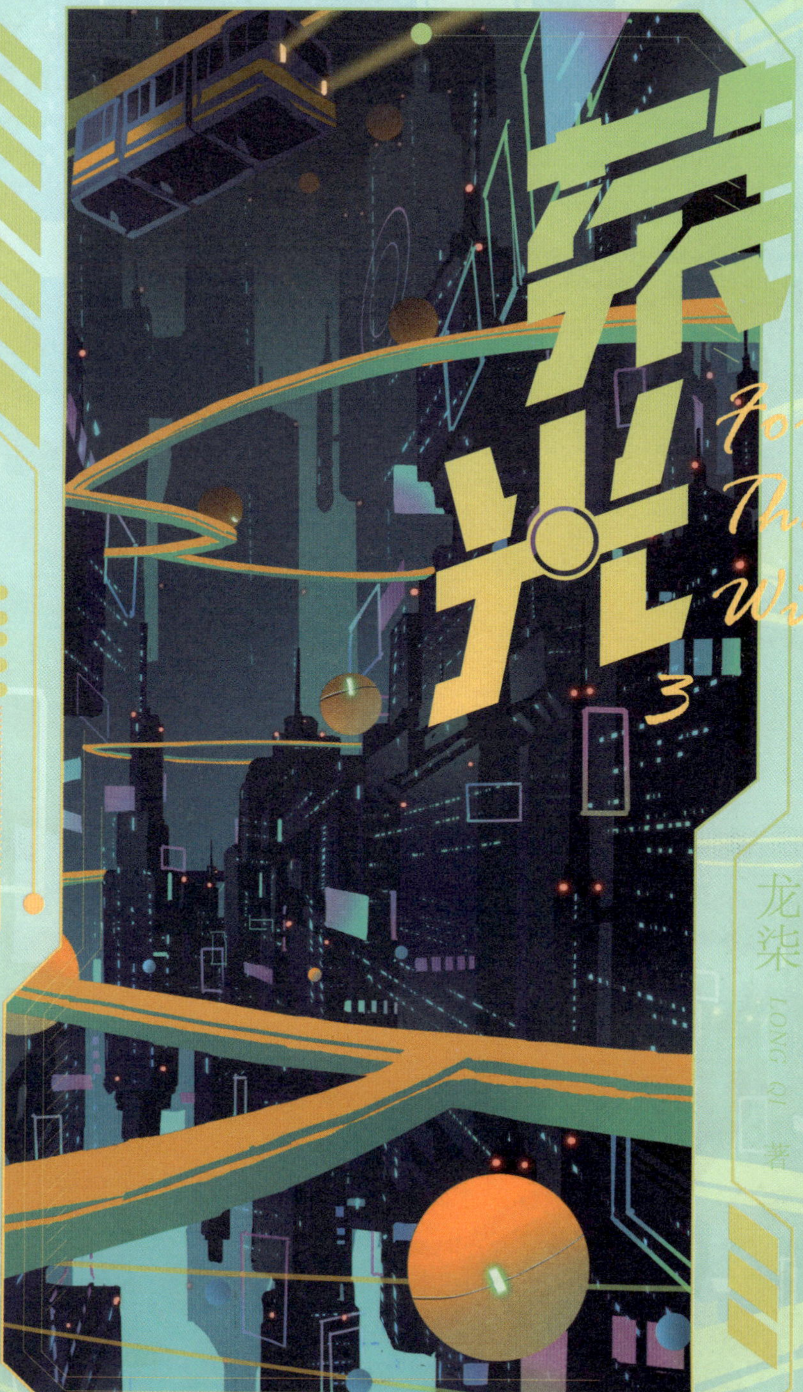

荣光

For The Win

3

龙柒
LONG QI 著

中国·广州

空岛是高高悬浮于峡谷之上的另一个空间，
周围是茫茫白雾，
隐约间能瞥到展翅的大鹏和游走的巨鲲，
像个如梦似幻的世外仙境。

目录

一 新赛季，新赛制 ／ 001

二 "陆封天团"，集结完毕 ／ 041

三 Close：我回来了 ／ 087

四 沉湎过去，赢不了未来 ／ 125

五　陆封的秘密／167

六　你不是一个人／205

七　团队的战斗／247

八　骄阳灿空，无限荣光／289

Enter

CONTENTS

正午的阳光很充足,一道道金线般落下,

铺满了香樟树,

给本就绿到鲜亮的叶子镀了层金。

卫骁不自觉地眯了下眼睛,看到了站在树下的男人。

公开

 FTW.Quiet：

213800
阅读

事情是这样的，最崇拜 Close@FTW.Quiet、Close 技术好 @RR. 莫有钱、Close 体力好 @TPT. 欧星星、Close 有毅力 @TPT.Aurora!，这四个全是我的小号。是我为提高中奖概率，委托 @FTW. 财神帮我报名，谁知道菜哥手太红，一口气中了四个，基于主办方的规矩，一个战队只能有两名选手参赛，所以我……

23-3-15 17：49 来自荣光设备
发布于 FTW

10万+   20万+   10万+

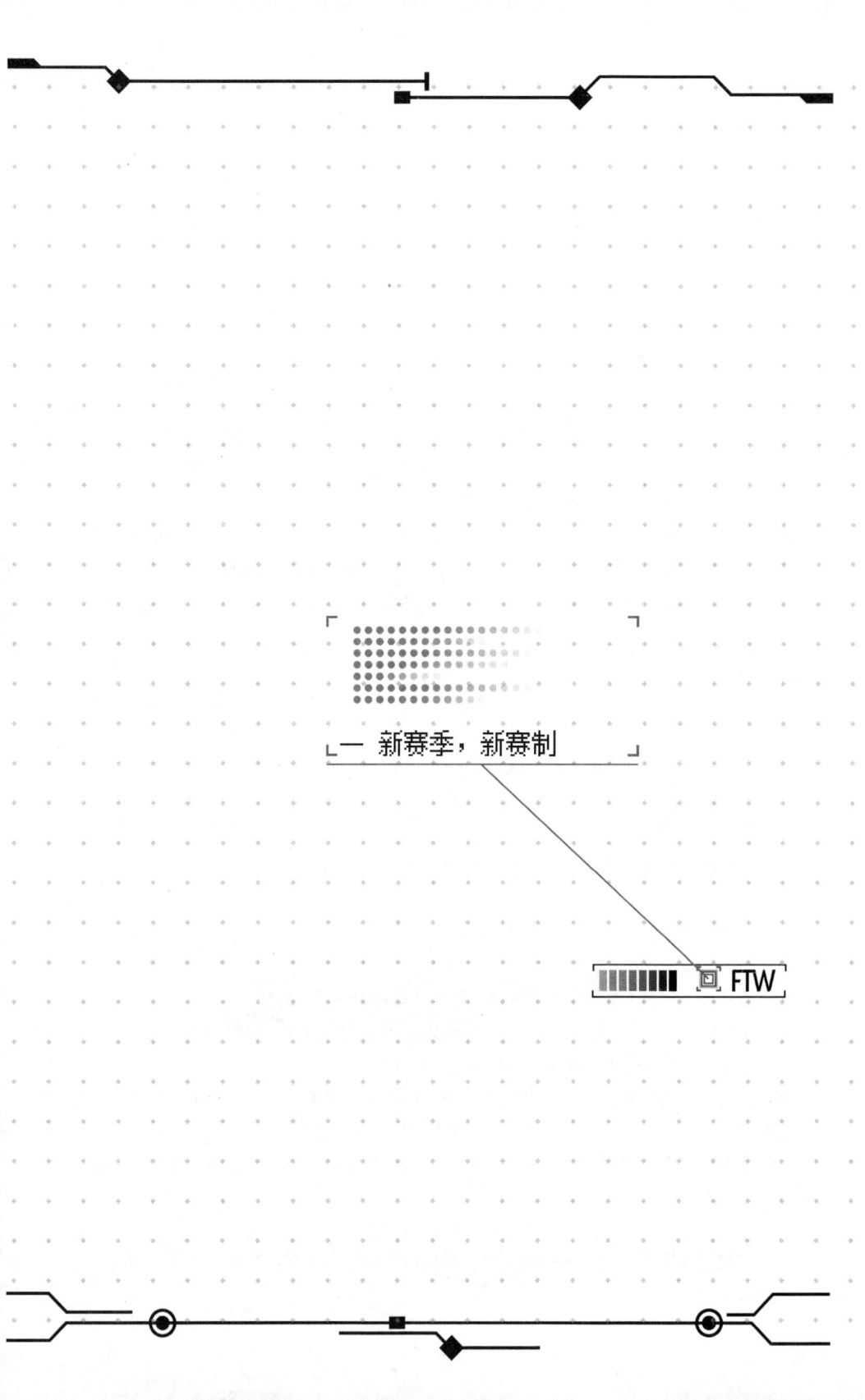

01

  等了一会儿，还是没收到回信。

  卫骁看了下时间，只能先回休息室。得收拾收拾回基地了，不能让大家等他这么久。

  推门进去，白才（菜哥）看过来，正想偷偷打趣他，却瞧见他眼尾有些红。

  菜哥一脸疑惑：啥情况，赢了比赛咋还哭了？

  卫骁怕他看出来，别过脸去和宁哲涵他们说话。菜哥寻思这欲盖弥彰要不要这么明显？休息室人多，他也不好问什么，只能继续和人聊着刚才的对局。

  上了保姆车，菜哥顺理成章地坐在卫骁旁边。卫骁时不时地低头看看手机，心不在焉。

  白才压低声音问他："怎么回事？吵架了？"

  和队长吵架？卫小疯还会和队长吵架？怎么个吵法？菜哥那想象力贫瘠的大脑想象不出来。

  "没。"卫骁说完觉得不够重视，又强调，"我不会和队长吵架。"

  白才偷瞄他："那你一副要哭不哭的模样是怎么回事？"

  卫骁："……"

  沉默两秒钟后，卫骁冷酷转头："谁要哭不哭了？"

  菜哥："……"

  卫骁威胁他："信不信我捶到你要哭不哭？"

  白才送他个白眼："懒得理你。"

  卫骁也不理他了，转头看向车窗，盯着外头匆匆闪过的路灯。

  S市的绿化越做越好，路边一棵棵香樟树，哪怕是夜深了，也被灯光照得很亮，浓密的枝丫，翠绿的叶子，甚至比白日里的还要好看。

  卫骁怔怔地看着，想到了基地的花园。春天真的到了，广玉兰开了一朵又一朵漂亮的白花，紫叶李也开出一片片云雾般的小花朵……

  明明队长走的时候，还什么都没有，等队长回来，卫骁垂下眼睑，那些漂亮的花就该落了。

  他一路心情低迷，回到基地，手机也没有声响。

  已经这么晚了，自然不会再复盘，辰风吩咐他们回去睡："明天周一，没有比赛，好好休息。"

又迎来了一周一度的"休赛期"，虽然短暂，但也能略微喘口气。

卫骁慢腾腾地上楼，进屋后就把自己扔到了床上。

毛豆刚睡醒，嗷呜一声跑上来，卫骁揉揉它的狗脑袋，问它："为什么不理我？"

毛豆大眼睛盯他："嗷！"仿佛在说：爸爸你在说什么？

卫骁拍它脑门："你嗷什么！"

毛豆感觉出他心情不好，"呜呜"几声，用大脑袋拱他。

春天到了，不仅花开柳絮飞，这狗毛也是忒疯了。卫骁被迫吃了一嘴狗毛，嫌弃死它了："一边去一边去……"

然而豆哥是亲儿子，赶不走打不了，除了抱着睡觉没什么用处的样子。

卫骁以为自己会睡不着，谁知洗过澡躺床上，很快就跌进梦乡。

还是太累了，这一周，他始终绷着那根弦，结束的刹那，也彻底把他累倒了。

FTW 赢了 TPT。他赢了。

可是队长呢？他到底要怎样，才能……才能让队长好起来？

无助、无力、无奈一窝蜂涌到了心口，压得他喘不过气。

卫骁做了一宿的噩梦，一个连一个，荒唐的片段，短暂的画面，支离破碎让人发疯。基地里那一朵朵广玉兰花，像脱离了水面的荷花，孤零零地挂在枝头。一阵风吹来，白色花瓣坠落，落在地上，落在行人肩上，落在一片留有寒意的空气中。

陆封就站在玉兰树下，轻声对他说："我终止理疗了。"

卫骁如遭雷击，浑身冷得发抖。

陆封向他道歉："对不起，让你失望了。"

卫骁从噩梦中惊醒，屋子里一片昏暗，他坐在深灰色被褥里，额间短发被汗水打湿，贴在苍白的面庞上，一滴汗水顺着鬓角滴落，坠在了冷玉般的锁骨上，仿佛碰出了清泠的声响。

半晌，他膝盖蜷起，双手抓住头发，用力闭上眼睛，无声无息，只有后背微颤。

别这样……请别这样……

没有父母，失去了奶奶，他唯一的安慰就是陆封。

不要再欺负他了。请不要再欺负我的队长了。

噩梦来得狠，去得也快。拉开窗帘，看到外头灿烂的阳光，卫骁的情绪好多了。他去冲了个澡，下楼找点吃的，已经差不多把那支离破碎的梦抛之脑后了。

卫骁咬着小叉子，有一搭没一搭地吃着西瓜，左手在手机上轻轻滑着。

没有未接来电，没有消息，什么都没有。

卫骁看看时间，没忍住还是给陆封打了电话，依旧是忙音……

怎么回事？

卫骁吃不下去了，再甜的西瓜进到嘴里也是没滋味。他皱皱眉，忍不住又发了条消息："队长？"

依旧石沉大海，没有回应。已经晚上十一点了，队长还没回酒店吗？异国他乡的，不会出什么事吧？

卫骁心一紧，慌了，这怎么办？

卫骁滑动手机屏幕，找着元泽的联系方式。

就在这时，一个陌生号码打了进来。

卫骁一愣，接通了电话："你好？"

对面微微顿了下，传来他朝思暮想的声音："醒了？"

卫骁那颗提到了嗓子眼的心瞬间落回原处，平稳了："怎么一直打不通你的电话？"

陆封惭愧道："手机丢了。"

卫骁："啊？"

做事一丝不苟，从来不会犯错的队长，竟然搞丢了手机？

卫骁很意外，可又觉得怪可爱的，他不禁乐了："破财消灾，队长不哭。"

完了，想想就好笑怎么办？搞丢手机的队长肯定很着急，也不知道折腾多久才重新弄好。

卫骁没留意到的是，那是一张国内的电话卡。如果陆封在国外的话，为什么会弄到一个国内的手机号码？

陆封声音里有些倦意："昨天的比赛打得很好。"

卫骁被夸了一天一夜了，但最想听的就是陆封的这句话，他矜持道："还行吧，凑合赢了。"

陆封轻笑："别给傅黎听到了。"

卫骁嘚瑟了："当面说给他，我也不怕！"

陆封："不怕他算计你？"

卫骁："就怕他不算计我！"

陆封折腾了十二小时的疲倦因为他这清爽的嗓音一扫而空："在哪儿？"

卫骁嘴巴比心还快："在餐厅，不过你需要哄睡服务的话，我立马上楼。"

陆封："……"

卫骁故意逗他："需要吗？"

陆封看着院中大片的广玉兰，轻吸口气："需要。"

卫骁跳起来："等我。"

他立马就要上楼，陆封喊住了他："出来一下。"

卫骁："嗯？"

陆封透过窗户看到了他的身影，低声道："到基地外。"

卫骁怔了下，心猛地一跳，差点停摆。他脑子一片混乱，什么都不知道了，甚至不知道自己怎么走出餐厅，怎么穿过客厅，怎么冲出了别墅的自动门。

春天的风时冷时热，清晨冷得人哆嗦，正午又热得人恍惚。

一阵卷着花香气的风吹来，有大片的白色花瓣随风而落，轻飘飘地坠在男人的肩膀上。

黑色风衣长及小腿处，内里的双腿笔直，深色衬衣松了一粒扣子，显得脖颈和下颌的弧线越发迷人。

他站在那儿，白色的花，温柔的风，全都敌不过嘴角的轻笑。

卫骁蒙了，努力眨着眼睛。

陆封轻声唤他："小小。"

犹如被打开了开关一般，卫骁冲过去："队……"

"队长"两个字挤在了嗓子眼，完全没办法说出口。

卫骁不小心碰到了并不粗壮的广玉兰树，更多花瓣坠落，像一场下在春日的雪。脑子嗡嗡作响，什么都想不了了。

直到不远处传来了"二哈"的叫声，外面是菜哥在遛毛豆。

昨天实在太累了，白才起得有些晚，其实早上毛豆已经出去跑了一圈了，但习惯成自然的豆哥每天都要"临幸"一下菜菜叔，所以看他下楼就叼狗绳给他。

白才真是彻底输给他们父子俩了，好在基地够大，豆哥习惯了先往左边狂奔，并没发现自家亲爸。

陆封听了听声音，确定没人后，拉着卫骁往别墅里跑。

卫骁喘着气："怎么跟做贼似的。"

陆封看他："我偷偷回来的，别张扬出去，让他们知道了不好。"

一来是不方便解释，二来是万一走漏风声会引出很多麻烦。

卫骁嘴角的笑容淡了，他垂下眼睑，盯着脚尖问："为什么突然飞回来了？"这样避着人的话，应该不是终止治疗了，所以为什么回来？

陆封变魔术一样地把那份检查报告拿了出来："想亲手拿给你看。"

卫骁眼睛直直地盯着，下一秒，他几乎是将那张薄薄的纸抢了过去。

陆封也不说什么，就这样看着他。

卫骁睁大眼睛看着报告书，连眨眼都觉得浪费时间，他只恨自己的英语还不够流利，无法一目十行，还不够他用最短的时间看明白。

陆封解释道："治疗有效果，再坚持一个月，能恢复个七七八八。"

啪嗒一声，大滴眼泪落在了被折了很多折痕的薄薄的纸上。

陆封从北美飞回来，什么都没带，连手机都在机场被人摸走了。他留在身上的只有机票、证件、少许现金和这张报告书。他把它贴在胸口放了十二个小时，只是想拿回来给他看看。

卫骁看到了，看清楚了，看明白了。他眼泪直流，可是却舍不得放下。

陆封心疼："好了，没……"

话没说完，他看到卫骁闭上眼，轻轻吻在这张报告书上，神态近乎虔诚。

02

卫骁又忍不住道:"报告发给我看就行,干吗跑回来?"

开心过后就是担忧,这路程可不短,来回一天一夜,浪费时间不说,人也太累了。

陆封:"想让你亲眼看到。"

所以不管多远,不管多麻烦,都要回来。

卫骁嘴角压都压不住,心里说不出来的开心。

这一周卫骁过得压抑且痛苦,陆封又何尝不是?肩膀的伤是两人心上的病,无法治愈,谁都不能释怀。

陆封看着在赛场上厮杀的卫骁,感受到的只有切肤之痛。

他的没日没夜,他的拼搏奋斗,他的流泪流汗,全是在陆封身上捅刀。一场比赛接着一场比赛,卫骁用瘦削的肩膀扛起这如山般沉重的责任,陆封看得心疼。

卫骁渴望他好起来,他又何尝不希望自己能好起来。前三年他为了FTW,为了支持他的人,也为了给自己一个证明,不顾一切地走到现在。原以为只要拿下今年的全球赛冠军,他就满足了,就可以退下了,就……

卫骁出现了,新的渴望渗透到骨血中,燃起了新的希望。他不仅想拿下今年的冠军,还想陪着卫骁一直走下去。

短暂的电竞生涯,他希望能和卫骁并肩走到最后。

一个人太辛苦了,陆封知道那滋味,所以不想留卫骁一个人在赛场上。

卫骁开始絮絮叨叨地问东问西,比如队长你运气真好,当天竟然能订到机票。

陆封没解释,其实机票早在上周就订好了,无论结果如何他都会回来,区别是回来了之后还回不回去。

卫骁继续说:"走之前也不给我发个信息,我急死了。"

陆封解释:"走的时候你还在打比赛,我怕你手机在别人那儿。"

如果被看到会很麻烦,等他到了机场,看看时间差不多能给卫骁发信息时又发现手机丢了。

卫骁明白了,小声道:"我昨晚做了一宿噩梦。"

陆封:"抱歉。"

卫骁轻吸一口气道:"……我梦到你回来了。"

陆封:"嗯?"

卫骁想起那个梦,心里还像被火烧了一样地疼:"真的,我梦到你就站在那棵广玉兰树下,跟我说你终止治疗了,跟我说你治不好了……"说着声音哽咽了。

陆封心疼得一塌糊涂,想安慰他又说不出口,因为——

如果这周治疗结果真的不好,他的确会放弃,直接回来陪他走完最后的比赛。

陆封哄他:"没事,还是要好好治疗的。"

会做这个梦，代表卫骁察觉到了他的心情。哪怕陆封什么都没说，哪怕相隔数万里，卫骁仍旧知道他在想什么。日有所思，夜有所梦，这映照的何尝不是卫骁的心思。

卫骁哼哼一会儿，又亮着眼睛抬头看他："没想到你真回来了，而且是带着好消息回来的！"

陆封也跟着他笑："嗯。"

聊着聊着又说到了手机这个问题。

陆封安慰他："刚丢我就申请了资料销毁。"

直接登录账号，就可以洗掉手机的一切资料，倒是不用担心泄露什么，至于手机号码，已经让项六补办了。

卫骁放下心来，又开始担心别的："什么时候回去？"

陆封："待两天。"

卫骁心里有数，可还是掩不住失望："刚好这几天没比赛。"

陆封看他："不用训练了？"

卫骁一惊："几点了？"

好巧不巧这时外头传来门锁转动的声音："老卫，你还不醒啊，下午的训练赛不打了？"

卫骁一惊！

陆封："……"

白才是有卫骁的卧室钥匙的，毕竟要来遛豆哥，没钥匙怎么进屋？要是次次都把卫骁喊醒，卫骁能和他拼命。

好在卫骁的屋子是套房，外头是客厅，不至于一进门就一览无余。

卫骁咻的一下起床，把卧室门反锁。

白才听到动静了："咋？锁门干吗？"

卫骁撒谎："没穿衣服。"

白才不进去了，守在外头嘟囔："你搞快点啊，一会儿迟到了教练扒你皮。"

卫骁看看屋里的队长，又贫上了："扒皮就扒皮，我才不怕他。"

他压低声音说的，菜哥还是听到了一丢丢："啥？"

卫骁对着陆封温柔，对着白才就是骂："滚你的，我一会儿就下楼！"

轰走了菜哥，卫骁松口气，回头对陆封说："你赶紧睡会儿。"

说完卫骁溜了，心里要多美有多美！队长回来了。

谁都不知道他回来了，这是他俩的小秘密。

其实告诉白才也没什么，顶多是震惊、震惊、无比震惊，其他的倒也没什么。但是卫骁不想告诉他。

卫骁一路心情大好地下楼，看到菜哥在榨西瓜汁，心情大好："早啊。"

白才翻了个白眼。

卫骁笑眯眯地走过去等西瓜汁："搞快点，渴了。"

白才："不是给你榨的！要喝水自己一边倒去。"

卫骁胳膊肘撑在板台上，眉梢间全是快乐："你不爱喝西瓜汁。"

白才："……"

刚好一杯榨出来，卫骁一把抢过，仰头干掉一半。

菜哥气死了，张口就要骂他，看到了他脖子上的小红点。

03

菜哥松了口气："你仔细点，身体有哪儿不舒服就赶紧治。"

卫骁差点被西瓜汁呛到："啊？"

白才指指自己的脖子道："这里的红点，是过敏了吧？别乱挠，厉害了就吃点过敏药。"

卫骁清清嗓子道："吃好没有，赶紧训练了。"

白才："……"

卫骁紧了紧领口，谨慎问他："还能看到红点吗？"

白才摇头。

卫骁松口气："走了，一会儿辰哥要发飙。"

白才喝一缸水都灌不满自己的脑洞："老卫！"

卫骁："嗯？"

白才深吸口气："过敏这事说大不大，说小不小，你要慎重。"

卫骁："好。"

白才解释："我的意思是你病了，队伍会出事的。"

卫骁嫌他："好了，别婆婆妈妈了，我心里有数。"

下午是FTW和3U的训练赛，打了四局，胜率对半开。一般情况，训练赛四局就停了，打太多没意义，事后复盘总结更重要。

训练赛和正赛还是很不一样的，选手的胜负欲没那么强，战队阵容也会有更多尝试，教练组更会盯着彼此套情报，总的来说训练赛不宜打太多，四五局最合适。

刚结束，卫骁就有点坐不住。一局平均四五十分钟，打完四局都四个多小时了！最后一局卫骁打得那叫一个快刀斩乱麻。

训练赛可以打字，3U那边，李淳哭唧唧道："骁哥，能饶小弟一命吗？"

这是搞啥啊，一局训练赛而已，为什么要这样欺负人？！卫骁二话不说，仙贼二段突脸（游戏人物招式），万剑齐落，又带走了小淳同学。

李淳："……"

不打字了，他直接开麦，哭得超大声。

从逸摸了摸下巴，在"公屏"打字："赶时间？"

卫骁："嗯。"

从逸："干吗？"

卫骁："尿急。"

3U众人："……"您真行！

利利索索地打完最后一局，辰风余光瞥他。卫骁噌地站起来："教练，我去个洗手间。"

辰风摆摆手："快去快回，一会儿还要趁热复盘。"

卫骁想多点时间："那个，一会儿不吃饭？"

辰风冷笑："打得稀烂，还想吃饭？"

卫骁："……"

罢了罢了，先去看看队长再说！

卫骁走得飞快，白才这心啊，咯噔又咯噔，都快咯噔出心脏病了。

白才掂量了四局比赛，觉得出大事了。心飘了怎么办？

白才心如死灰，觉得天塌了。

卫骁当然不是去厕所，他偷摸溜回卧室，去屋里看队长，陆封正睡在他床上。他轻手轻脚地进来，发现屋子里很静。

他小心绕过餐厅，来到卧室。卧室里遮光窗帘拉着，只亮了边角的一处小灯。

晕黄的灯光像黑夜中的一堆篝火，暖得让人舒心。

陆封睡了，说来也是，这会儿在北美是凌晨，陆封来回折腾了这么久，不累才怪。

卫骁轻轻说了一声："好梦。"

说完这话他悄悄起身，准备出去。

"打完训练赛了？"男人低沉的嗓音响在昏暗的屋子里。

卫骁一回头："吵醒你了……唉……"

从屋子里溜出来卫骁不敢去训练室，灰溜溜地直奔餐厅而去。

得给队长搞点吃的，中午也没吃饭，晚上再不吃，铁打的人也受不了。

卫骁正在翻箱倒柜找吃的，菜哥幽幽出声："你在干什么？"

卫骁被他吓了一跳："老白你要吓死我。"

白才一脸淡定："不做贼，怕什么夜半敲门声。"

卫骁："……"

菜哥果敢道："你这些东西是拿给谁吃的？"

卫骁："什么？！"

白才直白道："说吧，你屋里的人是谁？"

卫骁把手里的东西推给他："跟我来。"

白才："……"

他俩一起上楼，进了卫骁的屋子。

听到开门声，陆封随便套了件卫骁的衣服出来。

哗啦一声，菜哥怀里的食物自由落体。

卫骁面无表情："看到了？"

04

二十岁的白才，迎来了人生至暗时刻！

他做梦，做十个梦，不，一百个梦他也想不到眼前这一幕！

陆封比卫骁高，卫骁的衣服穿在他身上略有些短，尤其是胳膊，长袖愣是给穿成了九分，露出一截手腕，衬得手指越发笔直细长。

他一只手随意搭在门把手上，黑发微乱，眼帘垂着，穿过昏暗的客厅，盯得白才直打怵。

菜哥这辈子都没见过这样的陆封……

白才一路狂蹿到楼下。宁哲涵他们也下楼吃饭了，瞧他这样："菜哥你怎么了？"菜哥大汗淋漓、面色雪白，一副被人吓坏的凄凉表情。

白才瘫在沙发里，七魂六魄散了一大半："我要是死了，你记得把我的家当打包寄回家。"

小宁子："啊？"

菜哥："尤其是我六万六的小箱子，记得给它好好穿衣服，别磕着碰着了……"这"后事"交代得那叫一个事无巨细。

楼上卫骁毫不客气地嘲笑白才，陆封弯腰将掉在地上的自热火锅、自热米饭啥的拿起来。

白才又上来了，经过深思熟虑，旺盛的求生欲告诉他，这事得想一下：队长怎么会飞回来呢？肩膀治疗得怎么样了？

白才思来想去，想到一点，队长肯定是连夜赶回来的，估计没正经吃饭，要不卫骁也不会到处找自热火锅。

速食有什么好吃的？赶紧把热腾腾的饭菜搬上去才符合队长胃口啊！于是菜哥亲自下厨，做了个四菜一汤，东躲西藏地端上楼。

路上还是被人撞见了。

越文乐："这是？"

白才张口就是："卫骁身体不舒服，我给他弄点吃的。"

越文乐还是发现了不对劲的地方："卫骁吃得了这么多？"

白才："……"

越文乐盯他。

白才头脑风暴了一下，觉得自己要是再暴露队长回来了这个事，估计真就离回家养猪不远了。

于是他硬着头皮道："我和他一起吃。"

越文乐："哦……"

幸好遇上的是越文乐，这人眼里只有薯片，对于四菜一汤不感兴趣，倘若遇到的是汤哥或者小宁子，那他们下一句十有八九是："我也来！"

05

菜哥辛苦半天，端着餐盘上来时，心是慌的。

白才老老实实地敲门，谨小慎微地问："要吃晚饭吗？"

但凡里面传出一个"不"字，他就立马滚！

房门咔嗒一声开了。

白才个子矮，一米七五的个子在队长面前实在不够看。他倒吸口气："队、队长！"

在峡谷之外感到了大魔王的压迫力，菜哥好怕！

陆封似乎刚冲了个澡，发丝带着湿气，身上有沐浴露的味道，是有点酸甜的柑橘味，他眼睑垂下，看到了满当当的餐盘："你做的？"

白才连忙表忠心："对！"

陆封："嗯。"他接了过来，又道了声谢。

白才紧张死了，他哪敢要什么道谢，队长不兴师问罪，他已经无比庆幸了。

"那我……"他刚要说自己先下去了。

陆封叫住他："你吃过晚饭了？"

白才："……"

陆封："这么多菜卫骁一个人吃不完。"

白才："……"

陆封："进来一起吃。"

白才："啊？"

卫骁也冲了个澡，一出来看到白才便一脸嫌弃："你回自己屋吃去。"

白才想骂人，又不敢，气得肚子咕咕叫。

陆封："他和你一起吃。"

卫骁诧异地看白才："你还没吃饭？"

白才忍无可忍还得继续忍："我吃了，但路上遇到了老越，他问我怎么给你送这么多菜，我只能说要陪你吃。"

卫骁明白，可惜卫骁不仅不感谢他亲手做的热腾腾的饭菜，还怪他："仔细点，别暴露了队长行踪。"

白才："……"

现在绝交还来得及吗？！

卫骁："菜哥的手艺真不错，红烧肉特别香。"

白才略得意，开什么玩笑，白家真传了解下。

陆封瞥了一眼，道："有机会我做给你吃。"

卫骁眼睛唰地亮了："队长你也会？"

陆封："嗯。"

卫骁立刻道："队长你好厉害，什么都会，你做的肯定比菜哥做的好吃一百倍。"

白才："嗯？"

吃着老子做的菜，还损老子？有人性吗？！

陆封满意了："一百倍不行，两三倍有的。"

白才："……"

晚上还有训练赛，卫骁装病一小时够可以了，继续病下去，辰风就该来捞人了。

卫骁跟着白才去训练室，一步三回头。

白才愁死了："至于吗？"

卫骁也愁："你说队长这么好，会不会变成天使飞走了？"

白才："……"

晚上有两场训练赛，和RR的。卫骁全程心不在焉，拿个暗贼（游戏角色）就只知道刷九道弧光（游戏角色技能），刷得月夜"自闭"。

莫有钱："卫骁，今天怎么杀气这么重？"

卫骁茫然："有吗？"

莫有钱："我家月月被九道弧光'临幸'三次了。"

卫骁："哦……没留意，下回让着他点。"

月夜恼羞成怒："滚！"

卫骁惆怅："唉，其实我挺想滚的……"

猜到他未尽之语的菜哥手一抖，给了越文乐一个三级护盾。

越文乐："嗯？"

白才冷静道："哥哥爱你。"

爱到把这冷却时间长达一百二十秒的神技能给状态满分的你。

越文乐鸡皮疙瘩起了一层："大可不必。"

训练赛晚上十点结束，按理说还得在排名赛上冲五分，可是看看日程表，卫骁归心似箭，他撑住了。

不能溜，该完成的任务必须完成。况且这会儿队长肯定在补觉，让他好好休息下。

卫骁和白才双排，为了快点结束比赛，两人相当认真，一路狂"虐"对面。

打够每日规定的五分后，卫骁松了口气："你们加油，我先去睡了。"

连输一晚上的宁哲涵万分羡慕："骁哥晚安。"

往常的话，卫骁肯定就留下陪宁哲涵上分了，这会儿跑得飞快。

白才也跟着把任务做完了，越文乐约他："双排？"

白才心好累，累到喘不过气："不了，我有点困。"

这担惊受怕的一天，他需要回去泡个热水澡，好好休息一下。

两人一起出门，卫骁眼里压根儿没他。

卫骁刚回屋，就看到陆封在电脑前："没睡？"

陆封正在处理一些工作："等你一起。"倒时差这件事就得硬扛。

卫骁凑过来想看看他在干什么，一看眼睛亮了："真的假的？"

陆封："三天后上线体验服。"

卫骁仔细看着，越看眼越热："刺激啊！"

陆封笑了下："双人赛更有趣。"

他往下滑动邮件，把双人赛的赛制摆给卫骁看。

卫骁惊了："这……"

这是封内部邮件，赛委会发给了各个俱乐部负责人，让他们先了解下。常规赛已经过半，马上迎来季后赛。季后赛赛程很少，入围的八个战队，先是八进四，接着是半决赛，最后总决赛。

直通冠军的道路只有这三场比赛。

虽说5V5简单了，但是季后赛会加入单人赛和双人赛。前几年单人赛和双人赛的赛制都是淘汰制，一局一局地比下来相当耗时间。

今年赛委会有新变革。

单人赛：大乱斗。

双人赛：求生战。

是的，这两个打法有了新模式，新鲜且刺激。先不说单人赛，落到卫骁眼底的双人赛就让他浑身过电般酥麻。

中国赛区十六支战队的双人组选手全部空投到一个大地图，野怪有了新的布局，装备有了新的更替模式，除了唯一的队友其他全都是敌人。

胜利的方式也更加简单粗暴，只要生存到最后，那就是最终的双人赛冠军！

新鲜、刺激，比之前的2V2多了无限可能！而且更有观赏性，也更能考验选手的全方面素质！

卫骁看得心痒，道："幸亏你去治疗肩膀了。"

这样有趣的新赛制，如果错过，他们会懊悔一辈子。

陆封："谢谢。"

是卫骁给了他勇气，让他离开队伍去北美治疗；更是卫骁给了他机会，让他没有后顾之忧地离开常规赛。

卫骁没想到他会这么说，他们两个不需要这么客气的。

陆封："等我回下邮件。"

卫骁："……好。"

卫骁怕自己耽误陆封工作，起身道："我去屋里了。"

陆封："嗯。"

06

第二天陆封走的时候，卫骁非要去机场送他。

为了掩人耳目，卫骁盯上了白才："菜哥，陪我。"

白才："嗯？"

卫骁把这艰巨的任务扔给他："帮我想个理由，咱俩合情合理地溜出去。"

暴躁菜哥"在线"骂人："我能有什么理由，我……"

被骂了，卫骁也是一脸惆怅。白才见他这样，感觉自己真是交友不慎，遇友不淑！

事实证明，卫骁委托菜哥是没错的，菜哥张口就是个好"理由"："我这两天肠胃不舒服，去医院看看。"

六哥（项六）一惊："怎么回事？！"

菜哥："不大要紧，吃点药就行。"

六哥："有事别忍着。"

白才："没事，我这肠胃也不是一天两天了。"

项六："我找人和你一起。"

白才："喀……卫骁刚好有空。"

项六顿了一下。

白才："他说要陪我去。"

项六："行，有事给我打电话。"

卫骁狠狠夸了菜哥："好兄弟，靠得住！"

白才："……"

三人还一起吃了顿饭，等到过安检的时候，卫骁眼巴巴地看着陆封。

陆封摆了下手："回去吧。"

等队长的身影消失在安检通道，卫骁还怔怔地站在那儿。

白才还是有点心疼的："用不了多久，队长就归队了。"

卫骁："……"

白才："好啦，回去还能打电话发视频。"

卫骁还是不吱声。

白才继续安慰他："区区一个月，眨眼就……"

卫骁终于开口了："你说队长怎么这么帅？"

白才："啥？"

卫骁："那外套是我的，队长穿了怎么就有拍大片的气场？"

白才："……"

07

时间过得的确挺快。

眨眼又是半个月，自从陆封回去，卫骁的状态开始与日俱"落"。

嗯，不是增而是落。

起初大家还没留意到什么，只觉得卫骁又开始贫了，疯话一箩筐，队内语音欢快魔性，每段剪出去都是相声合集。

荣光炸麦王的运营简直爱死了FTW。

以前吧，FTW作为国内名气最高的战队，还拥有全球价值极高的选手，荣光炸麦王却一直不愿意做他们的队内语音剪辑。

没别的原因，大魔王寡言少语，一场比赛除了干巴巴的指令，再没半点乐子。

虽说粉丝能听到陆封一声冷淡的"嗯"都开心得尖叫，但下载一段语音每天循环播放就行，哪还用每日等着荣光炸麦王？

如今不一样了。

陆封不在，荣光炸麦王起初觉得FTW的人气要大跌，可以适当剪一下其他战队的语音了，结果卫骁横空出世，这相声鬼才立刻成了炸麦王的"新宠"。

瞧瞧这清脆爽朗又蔫儿坏的少年音。瞧瞧这敢说敢做敢撑的小性格。瞧瞧这嘴多厉害……

绝了好吗！

荣光炸麦王的运营总管很想私下请卫骁吃顿饭——加油啊少年，我们的人气全靠你了！

当然得亏他们没机会请到卫骁，这要是真上了饭桌，卫骁能把他们说到"自闭"。

为什么？因为卫骁洁白无瑕的名誉被炸麦王卖了个一干二净！

随着队内语音越来越精彩，卫骁的状态下滑也被广大眼尖的网友发现了。

"说起来，卫骁好久没刷九道弧光了。"

"是哦，我蹲了FTW好几场比赛了，都没见着。"

"哪还有什么九道弧光，弧光都没了好吗，谁敢放暗贼。"

"上周有个战队放了啊，FTW没拿。"

"轻轻松松就能赢的比赛，还用得着我Q神的暗贼？"

直到FTW对RR的那场比赛，FTW1∶2抱憾输给RR，大家警醒了！

"不对啊，卫骁的状态的确有点不对。"

"倒也不是，就是……恢复正常了？"

"没错，常规赛第四和第五周的卫骁强得不正常，尤其是打TPT那局，简直变态。"

"对对对，那几局我刷了无数遍，那不叫卫骁，那根本是陆封！"

选手状态起伏是很正常的事，网友无压力地批评其水平下降了。

"不行了吧，'伤仲永'了吧，我就说卫骁这个选手不稳定。"

"粉丝瞎捧，捧得越高摔得越惨，坐等卫骁被淘汰。"

"早就看这小子不顺眼了，明明是个新人，还自称'大师'，还瞧不上这个瞧不上那个的。"

"对对对，睡神和月神的履历哪个不比他漂亮？"

"'翻车'是早晚的事。"

"陆封快回来吧，赶紧把打野位收回去，我看汤哥的上单挺不错。"

还有指天发誓、狠话一箩筐的。

"A组很刺激啊，FTW和RR已经平分了，看谁能坚持到最后了。"

"FTW这状态，RR小组第一稳了！"

网上的言论，卫骁扫几眼就完事了，他从FTW"逃走"那两年是FTW最难的两年，也是网友"集火"陆封的两年。

卫骁哪能容忍？他的微博小号取名简单粗暴——大魔王是你爷爷。

顶着这个ID，卫骁凭借着远超常人的手速，高考数学高分的逻辑思维能力，作文满分的文采，泡图书馆积累的海量词汇，还有那天不怕地不怕的疯劲儿，很快成了陆封的粉丝头头，率领"千军万马"，呛得对方瞠目结舌。

骁哥什么讽刺的话没见过？什么套路没走过？哪看得上自己这边的小风小浪。

这些网友，和当年批评陆封的人比起来，简直是小巫见大巫。

卫骁懒得理他们。虽然他自己无所谓，但身边人却少不了担心，主要是他的状态真的有所下滑。

最明显的标志就是——九道弧光又不灵了。

为此辰风专门找他谈过。辰教练语重心长："不要有压力，没有九道弧光我们也不差。"

卫骁乖巧听着。

辰教练继续安慰他："这个常规赛我们的成绩已经非常好了，小组赛第一和第二没什么差别。"

卫骁不乖了："那不行！"

辰风："……"

卫骁："我答应队长要拿第一的。"

辰风委婉道："但也不要有太大压力。"

卫骁认真道："教练，我没觉得有压力。"

辰风："……"

辰教练毕竟不是心理辅导师，也不是熟读七八本心理书的元泽，所以他败下阵来。罢了，这种事还是交给专业人士来吧，明天刚好是理疗的日子，也让心理辅导师来开解下四小只。

等辅导结束，拿到选手报告，辰风严重怀疑心理辅导师的能力。

就这？就这！

卫骁的心理状态——大写的"优"，比看起来状态最稳定的白才和汤臣还要"优"。

辰风更愁了，莫非卫小小藏得这么深？连资深心理辅导师都瞒过去了？

辰风犹犹豫豫地想给陆封打电话，让他安慰卫小小，小小压力很大！

然而辰风不敢打这个电话，陆封远在北美，安心治疗是最大的事，他不该拿这个去打扰他，再说，卫骁的状态也没严重到那个地步。

FTW拿小组第一和第二的差别也不大，都能进季后赛胜者组。

不能给陆封打电话，辰风盯上了白才。作为卫骁的挚友，白才也许能够让他敞开心怀。辰风找菜哥单聊，把菜哥给紧张坏了。

作为FTW的"佛系"一哥，白才几乎从没进过"小黑屋"——对谈室。

冷不丁被教练叫进来，白才腿有点软：怎么个情况？莫非他排名赛混分被教练发现了？还是他最近过于奢靡？总不会是卦帝的"马甲"被扒了吧！

菜哥怂了。

辰风点点桌面，白才坐下。

辰风长叹口气。

白才心下大惊！

辰风："你有机会和卫骁聊聊，让他别太有压力。"

白才愣了愣。

辰风继续道："卫骁也不容易，这个常规赛一直绷得很紧，眼看着要结束了，就别太紧张，FTW总归是不可能掉出胜者组的……"

辰风认认真真说着，从常规赛开始回忆到现在，一局一局，一场一场，十分感慨。

卫骁这崽子，是真行。扛了这么久，也该好好放松下了。辰风打心眼里希望他能放下重担，好好享受最后几局比赛。

眼看自己说了这么多，白才也没个回应，辰风看他："懂了吗？"

白才："……"

辰风总结陈词："我知道你俩关系好，好好劝劝他。"

白才嘴角快抽上天了。

辰风："没问题吧？"

白才面无表情："没问题。"

从"小黑屋"走出来，白才只想去找个树洞大吼一声——什么压力大，什么心态崩了，什么负重前行啊！

卫骁有压力？心态崩了？身心疲倦？

白才："呵呵。"

全是胡扯！这小子是没了压力，是心态太好，是肩膀太轻，完全飘了！

白才凶他："九道弧光呢，你多久没刷出来了？！"

这事卫骁也挺愁的："我在练了……"

白才:"能刷出来了?"

卫骁叹口气:"不行。"

卫骁第一次刷出来是因为知道了队长的肩膀,后来能刷出来是因为队长差点放弃治疗,如今……

白才痛斥:"你能不能别浪了?!"

卫骁挺惭愧的:"每天都是队长的好消息,忍不住嘛。"这两周的检查报告简直美极了,卫骁恨不得裱起来挂床头。

菜哥:"……"

最后一周的压轴赛是 FTW 对阵 RR,抢 A 组的小组第一。

同一时刻,陆封也得到了医生首肯,可以触碰鼠标,登录荣光了。理疗还没有结束,但能试着找手感了。

这消息还没告诉卫骁,一个新闻先把陆封送上了"热搜"。

荣光的大乱斗模式将于三日后上线,单人赛的新赛制也如期公布,全球赛委会诚邀十六位明星选手开启揭幕战。

揭幕赛给出的噱头太足了。十六位全是鼎鼎有名的神级选手,曾经的神之队,如今的新秀,一个个名字报出来,几乎要把"荣光圈"给炸了。

晏江、谢和、金成炫、元泽……还有陆封。神之队老粉丝哭得泪眼模糊。

大乱斗的赛制很有趣,不仅邀请了明星选手,更选出了各赛区二十位头部主播,还有国际区的顶级路人王以及抽中的粉丝玩家。

百人混战,站到最后的就是真正的王者!

08

官方这一手搞得妙。

单人赛的新模式已经在体验服上线了,不少玩家都去体验过,夸的多,骂的更多,网上早闹过一阵子了。

卫骁也去试了试,觉得很不错。

对于"好战"人士,在游戏里一口气"杀"九十九个人不要太爽!

荣光官方这些年一直没停止对新模式的探索。

固有的 MOBA[①]模式能留人,新天赋的开发也给了足够的新鲜感,在各类游戏层出不穷的时代,不进步就是后退。

荣光十年不改的高人气,凭借的就是不断创新跟上了时代。没有什么会屹立不倒,一成不变只会走下坡路。玩家骂得再凶,荣光官方也毅然决然地推出了新模式。

5V5 模式已经非常成熟,很难再有大的改动动作,可单人赛和双人赛模式始终在

---

① 多人在线战术竞技场游戏。

摸索。单人赛的1V1对拼固然考验选手的个人操作，但悬念感和观赏性相对弱很多，尤其是陆封这位顶尖选手的霸榜，让这个赛制的欢迎度逐渐下降。

打不倒的大魔王会让人丧失挑战的信心。

亚军Gary和冠军陆封的差距都这么大，其他人哪还有信心去挑战？

官方思索许久，终于在今年给出了新的模式。峡谷变空岛、1V1变大乱斗、百人混战的超大地图给予了战斗更多可能性。

个人操作、谋略布局，甚至是钩心斗角，都有尽情施展的空间。这不再是一个人完胜另一个人的孤独战场，而是一个人对抗九十九人的超大战役！

想站到最后，靠的不只是游戏操作技术，更考验其综合实力，甚至是运气。

公平的竞技中，添加极少量的运气成分，反而会制造出悬念。

运气好不一定能赢，运气差不一定会输。运气也是实力的一种展现方式。

虽说网上骂声一片，并且有人指天发誓自己打死都不会玩这个模式，但官方还是积极推动，在各赛区常规赛将要结束的这一周，正式上线。

这是铁了心要搞起来了。正式服上线，就是为了在季后赛彻底翻新赛制，给予观众新的刺激。

游戏和比赛是相辅相成的，游戏的高热度促进比赛的繁荣，比赛的热血也能反过来增强玩家的用户黏性。所以新的模式一推出，官方肯定会从比赛这里找突破口。

组织全球性的全明星赛，还是除全球赛外的首次！十六个名额几乎是现役选手中的顶尖；二十个头部主播也都是身价不菲的大神。

更让玩家欢天喜地的是，剩余六十四个名额全部给玩家！

路人王、铁粉、新手小白……只要报名，都有机会参与全球直播，和心爱的选手、主播同台竞技！

这个操作一出，那些说不支持新模式的玩家，立马开启"真香"模式。

官方邀请函是直接发到FTW的。陆封远在北美，但邮件已经先收到了。

卫骁睡醒的时候，网上已经炸开锅了。

被毛豆遛出一身汗的菜哥大喘气："中国赛区有三人入选！"

卫骁还在刷手机，听到他动静抬头："谁？"

陆封是板上钉钉的，剩下两人是谁？

白才念出名字："阿睡和月夜。"

卫骁："……"

白才哄他："稳住，一个俱乐部肯定只能选一人，不是你不够强！"而是陆封太强。

卫骁啧了一声："行吧。"名额给队长，他心甘情愿。

然后卫骁就看到元泽和Gary的名字同时出现在名单上。

卫骁："嗯？"

白才卡壳了。

卫骁阴森森道："原来元老贼和老G不是一个队的？"

白才清清嗓子道："那个，老G是去年的单人赛亚军。"

卫骁："所以呢？"

白才："冠亚军是肯定会被邀请的。"

卫骁："所以说不是一个俱乐部只能选一人，而是我没有元老贼强？"

白才谨小慎微："……这不是我说的，是你自己说的。"

卫骁："……"难得被噎到了。

这个名额，卫骁还真有点不够格。

在国内电竞圈，大多数人都明白卫骁比阿睡和月夜优秀，甚至有人觉得他是除陆封外的中国赛区第一人。

但没用……

职业选手需要成绩，官方不会看你民间人气如何，卫骁又不是主播。

卫骁当然没有成绩，这是他第一个赛季，常规赛都没打完，能有什么成绩。

陆封不用说了，世界赛四连冠，中国区大魔王。

阿睡和月夜上个赛季也非常优秀。一个在全球双人赛上拿到了名次且是国内双人赛冠军，另一个是中国赛区5V5亚军和单人赛亚军，非常够格。

哪怕这两人因故不能参加，后头也还有欧星、傅黎和莫有钱。逸神就算了，辅助不争不抢的。像菜哥，真给他个名额，他也能跪下来求官方饶了他。

卫骁只是和菜哥闹着玩而已，他心里很有数，知道自己是选不中的，不过这六十四个普通玩家，或许可以争取一下啊。

卫骁看看自己的小号——

嗜，真惭愧……他有五个号呢。

陆封给他打来电话，卫骁立马丢开白才："队长，大乱斗揭幕赛你能参加吗？"

这两周的治疗效果一天比一天好，陆封已经被允许每天玩一小时游戏了。

陆封："你想参加的话，我……"

卫骁立马道："不，我想你参加！前提是医生允许。"

陆封笑了下："可以，现在复健时间增加到了两个小时。"

卫骁开心极了："太好了！"

新的单人赛赛制和以前不一样。1V1的话，再怎么胶着，二三十分钟也就结束比赛了，快一些甚至十五六分钟就能完事。大乱斗是百人同场，而且是超大地图，花费时间肯定更长一些。

虽然还没进行正式比赛，但从体验服的数据来看，真想拿到冠军，怎么也得一个小时。

哪怕职业选手更谨慎一些，一个半小时也够用了。陆封可以玩两小时，完全可以畅快地参加比赛！

卫骁没把自己的小算盘告诉陆封，主要那玩意儿概率太小，和中彩票差不多。中了是运气爆棚，不中十分正常，若提前说了，怕最后空欢喜。

陆封和他聊了一会儿单人赛，又谈起了卫骁的九道弧光。

卫骁愁了好多天了，对陆封也没什么好藏着掖着的："不知道……越想刷越刷不出来。"

九道弧光的原理是公开的，只要有这个操作，理论上都能刷出来。但理论是理论，刷不刷得出就是另一回事了。这东西也不是熟能生巧的事，而且没有足够强的对手，想熟都熟不起来。

陆封道："不急，等我回去陪你。"

卫骁也这么想的："快点快点，等你回来我们要做许多事！"

看到名单，元泽第一时间找到陆封。

"能行？"他打量着陆封的肩膀。

陆封："赢你，问题不大。"

元泽："……"

最近他经常梦回三年前，莫非真老了？

陆封在北美这两个月，元泽也算是"尽心尽力"。

时不时来打秋风——酒店这餐饮比基地的好不知道多少倍。

时不时来蹭直播——现场看冰山陆封在线刷礼物。

时不时来聊战术——L&P常规赛打得也很胶着，北美赛区强队层出不穷，L&P想夺冠也没那么容易。

便宜占了这么多，元泽也该回馈一点了："明天就是揭幕赛，要不要来L&P找手感？"

陆封想了下："可以。"

元泽当然有自己的小算盘："刚好二队上来个新人，水准还可以，你敞开了'虐'。"被全能大魔王'虐'过的选手，都成长得异常迅速。

陆封瞥他一眼。

元泽把老G卖得一干二净："当然还有Gary。"

陆封："你呢？"

元泽："我就不必了吧，哥哥不欺负你两个月没玩过游戏。"

陆封："哦，那算了。"

元泽："嗯？"

陆封："这边登录国外服务器也很顺畅，Pro……"

一句话没说完，元泽暗骂一声金成炫阴险，抢声道："行行行，我也给你'虐'！"

单人赛揭幕赛是线下参赛，线上直播。毕竟选手来自全球各地，没必要整到一起只为打一场娱乐赛。虽说不是正赛，但各个分赛区的赛委会也安排了裁判，力求公平。

陆封酒店的设备显然不符合标准，所以他需要借用L&P的设备，提前去熟悉下也是好事。

陆封一到L&P，等来的就是众人的夹道欢迎。尤其老G，要不是陆封脸太冷，他都能凑上去给他个拥抱了。

临近开局,陆封看了眼时间:"我开个直播。"

元泽:"啊?"

陆封:"放心,只给一个人看。"

元泽:"……"

直播间开得很快,密码是——7758521。

09

元泽没忍住问:"这密码……"

陆封:"哦,是卫骁之前用过的ID。"

元泽总觉得自己多嘴了!

很快这私密直播间里就有了那唯一的观众,ID十分嚣张狂妄,连个遮掩都没有——FTW.Quiet。

第一个上场的是L&P二队的选手,一位金发白肤的十七八岁少年,叫Kenny。

他看到陆封,一双蓝眼睛亮得惊人,说着蹩脚的中文:"陆队,我一直很冲白(崇拜)你!"

陆封:"……"

元泽听不下去了:"他在伦敦住了好几年,你说英文就行。"

Kenny立马切换语言,那崇拜之情滔滔不绝,直往陆封耳朵里灌。

北美时间晚上九点,国内才早上九点,卫骁这会儿正抱着豆哥,在被窝里看直播。

陆封开了麦,卫骁能听到那边说的话。

卫骁愣了下,揉搓毛豆的大耳朵:"队长在英国待过啊。"难怪说英文时腔调那么地道。

那边Kenny还在吹"彩虹屁",卫骁听得走神。说起来,队长家里的情况他居然一点都不知道。

卫骁觉得自己不太负责,不能因为自己抵触父母就抵触队长的父母,有机会还是得了解下。

Kenny可算"滔"完了,说出了最后心愿:"一会儿Solo(单挑),您能用暗贼吗?"

陆封的暗贼,真的举世闻名。无论国界,无论种族,只要看过他单人赛的人,都会震惊。这个震惊程度甚至还会和观看者的荣光段位挂钩。

青铜、白银、黄金段位的选手:"这什么跟什么?"

铂金、钻石、王者段位选手:"这是人能做到的事?"

职业选手:"对不起,打扰了,我不配。"

那一刻涌上来的情绪太复杂了,什么叫羡慕嫉妒却恨不起来,大概这就是了。

Kenny是个中单位,但不妨碍他痴迷暗影盗贼。能和陆封的暗贼Solo,以后他还有什么好怕的？

无论什么水平的野王，他都可以面不改色心不跳地面对了。

没经历过九道弧光的C位（核心输出位）选手，人生是不完整的。

Kenny还没进首发阵容，就想求个完整了。

然而……有人不许。

卫骁听懂了他的话，立马发弹幕："不要用暗贼！"

Kenny就是站在面前也看不懂这行中文是什么，但元泽看得懂。

元泽心想：你小子管得有点宽吧！

陆封问都不问缘由，应道："好。"

元泽："……"

元泽心想：我真的恨，恨自己懂太多，看不懂中文多快乐。

卫骁还是解释了的："队长你肩膀还在恢复期，别用操作太复杂的天赋。"

尤其是暗贼，这玩意儿落到陆封手里，一定会有九道弧光，没有别的可能。九道弧光对状态的要求真的高，卫骁相信陆封能用出来，但却不想他用。找手感要循序渐进，不能急。

元泽看到卫骁的弹幕，给Kenny解释了一下。

Kenny满脸失望。

元泽沉声问："魔能法师练好了？"

元泽在陆封面前理亏，日常吃瘪，对别人可不会。

Kenny一个激灵，老实了："在、在好好练。"

元泽扬了下下巴："见识下陆封的魔能法师吧。"

Kenny："好！"

第一局单人赛的天赋定下了。对陆封来说，在1V1对局中，玩什么都无所谓。作为天赋万花筒，单人赛简直是为他量身定做。魔能法师是个操作难度相对较低的炮台法师。这种天赋讲究的是技能施放的精准度。

荣光里人物的各个天赋都有相应的平衡点。比如，技能不需要定向瞄准的大多伤害一般，且有局限性，能力上限很低；需要选手预判瞄准的则大多收益可观，要么是控制时间够长，要么是伤害够高，能力上限肯定比操作简单的天赋高很多。

魔能法师作为一个炮台法师，非常依赖技能，他的四个技能全都需要手动瞄准，这其实是很难操控的。

之所以说他操作难度相对低，是相比暗贼、仙术士这种有可怕连招的天赋来说。如果和其他炮台类法师相比，魔能法师其实很难。一技能是左侧弹道，二技能是右侧弹道，三技能是双侧圆形弹道，大招是六条半圆弹道。

每一个技能都很考验选手对弹道的把控，瞄得准，十道魔能光束集中攻上去，满级满神装的巨人萨满也抗不住。

如果瞄不准……

魔能法师有个外号叫无能法师。

对局开始，卫骁在弹幕上做起了文字解说："六级了！魔能法师有大招了，是时候分出谁是魔能，谁是无能了！"

弹幕密密麻麻的——

"漂亮，陆封选手的左侧弹道命中敌方，右侧也中了，双侧交叉齐中，伤害叠倍！"

"Kenny 可以啊，手速不错，十道魔能光束一秒释放，可问题是，怎么一道都没擦到陆封？"

站在陆封身后盯着屏幕的元泽："……"

得亏 Kenny 看不到弹幕，否则直接原地爆炸！

元泽嘴角抽抽，问陆封："这弹幕，不会影响你发挥？"

有点心疼 Kenny，虽说只是二队的小孩，但也是很有前途的中单，这一手魔能法师也练很久了，结果被一个近两个月没碰游戏，还分心看弹幕的前任野王现任上单给捶爆了。

惨，大写的惨。

陆封一边操作着英雄走位，一边平静回道："不会。"

看他这弹道的精准度，的确不会！

另一边卫解说听到元泽的话，停止解说，打字道："我队长又不是你，才不会被影响。"

元神牙痒。

卫骁这手速用到弹幕上也是一员猛将："再说，我这是说给我队长听的，你看什么看？"

元泽刚想开口呛回去，就听陆封说："元队请自重，少偷战术。"

元泽："……"

10

元泽不服："你管这个叫战术？"

卫骁发的那些弹幕，全是解说口吻，还是那种陆封铁粉式解说，说是"彩虹屁"都侮辱了"彩虹屁"。

另一边的 Gary 刚好退出补兵营，凑过来看："你们在说什么？"

元泽凉飕飕地看他。

老 G 皮一紧，求生欲旺盛："我队长才不是偷看，他是正大光明地看！"

半吊子中文的老 G，约莫听到了个什么看不看，陆封人在他们基地，和他们的选手 Solo，哪还用偷看。他又补充一句："他想怎么看就怎么看，还可以反复多遍一直不停地看！"

卫骁笑得差点抽过去："元队，您这什么癖好？"

元泽："……"

要不是 L&P 缺野王，现在老 G 就是个死 G 了！

就这样闲聊着，陆封打得也是游刃有余，轻轻松松暴捶 Kenny。

二十分钟后，Kenny 看着屏幕上的"Defeat（失败）"，怅然若失："好强。"

除了这俩字不知道该怎么形容，技能精准到仿佛开了挂，每次都是弹道交会处的最高伤害，别说 Kenny 是个脆皮了，他就是个坦克，也抗不住这伤害。

Kenny 仰头看自家队长，小声嘀咕："有那么一瞬间，我以为对面是谢神（谢和）。"

元泽冷笑："你谢神的魔能法师，还是在他手底下练出来的。"

Kenny："什么？！"

老 G 也竖起耳朵，当年的神之队，全是秘密，谁听谁好奇。

不过元泽无意多说，眼尾扫向 VIVI："来？"

VIVI 是 L&P 的首席中单，早就眼热了："来！"

陆封问："玩什么？"

VIVI："魔能法师！"

陆封："嗯。"

VIVI 赶紧进入房间，心里美滋滋的。大魔王挺好说话啊，让玩什么就玩什么，远没队长说的那么不近人情嘛。

站在陆封身后的元泽嘴角抽搐。他看得明明白白，陆封那句玩什么问的是 Q 小疯。Q 小疯说了魔能法师，陆封才应了一个"嗯"。

瞅瞅自家中单那受宠若惊的模样，元队心里在滴血。

这帮傻子怎么就不信呢？

陆封要是个善茬，那他元泽就是个天底下第一良善人！

VIVI 刚才一直盯着他俩 Solo，陆封的魔能法师实在让人眼馋。

Kenny 并没有与谢和交过手，他只是看了太多 EVE 和 L&P 的训练赛，对谢和的打法很眼熟，所以说了句像。

VIVI 旁观也有这种感觉，不过观战和实战是不一样的，作为跟谢和交手过无数次的男人，VIVI 很有资格判断到底像不像！

对局很快开始，中单对拼也是很有趣的。哪怕是 5V5 里，法师和法师对线，也是一大亮点。

互相压兵线，互相耗技能，能不能压低对方血线，往往是制胜关键。

VIVI 比 Kenny 强很多，倒不是个人操作上的差异，而是意识和经验，以及面对强敌时的心态。这都是新人所欠缺的，而 VIVI 这员老将不缺。他的弹道准确率很高，对陆封的走位预判也很准，第一轮换血甚至将陆封的血线压得比自己还低。

略处于弱势，陆封也不慌不忙，元泽将视线从峡谷挪到陆封脸上，十分好奇——

到底有什么事能动摇这个男人的心态？

十七八岁的时候就是座冰山，二十一岁了，更是冰到了灵魂深处。冷得旁人不敢靠近，仿佛把自己也给冰封了。

元泽不禁想起三年前。

他们各奔东西的时候，陆封一个人面对空荡荡的FTW，也是这副面无表情的模样吗？

一阵尖锐的刺痛从心脏蔓延开，元泽有了一个扎心的念头。

十七岁的小陆封是面冷心软。十八岁以后的陆封却不得不把自己彻底冰起来。不够强硬，要怎么扛起那座支离破碎的废墟？

这时，弹幕上的一行字跃入元泽眼中——

FTW.Quiet："队长，加油！"

弹幕飘过，峡谷里的魔能法师铺好弹道，起手两束魔能光，接着是圆弧交叉，最后是大招的六道连发，十道魔能从不同角度飞出去，其弧度的交叉点刚好瞄准了对面的VIVI。

十道魔能的交叉点，伤害高到爆炸，VIVI倒地。

元泽怔了下，倒不是因为峡谷里这番神仙操作，而是因为陆封弯起的嘴角。很轻的弧度，不熟悉他的人可能都留意不到。

可是元泽看到了，看到了他从心底涌上来的真实的笑——融化了冰山，解封了灵魂，沐浴在灿烂的骄阳下。

半晌，元泽也跟着笑了。一股暖意荡在胸口，他想起很多自以为早就忘记的事。

那一年，魔能法师作为新天赋刚刚上线荣光。谢和对此十分不齿："炮台法师，不玩。"

众所周知，谢神是个真男人，眼里只有法刺，是出了名的近战法师。

躲在后面放技能？不可能，必须冲上去捅刀子。与其说谢和是个中单，不如说他更像个打野。那杀戮嗜血的劲，和他这谦谦有礼的名字没有半点关系！

可惜作为选手，必须充分了解新英雄。

当时FTW的教练组也察觉到了队伍的弊端：陆封作为打野，杀气腾腾是优势，但应该努力自保的两个C位都是"拼命三郎"，就不大妥当了。

于是教练组发布任务，让谢和练魔能法师。

谢和："哦。"转头却掏出仙术士，把排名赛里遇到的魔能法师杀得哭天喊地。

教练组气得肝疼，给了更加明确的指令："陆封和谢和Solo，谢和你只准用魔能法师。"

谢和："……"

教练："陆封用暗贼。"

元泽在一边说风凉话："老谢，你要是用无能法师赢了小陆封，那多牛。"

这让谢和有了斗志！

后来上了赛场。谢和掏出魔能法师，精准的十个弹道能把对面的仙术士打到"自闭"。

赢了比赛，元泽余光扫过自家沉默寡言的小打野，看到的就是他嘴角溢出的一点笑容。

很轻很淡，却真实。

VIVI喷了一声："真强。"

他比Kenny坚持得久一些，拖了三十多分钟。可惜越到后期越需要技能精准度，这东西是外行看热闹，内行看门道。估计给没玩过游戏的人看，只会觉得，嗐，不就是瞄准吗，地面上都有弹道指示，放就完事了呗。

然而释放技能有前摇①，魔能光束前行有延迟，对面更不是站着不动的靶子……林林总总加起来，不仔细练就只能凭运气玩——瞎猫还会碰上死耗子呢。

元泽安慰VIVI："毕竟是Solo。"

这话真的是安慰，和陆封Solo，别想太多。作为天赋万花筒，他用你擅长的英雄捶傻你是常态。

今年单人赛的改制挺好的，以前的赛制其实很不合理。比如说BP②环节，1V1的赛场上，直接禁用某个职业类型，但很多选手都是专一型的，偶有天赋型选手也不过是擅长两个大类，像陆封这样的，全荣光也就他一人。

除了辅助位，他什么职业都能打，这让人怎么禁？禁用盗贼系完全没用，战士、法刺、高爆发射手……他都是手到擒来，无法针对，所以大魔王连年称霸。别想在单人对战上赢陆封，不管你是什么职业。

天分这玩意儿，太不讲道理了。单人赛和双人赛改成大乱斗和生存战是很好的。至少可以用其他种种因素来弥补个人操作上无法逾越的差距，让对抗更有可看性。

轮到Gary了，他兴冲冲道："我要用暗贼！"

陆封可以不用，但他要用，好不容易逮着陆封，不练白不练，Q小疯那个近水楼台先得月的已经能刷出九道弧光了，他也要麻利跟上来！

想练九道弧光，最需要的就是强大的对手，元泽倒是够强，可是他和陆封比起来，老G心里话是：我选陆封！

得亏元泽没读心术，要不得手刃了这个自己一个字一个字手把手教出来的大傻子！

打了一个小时，卫骁心疼了："不急，先休息下，等会儿再继续。"

虽说队长一天能玩俩小时了，但能小心些还是要小心，热热手而已，没必要搞什么车轮战。

元泽觉得也是，正想说："走吧，去隔壁喝点……"

还没说完，他就看到Q小疯在弹幕上控诉："元队你怎么回事？每次去我队长酒店里蹭吃蹭喝，我队长过来了你连点吃喝都不准备，是人吗？！"

元泽气死：我是不是人我不确定，但你肯定不是！

L&P基地休战，卫骁这边也有点急事。

时间到了！路人玩家的报名入口开了！卫骁要赶紧去报名，能不能抽中全看运气了。

---

① 前摇指在发出技能到技能生效之间的一小段动作。

② 电子竞技游戏中的一种比赛术语，是Ban/Pick的简称。Ban意为禁用，Pick意为挑选。

咦？运气！

卫骁松开豆哥，去找白才。

白才睡眼蒙眬："干吗……"

卫骁把他拉进自己屋里。

菜哥瞬间惊醒："你别搞我，我不想被队长乱刀剁死。"

卫骁："想什么呢，来帮个忙。"

卫骁一通解释，菜哥明白了。他嘴角抽搐："你真行……"

五个国服小号，不愧是卫小疯，狠人！

卫骁催促他："搞快点，我相信你的小红手。"

看运气这种事，当然得让FTW最强辅助，真运气王白小菜上场。

菜哥的丰功伟绩不用细说。冬训营里，卫骁想和谁打，他就排到谁，后来莫有钱微博抽保时捷，菜哥友情转发，结果……大家都知道。

全网都羡慕哭了。

白才有点心虚："万一不中，你别怪我啊。"

他看得出卫骁很想参加单人赛揭幕，说来也是，这么个群星荟萃的大场面，卫小疯怎么会不眼馋？而且还是难得的可以和陆封"对抗"的正式场合。

他不想参加才奇了怪了。

卫骁笑眯眯地说："不怪你不怪你。"

白才总觉得他没把话说完。

卫骁拍拍他肩膀："放轻松啊，抽不中咱就绝交。"

白才："……"

在卫骁的"深情"注视下，白才心一横，把五个账号全报名了！搞完后，卫骁忽地一愣。

白才看他："咋？"

卫骁："……"

白才纳闷了："没那么快抽中吧？"

怎么也得等两个小时后，报名入口关闭才开始选择玩家。

卫骁幽幽道："你说你这小红手，不会让我的五个小号全中吧？"

白才："啊？"

11

菜哥被吓到了，小脸刷白："不会吧？"

我没这么臭手吧！

卫骁喜滋滋地说："要真全中也挺好。"

白才总觉得下句不是好话。

卫骁："到时候咱队一人一个，去大乱斗里打团战！"

白才嘴角抽抽："别带我，我进去是被你们杀的。"

大乱斗模式可不会像5V5赛场那样有队友保护机制。哪怕是一个队的进去了，技能飞过来也是该掉血就掉血。回头他们五人进去，白才合理怀疑自己会先被"队友"打死。

卫骁："杀了你，得金币，哥哥称霸空岛就靠你资助了。"大乱斗的地图叫空岛。

白才气死了："我就是'落地成盒①'，就是投海自尽，也不会让你杀……"

哦，我干吗要参加揭幕赛？卫小疯又套路我！

而且看看这些小号的奇怪ID吧，谁敢用！

报名时间截至两个小时后，届时公布抽取结果。卫骁看看时间，觉得差不多了，驱赶白才："走吧走吧，我要继续看直播。"

白才耳朵竖起来："直播？"

卫骁炫耀："队长的直播间，只有我一个人能进。"

白才："……"

好好的队长就这么被小疯子带坏了！

陆封那边也休息好了，Gary迫不及待，跃跃欲试，恨不得现在就冲进峡谷来。

老G："来吧来吧，开始吧！"

陆封："稍等。"

老G："嗯？还有什么事吗？"

陆封："我请示一下。"

老G一脸蒙："请示什么？"

他转头看队长，发现自家队长一脸牙疼的表情，老G更蒙了。

陆封没解释，只是在看到弹幕后问："用什么？"

Gary接话很快："暗贼！"

陆封："好，用死骑。"

Gary："啊？"

陆封英文不是很好吗？怎么听不懂这么简单的词汇？老G还想说："是……"

元泽看不下去了："闭嘴。"

老G无辜："噢。"

只要Gary中文再好么一点点，也不至于认不出弹幕上卫骁戳出来的字。

哦……如果卫骁用火星文，老G早懂了。

听闻队长在L&P打擂台，菜哥不急着睡回笼觉了，他也要看！这大场面，录个屏放到网上，热度爆了好吗？菜哥委婉且慎重地向卫骁表达了这层意思。

卫骁盯他："你觉得是FTW差那点热度还是队长差？"

———

① 游戏用语，落地后在很短的时间内就被敌人淘汰。

白才："……"

卫骁："还是说你认为我差？"

菜哥酸了："我差，我差行了吧！"

峡谷里单人对战开始了。

陆封和Gary的对局可以说是相当常见了，哪怕是菜哥都见过许多次。

今年以前，FTW想要和L&P这种全球豪强战队约训练赛，靠的全是Gary对陆封的"痴迷"。

一局Solo换一局5V5，往事不堪回首。

暗影盗贼对死亡骑士，这俩天赋Solo，其实Gary很亏。

在天赋克制里，暗影盗贼完全被死亡骑士克制，当然这是指同水准的情况下。死亡骑士的基础防御高，而且对物理伤害有5%的免伤，别瞧不起这5%，在峡谷里哪怕是一滴血的差距，都是胜负关键。

暗影盗贼是彻头彻尾的物理攻击，半点其他类型的伤害都没有，所以前期他很难打得动死骑。等有了弧光，死骑依旧有克制他的办法，轻形态的死骑可以通过连招打出净化效果，这个净化能够消除自身印记，专门克制暗贼这种需要通过标记来刷技能的英雄。更不要提死骑的重形态，防御更高，强控技能一堆，真被他贴脸，暗贼只能哭着求饶。当年的卫骁可不就这样？

嗯，就两人大战三天三夜那次。

白才唏嘘道："老G干吗这么想不开，当着队长的面用暗贼，自讨其辱吗？"

"佛系"的白才无法理解，快乐活着不好吗？非要找"虐"。

卫骁冷哼一声："Gary聪明着呢。"

白才没看出火星G聪明在哪儿，但事实证明，还是野王更了解野王。老G平日里憨头憨脑，对待荣光却是真的用心。他为什么总想和陆封Solo？为什么总想用暗贼？为什么如此孜孜不倦不怕被揍？

因为他满心满眼都是九道弧光！陆封拿死亡骑士，对外人来说，好像在欺负老G，原本陆封的个人水准较Gary就略高一筹，再用这种克制的天赋，不是明摆着想捶死他？

其实不是。

死亡骑士，是最能激发暗贼九道弧光的天赋了。卫小小还是很感激L&P的，这一个半月，元老贼虽说日常蹭吃蹭喝，但也陪伴了异国他乡独身一人的陆封，所以当陆封问用什么时，他说了死骑。

陆封玩得很轻松，明显是调教的心态。六级之前随意地清线，只要重装形态的魔族站在那儿，对面的暗影盗贼绝不敢狂妄。

死骑和暗贼是不少小姐妹的心头好。一个是高大威严的战甲魔族，一个是飒爽劲瘦的虚影盗贼，那画面非常养眼。

魔族长刀立马，暗贼赤刃微闪。强横的力量感，猎豹般的迅捷，一触即发的战斗让整个峡谷的气氛都凝重了。暗影盗贼隐去身形，试图背袭死骑，从死骑的视角是什么都看不到的，但不妨碍他回身抽刀，技能制裁横扫开来，精准命中暗影盗贼。

老 G 反应够快，迎着伤害给了标记，接着凭借影袭的高机动性边输出边走位。

陆封出门开的是重形态，这个形态的死骑，很多玩家用起来都会感觉笨重，但落到陆封手里，那就是大开大合，气势磅礴。

卫骁已经在弹幕上夸了起来。白才一边震惊于他用平板打字还这么快，一边疑惑："你这样不会影响队长操作吗？"

这问题似曾相识，卫骁耐心地说："队长说了，特喜欢看我为他摇旗呐喊的模样。"

白才无语了，咱稍微要点脸行吗？

说话间，峡谷里的陆封和 Gary 都六级了，好戏这才开始。

为什么说死亡骑士是最能激发九道弧光的天赋？因为克制。

弧光这个东西，总的来说还是要挑战极限，一道两道三道都很好刷，四道五道也凑合，七道基本属于职业选手常态，八道则需要苦练，九道就是奇迹。那套连招死记硬背不难，难的是如何凭借"零 CD[①]"影袭叠出足够的印记和伤害，激活九道弧光。这依赖的不仅是手速，还有技能命中率，而且还要判断当时的情况。比如，预测敌方走位、躲开强控技能，以及如何计算死骑的这种净化技能……

林林总总加起来，需要的更是选手极高的专注力。Gary 的个人水准足够，他需要的是那个极致的心流体验。强大的压制力，让人头皮发麻的紧张感，不断紧固的专注力……几乎要把他整个人带到峡谷中。

对局快结束时，老 G 秀出了九道弧光。

Gary 刚秀出九道弧光，开心得恨不能一蹦三尺高，下一秒死亡骑士切换形态，魔族下马，骨翼化甲，长刀劈出去，瞬间触发魔印，将暗影盗贼卷入魔状态。

让人目瞪口呆的一幕出现了。因为九道弧光而开心上天的 Gary，死在了笼罩半个峡谷的霞光中。

入魔状态——70% 的伤害对己方释放。

所以，Gary 的九道弧光，有七成伤害落在了自己身上……

本该死透的死亡骑士凭借着自身超强的防御和 5% 物理免伤抗住了这三成伤害，Gary 被击杀。

陆封丝血[②]站在峡谷里，L&P 训练室里一片安静，饶是元泽也说不出话了。

旁观的 VIVI："这都行？！"

还真行……

九道弧光状态的暗贼并不会免控，"入魔"本质上也算是一个控制，只是想要找准这个释放时机实在太难。

首先，不是对九道弧光了如指掌的人，无法判断老 G 会在哪个瞬间释放技能。其

---

① 全称 Cool Down，游戏中技能或装备特性的冷却时间。
② 游戏用语，指游戏中角色被攻击到很少血量，很容易被击杀的状态。

次，不是对死亡骑士了如指掌的话，也没办法无声无息地将魔印贴这么长时间。

死骑是元泽的拿手英雄，他可以做到后者，却不一定能做到前者。

毕竟九道弧光这玩意儿，除了陆封能随便用，其他人都得看运气。

像Gary，训练赛里也曾用出过几次，但这东西太不稳定了，无法拿到赛场上用。比如这次，在陆封的引导下，Gary用出了九道弧光，可有什么用？

正式比赛陆封会引导他吗？

哦，会引，引他入魔，把队友全灭了！

接下来上演的就是死亡骑士暴打暗影盗贼。Gary被打得呜里哇啦，卫骁开心了，立刻给了菜哥一道送分题："队长帅不帅？"

白才："……"

卫骁扬眉："不帅？"

白才："队长很帅。"

老G被揍惨了，居然还被揍得浑身通透，拍案大叫："爽！果然还是那个让人爽翻天的陆封。"

"来吧，最后一局。"

陆封手正热："来。"

终于到了今晚的重头戏，陆封对元泽。

讲真的，元泽和陆封多久没认真Solo了？冬训营虽然交过手，但跟三年前日常Solo根本没法比。

当初陆封刚入队，教练把他扔给最爱当老师的元泽，元泽也的确适合调教新人，尤其还是打野位。十七岁的陆封，身量已经很高，冷着一张过度精致的脸，冷不丁看来不像打比赛的，倒像是某个明星来拍广告的。

元泽作为FTW自封的"最帅"，对陆封这张脸很不爽。长成这样，想必技术不行，不是谁都像他元泽一样有颜又强炸天的。

陆封的自我介绍就一句话："大家好，我是Close。"

元泽越发不满：狂什么狂啊小屁孩。

元泽靠在电竞椅里，掀起眼皮看他："平时都玩什么？"

陆封："都行。"

此时元泽以为他是盗贼类都行，真不知道这个"都行"指的是荣光里一百四十多个天赋全可以。

元泽略微起身，登录游戏："拿你最顺手的，Solo。"

陆封顿了一下。

元泽："没事，哥让着你。"

然后，掉以轻心的元哥哥差点"翻车"。

金成炫彼时还很天真："元哥，你不是说要让着新人吗？"

元泽理不直气也不太壮："我不让着他，他能有机会翻盘吗！"好险没翻。

这时的陆封也不懂元老贼本性，很认真地问："可以再来一局吗？"

元泽犹豫了一下。

陆封："嗯？"

元泽还能怕个新人不成："来！"

后来嘛，FTW 就莫名有了个 Solo 的传统，其实陆封胜率不高，别说是"单挑王"元泽，就是对上金成炫他都时常输，但是和他 Solo 的三人都心惊肉跳的。

陆封会输，绝不是因为能力问题，而是经验和阅历不足，这个是只能靠时间积累的，而且是只要努力就必定能追上来的东西。

而陆封，显然是个异常努力的崽。

天才不可怕，可怕的是天才和你一样努力。

元泽内心深处——我讨厌这个小打野！

老 G 兴致勃勃地问元泽："队长你用什么？"

元泽淡定："不拿战士。"

Gary 茫然："为什么？"

元泽："当然是为了公平。"

老 G："陆封这状态比之前……"

元泽盯他，Gary 不知缘由，心里还很急，队长别浪啊，会输的啊！

陆封看过来："不用战士？"

贴心元哥哥上线了："你一个多月没玩，我不欺负你。"

陆封："哦，那别浪费时间了。"

元泽："嗯？"

陆封起身，是真的要走："我回去了。"

元泽惊了："我的盗贼就这么入不了你的眼？"

陆封："嗯。"

元泽："……"

这小子比三年前还狂！

12

最后元泽拿了血战，血战全名嗜血战士，形象是个威严的人族将军，在荣光资料片中给出的资料，他曾是率领千军万马南征北战的优秀将领，后因功高盖主，被君主遗弃，三千铁骑沦为十万大军的刀下魂，血染荒漠。

将军被万箭穿心，临死前撑着佩剑，仰天长啸，怨恨与不甘引来血魔，荒漠三千兵士的鲜血全部涌入他的身体，将军浴血而生，沦为魔物。

嗜血战士和血鸦盗贼还有点恩怨情仇。据背景介绍，血贼是血战的副官，也是唯一避开了那场杀戮，活下来的人。将军以为副官背叛了自己，复活后第一时间吸干了他的血液。副官甘愿受死，死前对他说："我一直在等您。"

等到将军血染皇宫，才知道副官并没有背叛自己，反而一直在京都为自己奔波，受尽折磨仍不放弃。

所有人都说将军死了，只有副官坚信——不死战神，永不坠落。

之后血战分出自己一半血液，复活了副官。从此荣光峡谷里多了一位血战，一位血贼。

陆封用了血鸦盗贼。

元泽："我可不会手下留情。"

从背景就能看出来，血战是可以压制血贼的。在平衡机制上，就单挑而言，血战也的确有占优势，尤其如今血贼被策划砍了几次强度，坐了许久冷板凳。

陆封："来吧。"

废话不多说，峡谷见胜负。名字里都带血，又是同宗同源，这俩的核心机制十分相似，都有着强悍的吸血能力。血鸦的大招血誓一开，能立马从丝血吸到满血，宛若多了一条命。血战的吸血则是持续性的，他几乎每个技能都有相应的吸血机制，至于吸血量，全看操作。

卫骁发弹幕："队长，下次我们5V5一起用。我可以和你共享生命。"

陆封一边清兵，一边回他："好。"

卫骁开心了。血战和血贼如果在同一阵营，会触发一个小技能——共享生命。

听起来似乎很牛，但其实有不小的限制，只有双方血量同时高于60%才能用，且得在非战状态下使用。这是个象征性大于实用性的技能，主要是配合背景故事，给玩家的小彩蛋。

这一局Solo，卫骁看得很认真，弹幕都没怎么发。元泽这家伙虽然人很贼，但不得不承认他的确是荣光赛场里天花板级别的选手，个人实力非常强悍。

血战是如今赛场上很常见的上单，不少选手都在练。可元泽对它的理解绝对远超旁人。

技能理解、连招操作、出装思路都非常好，连移速加持下的走位都估算到了极细微之处。

卫骁不由自主地掂量，如果他自己在峡谷里，如果操纵血贼的是自己，能不能从元泽手下讨得好处？

答案无限趋近于不能。这样天衣无缝的操作，想找突破口太难了。血贼本身就被天赋压制，再遇上这么注重细节的血战，简直要被压到喘不过气。

"我天！"白才惊叫一声。

卫骁也看到了，眼睛登时亮如星辰。

白才倒吸口气："队长牛。"

峡谷里刚爆发了一次冲突，元泽这固如铁桶的血战被血贼用化羽突进，鸦落连招砸下，生生砸没了半管血！

这时机找得太妙了！元泽很强，陆封更强！

不看回放，卫骁甚至没法确定陆封是怎么样抓住机会的！

不只卫骁，L&P所有人都屏住呼吸，看得眼睛不眨。这种巅峰对决，甚至比全球Solo赛还让人头皮发麻。

元泽对陆封。

曾经的单挑王对现在的三连冠。谁才是最强的Solo王者？

全世界都好奇的对局，在他们眼前展开了！

细长的峡谷中，被血鸦盗贼干掉半管血的血战不慌不忙，一技能血刺笔直飞出，以极其刁钻的角度刺穿了总共五个小兵。

这个操作让所有人都怔了下。

陆封薄唇微扬，略微闪身，避开了冲势不减的血刺。血战的这个技能具有强大的穿透性，但能够穿多少就要看选手能力了。角度、力度、起手方式，全都至关重要。

像元泽这样的血刺，放眼整个"荣光圈"，能用出来的人不多。不懂的可能会纳闷，穿透小兵而已，有什么意义？

意义巨大！

看元泽的血量，瞬间从半血恢复至满血就明白了这操作的威力。血刺汲取生命恢复自身血量，一个目标和六个目标所恢复的血量天差地别。只是瞬间，血战和血贼又回到了之前的对峙状态，谁都没有损伤分毫！

然而真正的战斗将在六级后打响，所有技能都被激活，才是分胜负的时候。虽然元泽和陆封许久没有Solo，但显然他们都关注着对方。彼此都成长了很多，唯有个人习惯是深入骨髓的。

元泽黑眸微闪，逮着机会了，小陆封，别怪哥哥不让着你。

血战释放幻魔，幻身和本体一般无二，因会随机切换位置，所以让人无法判断到底哪个才是真正的血战，不仅如此，幻身还可以分担伤害，攻击敌方同样会恢复本体血量。

这个技能一出，大家都盯向血鸦盗贼。

陆封用出化羽，二段位移同血战拉开距离。元泽却像是提前一步看清了他的落脚点，眼看着血色鸦羽落下，他的本体与幻身异形换位，猩红色的长剑出现在血贼背后。

森然血光，扑哧一声，长剑贯穿了血贼的小腹。

高清模式下的画面触目惊心，鲜血像有了生命一般顺着长剑汩汩溢出，血贼的血量暴跌，同时血战整个人浴在红光之中，伤害值狂飙。

血战乘胜追击，长剑拔出的瞬间，血雾乍起，整个包裹了血贼。

这是血战的大招，血魔苏醒。苏醒的血魔无视一切伤害，且大幅提高自身攻击和移速，剑花卷着血花，铺天盖地压向血贼。

完了，血贼必死无疑！

不只是L&P训练室的人这样认为，连卫骁也这样觉得。

白才咂了一声："不愧是元老贼。"

贼是真的贼，强也是真的强。

卫骁刚想开口，又顿住了。白才也看到了，惊得说不出话。

毫无疑问，元泽这一操作很厉害，然而，陆封没死。

他仅剩几十滴血，已经是重伤中的重伤，血条直接跌落到空瓶。

轻轻一下，哪怕是被血魔蹭到一点儿，他都会倒地不起。

可是血鸦盗贼开启血誓，乌鸦惊鸣，鸦羽飞旋，精准地裹住了面前的血战。零点五秒的控制，足够陆封利用化羽拉开距离。

元泽微怔，等他能够操纵僵直的血战时，他已经被"血誓"！

血鸦的大招有着可怕的百分比吸血量。

陆封血量越低，抽血速度越快，他这濒临空血的状态，激活了最大吸血量！满血的元泽眼睁睁看着自己的血液被鸦羽卷走。

血鸦副官的血誓来自血魔将军的赐予，而此时此刻，峡谷里的血鸦吞噬的是将军全部的生命！

眼看着元泽要被反杀，血战再度使用幻魔，幻身向着己方狂奔而去，在仅剩最后一丝血的紧要关头，元泽利用移形换位，脱离了陆封的血誓。

这一回合你来我往，打得异常惊险。场上两人如何不提，场外的"观众"都头皮发麻，恨不得登录游戏大战个三百回合。

神仙过招，太刺激了！

卫骁看得眼热，一会儿想揍元老贼，一会儿想和队长Solo。

"啊啊啊，"卫骁懊恼死了，"我为什么不在北美？！"

这样他就可以用血战打血战，再用血贼打血贼，人生妙事，怎么会离他这样遥远！

惊险"逃生"后，元泽坐直了，神态敛了之前的吊儿郎当，凝重起来。

这几年，他虽然没参加过单人赛，但从没丢下Solo。不说和金成炫还有谢和，单单是和Gary，也不知Solo了多少局。

元泽手不生，甚至比三年前更强，可是他居然没法在一个多月没碰游戏的陆封手下讨得好处。

常年安逸，人会懈怠。元泽从一年前就开始不断感觉无聊。

赛区冠军、全球冠军……空前的成绩让人神经放松。

这么多年来，他在追求什么？荣光第一人？最强上单？全球赛三冠王？

不是。

他在等一个对手，等一场酣畅淋漓的战斗，等那股挤压在血管里恨不能喷薄而出的热血沸腾，他渴求的是这快要忘记的、让人头皮发麻的紧张和刺激，这感觉不久前在冬训营，卫骁给过他。

如今，陆封带给他更加强烈的冲击。

元泽轻吸口气，无比认真。他要赢，他要拿下这局 Solo，他要在单人赛改制前给陆封一个交代！

迟到三年，早就该给予的，他的认可与支持。

战斗越发胶着，所有人都恨不得眼睛不眨，生怕错过了峡谷中两人的精彩对决。

换血、拉扯、积攒经济，长达二十分钟，他们没有出现任何一次击杀，却打得异常激烈。

所有人都意识到了，这一局 Solo，只会死一次。无论谁死了，对局都将宣布结束。

越往后，越是这样。长达五十秒的复活时间，断送了他们死亡的机会。

死，即意味着输。

这才是真正的战斗！

系统公告：
Marshal 击杀 Lu！

这行公告一出，所有人都愣住了，包括元泽，怎么回事？

卫骁看得明明白白，刚才元泽攻击陆封，陆封站着没动，技能都没放。

弹幕上飞来卫骁的问句："掉线了？"

不对啊，直播还在开着，怎么会掉线。再说他们共用一个网络，没理由队长掉线，元泽不掉。

元泽侧头看他："怎么了？"

陆封松开鼠标和肩膀，淡定道："时间到了。"

在场所有人："嗯？"

陆封："我一天只能玩两小时，刚才是最后一秒。"

L&P 训练室："……"

就连 FTW 基地，白才也是满头省略号，只有卫小小回过味来了："我都忘了时间！"

医生说了，陆封一天只能玩两小时，来 L&P 基地前，卫骁千叮咛万嘱咐，只准玩两小时，一切以身体为重。

陆封答应他："好。"

看似敷衍的一个字，他却记在心底。

元泽一脸迷惑："你……就差这五分钟？"最多五分钟，他们就能决出胜负了，这小子……

陆封都这么说了，自然是不能继续打了。毕竟人家身体不好，出点什么事，谁都担不起。

老 G 还在感动："陆封好有担当啊，知道自己背后是整个 FTW，这样爱惜自己的身体。"

Gary 吹了一会儿陆封，又安慰元泽："队长不急，等单人赛揭幕战，我们一决胜负！"

元泽想想就扎心:"以后……"

旁人没听懂,陆封却给他一句:"回见。"

元泽一愣。

回见。

这次不决胜负,还有无数个下一次。元泽心一涩,暗骂一声臭小子。

其实他懂,懂陆封的意思。

元泽:"走走走,我送你回酒店。"

这场 Solo 的视频,后来辗转流落到金成炫手里,金成炫看到最后,嗤了一声。

他给元泽打电话:"你真是越活越倒退了。"

元泽:"滚。"

金成炫扬着下巴,顶着张高冷偶像脸说着蹩脚的中文:"你有点出息,时隔三年,还要露露让着,你不嫌丢人?"

元泽啪嗒一声,挂断电话。他当然知道只打两个小时是真的,让着他也是真的。要不然陆封不会拖这么久,早就拿下比赛了。

到底是在 L&P,陆封嘴上再怎么损得他抬不起头也是用中文说。

峡谷里,他不想元泽输。只身一人在豪强林立的北美站稳脚,并不容易。

知道这些,元泽心里很不是滋味。虚长两岁,时隔三年,到头来他还在被这小子照顾。真的是越活越倒退。

大乱斗揭幕赛的名单也火热出炉了。

白才比他先一步看到,然后……

卫骁后一步看到,然后……

一个面如死灰需要送去急救室抢救,一个蹦了三尺高恨不得抱着菜哥转圈圈。

白才:"这……"

卫骁:"菜哥牛,菜哥大佬,菜哥小手通红!"

卫骁五个国服小号,一不小心中了四个。更夸张的是,整个中国赛区一共七个名额,四个都在卫骁手里,真是神了。

菜哥哀求道:"陛下,看在老臣劳苦功高的分儿上,别让我参赛了行吗?"

大乱斗的揭幕赛?他不要去,他打死都不要去。那是"佛系"青年该去的地方吗?

不是!

他的拿手英雄除了牧师就是牧师。牧师的天赋,不是"奶妈"就是"奶爸",最多也是个"药罐子"。

总之绝对没有输出技能,除了给人加血就是给人加血。把他放到大乱斗里,他怎么混?加血技能无法对敌人释放,攻击全靠挥着光杖普攻。

所以白才不要参加大乱斗,打死都不去。活着不快乐吗?干吗要去自取其辱?

"皇帝卫"龙心大悦:"行,你脸白,说什么都对。"

中一个号都是奇迹,居然中了四个,菜哥真是个大宝贝!白才松口气,好歹不想死了。

讲真的，不想去大乱斗送死是一方面，卫骁的小号ID不忍直视也是另一方面。顶着那个ID去打比赛，他还不如一头撞死。

卫骁兴致勃勃地去训练室，向大家宣布好消息。四个名额，菜哥不去，剩下的刚够分，大家都能去大乱斗游一游了！

然而项六当头一盆冷水泼下来："主办方有限制，每个战队参赛人数不得大于二。"

卫骁蒙了："我这是玩家身份！"又不是作为职业选手参赛，凭什么！

项六耐心给他解释了一下。

卫骁："……"

也有点道理。

显然主办方早就料到了会有职业选手抢号的可能，所以加了限制。一个赛区的名额有限，这样的盛事，选手想参加是可以体谅的。

每个俱乐部都少不了有国服号，而选号机制是有规则的，会优先选中排名高的ID。像卫骁的五个小号，之所以能中四个，一方面是菜哥运气真的好，另一方面也是这四个小号很有特点。

第一，他们都是排名很高的国服号。

第二，他们全是不同职业的峰顶号。

第三，他们没有认证为同一个身份。

如此符合标准，再加上运气王菜菜，不中才有鬼呢。卫骁很失望："也就是说我们只剩一个名额了。"

全训练室只有他自己在失望，宁哲涵恨不得摇旗呐喊："骁哥加油！"

越文乐见识了那几个ID后，也道："大师加油。"

菜哥眼珠子一转，财迷心窍："既然还有三个号，我们不如转手卖掉。"

肯定有不少战队在"嗷嗷待哺"，比如冤大头莫有钱。

众人："……"

看看这一排ID，真有人会想用吗？！

国服射手——Close技术好。

国服法王——Close体力好。

国服战士——Close有毅力。

国服打野——最崇拜Close！

二 "陆封天团"，集结完毕

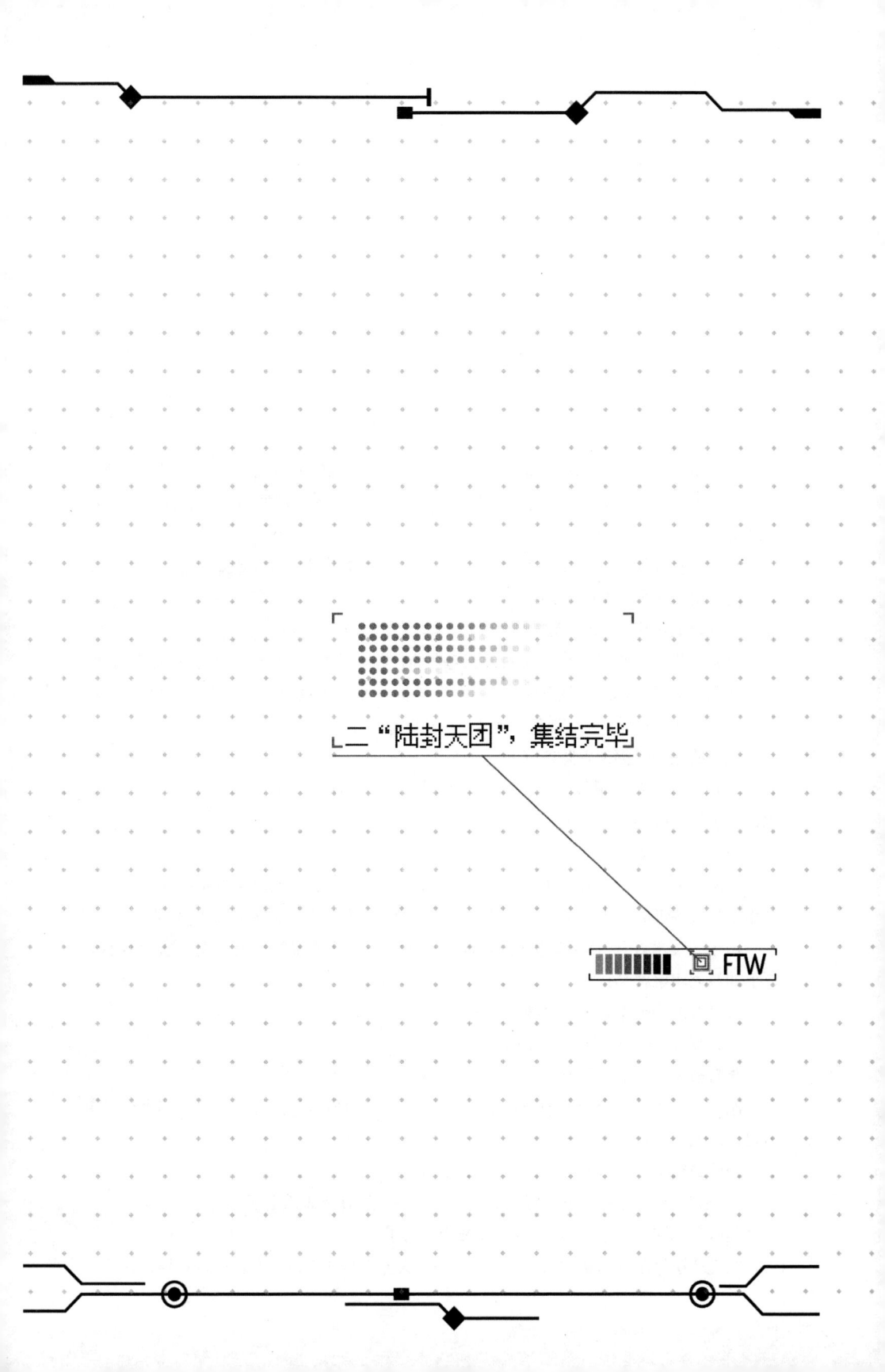

FTW

13

辰风脑子痛:"卫骁你……"

怎么想的,起这些个ID!

荣光里当然有改名卡,价格也不算贵,九十九块钱就能改名换姓,这对于职业选手来说全不是事,想怎么换就怎么换。可这次不同,既然是被抽中的ID,那就是和账号绑定的。

到时候官方要审核,账号和ID必须匹配,轻易改不得,所以想要参加大乱斗揭幕赛,只能用这几个"奇葩"ID!

卫骁坦坦荡荡:"年少无知嘛。"

卫骁这几个国服号不是一天两天练起来的,即便他有这个能力,也得有这个时间。加入战队后每天都安排得满满当当,哪会给他练小号的时间,尤其还跨职业,这种"不务正业"的事被教练组知道,他是要在基地真人跑酷的!

卫骁的这些号都是入队前练的。

荣光的一个赛季很长,卫骁这入队前创下的丰功伟绩,至今无人能破,也不知该说这小子是拼命三郎,还是天赋异禀了。

当然也在情理之中,毕竟是捶遍国内"荣光圈"的男人。

入队前的卫小小还真是年少"无知",那时候他只是个简单纯粹的陆封粉丝,ID都是用来撑批评者的,把战绩刷上榜就是让他们看看,陆封强,陆封的铁粉也很强!

至于"技术好""体力好""有毅力"没毛病的,两年前那三天三夜,陆封给卫骁留下的最大印象就是:

技术真好——怎么Solo都赢不了!

体力真好——连续七十二小时不疲倦!

真有毅力——那必须啊,七十二小时呢!

刚中奖那会儿卫骁也是有点心虚的,他甩锅给菜哥:"你急什么?等我用个改名卡再报名能死啊?!"

白才冤得很:"谁想得到你能起这些个ID!"

卫骁自己也忘了,这些ID用久了,早忘了正常ID该怎么起了。

他叹气:"唯一一个正常点的,还被刷下去了。"

第五个小号是真的相对来说正常很多——大魔王是你Boss——虽然也和陆封有关!

辰风愁得慌，道："账号都是卫骁的，你自行处置吧。"

这是放任了，不管了，任他造作了。

幸亏主办方英明神武，早早设了限制，否则FTW全队顶着那些ID被赶鸭子上架，那画面刺激了——委婉点说FTW全员是大魔王"迷弟"，直白点就是FTW全员马屁精！

俱乐部不管了，白才又开始蠢蠢欲动："老卫，你要是信得过我，这事就交给我办，我保证给你卖个好价钱，咱们八二分。"

卫骁瞥他："你二我八？"

白才："想什么呢？号是我中的，事是我办的，当然是我八！"

卫骁："号是谁练的？"

白才："呃……"

菜哥忍痛道："行行行，那七三，我七你三。"

卫骁懒得理他："不卖。"

菜哥："欸……"

卫骁："都是兄弟战队，我要白给！"

白才："你又不差钱，就让我赚点啊！"

反正肯定会给莫有钱一个，莫队财大气粗手头松，从他那儿"黑"个一万两万的，莫队眼睛都不会眨一下。白才不死心，跟着卫骁，想见缝插针找机会。

果然，卫骁第一个联系的就是莫有钱。

RR基地。

莫辉（莫有钱）正在犯愁："十个小号一个没中，这抽奖条件肯定有猫腻！"

冷酷月夜在线冲分，理都不理自家队长。

莫有钱找辅助阿灵："灵崽，我手气至于这么差吗？"

阿灵安慰他："申请的号有几十万呢，概率肯定很小。"

莫辉："不是说排名越高，中的概率越大吗？"

阿灵开解他："主办方肯定怕职业选手扎堆，不给普通玩家机会，所以……限定了IP！"灵崽真是个小机灵鬼，这都能给他扯出来。

莫辉沉吟。

阿灵："真的，队长，肯定是这样的，你想啊，咱们基地的IP都是登记在册的，他们只要剔除出去，那肯定就中不了。"

主办方表示这锅我不背。

莫辉叹口气："行吧，看来这次无缘和小月月同台竞技了。"

月夜冷飕飕地看他："你想的话，我现在就可以打爆你。"

莫辉笑眯眯："打架是不对的。"

月夜："……"

夜神时常怀疑人生，为什么他职业生涯中至关重要的两个人都这么没脸没皮！

一个是带他来到荣光的"莫没脸"，另一个是让他理解到什么是荣光的"卫没皮"。

他不知道的是，没脸和没皮搞到一起，还能更扯！

莫有钱看到卫骁的微信时正在战队群里发红包。

莫队有个好习惯，心情不好就发红包，还是两百元红包连续发。职业选手也是很差钱的，像阿灵这样的小辅助，没白才那么会营业，平日里直播没人看，还是很眼馋的。幸好自家队长时常贴补，他们才过得这么滋润。

发了一堆钱后，莫队看到了卫骁的微信。莫队随手就是一个红包私聊过去。

卫骁："嗯？"

莫有钱用红包说话："有事？"

卫骁没点红包："莫队这是遇上什么开心事了？"

又一个红包飞过来，带着一个哭包表情："心情不好。"

卫骁："……"

您这心情不好的方式真别致。

莫有钱又是一个红包，备注："发个红包开心下。"

得亏菜哥没看到这聊天记录，要不一准眼睛飘绿，立刻叛逃去 RR。

卫骁想了下："那先不打扰……"

字没打完，莫有钱又一个红包发来，继续用备注说话："没法和小月月一起打比赛了。"

卫骁懂了，原来如此："正想和你说呢，我这儿有多余的账号，你要用吗？"

莫有钱："什么？！"

卫骁淡定道："一个战队只能用两个，我这中了四个，不用也是浪费。"

莫辉在基地里直接爆粗。

月夜看都没看他一眼，继续秀操作。

阿灵眨巴眼："队长？"

莫辉酸了："卫骁中了四个账号！"

RR 训练室所有人："……"

什么见鬼的手气！别又是白才抽的吧！

卫骁给他们答案："没办法啊，队里有个财神，一不小心就中多了。"

莫辉不心疼保时捷，他心疼这可遇不可求的揭幕赛机会！

卫骁给对面一点羡慕嫉妒的时间，才慢悠悠问："要吗？"

莫有钱："要！"

说完直接转账，那一串零能让菜哥飞起来。

卫骁道："不用。"

莫辉："一点辛苦费。"真是"亿"点点。

卫骁是真的不要，一来他对钱没多大兴趣，现在的他根本没有用钱的地方，账号上队长给的钱都只能"躺尸"；二来嘛，也是咱骁哥心虚，就那 ID，真收钱，他怕 RR 和 FTW 恩断义绝。

微信的好处就是，你不收这玩意儿就是挂在那儿好看，很有自主权。这可把莫辉给感动坏了，在基地里对着卫骁大夸特夸："这孩子真仗义，做好事还不求回报。"

月夜："……"

莫有钱："难怪月月这么崇拜他，值得！"

月夜给他个眼神："我、不、崇、拜、他。"

莫辉："嗯嗯，你只是喜欢和他Solo。"

月夜刚好打完一局，起身出去冷静冷静。莫辉继续跟阿灵夸卫骁。

阿灵："卫骁这么仗义，我们不能让他失望。"

莫辉一拍大腿："有道理！我要登门道谢！"

阿灵意思是队长好好表现拿个第一来着。罢了，第一不可能，还是登门道谢吧。

莫有钱给卫骁发消息："我马上过去，账号我自己来拿。"

卫骁刚想把账号密码发过去来着。

莫有钱："你不是还剩三个？我去挑一挑。"

卫骁："……"行吧，非要来也拦不住。

RR基地和FTW挨得近，没一会儿就能到，毕竟都在电竞新园里。

莫辉不是自己来的，还带了阿灵。主要是东西有点多，自己拿不了。

没错，卫骁不收钱，可莫队是个体面人，说什么也得表示下。钱不要，登门造访的礼物总会收吧。

卫骁下楼，看到这琳琅满目的高端食材，蒙了。

莫辉："早上才下飞机的帝王蟹和澳龙，还有这牛排也是……"

白才跟着下来，一看就两眼放光："莫队来就来了，客气什么……"哎呀，这一堆东西，怕不是得一两万？莫有钱不愧是莫有钱。

卫骁诚心诚意："莫队大可不必如此……"

莫有钱也很诚心诚意："兄弟战队，不用这么客气。"

卫骁着重道："嗯，兄弟战队，的确是不用太客气。"所以见到ID的您千万别倒地不起。

一通寒暄后，白才已经把东西全都收到后厨。卫骁这边终于亮出了自己的小号。

既然要挑，那就不是发个账号完事了，而是得看看ID。

莫辉满心感激，全是期待，放眼望去——

莫队："……"

灵崽："……"

此时无声胜有声，莫有钱心头冒出的就一个念头，能把帝王蟹和澳龙还我吗？我要回去了！

卫骁赶忙推销："嗐，ID乃浮云，体验最真实。"

莫有钱心情复杂，说不出话。

阿灵干咽了一下："这个……敢问……是谁的小号？"

卫骁一人做事一人当："都是我的。"

阿灵："……"

白才打圆场："没事啦，一个ID而已，能和这千载难逢的机会相提并论？"

莫有钱和阿灵："……"

讲真的，能！

白才舍不得后厨的一堆东西："我们也是先想着你们，莫队不稀罕的话，我们就……"

莫有钱一咬牙，阿灵都来不及劝他："行吧！"

为了揭幕赛，他不要脸了！

Close 技术好、Close 体力好、Close 有毅力。

莫辉牙疼得要死，看向卫骁："不是有四个吗？"

这三个太难选了，他好奇被卫骁留下的第四个是什么。

卫骁清了下嗓子："莫队相信我，这三个挺不错了。"

莫有钱不信："看看。"

卫骁肯定给自己留了个最正常的。

卫骁："……好吧。"

出家人不打诳语，一灯大师是真没骗他。莫有钱看着第四个ID，心如死灰："你真行。"

比起"最崇拜Close"，前面三个的确都显得眉清目秀了。最后莫有钱带走了"Close技术好"。

反正怎么选都是乱七八糟，不如闭眼拿了。

送走莫辉，卫骁叹口气："我为咱中国赛区付出太多了。"

白才："……"

是付出挺多的，中国赛区光明伟岸的形象怕是要一夜崩塌！这还没凭借年度三冠举世闻名，就先一步以浪翻天出名了！

还剩下两个ID，卫骁自然是盯上了TPT的两位。这次中国赛区作为职业选手被邀请的只有三个人。TPT有点惨，一个名额都没有。倒不是欧星比阿睡和月夜差多远，而是这小子实在太小心，小心到没锋芒。TPT去年战绩不错，今天冬训营也表现不俗，可是和张扬的月夜和阿睡比起来，到底是差了点。

只有三个名额的情况下，欧星星没被选中也是情理之中。TPT这边和RR差不多，在抽奖一事上"全军覆没"。

傅黎早有准备："等等看，找机会收个号。"

欧星小声嘟囔："队长……我能……"不去吗，百人大乱斗，他能被轮着打翻。

傅黎看过来。

欧星："我能去！"

这边傅队还没联系"卖家"，卫骁主动送上门。傅黎一听这小子中了四个，心情错综复杂，完美复刻莫有钱。

欧星星惊了："是菜哥吗？菜哥这手气也太绝了吧！"

卫骁谦虚："一般一般，菜哥最欧。"

傅黎是个聪明人，直白说道："两个号我全要了，条件是揭幕赛的情报共享给你们。"

卫骁："什么？！"

什么叫聪明人反被聪明误，傅队倾情演绎："可以吗？"

钱财打动不了卫骁骁，可是傅黎的情报实在是太迷人了！为什么这么多战队都执着于参加大乱斗揭幕赛？一来是这种全球盛事，热度不亚于全球总决赛，能去露脸前途无量；二来是马上要开始全球赛了，能够和全球选手交手，大有益处。

傅黎这个诱饵给得太大，卫骁忍不住了："当真？"

傅黎不清楚莫有钱给了卫骁多少钱，但 TPT 有自己的资本，他应道："嗯。"

卫骁："我可截屏了！"

傅黎皱了下眉："我不会食言。"

卫骁心想：在您看到 ID 前当然不会食言，看到之后……

莫有钱临走前那副想把礼物拎回去的神态，历历在目！

卫骁确认了一下："我提供给你两个能够打揭幕赛的账号，傅队你在比赛结束后和 FTW 共享情报？"

傅黎："嗯。"

卫骁："无论发生什么事，都不能反悔。"

傅黎当然察觉到了不妥当："账号有问题？"

卫骁淡定："账号没问题，绝对能参赛。"

账号没问题，能够参加揭幕赛，其他都好说。千算万算的荣光"神算子"傅黎，怎么样都算不到卫骁的"奇葩"操作。

傅黎应道："好。"

卫骁一口气把俩账号都发了过去，附带官方给的认定书。

看到这俩 ID 时——

傅队："……"

泰山崩于前而色不变，麋鹿兴于左而目不瞬的男人，心、态、炸、了！

欧星凑过来一看，他立刻、马上、瞬间做泪包状："队长……我不想……"

傅黎："闭嘴！"

于是，中国赛区职业选手集结完毕。

三个应邀参加：FTW.Close、3U.Sleep、RR.Moon。

四个神仙组合：Close 技术好、Close 体力好、Close 有毅力、最崇拜 Close。

别问，问就是想揍卫小疯！

这样的"好消息"，卫骁当然要告诉陆封。

深更半夜的，卫骁跟陆封视频。

"菜哥真行，五个账号中了四个！"

"本来想等揭幕赛给你惊喜的，现在……还是提前告诉你吧！"

"嗯？"

"就是这几个ID吧，有点奇怪。"

脸皮让城墙拐都自愧不如的卫小小，这会儿还扭捏上了："这是我很早以前起的……"

说着他慢声把小号ID给一个一个念了出来。

陆封："……是那三天？"

他果然懂卫骁，轻松想到ID由来。

卫骁眼睛亮了："对！"

卫骁给自己澄清："我当时觉得你技术好、体力好、有毅力……"

陆封闭闭眼，换个正经话题："大乱斗想拿第一吗？"

卫小小的字典里，除了队长就是荣光，这个话题换得好。

"那肯定！"卫骁笑眯眯的。

陆封："只有一个第一。"

卫骁："所以你千万别让着我，我要和你一决高下！"

陆封嘴角微扬："好。"

帮他拿第一那不是真的帮他，真正让卫骁开心的是毫无保留的战斗，是靠自己实力拿下的当之无愧的第一。

卫骁又开始美滋滋了："咱俩这样是不是有点欺负人？"

陆封："嗯？"

卫骁："你看，不管是你拿第一还是我拿第一，都是咱俩的第一。咱们有两次机会，他们却只有一次。"

第二天，网上公布了大乱斗揭幕赛名单。

其他赛区不提，中国赛区的ID一出，全网沸腾。三位职业选手没有争议，唯一的头部主播大家也在意料之中，唯有中奖的"普通"玩家，让人大跌眼镜。

这都……什么跟什么……

陆封的"迷弟"天团吗？

"中国赛区卧虎藏龙，敢问这是哪来的小妖精？"

"荣光终于被奇奇怪怪的生物攻陷了。"

官博下的评论炸了，一众知情人士纷纷涌来，开始对着这几个ID讨论。

"看到这个'技术好'没有？他是8区这个赛季的国服峰顶号！"

"作为陆封最强战斗粉，他一个人抵得住万千网友，舌战群雄还呛得对面哑口无言了解下。"

"他们都有职业水准！"

"对对对，有幸目睹过，实力贼强，他们要是五排，撞上职业队都不虚。"

紧接着关于这几个ID的无数"丰功伟绩"都被翻了出来。

比如 2019 年 FTW 战绩低迷，陆封每日被批评，"技术好"第一时间赶到战场第一线，凭一己之力挡千军万马。

又如陆封某次开播，被某不要脸的主播蹲点埋伏，"体力强"立马开启反蹲模式，捶到那主播"自闭"。

再如……

罢了，料太多，区区一个评论区，装不下。

网上炸开锅了，当事人还在呼呼大睡。卫骁今早睡得倍儿香，梦里还在和队长 Solo。可惜其他人就只能顶着黑眼圈发呆。

白才当然知道卫骁是个队长"吹"，但没想到吹出了如此惊天地泣鬼神的大场面！

卫骁那两年，在某知名师范大学里功课不落，在荣光也是遍地辉煌。作为陆封的粉丝，他战斗在最前线；作为一灯大师，他横扫在最后方。

"江湖"里没有卫骁的名字，却始终有他的传说，不愧是一灯大师。

白才这两年虽然和卫骁联系密切，但真不知道这"陆封天团"的种种事迹。尤其是他加入 FTW 后，训练赛、正赛、全球赛……每天都被塞得满满的，哪有闲情关注这些。

他的卦帝主要关注职业选手，关于选手和粉丝的事情都是故意避开不接触的。

菜哥都接受不了，其他人更是面如死灰。

莫有钱看看手里的"Close 技术好"，嘴角直抽抽；傅黎和欧星看看手里的"Close 体力好"和"Close 有毅力"，更"自闭"。更要命的是，在官方公布名单前，他们已经提交了认证信息。

想要参加揭幕赛，那必须得提供认证信息认证一下。

这三人经过十个小时的思想斗争，终于屈服于大乱斗全球揭幕赛的巨大魅力，认证了。

提交的那瞬间，欧星星哭得好惨；傅黎干了两杯黑咖啡泡枸杞稳定心情；莫有钱在基地发疯，把月夜藏的烟全部捞走，害得自己被暴打。

此时此刻，他们才知道自己哭得早了，咖啡喝少了，挨揍挨轻了。

早知道这些料，他们打死也不认证了！什么大乱斗全球揭幕赛，这根本是大乱斗风评被害赛！

莫有钱拉了个群，里面四个人：他自己、傅黎、欧星、月夜。

群名：受害者天团。

月夜："我不是。"

莫有钱："你的烟。"

月夜："……"这么算，月夜的确是深受其害！

欧星星入群就开始号啕大哭，一个个哭包表情充分证明，男人也可以是水做的："我就说不参加，我就说我不想，我……"

傅黎沉默，平生头一次，他治不了这个作精。

莫有钱沦为一个面无表情的截屏机器，一条又一条的爆料被分享到群里，大家不用放大，只看大标题都头晕目眩。

发了几十条后莫有钱："有何感想？"

欧星星："杀了卫骁！"

傅黎到底是"荣光圈"出了名的冷静睿智真"学霸"，他轻嘘了一口气道："别慌。"

莫有钱和欧星星一起看他，等他给大家定定心，傅黎想的也是有道理的："这次大乱斗参与人数一百人，而且是面向全球，赛委会肯定会举行线上比赛，我们又是作为普通玩家的身份参加的，问题不大。"

月夜捅刀："你们我不知道，莫辉肯定露馅。"

作为成名的职业选手，都是有自己的打法习惯的，尤其是莫辉，那可是相当有特色。和现实中狂撒钱不同，游戏里莫有钱非常抠门，是出了名的吃着草产着奶，对经济把控极其严苛，血贼玩出了极强的个人特色，只要他用了，铁粉立刻掀他"马甲"。

莫辉："……"

他无法反驳，费尽心思脸都不要了搞到这么个号，不玩拿手英雄，他不如不玩！

傅黎给出撒手锏："只要不承认，我们就不是。"

反正没有镜头直拍，咬牙死扛到底，他们和"陆封天团"就没有一毛钱关系。

众人默然。

不得不说，这是唯一的法子。认证已经提交，官方那里是留底了的，想不参赛是不可能的。

普通玩家还可以任性，职业选手哪能不给官方脸面。然而最怕就是官方不做人，隔了短短两个小时，主办方给出了新行程。

所有人都以为这个百人大乱斗，肯定是线上比赛，大家看看直播，乐呵乐呵就完事了。

谁知，玩还是官方会玩。

主办方的运营鬼才凑一起商量——咦，商机巨大啊！全球的明星选手一次性聚齐，这放眼荣光前十年也没有这样的盛事。

全球赛最多不过5V5，十个人的赛场就是极限。如今却是百人大战！投资方纷纷砸钱求广告位，赛委会不大搞特搞才有鬼呢！

明天就是揭幕赛，把人全部凑齐不现实，而且也找不到合适的场地。

但是可以分赛区！被邀请的大概有八个赛区，每个赛区里包括明星选手数人、头部主播数人，还有幸运玩家数人。

一分摊，哪怕是中国赛区这种人多势众的，也不过才区区十几人，完全可行。

这八个赛区又都是有足够能力承办赛事的，各自搞个会场出来，把十几人摆到台上，卖票是小，热度惊人。

本来各赛区就在常规赛中，只要暂停一天，立马就能空出会场。但中国赛区财大气粗，考虑到这是群雄逐鹿的精彩时刻，高价约了个超大体育馆，能接纳数万人，场面不亚于全球总决赛。

售票渠道刚开，炸了锅的粉丝火速买票，很快过半。官方这一通操作猛如虎，把受害群的四人整蒙了。

莫有钱："说好的线上。"

欧星星："说好的死不承认。"

傅黎："……"

神算子遭遇滑铁卢，接连"翻车"为哪般？更无语的是，官方公布了认证信息：

最崇拜 Close@FTW.Quiet。

Close 技术好 @RR.莫有钱。

Close 体力好 @TPT.欧星星。

Close 有毅力 @TPT.Auroral。

这官博一出，转发评论火速涨了几万条，"热搜"也安排上了，"陆封天团"荣登榜一。

"吃瓜"路人一脸迷茫："你们荣光终于进军娱乐行业了？"

荣光姐妹们乐疯了："不不不，这事……"

一群人讨论，网友听得目瞪口呆："真的假的？"

荣光粉丝："小说都不敢这么写。"

网友表示这真的太扯了！

这一天在荣光史上记下了浓墨重彩的一笔，史称——"追星"的最高境界。当然也有冷静的，尤其是各家"裂开"后又把自己拼起来的粉丝，忍不住给选手们找理由。

"不可能！我莫队财大气粗，肯定是买的号，绝不是他自己的！"

看到这条的莫有钱，真想给她点赞！

"我欧星星……我星星好像是挺崇拜陆封的！"

欧星哭破苍穹！

"冷静冷静，我傅队不是这样的画风，一定、肯定、百分之百不可能！"

"还记得那条料吗？'有毅力'罗列万字小论文，击破陆封谣言……"

"那逻辑、那口吻、那冷静睿智的态度！"

"还有那从惊人的数据分析，从茫茫图海中找出的原图！"

傅黎："……"

三位明星选手"自闭"到捶墙，官方却是惊喜连连。谁敢想，本来还剩一大半的票，三分钟后全空了！

各大直播平台给出的转播价立刻翻倍了！中国赛区的新生代牛啊，振兴赛区全靠你们了！

终于，始作俑者睡醒了。卫骁打了个哈欠，揉揉豆哥脑门，给队长发个早安，下床去洗漱。

菜哥疯狂砸门，嘴里全是牙膏泡泡的卫骁开门："咋？"

白才："咋？你赶紧收收东西跑路吧！"

卫骁扬眉："干吗，我卫骁行得正坐得端，有什么好跑的？"

白才不废话，把网上的爆炸信息全摆给他看。

卫骁："……"

他不过睡个觉而已，怎么就翻天覆地了！

卫骁漱了口，出来仔细翻阅。这不翻不知道，一翻："怎么没人挂我？"

好歹"最崇拜Close"这个ID是他的名字，怎么就他没上"热搜"！

白才翻个白眼："谁不知道你是陆封的粉丝！"所以见怪不怪。

卫骁一想也是："……好吧。"

继续看下去，卫骁挺心疼的："莫队、傅队好惨。"

欧星星就罢了，反正他本来就是个作精形象，也无所谓崩不崩了。

白才再看一遍还是触目惊心："你自求多福，我觉得他们在赶来杀你的路上。"

卫骁噌地站起来："不行，这事我不能坐视不理。"

白才："啊？"

卫骁开了电脑，细长的手指在键盘上一扫，进入系统。

白才起身凑过来："你干吗？"

卫骁打开微博，郑重道："一人做事一人当，我不能让他们背锅。"

白才："嗯？"

接着他就见识了"陆封天团"的惊人手速，眨眼的工夫一篇声明火热出炉，不等白才说点什么，卫骁已经点了发送键。

FTW.Quiet：事情是这样的，最崇拜Close@FTW.Quiet、Close技术好@RR.莫有钱、Close体力好@TPT.欧星星、Close有毅力@TPT.Auroral，这四个全是我的小号。是我为了提高中奖概率，委托@FTW.财神帮我报名，谁知道菜哥手太红，一口气中了四个，基于主办方的规矩，一个战队只能有两名选手参赛，所以我……

不得不说，卫小小是个有担当的真汉子，一五一十地把真相说了出来，半点含糊都没有。

看到他这条声明的受害者天团，感动得说不出话——

卫小疯，仗义！

然而……

"Q崽乖，知道你仗义，但这么多国服小号怎么会是你一个人的？"

"卫骁你吹牛也打打草稿，这么牛的四个号全是你的？还是各职业的峰顶号？你当自己是全能王啊？"

"每日笑话，FTW的牛又被卫骁吹上天了。"

惊不惊喜意不意外？真相摆在眼前，全网选择不信。

莫有钱、欧星星、傅黎："……"

卫骁："我尽力了。"

14

网友嘲卫骁不自量力，粉丝自然要好生护着。

"卫骁出道前外号一灯大师，捶遍'荣光圈'的男人还不是全能王？"

"吹屁王还差不多，你见他用过除盗贼以外的职业？"

当年大师是幕后"英雄"，调教职业选手的时候也没直播，自然没人知道。

粉丝不服："他要是只用盗贼，能让这么多顶级选手心服口服？"

网友就有话说："谁服了？快别往自己脸上贴金了。"

很好，这么一闹，话题更偏到八万里外了。

卫骁扫了几眼，对白才说："战斗力不行啊，这要是换我，分分钟呛到对方闭麦。"

白才："……"

卫骁叹气："罢了罢了，我是队长的粉丝，其他任何人都不值得我上场。"包括我自己。

白才莫名被噎了。

这事还可以继续澄清，那就是把聊天记录放出来，他和莫有钱、傅黎都有微信聊天，他怕傅黎反悔还截屏了呢。

不过意义不大，大家只是在做睁眼瞎，只是凑热闹，只相信自己愿意相信的。

聊天记录放出来，他们也能说是假的。毕竟这东西……太容易作假。

而且这事就是开个玩笑，过于认真反而会让人觉得奇奇怪怪。

卫骁还是很谨慎的，他不介意全网把他当成陆封的"迷弟"。

受害者天团把卫骁拉进群。

卫骁一看群名："……"

欧星星：哭……

卫骁可算是见识到比自己还能哭的男人了："群都要被你淹了。"

欧星："我的一世英名！"

卫骁和他熟："你有个鬼的英名。"

莫有钱幽幽道："我和老傅呢？"

欧星没偶像包袱，这俩的却有两吨重。

卫骁清清嗓子："对不住，我这也是爱莫能助。"

还能咋？声明发了，事情讲了，观众就是要起哄，他也没招。

莫有钱会把他拉进群，也是因为那篇声明。卫小疯仁至义尽，他们也只能生生咽下去。

卫骁可会调动情绪："好啦，我们化悲愤为力量，冲进大乱斗，干翻全球！"让陆封扬名立万，美滋滋。

这话好使，三人被激励了。

事已至此，也没什么可挽回的了，他们能做的就是在大乱斗里大闹一场。脸都丢尽了，实力再被嘲，那他们还要不要在"荣光圈"混了！

卫骁又道："这事我也有责任，到底是坑了你们。"

被害的三人："你也知道！"

卫骁坦坦荡荡："所以请务必不要手下留情。"

卫骁发了个嘿嘿笑的表情，附言："大乱斗求'虐'！"

莫有钱、傅黎、欧星："……"

下一秒，卫骁已经被踢出群。这里是受害者天团，始作俑者就别在这儿现眼了！

眨眼间，大乱斗揭幕赛即将开始。虽说分赛区举行，但时间上略有些难办，毕竟各赛区的时差乱七八糟。

主办方尽力安排，总算选出了一个还算可以的时间点。国内时间非常不错，是在晚上十点。

卫骁最近把时差摸得门儿清，知道队长那边是早上十点还挺开心。

反正队长起得早，九点半能到会场就可以。

卫骁比较遗憾的是："队长，没法看你的直播了。"

陆封："明天一起看回放。"

卫骁眼睛笑弯了："好！"

FTW这边只有卫骁参赛，作为选手他有邀请票，可以带三个人。

辰风问了问，菜哥捂着肚子道："我肠胃不舒服，不去了。"

项六忧心道："你最近怎么总肚子不舒服？"

白才："……"

卫骁一眼看穿他，装病也不知道换着来！白才生怕被扭送医院，连忙找补："不严重，就是怕路上想上厕所。"

眼看话题要有味道了，卫骁帮他一把："他估计是想睡懒觉，不用带他了。"

反正邀请票有限，菜哥不去也行，宁哲涵和越文乐还在等着。

汤哥摆手道："我也不去了，老辰你带着他俩去吧。"

辰风是肯定要去的，毕竟是教练，紧盯比赛是他的责任："行。"

于是他们四人上了车，去了场馆。路上卫骁看了眼微博，果不其然……

卦帝发了条微博："今晚十点，不见不散。"

白才这小子，留在家里就是想开直播。这么个大场面，不少主播都会开直播解说蹭热度，卦帝怎么能错过？

大乱斗，别称"大乱炖"，卦帝不出场，粉丝闹死他。

当然菜哥用了变声器，不会让人知道他的真身。

宁哲涵和卫骁聊天。

聊着聊着，卫骁瞥他："紧张？"

宁哲涵："……"

卫骁乐了："我都不紧张，你紧张什么？"

"就……"宁哲涵是真有些紧张，"怕你被'虐'。"

大乱斗的模式他们多多少少都接触过了，这比赛完全打破了MOBA的格局，制定了很多新的规则，究竟有什么套路还充满了未知数。

以前的荣光赛事，无论5V5还是双人赛和单人赛，本质上都是"推塔"模式，只要复活水晶不破，玩家就可以不断复活，不断战斗。

虽说每次死亡都损失巨大，却不会直接结束比赛。大乱斗不一样，每个人只有一条命，死了就出局，绝不含糊。这对于适应了旧模式的选手来说，是很不适应的。他们要更加惜命，要更加谨慎，也可能因此限制了实力发挥，不敢放手一搏。

卫骁很看得开："没事，反正大家都一样。"

宁哲涵："……"

卫骁又道："都在同一条起跑线上，怕什么？"

车就这么大，他俩的对话车里人都听到了，辰风眼尾扫过来。

论心态，卫骁是真的强。

快要到了，辰风又嘱咐他："不要执着于成绩，感受一下赛场氛围也好。"

乍一听这句话，卫骁和宁哲涵都理解错了。他们以为要感受的是大乱斗里的氛围，没想到这个"赛场"指的是整个会场。

从车上下来，两个没经历过大赛的崽崽知道辰风的意思了。眼前这万人体育馆和之前常规赛的场地截然不同。常规赛是只能容纳数千人的小场馆，眼前这个却是举办过国内总决赛的大场地。

虽说全明星赛来得急，各方面配置都比不上精心准备的总决赛，但这比常规赛多十倍有余的观众还是让人倍感震撼。

卫骁如今名气不小，粉丝里有不少举着卫骁的灯牌，看到FTW的车，尖叫连连。

卫骁矜持："原来我这么火啊。"

众人："……"快别装了！

进到后台，大家基本到齐了。阿睡是连夜飞过来的，此时直接缩在椅子里睡成一团，化妆师温声细语："这个刘海要不要修一下？"

一旁的从逸："不用。"

化妆师又问："眉毛……"

从逸："也不用。"

化妆师："那……"

从逸："他嘴巴有点干。"

化妆师懂了："好，我给他涂点无色唇膏。"

从逸："嗯。"

卫骁看到这一幕丝毫不意外，打了招呼后也找地方坐下。

莫有钱、月夜、傅黎、欧星，全都盯住卫骁。

卫骁淡定得很："晚上好啊伙伴们。"

众人心想，谁是你的伙伴！

睡得昏沉沉的阿睡慢悠悠地睁开眼，也盯上了卫骁。

不用从逸翻译，卫骁主动道："是我，真是我！"

阿睡闭眼。

卫骁道："那号我还拿来和你 Solo 过。"

的确，大师的客户基本上都见识过各种小号。

从逸乐呵呵地说："你们真行，组个团都能出道了。"

他这风凉话说的，受害者三人立刻瞄向他。

从逸摆手："谁让你们总想打打杀杀，像我，一点都不想去大乱斗。"

欧星委屈："我也……"

傅黎余光扫来。

欧星站直："是男人，就该大乱斗！"

从逸喷了一声："欧神加油，九十九个大汉在等你。"

欧星想哭还不敢，他真是太难了，当年他就不该从上单转下路，就该直接转辅助！

中国赛区唯一被邀请的主播也是个熟面孔，名叫天玺，是个漂染了一头灰蓝头发的年轻人，看年纪好像不比他们大多少，但实际年龄已经二十六了。

做主播就这点好，不用太计较年纪，能说会笑比技术更重要。天玺笑呵呵地和他们打招呼。

职业选手大多性格古怪，但不至于冷落人，也都纷纷点头问好。相较于天玺的八面玲珑，还有三位真正的普通玩家才是紧张疯了。

其中还有俩女孩，从进休息室就开始面红耳赤，尤其是在阿睡倒在从逸肩膀上睡觉后，更是频频倒吸气。

从逸还冲她们笑："抱歉，他昨晚没睡好。"

女孩："……"

从逸："一会儿要打比赛，让他多睡会儿好吗？"

女孩连忙道："嗯嗯嗯，好、好的！"激动得根本说不明白话。

在后台准备了一会儿，工作人员来喊人了。一步步从后头走向前台，才感觉到万众瞩目的震撼。

主持人已经讲了好一会儿，选手们登台时，会场爆发出惊人的鼓掌声。

阿睡、月夜、莫有钱、傅黎、欧星、卫骁，还有天玺，全都人气极高。尤其在那ID事件后，粉丝更是来劲得很，见到本尊全都兴奋异常。

卫骁眼力好，远远瞥见了不少"奇葩"灯牌——

莫有钱说 Close 技术好。

星星叹Close体力好。

傅队夸Close有毅力。

卫骁最崇拜Close！

卫骁略满意，虽说队长远在北美，但陆封亮遍全场！

主持人挨个采访，先从真正的幸运玩家开始，俩妹子慌里慌张，准备了稿子也拘谨得不成样子，好在主持人功底厚，引导得还不错。

接下来是天玺，天玺虽说没到过这样的大舞台，但毕竟是常年直播间百万粉丝的名人，嘴巴很利索。

主持人抛出几个哽，他接得挺好，气氛很活跃。

接下来就是假幸运玩家了。主持人笑眯眯地问欧星星："没想到欧神这么喜欢陆封。"

欧星早有准备："谁不喜欢陆封呢？"

主持人故意问："大家都喜欢陆封吗？"

全场起哄，FTW粉丝更是大叫着："最爱陆封！"

卫骁："……"

欧星是颗软柿子，主持人好好打趣了他一会儿，轮到傅黎、莫有钱、月夜，她就收敛多了。

这几人都不太好惹，现场直播采访"翻车"，可不是闹着玩的。所以主持人避开了某个敏感话题，谈得一本正经。

到了阿睡这儿，主持人更简单了，直接自说自话，把睡哥最近的战绩赞了一下后"转台"。一看就是位经验老到的主持人，真要采访阿睡，那能全场尴尬。

脑补一下吧。

主持人："阿睡晚上好啊。"

阿睡："……"

主持人："对今晚的比赛有信心吗？"

阿睡："……"

主持人："想争取一下第一名吗？"

阿睡："……"

主持人："……"工资都要被扣光光了！

最后被采访的是卫骁。主持人对卫骁略有耳闻，知道这是个嘴巴厉害的。之前常规赛的赛后采访，她也见识过卫骁的语出惊人。

主持人不想出乱子，客客气气地问了几个常规问题。卫骁答得一本正经。

主持人心想，也没那么夸张嘛，小伙子长得帅、声音脆，客客气气的，真讨人喜欢，于是她多聊了几句。

彼时，卦帝正开着直播。菜哥躲在卧室里，开着变声器，大肆分析着各赛区的局势。

首先当然是北美赛区。

白才懂陆封在国内的名气——

打个比方吧，如果陆封在国内，揭幕赛刚开，票能一秒清空，根本不需要官方放出"陆封天团"这个重磅炸弹。

所以卦帝先解说的当然是北美的直播。本以为都是线上比赛，陆封在L&P的训练室凑合下就行，这会儿临时改线下，北美赛区热情洋溢地给陆封安排了位子。

对此中国赛区还和他们酸了一回，内容大约就是——

"我们的顶级选手。"

"放心，我们会帮你照顾好。"

"呵呵！"

北美这边还专门给陆封配了个翻译。

卦帝直播间里，弹幕狂刷："大可不必，我们陆封的英文贼溜。"

白才解释："是为了看直播的中国观众啦。"

为了热度，北美赛区也是认真了。虽说现场卖票影响不大，但网上热度太不一样了！

陆封和L&P一起入场，L&P的队服里掺了一个FTW，看着略有点违和感。可一旦镜头扫过去，给到人物特写，大家就看不到队服了。

欧美人的审美和亚洲不太一样，可放眼全球，一米八九的身高和明显有料的身材都是能吸粉无数的。

国内总喜欢给陆封上半身特写，各个角度轮番给镜头，这张脸总能换来弹幕的一片尖叫声。

北美这里的却不一样，给的大多数是全身镜头，特别注重身材。

国内粉丝不禁赞叹："我们陆封真是怎么拍怎么帅啊！"

要颜有颜，要身高有身高，更要命的是那肩宽、窄腰、大长腿——

打什么游戏，国际巨星了解下！

15

众人进入了选手席，裁判在验证身份和设备。职业选手自然备好了外设，普通玩家比较随意，用的是官方给的设备。

镜头一个个滑过去，把整个赛场的布局展现在大荧幕上。台上还是只有十个人，但布局却和以前的5V5团赛完全不同。

这里没有队友，全是敌人，自然要防止窥屏，虽说5V5并没有谁去窥屏，但今非昔比，5V5窥屏是弊大于利，大乱斗窥屏却能看到对方位置，利大于弊。

官方整合了舞台，十个人向外围坐呈半圆形，屏幕做了防窥处理，间隙也够，同时能让选手将脸面向观众。不提游戏表现如何，单单是这新颖的圈坐方式就让人耳目一新。

正前方是人气最高的职业选手，依次是莫有钱、傅黎、月夜、欧星、阿睡、卫骁。卫骁的右手边是天玺，紧接着是幸运玩家，那两位妹子在莫有钱的左手边，坐下后就兴奋得小脸通红。

全明星阵容引得观众们热情高涨,直播间的弹幕也是刷爆屏幕。

"官方好坏,拆散我莫有钱和小月夜!"

"嘤,我傅队和星星也分开了。"

"这么多场比赛,我傅队右手边头一次换了人。"

相较于RR和TPT的两人参赛,阿睡和卫骁略显可怜。他俩一个是全队只有自己上场,另一个是队长远在北美赛区。

比赛还没开始,卫骁和阿睡闲扯:"我比你强,我一会儿进游戏就能看到我家队长。"

阿睡:"……"

卫骁酸了:"好吧,你家副队长在台下看你。"

阿睡:"……"

卫骁又扳回一城:"从逸不行,都不想和你并肩作战。"

阿睡:"……"

卫骁美滋滋了:"我队长就不一样了,相隔万里也和我同在一个战场。"

阿睡:"……"

卫骁是真能和他聊起来:"是是是,我们进到游戏里不是队友,但我头顶Close啊!"看看我的ID好吗。

阿睡:"……"

这次是真的沉默,没有别的意思,就是无语了!

得亏大乱斗模式没有队内语音(因为没有小队),要不这段剪出去,又是一条"热搜"。

直播间的观众们不知道他们在聊什么,但看到他们"相谈甚欢"。

各赛区都已经入席,正在循环给选手们特写。

菜哥索性开了个分屏模式,左上角是国内赛区,右上角是北美赛区,左下是韩国赛,右下是欧洲赛区。

巧的是,四个分屏的镜头都给到了熟悉的面孔上。左上是阿睡和卫骁,右上是陆封和元泽,左下是金成炫,右下给到了晏江和谢和。曾经的神之队,以这样的形式同时出现,惹得多少老粉丝泪目。

"愣着干吗啊?截屏啊!"

一个弹幕惊起千层浪,无数人开始疯狂截屏。

就连白才自个儿都截了张图。偌大个屏幕,七个人,全都样貌出众、各有特色,实在抓人眼球。

阿睡和卫骁不用提了,一个眼皮耷拉、神态倦怠,窝在电竞椅里日常睡不醒的状态;另一个黑发白肤、眉眼张扬,对着镜头眨个眼,露个小虎牙都能把人电得头皮发麻。

身处陌生赛区,周围全是陌生人的陆封依旧是沉着冷静的模样,他近两个月没出现在公众视野,短发略长了些,遮了点耳朵尖,衬得下颌线越发精致性感。

陆封的右手边是元泽,同样是侧脸,气质却截然不同,元泽嘴角似笑非笑,黑色耳钉在灯光下轻闪，痞气十足。

韩国赛区的镜头明显更偏爱金成炫，前景是这位泪痣美人，后景是其余选手，仿佛绿叶托红花，对比鲜明。

欧洲赛区十分爱搞事，特意把晏江和谢和放在一起，给了这俩前队友、现死对头一个超级特写。

颜值高是FTW的传统，曾经的神之队每个都是样貌出众的神仙选手。元泽、金成炫、陆封不用提了，谢和与晏江也不差。灯光落在谢和脸上，他嘴角绷着，眼尾天生下压，余光扫过镜头，冷冽凌厉。月夜有个外号叫小谢和，不仅是因为他的中单打法很像谢和，更因为他的性格。

论刺儿头，当年的谢神认第二，就没人敢认第一了。

与谢和形成鲜明对比的是他左侧的晏江。晏江可以说是神之队最神秘的男人，一个辅助能够荣登荣光神殿，回顾荣光前十年，再展望后十年，恐怕都只有他一人。他生得很是温文尔雅，看着毫无攻击性，坐在选手席上都能给观众如沐春风之感。

如果真信了这表象，那就是大错特错。他拥有惊人的亲和力，又有着可怕的掌控力。极其矛盾的两个属性撞在一起，诞生了这位神之辅助。做他的队友，能同时体会天堂和地狱。想让你身处何方，看的是他的心情。

毫无疑问，神之队在国内有着数量庞大的粉丝。镜头定格在这里，弹幕已经刷疯。

元泽、金成炫、谢和、晏江、陆封，这五个人的名字几乎霸占了整个屏幕。新生代粉丝还不太懂，纷纷询问。不问还好，一问那就是数不清的"意难平"。

"神之队这么好吗？"

"听姐姐的，别去考古！"

"请老老实实吃糖，别去挖刀子！扎心得很！"

各赛区选手就位，解说也开始赛前预热。大乱斗毕竟是个新模式，解说少不了要给玩家们详细介绍。

毕竟这次全明星揭幕赛目的就是推广新模式，必须激活玩家的兴趣，燃起他们的斗志，中国赛区的解说是两个名嘴加一位在职选手。一个是大嘴哥，另一个是安娃，在职选手是3U的李淳。本来他们想邀请从逸，从逸拒绝了，于是3U把李淳送了过来。

李淳还挺拘谨，好在解说都是老手，调剂得很好。

大嘴哥问李淳："淳神去体验服试过大乱斗吗？"职业选手嘛，"某神"是礼貌性称呼。

李淳有些不自在："试过。"

安娃接话："感觉如何？是不是很刺激？"

李淳知道这时候要说点话："是挺刺激的，在D区遇上了卫骁，被他秀得头皮发麻。"

大嘴哥："哦？卫骁在大乱斗很强吗？"

李淳苦笑："他一个人击杀了D区十五个人，算强吗？"

安娃适时惊讶："好强！"

通过这个引子,他们给出了大乱斗的模式解读。

开局是百人被传送到光之空岛。空岛是高高悬浮于峡谷之上的另一个空间,周围是茫茫白雾,隐约间能瞥到展翅的大鹏和游走的巨鲲,像个如梦似幻的世外仙境。

正上方,一道金色的半圆光环笼罩着空岛。选手们抵达空岛是在光环之内,随着时间推移,光环会被白雾侵蚀,不断收缩。

光环外是非常危险的,有无数远古凶兽徘徊,吞噬着生命体。玩家一旦暴露在光环外,顶多三十秒,生命力就会被彻底吸走,结束游戏。

所以想要活下去就得时刻待在光环的庇护下。而光环内的区域因为不断收缩而越发狭窄,有限的物资供应不了这么多人,想要站到最后就要不断地掠夺和击杀。

最后光环会缩小成一人大小,只能笼罩一人,而这一人就是唯一的幸存者。到那时,光环会进入到幸存者体内,空岛消失,万千远古巨兽臣服于一人。

游戏背景扯得挺玄,落到玩家眼里嘛,简单粗暴——杀人越货抢装备,跑环苟命①争第一,地图改版这么大,其他机制变动自然也不小。

首先是 BP 环节,大乱斗没有这个了。

全职业全天赋,玩家自由选择,而且初登场可以选择四个初始英雄,进入游戏后能够任意切换。游戏内装备技能不再是自己购买,而是遍地捡。捡到什么用什么,能搭配出什么样的效果全看个人本事。

复活机制也被取消了,玩家不再能复活——死亡即出局,干脆利落。击杀敌人也不奖励金币,而是直接掉落装备和技能。掉落的装备如果不适合自己的初选英雄,可以直接在商店等价替换自己可用的装备。技能也是如此,如果自己的天赋职业不适应,也可以同级别替换。

但装备也好,技能也罢,只会根据玩家进入游戏时选择的职业天赋替换。比如,玩家进入时选择的职业天赋全是盗贼系,那就不可能从商店替换到法师系的技能和装备。

所以虽然没有 BP 环节了,但选手们也需要一个时间来选择初始职业和天赋。

解说自然不会错过这个环节,镜头不断给选手,解说也在分析着每个选手的选择。阿睡和月夜非常直接,四个初始职业全部给了自己擅长的。阿睡全部盗贼系,月夜全部法术系,这是要硬拼到底了。

欧星星不愧是"撇嘴哭"的代言人,"怂包星"名副其实。他选了灵活的雨猎,高爆发的金猎,剩下两个天赋一个神牧一个光牧,就差没把怕死写在脑门上了。

这个搭配其实挺好的。雨猎很灵活,适合打不过就跑。金猎有两个控制,而且输出爆炸,真让他坚持到后期,能毁天灭地。

神牧和光牧都是菜哥的成名英雄,不用多说,奶爸一个,站着给你打,它都能挺个二十秒。

这仨属于不同程度上的"极端分子",莫有钱和傅黎明显理智得多。莫有钱拿了两

---

① 游戏用语,指跟着光环的收缩跑以保全性命。

个盗贼系天赋，又选了一个能抗能打的战士，最后一个是辅助萨满。

傅黎和他策略差不多，三个法师系天赋，有灵法这种灵活的，有冰法这种强控的，也有火法这个高爆发的，最后一个位置也给了辅助的牧师。

解说道："两个队长的思路比较稳健，可打可退，续航性强，是大乱斗的常规阵容。"

李淳点头："我玩大乱斗时和傅队的搭配差不多。"他也是法师。

接下来是主播天玺和幸运玩家。天玺实力上肯定不如职业选手，所以也力求稳健，选了三个战士系和一个辅助系。幸运玩家拿的也是自己的常用英雄，属于版本偏强势的类型。

最后聚焦的是卫骁。

解说一看他这阵容，卡了下壳。好在专业素养到位，反应很快："卫骁的选择真是别出心裁。"

看直播的菜哥冷笑，太客气了，大嘴哥您直接说他疯就完事了！

和所有人的画风都不一样，卫骁他的选择超级"奇葩"！一般情况下选手都有拿手职业，比如打野位、上单位、中单和下路……

这些位置各有所长，所以大多数人是先选定职业，再挑选天赋。蛮劲十足的就是全输出，理智点的加个奶妈，唯独卫骁……

他第一选的是暗贼。

安娃："这没有争议，卫骁的暗贼非常优秀。"

第二选的是嗜血战士。

安娃顿了下："原来卫骁的血战也很拿手？不错的选择，续航性有了。"

第三选的是仙术士。

安娃："……"

大嘴哥接话："会锁定吗？还是说卫骁只是放出来给大家看看？"

卫骁锁了。

大嘴哥被噎了下，稳住心态道："卫骁总是给我们带来惊喜，不知道最后一个位置，他会选择什么天赋。"

按理说该拿个辅助向了，您这上路、中路、打野全有了，拿个辅助稳一稳吧。

卫骁的第四个位置淡定地拿了雨中猎人。

全场："……"

白才抚额！

这是正常人会选的阵容吗？这是想赢的阵容吗？怕不是疯了！

暗贼（打野），血战（上单），仙术士（中路），雨猎（下路）。

得亏大乱斗只允许玩家初选四个英雄，要是五个的话，卫骁是不是自己都能组个队去打5V5了？！

解说被他整得一蒙，委婉道："这四个天赋都很强。"

还能说点什么？说点大实话吧！

这四个的确是强,而且都是能秀得飞起的英雄。暗贼的弧光、仙术士的千层云、雨猎的踏雨飞……全是上限很高的极致操作,哪一个能用出来都是真大神。

卫骁一下全拿了。拿归拿,问题是您能用出来吗?!

直播间的弹幕已经开始嘲讽了。

"来了来了,荣光第一'牛神'上线,看卫骁如何'翻车'牛儿把泪洒。"

"啧,他还真当自己是全能王了。"

"论搞噱头,卫骁绝对是第一人。"

"哗众取宠而已,我把话撂这儿了,赌他落地凉。"

粉丝也很慌:"崽崽别慌啊,心态不能炸啊!"

"我知道大师很全能,但这回他面对的可是全球的神级选手……"

"我不敢看了……"

于是弹幕吵了起来:"这事嘛,自然是和'陆封天团'有关。"

"当时卫骁发了个声明,说这四个号全是自己的,结果没人信。"

"有些网友嘲讽他不可能有四个国服号,说他不自量力。"

"卫骁当时什么都没解释,如今用行动说话。"

"不可能有四个国服号?不自量力?全能吹牛王?来吧,让你们见识下大师真正的实力!"

很快,弹幕画风陡转。

"快看北美频道!"

"怎么?"

"看陆封的初选英雄!"

粉丝切得很快,连中国赛区的现场都给出了一个小框框。

陆封的初选页面,一选暗影盗贼;二选嗜血战士;三选仙术士;四选雨中猎人。

这和卫骁的选择完全一样!

连顺序都一模一样!

粉丝炸了:"这是……约好了?"

同样的职业天赋,同样的选择,却是完全不一样的声音。没人会质疑陆封。

因为三年的单人赛冠军早用实力告诉全世界,他是真的全能王。骂卫骁的声音淡了,有人理性分析起来。

"讲真的,如果这四个英雄都能玩,那真的很强。"

"九道弧光加千层云加踏雨飞,再配合嗜血战士的高续航……"

神仙搭配。只看你秀不秀得起来。

终于,百名选手被传送到光之空岛。

落地时观众们通过上帝视角,看到了明星选手的落脚点。

"神之队分占五区。"

"卫骁和晏神撞上了,他们同在A区!"

16

正常模式下的大乱斗，选手的落脚点是随机的。

空岛外圈有五个区域，分别是 A 区月光湿地、B 区战歌平原、C 区坠星湖、D 区闪金圣殿、E 区千针林。

从区域名称大体能看出一些地貌，A 区月光湿地是相对坎坷的区域，B 区战歌平原相对平坦些。

地貌对玩家是有些许影响的。湿地看环境比平原差，可真玩起来反而是湿地更安全一点，地形复杂，玩家可以稳住先发育。

平坦的 B 区战歌平原就不好办了，很有可能落地就面对面，瞬间爆发战斗。从"排兵布阵"就能看出这次主办方的用心良苦。

神之队五人、特邀职业选手、头部主播、幸运玩家……勉强算是四个等级。

为了让比赛更加好看，主办方暗中调整了传送地点，基本上均分了人数。神之队分占五个大区，特邀选手尽量均分，头部主播和幸运玩家也是如此。这样在光环缩小前，每个区域都可以给出一轮精彩的战斗，不至于集中在某一个区域，让比赛失去平衡。

比如 A 区月光湿地，也就是晏江降落的区域。这里有包含晏江在内的三位特邀选手，还有四位主播以及十三位幸运观众。

看到这个安排时，有粉丝道——

"主办方很照顾晏神了。"

"没错，月光湿地有地形优势，这边特邀选手也就两人，不像陆封那里有三名特邀选手，其中一位还是世界第二！"

因为特邀选手一共十六人，想要均分不可能，势必会有一个区域多一人。主办方相当信任陆封，不仅将他放在 C 区坠星湖这个魔鬼区域，还多送他一位"高手"。

粉丝对此很满意。

"晏神毕竟是辅助位，肯定不能和那四人比。"

"无所谓了！晏神参加揭幕赛，我已经热泪盈眶了，怎样都好！"

"是的是的，能看到晏神露脸，就已经心花怒放了！"

"就是……我晏神好像有点不耐烦？"

"你们看晏神的初选英雄。"

不看不知道，一看吓一跳。圣光牧师、神迹牧师、元素萨满、吟游术士。荣光四大奶妈，一个比一个奶量大，平时峡谷里只有一个都能奶活整个队伍，这一下四个是要淹了整个月光湿地啊！

作为荣光第一辅助，晏江拿这些没毛病，毕竟都是被他玩出花的天赋。可问题是眼前这模式是大乱斗，是除了自己剩余九十九全是敌人的单人模式！拿四个奶妈，又不能奶人。这四个天赋还有个致命弱点，那就是没有一个攻击技能。要么少量回血，要么大量回血，要么是控制和复活。自保能力足够，可问题是输出呢？是想用普攻击杀吗？不现实啊！

一点输出都没有要怎么打比赛？

有老粉丝悟了。

"我懂了。"

"我也懂了。"

"行……大佬开心就好。"

观众是上帝视角，进入游戏的玩家却是没法知道这么多的。比如 A 区这边，他们甚至不知道敌人有谁，也不知道对方的初选天赋，一切都是未知数，这样才有了悬念。

卫骁之前是玩过大乱斗的，对于五个区域都有所了解。他更喜欢战歌平原，上去就是干架，利落痛快。月光湿地这种需要"猥琐发育"①的不太适合他的性格。当然，既来之，则安之，降落在哪儿都不影响他畅快比赛。

卫骁落地后立刻激活暗贼形态，点了一技能影袭后隐去身形。别看他任性地选了四个截然不同的英雄，可其实他是冷静考虑过的：不只是这几个他能玩好，更是因为他们要前期有前期，要后期也有后期，更有不少小细节能够应对各种不同情况。比如暗贼，用了隐身后，在前期就是致命杀器！

卫骁细细打量了一下地形，月光湿地阴暗潮湿，除了上方覆盖整个空岛的光环，就只剩各种生活在沼泽地的黑暗植物。踩进沼泽不会立马死亡，但会持续掉血，对于只有一条命的玩家来说，还是很危险的。

他小心谨慎地摸索着地形，试图在遇敌前搞到一点资源，提升一下战力。空岛每个区域都有随机掉落的装备和技能点。

捡到装备穿上自然可以提升战力，技能点则可以激活或是提升技能等级。卫骁摸索前行，运气不错地捡到一把铁剑和两个技能点。

铁剑是物理系的装备，拿到后卫骁把技能点给了暗贼，他距离开启弧光还有两个技能点，可惜游戏不会给他继续摸索的机会。前方一道漆黑色的魔藤横在中间，卫骁正要越过去，游戏角色的头上忽地飘出感叹号，周围有人！

而且还是像他一样用暗贼的玩家。

在哪儿？

卫骁知道对方也能看到头顶的感叹号，肯定也知道了他的存在。

荣光游戏里有多个英雄有隐身技能，而除了那种融入地形的伪装技能，真正的隐身都会在靠近时给出提示。每个天赋的提示方式不同，像暗贼就是这样闪烁着的感叹号。

虽然无法判定对方在哪儿，但肯定是离得不远，甚至在可攻击范围内。卫骁无法判断对方的位置，对方也无法确定卫骁的位置，这样僵持下去很难有结果。

怎么办？

---

① 游戏用语，意为先谨慎地发展自己的实力。

不少人看到了他们这边的情况。卫骁在国际上还没有名气，和他僵持的却是韩国赛区的头部主播徐天琪。

徐天琪主玩盗贼，人气极高，此时不少人都在看着他的视角。

韩区的粉丝兴奋道——

"一血！快拿一血！"

"这个 Quiet 是谁？没见过。"

"FTW 的新打野。"

后知后觉的韩国观众惊呆了。

"什么，FTW 换新打野了？Close 退役了？"

"楼上没看冬训营比赛吗？"

"冬训营有什么好看的。"

"呵，今年 FTW 挺有趣的，别小瞧了这个 Quiet。"

"哥哥'虐'他！让他知道我们赛区最强暗贼的实力！"

"赶紧！拿下一血，徐天琪你就是世界第一！"

大乱斗的一血和 5V5 不一样，这个一血会全图通告，参与比赛的百人玩家都能看到。在全球顶级选手中抢下一血，还是在全球直播的情况下，这份荣耀，实在诱人！

月光湿地中，卫骁忽然取消了隐身。

弹幕立马唏嘘——

"这 Quiet 不行啊，沉不住气。"

"徐天琪稳了，谁敢想拿下一血的是我们赛区的主播……"

"啊？！"

弹幕还没把话说完，只见魔藤前，卫骁一个转身，影袭标中身后人，破了他的隐身。徐天琪愣了下，反应过来时已经被一套连招刷到头皮发麻。这时解说也留意到这里的战斗，镜头切过来后分析形势："卫骁非常聪明，取消隐身是在引诱对方进攻。以他对暗贼的了解，他很清楚徐天琪会从何处发起偷袭，所以才能算准时机先发制人。但应该有运气成分吧，即便能判断出是背后，想要掐准时间，也是很不容易的。"

暗贼的技能从背后施展有输出加成，大多数暗贼的本能就是从背后偷袭。卫骁能预判到这点很正常，真正让人震惊的是对时间的把控。

他怎么就知道徐天琪会在这个时候进攻？他怎么能掐准这零点几秒的空隙？

上帝视角不知道，是因为没了游戏内的音效。大乱斗的地图对于所有人（包括解说）来说还是陌生了些。哪怕是在体验服试验过，很多细节也不一定能第一时间发现。

卫骁不一样，为了这场揭幕赛，他可是认真准备过的。他之所以能够如此精准地把控时间，是因为脚步声。

月光湿地的特殊地形，导致人物在靠近到一定距离后会有极轻的脚步声。卫骁解除隐身的地方选得非常巧妙，刚好在蔓延开来的魔藤下。魔藤像座小山一样，下方有无数细小的藤蔓，可能是沼泽有毒，所以细小的藤蔓被毒素侵蚀，变得灰败干枯。

卫骁在隐身时已经测试过，踩到这些藤蔓，声音会格外清晰，所以他盯准了这个地方。

前方是山一样的魔藤，后方是枯败的藤蔓，只要暗贼靠近……

卫骁全神贯注，在听到咴的一声脚步后，转身使用影袭，在攻击范围内刮到了暗贼！受到攻击，隐身自动消失，蒙了的主播徐天琪完全忘了用技能！

卫骁可不会错过这个机会，他虽然没有弧光，但只要连好了影袭，照样是无CD狂秀输出，眼看着徐天琪的血量暴跌，这家伙连忙切换天赋，从暗贼变为圣光牧师。

显然他的初选天赋里携带了辅助天赋。

解说快速说道："徐天琪前期资源不错，激活了光牧的一技能圣域，可以给自己恢复不少血量！这就是大乱斗的特色了，四个初选天赋无缝切换，相当于一个选手有了十六个技能！当然这也要足够的技能点来激活，需要选手有更加周密的判断和取舍。不得不说，这次徐天琪的判断很正确，他没有把捡到的技能点全部给暗贼，而是抽出来点了个治疗技能。"

真的正确吗？徐天琪慌忙之下切换光牧，真的能把自己奶活吗？

卫骁黑眸轻闪，嘴角带了丝笑意："拜拜了您哪。"

只见暗贼身形一晃，位移绕到徐天琪身后，接着是飞刀刺入他的后背，特效乍起，血流如注，在徐天琪转身时，暗贼再度瞬移到他背后，影袭连普攻，每一下都打在了他的致命伤上！

徐天琪的粉丝蒙了，直播间弹幕一片问号。

解说倒是看明白了："光牧的移速低，行动相较于暗贼迟缓许多。虽说光牧防御高且能够回血，但在暗贼的高爆发下是没意义的！看来徐天琪切光牧是棋差一着。"

谁说暗贼一定要用弧光来打伤害？真正的暗贼是可以疯狂叠加致命伤的！

飞刀破防，背后输出加成，影袭不断，在这几乎零差错的极致操作下，别说是只开了圣域的光牧，即便是有了大招也顶不住这伤害。

徐天琪慌忙间又切天赋，这次他换出来的是仙贼。仙贼灵活，适合逃命。

可惜……

系统公告：

First blood!

FTW.Close 击杀 S2S.Baron！

全空岛所有选手都听到了这条公告，全球直播间也都看到了！一血诞生！

陆封击杀特邀选手 Baron！

卫骁手指微颤，压住了身体的战栗，一刀带走只余丝血的徐天琪。

系统公告：

最崇拜 Close 击杀徐天琪!

中国观众炸锅了,整个会场爆发出惊人的喝彩声。选手虽戴着隔音耳机,但也都听到了这兴奋的尖叫。

FTW!陆封!卫骁!

全球揭幕赛,大乱斗的第一滴血来自中国赛区。陆封击杀的不是陪跑的幸运玩家,不是噱头比实力大的主播,而是十六名特邀选手中的一位,同为明星选手的 Baron!

北美赛区也跟着炸锅了,Baron 是欧区的名人了,打野玩得非常好,一度把老 G 按在地上摩擦,是北美赛区最讨厌的选手之一。

哦,陆封也是其中之一,谁让他总是把老 G 捶到"自闭"。

陆封和 Baron 开局撞上,观众"喜闻乐见"。

陆封开的是暗贼天赋,他比卫骁还惨,一个装备都没有,只捡到两个技能点。Baron 运气绝佳,不仅摸到一把铁剑,还捞到了三个技能点。别看是一把铁剑和一个技能点的差距,这放到 5V5 里相当于经济和等级全被压制,想要打赢可不容易。

尤其同为顶尖选手,操作水平摆在那儿,不至于出错。再加上陆封所在的区域足够可怕。

坠星湖是唯一的水下区域。想要捡资源就得潜水,潜水不仅会减缓玩家的移速和反应力,还会进入憋气状态,一旦憋气状态结束,潜水过深无法探出水面换气,就会进入持续掉血的状态。

多少玩家在体验服都是淹死在坠星湖的。这样一个比月光湿地还坑的区域,一般情况下前期很少开战。

可陆封和 Baron 迎面撞上了。湖底闪烁着两个技能点,两人同时盯上,在即将靠近时发现彼此。

水底、憋气。

要打吗?

Baron 还在犹豫,陆封已经突袭靠近,没有装备的他普攻伤害很低,幸好飞刃给得够快,破开了 Baron 约等于零的防御。

Baron 毕竟是欧区的神仙打野,反应也够快,拉开距离,正面应对陆封。他开的天赋是魔贼,皮脆肉薄,胜在手长。

可惜陆封点出了影袭和突袭,一个是可以无限刷连招,另一个是两段位移,轻松贴近 Baron。

水底作战很不轻松,英雄动作相较于地面更迟缓,需要一个适应的阶段。Baron 还在适应,陆封却无视一切障碍,甚至不在乎疯狂提示的憋气值,他如同在陆地上一般,完美预判敌方位置,每一刀都精准地刺向 Baron 的后背。

Baron 被逼得不断走位,心中有些慌。这样下去,他要死在坠星湖。

比赛刚开始,他甚至没能走出外圈,怎么能就这样结束游戏? Baron 强行冷静下来，他装备比陆封强，技能也开到了三个，硬拼的话最差不过是两败俱伤。

不对！Baron 瞳孔猛缩，意识到了问题所在。

外语的解说很多中国粉丝听不懂，国内也有解说在自己的直播间转播。

他们凭着上帝视角看出了陆封的意图："全是幌子！Baron 上当了。陆神这演技绝了！陆封看似猛攻，打了 Baron 个措手不及，实际上他是在利用 Baron 对暗贼的了解，逼迫他的走位。没错，Baron 作为打野位，对暗贼太熟悉了，躲避突袭已经成了本能，陆封利用这点不断迫他挪动位置，Baron 的确是躲开了陆封的攻击，但是也远离了那两个技能点！"

魔贼有着手长的优势，劣势是位移技能很短。他不像暗贼，一个二技能可以瞬移两段，这个距离魔贼够不到那闪闪发光的技能点，暗贼却刚刚能过去。

蔚蓝的水下，陆封甩下 Baron，在冷却时间结束的瞬间，位移到技能点上。

叮的一声，陆封成功捡取技能！

两个技能点意味着什么？暗贼足够点开弧光！

陆封的弧光意味着什么？毁天灭地。

看直播的观众沸腾了。峡谷里的九道弧光特效已经很惊人了，原来水下的可以更美。

无限霞光波动水纹，翻滚出的水泡像海底巨浪，一圈一圈荡开，由缓慢至急速，砰的一声炸开，整个坠星湖都跟着震动。

星辰坠落，湖光闪烁。

这一刻，观众忽然明白了这个区域名字的由来。

也许是无意，也许是巧合。但当九道弧光在湖底炸开，犹如星海置换、天地颠覆。暗贼浮出水面，披风沾了水渍，兜帽依旧遮掩着五官，只留一个瘦削的下巴，冷白且凌厉。

毫无争议的一血入手，陆封斩获了 Baron 死亡后掉落的三个技能和铁剑。一血有特权奖励，可惜没人知道是什么。另一边卫骁也收下了徐天琪的技能点和装备。

与此同时，全球各赛区的直播平台上都给出了击杀排名。

大乱斗中的选手们看不到，观众却看得一清二楚。

第一名：Close。

第二名：最崇拜 Close。

第三名：Marshal。

第四名：Xiehe。

他们都入账一个人头，排名是根据击杀时间定的。虽然这个排行是即时的，也足够让中国赛区狂欢。全球揭幕赛，FTW 神仙开局！

17

大乱斗有个特色，一旦杀戮开始，就会呈指数级增长。系统为了让对局刺激，在装备和技能点的掉落上设置了逐步递增的强度。

比如初始大家都在外圈，能捡到的大多是铁剑、木杖、布甲衣这种低阶装备；随着向中心推进，能够捡到的装备等级越来越高，甚至会出现特殊技能。

所谓特殊技能，也可以叫作公共技能。无论初始天赋是什么，选手捡到这些技能都可以用。

公共技能到底有什么效果，各战队都还在摸索中，已知的有闪现（位移很长一段距离）、治疗（回复定额血量）、勾魂（将范围内敌人勾到身边并控制一秒）、疾步（大幅度增强移动速度）……

有不少是取自5V5模式的携带技能，但也有勾魂这种原创技能。体验服开放时间过短，到底还有什么"特技"（特殊技能），需要更多的样本去参考分析。

全图一百人，唯一可以确定的是，拿到第一滴血的陆封有个特殊技能。

导播非常坏，他们就是不展开陆封的技能面板，连看直播的观众们都不知道这个"特技"是什么。

解说："不急，等陆封用的时候，答案自会揭晓。"

弹幕一片唏嘘，气他们卖关子。

观众都不知道，游戏里的选手就更不用提了。他们只知道陆封有"特技"。一旦击杀陆封就可以拾取他的一切装备包括"特技"！

那么问题来了……

击杀陆封？谁办得到！

卫骁心里美滋滋的，队长拿了一血，也行，和他自己拿了一样开心！

卫骁收下了徐天琪的装备，并给他留了一行字："安心，我会带着你的'遗志'冲进决赛圈。"

徐天琪是个地地道道的韩国人，并不知道他打了什么字。韩国粉丝里有会中文的，给翻译出来了，然后……

"啊啊啊，炫神，打死这个狂妄的小屁孩！"他们一窝蜂涌入金成炫的视角，等着荣光最强射手制裁这个臭小子！

然而他们的炫神还在焦头烂额中。金成炫被投放在了D区闪金圣殿。

闪金圣殿、金成炫，再加上炫神命定天赋之一金猎，真是个绝妙的"巧合"。

闪金圣殿听名字似乎比月光湿地和坠星湖正常一些，圣殿嘛，一个建筑物，应该没什么环境问题。

这么想的玩家就太天真了！

圣殿的确是个建筑物，从外表看十分恢宏，尖顶入云的哥特式教堂风格的建筑，纵深度极大的入门厅堂中雕刻了无数人像，每一个都不一样，唯一的相似之处是那冷漠的视线都聚焦在一个点——那里供奉的一个金色的骷髅头。

外表这样阴森可怖，内里更魔幻。选手被传送过来，落地就是迷宫。小地图上一片迷雾，只能看到光环的位置，想要散开迷雾，只能不断摸索跑图。

闪金圣殿算相对"安全"的区域，因为地图够大，不容易发生战斗，但是……迷宫这东西太毒了！方向感不好的，直接死在里面——比让人击杀还郁闷！

金成炫是个高端射手，绝不怕和人正面硬碰。可他很头疼这种地形。

炫神人生有两大污点，一个是元老师教的中文，另一个就是让人惊掉下巴的路痴属性。

早年在神之队，迷路的金成炫被陆封捡到过三次，被元泽拎回家四次，和谢和走散过五次，被晏江丢掉过六次……

这三四五六都成段子了，直到金成炫回国，"傍上"李赫然这个人工导航才有所好转。

如今主办方不做人，把孤身一人的炫神丢在闪金迷宫，真是……

韩国粉丝围观了一会儿后淡定了："罢了罢了，打死臭小子什么的先放放，炫神您先照顾好自己吧！"

惨，真的惨，眼看着排行榜上各赛区都有姓名，韩国观众们好急！

同在闪金迷宫的还有一人，ID 是"Close 有毅力"的傅黎。

很快就有观众发现了这个神奇的男人。迷宫之所以难走，是因为岔路太多，一个个摸过去很浪费时间，撞壁多了还会心烦意乱。

傅黎不心烦也不意乱，还不浪费时间。他落地捡到一个二阶乌木杖，这运气真不错，对于法师来说，前期有这么个杖子在，输出能翻一倍。

放眼整个闪金圣殿，哪怕是金成炫和他迎面撞上，面对这个"神器"，也不一定能讨到好处。

可以毫不夸张地说，傅黎拥有此杖，短时间内可以在闪金圣殿称王称霸！可惜这个男人一秒都没浪费，乌木杖都没沾上他的背包就被麻利卖掉！

观众先是一蒙："手滑？"

国内的 TPT 粉也迷惑了。

"我傅队竟然会犯这种低级错误？"

"慌了慌了，我慌了。"

有明眼人猜到了："不愧是数据帝，功课做得够足！"

傅黎卖掉乌木杖，等价换取了两双高阶鞋子。

5V5 里鞋子的移速不可叠加，但大乱斗里不一样，虽然同款鞋子的技能不可叠加，不同款的第二双却可以叠加 50%，第三双叠加 25%……依次递减。

商店里有七种鞋子，其中一双叫疾步靴，顾名思义就是穿上跑得快。傅黎第二双买了冷却靴，这鞋可以缩短技能 CD。

他这选择非常妙，不仅能够大幅提升移速，又可以尽量缩短技能 CD，要知道灵法是多段位移的法师，技能冷却时间短了，可以一直摸爬滚打，也是另一种程度上增加移速。

这一通操作搞定，大家一脸震惊——"Close 有毅力"这风一样的女子（天赋为女性角色），怕是放眼全图也没人追得上！

D 区霸主炫神还在撞墙撞到满头包，傅黎已经离迷宫出口不远了。官方更狠，又给了一个排名。

距离中央区最近的选手排行——

第一名赫然是 Close 有毅力。

足足甩了第二名八百米。看到这个一闪而过的排名，全球各地的粉丝都捧腹大笑。

没什么。排名没问题，毕竟是跑图赛制，关注一下选手位置很有必要。

但是这 ID！

Close 有毅力被翻译成数个语种，大魔王再度以"奇葩"的方式扬名世界。

对于这一切，傅队一无所知，他只是一个无情的跑图机器。捡装备捡技能点，跑出迷宫冲向中央区，杀进决赛圈。名次不重要，重要的是收集、收集再收集！

因为"有毅力"的一鸣惊人，不少观众开始关注这位选手，得知这是中国赛区 TPT 战队的队长，他们又将目光锁定同为 TPT 队员的选手——欧星。

欧星被发配在 E 区千针林。千针林这个区域也很有特色，看看"千针林"三个字，似乎是个松树林？毕竟松树的叶子是针状，叫个千针树不为过。这么想的话就低估了荣光的策划。

千、针、林，就是字面上的意义，地上全是尖锐的冰针，铺满了整个 E 区，放眼望去宛若一片郁郁葱葱的丛林。可惜里面长的不是树，而是针。

传送在这个地方，普通玩家真是哭爹喊娘。遍地是针，走不好就掉血，外圈还没有太多药包可捡，血量这么掉下去，不用打架就已经离死不远了。这地方非常考验选手的走位。5V5 峡谷里，走位可以躲避敌方技能，可以抢占先机，可以逆风翻盘。

在千针林里，你走不好，就会被淘汰出局。欧星面对千针林其实还好，毕竟他是个靠走位求生存的射手，不至于踩到针上把自己戳死，他比较头疼的是他的敌人。

刚落地他就眼尖地看到——谢和、月夜。

天哪！冬训营的可怕记忆涌上脑海，欧星差点躺冰针上自杀。

为什么？为什么他要和这俩刺儿头在同一区域？！

为什么？为什么他不是和温柔和善的晏神在同一区域？！

冬训营时卫骁在 A 组，欧星在 B 组。得知远离了一灯大师，欧星喜上眉梢，恨不得敲锣打鼓。然后他就见到了个子一米七、杀气两米八的谢神。

B 组 TPT 第一局比赛，欧星被谢和满地图追着杀。

队内语音欧星哭得好大声："他不是中单吗？他不是脆皮吗？他不是该受人保护的 C 位吗？"

傅队冷酷无情："很明显，他不是。"

整整一局，欧星体验了十三种死法，继一灯大师后，Xiehe 这个 ID 也给他留下了深深的不可磨灭的凶残烙印。

后来月夜也体验了一下"十三死"。

欧星找他："我懂你，想哭的话，肩膀借你。"

月夜："呵呵。"

同样被"虐"惨，月夜迎难而上，开始疯狂找机会和谢和单挑，甚至在冬训营结束时用仙术士赢了谢和。

欧星以前也知道月夜爱较劲，但没想到他这么较劲！这届中单都怎么了？把自己当野王了吗？！

后来欧星也赢了一次谢和，赢得通体舒泰，爽得头皮发麻，让他体会到了何谓极致体验。

怎么赢的？是在自由匹配时，欧星运气爆表，匹配到了晏江做队友。

晏江随便拿了个神牧，欧星随便用了个金猎，对面谢和拿的还是仙术士，结果谢和被他打得满头包。

这段视频至今还在网上流传。往事如此这般，欧星星此刻的心情也就很好理解了。

晏神——神仙辅助，如沐春风，做他的队友能快乐上天。

谢和——两米八的真大神，不敢对视，对视就是一个死。

月夜——快到两米八的准大神，不知道哪天就要被他的千层云秀到"自闭"。

天可怜见，欧星远远瞥到这两个人，哪还敢露头？他凭借着自己多年的逃生经验，绕着千针林把自己藏了个严严实实。

如果有个空岛厌指数排名，星哥绝对第一名！

要说最刺激的区域，绝对是 B 区战歌平原，在别的区域里，选手还在和天然环境斗争，B 区已经打成团了，元泽、阿睡，还有一位北美的特邀选手，打得不可开交。

他们是开战最早，打得最凶，对局最激烈的，可是一血却是陆封的。

元泽传送到战歌平原还没拿到一血，元老贼的脸往哪里放！

像是要把"喜剧"效果搞到底，直播屏幕上又给出一个排行。

空岛最富有选手，第一名——Close 技术好。

大家看到这个 ID，一时间还没反应过来。赶忙翻开距离榜，发现 Close 技术好和 Close 有毅力不是同一个人。

翻译火速给出译文。全球直播间又是一片哗然。中国赛区玩这么大的吗？！

ID 都这么会起的吗？！

Close 技术好是莫有钱。莫队在 C 区坠星湖，和陆封同在一区。他运气爆表地降落在一堆珊瑚丛中。

湖里为什么会有珊瑚？

因为策划说了算。

莫有钱大概是平日里钱撒多了，运气积攒够了，落地就疯狂捡钱，珊瑚里有金钱鱼，捕死一个掉落一百金币，连击还有金币加成。莫有钱杀得不亦乐乎。

金钱还是很有用处的，虽然不能用来买装备（装备主要靠捡取和等价替换，不可商店买卖），但可以买药包！

商店里提供各种型号的蓝药和红药，莫有钱捡到这么多金币，无异于把药罐子背身上了。战斗中当然不能使用药品，可打完一场能续命，下一场就可以满状态敞开打了。

莫有钱杀光所有金钱鱼，买满红、蓝药，踌躇满志地冲向中央区。就他这些钱，就他这些药包，他怕谁？

他谁都不怕！如此自信的莫队迎面碰上了浴血而生、持剑而立的嗜血战士。

莫有钱："……"

陆封："……"

刚还天不怕地不怕的莫队掉头就跑。

陆封怎么在C区？他怎么这么倒霉？和这个杀神在同区域！

莫有钱的初始天赋是枪贼，这是个位移颇多的天赋，一枪插下去，人物可以随枪而动，只要操纵得当，能够不断刷新技能，向前位移。

中国赛区把视角锁在这里，开始围观这俩的追逐战："莫队的选择不错，遇上陆封的确该拔腿就跑。陆封已经斩获三个人头，高居积分榜第一，装备凑齐一件神装，死亡骑士的技能点更是开满了。枪贼拼不过死骑，尤其是陆封的战士，专治各种盗贼。可是莫队跑得掉吗？陆封有移速加成，莫队……哦，莫队除了钱，一无所有。"

药包也可以换算为金币，莫有钱一无装备，二无技能点，真是除了钱一无所有。再看陆封，一件神装、八个技能，轻轻松松便追上了仓皇逃窜的莫有钱。

TPT粉丝哭成一团："莫队！您这到底是运气好还是运气差啊？！"

说运气差吧，开局掉珊瑚丛，金钱鱼杀到手软，荣登金币榜第一，全图最幸运；说运气好吧，这金币还没焐热，药包一个没用，就遇上了满状态的大魔王。

卦帝角度新奇："是时候让莫队体会下陆封技术到底好不好了。"

这ID应景了。

解说唏嘘："如果陆封击杀莫辉，那他将获得三千金币。"

到时候，谁还拦得住这个要钱有钱、要装备有装备、要实力有实力的超级大魔王？！

镜头回转A区月光湿地。卫骁这边也遇到了情况，他击杀徐天琪后又逮着一个幸运玩家，职业选手打普通玩家，仿佛拿着菜刀切黄瓜，嘎嘣脆。斩杀幸运玩家，卫骁继续向着中央区突进，在一处深水沼泽看到面对面站着不打架的两个人。

大乱斗模式里是可以打字沟通的。不过这个打字是区域性的，只有小范围内可以看到。卫骁这边看不到他们说了什么，但能猜得出他们在交流。

大乱斗里全员皆敌人，没有队友。这是游戏设定，可玩游戏的是人，人都有自己的想法。

前期结盟，后期撕破脸，也不是不可以。显然这两人已经结盟，想要一起冲出A区，挺进中央区。

卫骁眼睛微弯，跳了出去。

"哈喽！"是有礼貌的卫小小。

那两人一惊，瞬间警惕。卫骁打字快，攻击更快，他已经斩获了六个技能点，不仅开出了暗贼的弧光，还激活了仙术士。他此时切换成了仙术士的模样，用的也是仙术士的技能连云式，一道白雾冲出去，触碰到敌方会原路返回，开启二段攻击。

结盟的两人，一个是力贼，一个是狂战士，都是单兵作战颇强的天赋。

他们一看冲过来的是个小小仙术士，顿时松口气。

"这次你拿装备，我要技能点。"

"好！"

还没开战先分赃，自信过头了。

同在 A 区，张扬肆意直冲天际的魔藤上，坐着一个神牧。他身量修长，神态冷淡，代表着光明圣洁的白色牧师服拖曳而下，盖住了笔直的双腿，唯有一截白皙的手腕搭在漆黑邪魅的魔藤上。藤蔓是阴暗潮湿的魔物，牧师是洁白无瑕的神之代言人。

而此时此刻，两者完美融合在画面中，又对比出一副惊心动魄的美感。

神牧的 ID 赫然是——Y1.Yan。

晏江双手轻飘飘地落在键盘鼠标上，没有任何操作。他居高临下地看着沼泽里缠斗的三个人，面色平静。

除了资深老粉，恐怕没人知道这位的心思——

什么傻瓜赛制，早死早超生。

18

晏江的视角刚好让下方的战斗一览无余。

不少玩家也跟着他的视角，发现比单看卫骁或者结盟二人组还要全面。

连导播都发现了，直接给了镜头，解说被吸引过来，盯着这场 1V2 说了起来。

这场战斗十分有看点，卫骁不用提了，凭借其"奇葩"的天赋阵容，可怕的人头数还有那要人命的 ID，有幸成为全球小名人。

另外两个人的 ID 也不简单，他们没有战队名，但却和卫骁、莫有钱一样，是"伪装"成幸运玩家的职业选手。

用力贼的是北美赛区一线战队的上单 Herman，用狂战士的也同在北美赛区，名叫 Jacob。

因为同在一个赛区，所以他们一见面就认出了彼此。

两人都是战士天赋，捡到的装备也差不多，技能也没比谁高多少，他们的个人水准也相差不大。

真打起来只有两败俱伤，其中一个勉强活下来也会因为血量过低让人坐收渔翁之利。

于是两人一沟通……

结盟了！

谁知刚商量好怎么行动，就有个小崽子送上门来。

还是个只开了一、二技能的仙术士！

一个天赋开了多少技能，是可以通过名字旁边的小图标看到的。

比如，此时力贼和狂战士的 ID 后面都坠了个"3"，而卫骁的 ID 旁边坠了个"2"。

这么看，冲上来的卫骁明显是送人头。

两个技能点不算多，但也没人会嫌少。

力贼和狂战士心中一喜，要定了这个小小仙术士——估计是个普通玩家吧，看这ID十有八九还是陆封的粉丝。

力贼还得意地发了一串英文："小兄弟，走好。"

卫骁看懂了，回他："好嘞。"

看到这两句话，知道真相的观众朋友们纷纷狂刷弹幕："大兄弟俩，走好。"

就这俩？每人全身上下只有三个技能点，装备是一人一双草鞋，撞上点满暗贼天赋后还点了点仙术士天赋的卫骁，不是送死又是什么？

力贼和狂战士把卫骁看成待宰的肥羔羊，卫骁又何尝不是把他俩当成香喷喷的肉包子。

战斗一触即发！力贼先埋地刺，显然是怕卫骁知难而退，跑了。狂战士跟得很快，双斧在手，随时准备使用核心技能。这架势，如果卫骁真是个弱不禁风的仙术士，已经被送出局了。

众所周知，仙术士六级前就是个弟弟（实力很弱），刷不出千层云，叠不起云痕，伤害低得令人发指。仙术士又生得很美，虽说是男性角色却仙衣飘飘，他身形修长，黑色长发松松地束在腰间，用起连云式像在云端翩然起舞。

这画面冲击颇大，俩壮汉，一"美人"。不忍直视！

偏偏这"美人"不着套，头顶弹出对话框："哥哥们好凶哦！"

这诡异的话令人头皮发麻。

力贼和狂战士鸡皮疙瘩蹦了下，脑子里冒出个念头："这是个姑娘？"

陆封的"迷妹"？

不管了，全球直播呢，没有手下留情一说。当然他们想手下留情也做不到，技能都给出去了，想收也收不回来。

眼看着仙术士要被地刺拉住，狂战士的大刀阔斧（技能名）也要砸他头上……

咻的一声，连云式撞到力贼，白色雾气化作长龙，打断了力贼的回旋踢。力贼微怔，心道：这仙术士手速好快！

不过手速这玩意儿，再快也没用，巧妇难为无米之炊，别说一个普通玩家刷不出千层云，真能刷出来也没用。仙术士在只有两个技能的情况下，一层云也刷不出来！力贼不慌，再度蓄力，回旋踢笔直冲着仙术士而去。狂战士的前摇结束，技能也飞了出来。

仙术士被他俩夹在中央，躲无可躲，只能受着。以他那脆皮身板，一个回旋踢，一个大刀阔斧，估计直接重伤。

仙术士完了吗？

只有力贼和狂战士会这么想。全球盯着直播间的人都在想："来了来了。"

只见下一瞬，仙术士游鱼一般从两人中间滑走，笔直地向左侧瞬移出去。力贼和狂战士那真是瞳孔地震。

怎么回事？

仙术士一技能连云式，二技能落云式，都不是能够位移的技能！明明是抵在死角的"小弱鸡"，他是怎么滑出去的？

力贼和狂战士震惊之余，忽地发现了更加致命的问题——他们的技能回旋踢和大刀阔斧！

力贼眼睁睁看着狂战士的巨斧迎面而来，自己躲无可躲！狂战士也"不遑多让"，眼看着力贼一脚踹过来，自己没有时间走位。

砰！哐！

技能特效爆炸，力贼被大刀阔斧砍掉三分之一血，狂战士也被力贼这一脚给打了个鼻青脸肿。这番操作其实很快，整个过程不过短短数秒，观众却已经兴奋得疯狂鼓掌。

解说给予精彩点评："卫骁早有准备，他站在力贼和狂战士中间，引诱他们同时释放技能，再瞬间切换形态，用出暗贼的两段位移，滑了出去！

"大乱斗里的所有技能都是无差别攻击，所以力贼的技能砸到了狂战士脸上，狂战士也砍上了力贼！"

听说你们想结盟？问过系统机制了吗？！

躲开的卫骁鬼得很，他仗着力贼和狂战士视野有死角，迅速切换回仙术士。这手速有多快，复盘时都需要慢放才能看明白。

当然有些人的动态视力是异于常人的，比如此时高高坐在魔藤上，冷眼看着下面的晏江。

他看得只怕比解说还细，比如仙术士利用连云式打断力贼的第一个回旋踢，为的是等待狂战士的技能前摇；又如仙术士凭借地刺拉近与力贼的距离，同时迫使狂战士因为技能范围不够而走位向前。

观众只看个热闹，只知道卫骁戏弄了结盟二人组，只觉得他一通操作行云流水，十分轻松。行家却是一眼就能看出其中的微妙操作。只要有一个细节把控不好，就不是力贼和狂战士互砍，而是仙术士归天。

最崇拜 Close？晏江面无表情地盯着这个 ID。

卫骁把这俩当猴要，这俩可不想当猴。被这样戏弄一番，力贼和狂战士火了。

谁还不是个高手咋的？敢玩弄我们，我们把你捶到死！

力贼和狂战士都认真起来，不用打字已经心领神会——搞死这个仙术士！

说什么也要弄死他！

卫骁头顶冒出一行字："哥哥们不要生气，我好怕怕哦。"

他英语贼溜，说得有模有样。

力贼和狂战士："……"

叫哥哥也不行，今天一定要杀到你求饶！这俩虽然装备一般，技能点也不多，但却在沼泽里捡到过钱袋子，此时立马买药，趁着脱战状态狂补。

本来因为互砍掉下去的血量恢复了不少。卫骁嘀了一声，没啥，就是心疼，早点结束战斗，这药包都是他的。

罢了……再逗他们玩玩。

卫骁故技重施，力贼心中冷笑："还想再来一次？做梦！"

狂战士这次把控好了距离，技能末梢能够到仙术士，却不会打到力贼。力贼的回旋踢也控制好了角度，不会再误伤队友。

他们甚至提防着卫骁的"瞬移"。因为仙术士的层层白雾，他们没看到卫骁切换状态，并不知道他还藏了个暗格天赋，还以为他是机缘巧合下搞到了一个公共技能。

已公开的公共技能里就有闪现这个唯一技能。想到这儿，力贼和狂战士更来劲了。杀了仙术士，不仅可以捡到技能点和装备，还可斩获一个稀有的公共技能。

妙啊！

只要能砍死这小妖精。

卫骁妖不妖精不好说，砍不死是真的。

眼看着两人的技能又要到位，卫骁先是连云式弹开力贼的回旋踢，再凭借一个侧身躲开大刀阔斧，同时落云式砸向力贼，削掉他四分之一的血量。这点伤害力贼根本不当回事，他先交出冷却时间到了的地刺，逼迫卫骁走位。狂战士和他颇有些默契，双斧举过头顶，蓄力震地。

这俩都是强控技能，卫骁只要中了，立马被眩晕，到时候可别想躲开接下来的攻击。力贼三技能双刃剑和狂战士的狂化俯冲都是输出能力极高的技能。真给他们用上了，他能被撕成两半。

卫骁左侧是地刺，右侧有双斧震地，前方是力贼，后方是狂战士，四面夹击根本无处可逃。

站住不动就得吃力贼的双刃剑。力贼的这个技能非常强悍，按理说力量盗贼是没有武器的，输出全靠体能，是个体格贼棒的男人，可他的三技能却叫双刃剑，这里的剑不是真正的剑，而是代表了技能的含义。

双刃剑——击中敌方给予高额伤害，若无法击中目标则伤害反噬，自己承受50%，也就是说力贼如果打中卫骁，卫骁会被打成重伤，但如果卫骁躲开了，这个攻击50%的伤害将反噬给力贼。

这是个高风险高回报的技能，也是力贼的核心技能！用好双刃剑的力贼，能化身输出狂魔。

仙术士是躲不开了，怎么都躲不开了。连云式和落云式全在冷却中，公共技能也没有了，只能站在中间……

切换天赋了！

仙衣化雾，墨发染红，血色披风凭空而起，落在身形单薄的盗贼身上，只余兜帽下冷白的下巴和腰间若隐若现的红刃。

此时此刻，看了个一清二楚的力贼和狂战士倒吸口气。

仙术士只是幌子，满技能带蓝武的暗影盗贼才是真面目。这一幕不只镇住了月光湿地的两个人，也把盯着对局的全球观众给镇住了。

"被帅到了！"

"策划用心了，这天赋切换得也太酷了！"

"仙术士和暗影盗贼这么配吗？"

更惊人的是卫骁的手速，切换状态在一刹那，用出影袭也在这一刹那。隐匿行踪，位移贴脸，背后偷袭，一整套连招干脆爽利，完美得像华灯溢彩下的精美艺术品。烙下印记，叠起伤害，他不仅躲开了力贼的双刃剑，还飞去狂战士的背后。

暴击、撕裂，伤害高得爆炸！

有明眼人看出来了。

"弧光……他要刷……"

"九道弧光吗？不会吧，一场大乱斗能看到两个人刷出九道弧光？"

"搞快点搞快点。"

印记盖满，伤害叠够，弧光从血刃中飞出，直径为一百八十度的可怕范围让这一道弧光像一柄巨刃般横扫而出。色泽在不断变化，淡红、暗红、樱红、橙黄、亮黄、白、冷白、蓝……

"八道！"

"就差最后一点……"

弧光颜色对应了火焰的温度，从最初的红到最极致的深蓝，成为焚烧一切的超高温烈焰，颜色层层递进，最终停在了八道，绚丽夺目，杀伤力巨大，可到底比九道弧光差了些。

特效散去。

本就被自己的双刃剑反噬了近一半生命的力贼当场空血，吧唧一声栽倒在沼泽里。狂战士皮糙肉厚，因为天生防御高，再加上位于弧光外圈，承受伤害相对较少，还留有三分之一的血量。

眼看"盟友"倒地，狂战士想都不想，掉头就跑。这哪是什么小妖精，分明是个老妖孽！玩弄人心，践踏尊严，把他们给耍得团团转，偏偏还无法反抗。

2V1却被人捶到满地乱爬，说出去都不够丢人的。

哦，不用说，这是全球直播！

狂战士心里嘀咕着：千万别有人看他们。

应该没人吧？大乱斗这样的全明星阵容，他们这些"平民"玩家，肯定不会有人看的。正在努力自我安慰，暗贼二段突袭近身，轻飘飘一记飞刃，带走狂战士的人头。

系统公告：

最崇拜 Close 击杀 Herman！

最崇拜 Close 击杀 Jocab！

最崇拜 Close 双杀！

卫骁麻利地收了地上的装备和技能点，点满仙术士的技能后他抬头："好看吗？"

视角精准，锁住的是远在魔藤上的白色身影。

晏江："……"

直播间的观众炸锅了："卫骁知道魔藤上有人！"

"他怎么发现晏神的？"

"这小子太牛了！"

"要不是ID太毒，我都要被他圈粉了。"

因为无数观众用的都是晏江视角，所以看到的和晏江一般无二。大片翻滚着诡异黑泡的沼泽中，站着一个仙衣飘飘的术士，他墨发松散，偶有几缕坠在脸颊上，衬得肤色如霜，冷峻的眉眼扬起，漆黑的眸子直盯到人心里。

明明只是个游戏角色，却仿佛有了灵魂！被他这样注视，心跳都加速了！

观众们都死死盯着，半点想切换其他区域的意思都没有。虽然不打架了，但是新人如此狂妄地向世界第一辅助挑衅，太刺激了好吗？！

而且这个新人还是FTW新一任野王。这位第一辅助还是前神之队队长。更刺激的是，晏江不知道这位顶着"最崇拜Close"ID的人是谁！

有趣有趣，哪个角度都有趣极了。

会怎样呢？晏江会下来吗？他俩会打起来吗？新旧FTW成员会在月光湿地撕破脸吗？

观众兴致勃勃，游戏里却安静得很。一眼望不到尽头的阴森沼泽，直冲天际肆意张扬的魔藤，两个角色——一个是代表着神圣与光明的牧师，一个是宽袍长袖负手而立的仙域术士，在最阴暗的月光湿地，遥遥相望。

魔藤晃了下，笔挺的牧师服哪怕被风吹起也是工整且规矩的。晏江下来了，ID也暴露在卫骁的视野内。

卫骁愣了下。

晏江手指轻点，敲了两个字："好看。"这是回复卫骁的问题了。

卫骁："……"

半秒钟后他震惊道："晏神？"

Y1.Yan。

除了晏江还能有谁？更不要提这身披冠军荣耀的神圣牧师。这是5V5团队赛的特权，当使用自己的决战天赋时，ID旁有一个冠军特效。

小小的王冠，代表着胜利的荣光！这是现在的FTW可望而不可求的荣耀。

冠军特效是两年前上线的，所以在那之前，哪怕陆封在5V5中拿下过冠军，也没有这个王冠。

卫骁眼热心也热，连云式冲着晏江飞了过去，先干一架再说！

仙术士点出大招后连云起手，接落云，再配合云痕和走位，就可以刷出千层云。

刚秀完弧光，又来秀千层云，观众们倒吸口气。

"卫骁是真的会仙术士啊！"不少人想起他在微博上的声明——那四个魔性ID，不会真的都是他的吧！

眼看着千层云要起式，卫骁猛地收手。

观众跟着倒吸气。

"嗯？"

"失败了？"

"'翻车'了？"

"刚还以为他真会仙术士，原来是幌子啊。"

很快卫骁的头顶冒出对话框："为什么不切换天赋？"

晏江一动不动："没什么好切的。"

卫骁皱眉："你没有技能点？"

晏江的确没有技能点，但这不是重点，他知道对方在想什么："我没有药术士天赋。"

晏江不是不能打，他如果选了药术士，放眼整个光之空岛，一个能杀了他的都没有，包括陆封。

但他压根儿没选药术士，四个初选天赋，他选的全是没有输出只能加血的奶妈。

卫骁站住不动了："为什么不选药术士？"

晏江："不想选。"

卫骁盯着他看了会儿，忽然悟了："你想死。"

晏江："……"

卫骁刚才的技能扫到了晏江，削掉了他半管血。此时此刻，得知晏神一心求死，卫骁好心塞给他俩药包："别死啊，好好活着。"我队长还在决赛圈等你呢！

19

关于这场全球邀请赛，Y1挺愁的。他们是去年的冠军队，当之无愧的欧区第一强队，按理说没什么好愁的。

但Y1的负责人收到邀请函时，愁得头都要秃了，他问经理人："Yan能参加吗？"

Y1经理比他还愁："我问问……"

负责人叹气："邀请函已经发过来了，不参加不太好。"

Y1经理很懂自家那位大神："他应该会参加，就是……"

负责人很委曲求全了："能参加就行！消极怠工也没事！"

真不怪他们如此小心谨慎。晏江实在是个有原则的男人，签约时，白纸黑字地要求写上"不打单人赛"。

谁都不知道他为什么对单人赛深恶痛绝，但谁都知道他不喜欢。早在FTW就不喜欢，来了欧区仍旧不喜欢。

起初他并不在Y1战队，而是在当时的强队WP。晏江那会儿已经是声名大噪，签约费十分高昂，WP挖来这么个宝贝，当然要好生摇钱。

可惜晏江签合同时就说了："不打单人赛、双人赛，5V5能夺冠。"

WP应得很好，可抵不住诱惑，非逼着晏江去各种表演赛露脸，晏江也不多说什么，让去就去，去了就送。

搞得一个好好的表演赛骂声一片。粉丝不知实情，只当晏江耍大牌，把他骂了个狗血淋头。晏江也不解释，二话不说到转会期就直接挂牌[①]。

WP负责人蒙了，拿着合同找他，晏江指着合同上的白纸黑字，写得明明白白，违约的是WP。

后来晏江去了Y1更是骂声连连：一个辅助而已，狂什么？尤其他还是外援，重压之下，他简直是立在刀尖上。

那时候如果心智稍微弱一点，晏江就废了。可他到底不是一般人，扛住了所有压力，带着Y1夺下了欧区的冠军。面对铺天盖地的谩骂和诋毁，只有绝对的实力可以让人闭嘴。

那个赛季，晏江就是个耀眼的传奇。

辅助也可以成为核心，辅助也可以力挽狂澜，辅助也可以成为全队最耀眼的存在。

历经三年，Y1这个战队形成了自己独一无二的风格，晏江也成了全荣光最神奇的选手。

全球玩家都心知肚明——流水的Y1，铁打的晏神。

为什么这样说？因为Y1的其他位置都可以任意轮换，想让谁上就让谁上，只要辅助是晏江。

晏江在，领着一帮新人也能拿下欧区冠军。神之队的神之辅助，就是这么一个不科学的存在。所以Y1才把晏江当祖宗供着。

别管眼下的形势如何，总之晏江要是撂挑子，刚拿下世界冠军的Y1就能跌成勉强保级的战队。

惹不起，是真的惹不起。

上任经理千叮咛万嘱咐："哄着，只有哄着才能过好日子。"

好在晏江不是不通情理的人，问明情况后道："可以参加。"

经理大松口气："随便玩玩，反正是个娱乐赛。"

晏江正盯着屏幕里不知哪个赛区哪个队的一场什么比赛，轻声应道："好。"

他参加了，初选四个纯奶妈天赋，用行动告诉策划——傻瓜赛制，搞什么乱斗？

这种模式，让玩奶妈的玩家玩什么。虽说晏江是出了名的暴力辅助，但真正选择辅助的都是不喜欢单打独斗的。

单人赛也好，现在的大乱斗也罢，策划从没考虑过这类玩家。晏江参加揭幕赛，只是走个过场，什么第一不第一，开局第一个死才是他想要的。

[①] 指荣光游戏职业联赛中，转会的选手需在挂牌的时间段内实现转会。

然而他遇到了一个意外。

眼前的仙术士还在碎碎念:"虽说人固有一死,但也有轻如鸿毛和重如泰山之分,晏神您怎么能这么轻飘飘地死了呢?那必须要努力像泰山一样坚持到决赛圈啊……"

大乱斗里没有语音,只能看到文字,这小子的手速晏江早见识过了,这会儿再次确认。

这密密麻麻的对话框,看来卫骁不只手速快,嘴也贫。

晏江盯着他的 ID:"你崇拜 Close?"

卫骁想都没想:"当然,陆封,四冠王,荣光最强男人,中国赛区的大魔王,谁不喜欢他?"

晏江:"……"

卫骁吹起队长来无人能及,要不是时间有限,能给你写一篇万字论文。

晏江打断他,问:"你真的不杀我?"

卫骁:"药包都给你了,我说话算数。"

晏江淡定打字:"我捡了六个技能点,一件半神装……"

这是在诱惑卫骁了,翻译一下就是这么大一只肥羊,你不宰?

卫骁顶得住:"你运气真好。"他又是"杀人"又是"越货"才搞到十二个技能点。

晏江继续道:"哦,我还在藤蔓上捡到一个'特技'。"

卫骁:"啊?!"

晏江直往他心尖上递:"'特技'名叫魔血,服用后三秒内攻击力提升80%。"

卫骁震惊了!

这都行?他蹦蹦跳跳扒过那么多藤蔓,怎么从没见过"特技"这种东西?三秒内攻击力提升80%?那他岂不是随便刷个八道弧光,输出都能媲美九道了?

讲真的,卫骁心动了。他手指在技能上划了一圈,杀气瞬间弥漫了整个沼泽地。

晏江感受到了,玩家在蓄力时的姿态和闲聊是不一样的。他知道卫骁起了杀意。挺好,他可以早点下场。正这么想着,刚还维持在前摇状态的仙术士终止了技能。

卫骁一个落云式来到他面前:"晏队,你不会要去找别人杀你吧?"

卫骁眼睛弯起,打的字堪称狂妄:"我们来打个赌吧。"

晏江脚步不停。

卫骁:"我保证在月光湿地没人能重伤你。"

晏江停住,转身看他。卫骁明明用了个以高冷著称的仙术士,愣是玩出了浪荡公子的气质:"以半血为限,如果你跌到半血以下,我亲手杀了你;如果你始终在半血以上,你就跟我去决赛圈。"

晏江眼眸微眯:"为什么?"

卫骁:"对手太菜,给自己找点乐子。"

直播间观众:"……"

得亏月光湿地的选手看不到这个范围极小的附近聊天,但凡瞅见一个字,也能冲上去把卫骁乱刀砍死。

卫骁这个赌约是真狠，也够狂。光之空岛有三个阶段，第一阶段是外围五个区，冲出外五区后是中环区，也叫中央区。中环区活动范围更小，会和从隔壁区厮杀出来的选手碰面，开启更刺激的对决。光环压迫，资源紧张，活下来的又都是强者，打起来异常激烈。等中环区被压缩到核心区，也就是最后的决赛圈，那里面基本是个圆形擂台，见面只有干架，藏都无处藏。

卫骁许诺晏江，保证他在月光湿地不会跌至半血之下是很疯狂的。且不提月光湿地还有另两位特邀选手、可能活着的三位头部主播，就算剩下的幸运玩家里没准也混杂了不少职业选手。

能从月光湿地冲杀出去都需要足够的实力，还要带一个"拖油瓶"？这哪是找乐子，分明是从困难模式跌进地狱模式。

不过……很有趣。

晏江："如果我血量维持在70%以上，到中央区我送你六件神装。"

卫骁乐了："行啊。"

游戏到了这个阶段，各区域都有结盟小组，不过结盟未必是好事，一来只是口头约定，随时要提防队友背后捅刀；二来是技能不长眼，2V1控制不好就是一场混战，杀队友是常态。

卫骁和晏江这个组合，堪称全场最"奇葩"。

晏神，一个只能奶自己的男人。卫骁，不仅要速战速决，还要小心自己的刀不会捅死"晏江"。

他俩这组合怎么看都是卫骁吃力不讨好，完全是在单方面付出。被保护的是晏江，出力的是卫骁。有不明真相的观众好奇了："这人是晏神的'迷弟'？"

顶着"最崇拜Close"的ID却是晏神的"迷弟"？心是有多大！放眼全球，还有谁不知道陆封和晏江是王不见王吗？

中国赛区的观众心知肚明："卫骁这是深谋远虑啊。"

把晏江打包送给陆封？

嗯。

只是这样吗？那真是小瞧了一灯大师。

月光湿地越来越吸引眼球，原本主办方还挺担心的，怕晏江消极怠工，这个区域没人看，没想到一看后台数据，人气最高的是坠星湖，其次就是月光湿地。坠星湖不用提了，陆封大开杀戒，谁看谁上头！

一个单挑霸主滚起经济来意味着什么？坠星湖区二十人，都不够"虐"的。莫有钱已经摘下耳机，沦为观众。主办方把不做人进行到底，竟然开辟了一个死亡领域，所有在光之空岛死亡的选手都被放到这里，还安排了一个线上主持人，对他们进行及时采访。

主持人早等着莫有钱了，一见他躺尸了立马凑上来："请问死在男神刀下是什么心情？"

莫有钱："……"

哦，他这个ID是陆封的"迷弟"？

莫队"自闭"了，他图什么？他到底图了个什么？！

两万块礼物换来一个臭不要脸的破账号，在国内赛区羞耻出名后又在大乱斗里落地成"盒"。他莫有钱不要脸啦？老陆太过分了，看在同学一场，就不能放放水吗？！

不能，真不能。

莫有钱金光闪闪，大魔王不宰了他，都对不起他捡到的那么多金币。坠星湖一家独大，所有人都在大魔王的制裁下瑟瑟发抖。

月光湿地是另一幅景象，选手们都心中有数，神之队肯定被分开了，这边的特邀选手里有一位卫骁的熟人，就是韩国赛区双人组之一的阿宇。这位选手在韩区有小炫神的称号，一手雨猎玩得出神入化，十分能秀。

之前在冬训营，卫骁与他们打过双人赛，"鲤鱼"组合被打了个措手不及，有点惨。如今意外撞上，卫骁认出了他，阿宇却不知道对面是谁。

阿宇看到的只有晏江，他眼睛一亮，自以为捡到宝了！不仅阿宇这么想，大概整个月光湿地的选手看到晏神都会心中一喜。

谁不知道呢？晏神不爱单人赛，参加纯粹是给赛委会面子。神之队五人，能遇上晏江，真是天降福音。

对比其他四个区域，尤其是坠星湖，月光湿地宛若天堂！

阿宇用的是雨猎，卫骁没切暗贼，直接用仙术士飞了过去。雨猎和仙术士都属于能秀起来的天赋，生存能力和输出能力都很高，单人对战的话全看个人技术。

卫骁的个人技术——是时候让大家看看什么叫大师的千层云了！

乍一看这个明显像幸运玩家的ID，雨猎并不在意，只是小心提防着远处的晏江，怕晏江切个药术士来送他回家。

然后阿宇就直接蒙了！这什么鬼？哪来的神仙？仙术士玩得这么凶吗？

可怜的其他赛区的选手们，并不知道这个顶着羞耻ID的玩家是卫骁。哪怕知道一点点，也不会这样掉以轻心。

仙术士起手连云式，紧接云痕，一套连招铺天盖地盖过来，砸得雨猎仓皇躲避。阿宇自从在冬训营被"虐"，回国后拼命训练，整个常规赛表现突出，这次能来揭幕赛也是想展示一下自己！

不能被一个普通玩家压着打，阿宇迅速冷静下来，试图打断仙术士。像千层云这种"特技"是需要铺垫的。它的难度比九道弧光低很多，但也有很强的技巧性。

阿宇的雨猎有很大优势，只要凭借灵活走位，躲开仙术士的哪怕一次云痕，就可以让千层云沦为泡影。

想刷千层云？他又不是木桩，才不会让对方得手。

阿宇踩着雨点，一个精妙走位，眼看着要躲开云痕……

仙术士却像是看穿了他的轨迹，连云式的末端扫了过来，阿宇心一惊，后退时已经撞到了云痕上。

这！好强！

这绝不是普通玩家的水平！

阿宇心中惊骇，看直播的观众更是啧啧称奇。

"卫骁这仙术士比宁哲涵还强啊。"

"我们FTW的崽崽都很强。"

"这个千层云……刷得也太娴熟了吧！"

"不知道为什么有点谢和的影子。"

"不是谢和，是陆封。"

卫骁这个仙术士用得很像陆封，而陆封的属性，粉丝都清楚，那不科学的复制能力，可以把顶级选手能做到的打法和细微操作全部复刻出来。

FTW是什么风水宝地？出了一个大魔王，又蹦出一个小恶魔？看到这秀上天的仙术士，没人再质疑一灯大师的能力。叫他野王着实委屈，这根本是个全能王！

阿宇屏幕暗掉，一脸的不可置信——最崇拜Close，到底是谁？

死亡领域里有人给他"科普"了："是FTW的打野，叫卫骁，挺强的。"

阿宇满腔的不甘心不服气全部消失："哦，原来是他。"

卫骁轻松击杀雨猎，一回头却轻吸一口气。前方的枯枝烂叶处，三道身影冲向沐浴着洁白光芒的神圣牧师。卫骁顾不上捡装备，他先拾取技能点，再切换天赋，轻灵的雨中猎人踩着雨点飞了过来。

雨点搭桥，每一下都踩得稳且准，几乎是眨眼间，雨猎来到神牧身前，接着又秒切天赋，方才还轻盈飘逸的雨中猎人周身暴起血雾，身着重铠、魄力十足的嗜血战士将猩红长剑刺入地面。

剑光凛然，卫骁撑剑而立："退后。"

晏江："……"

打了六个全球赛，第一次有人对晏江说这两个字。

三 Close: 我回来了

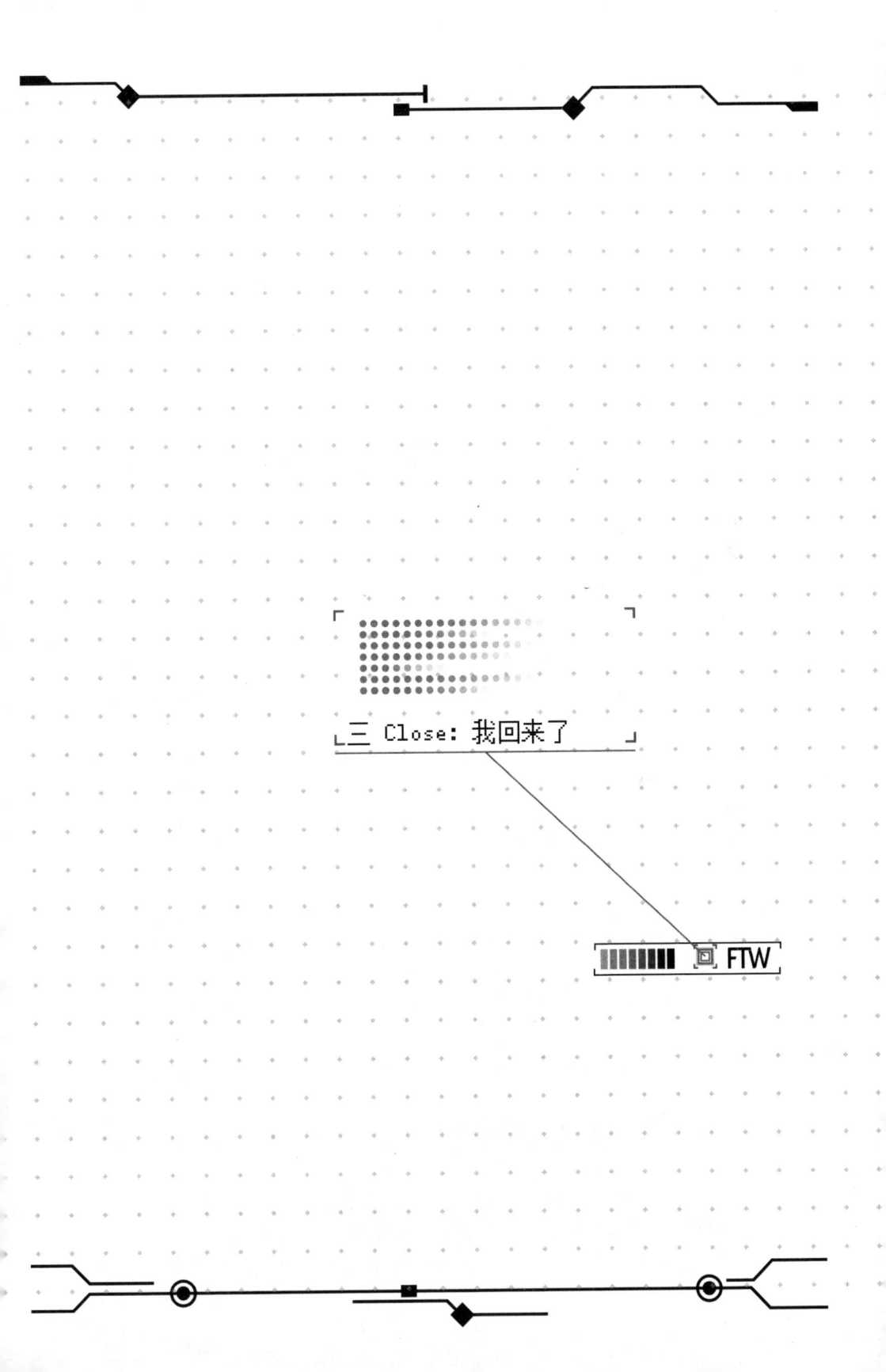

FTW

20

嗜血战士本就是一夫当关万夫莫开的大将军,战死沙场后更是血煞缠身,戾气冲天。

尤其卫骁是从精灵般的雨猎切换到这个天赋,视觉上冲击力极大。观众最初对卫骁的四个初选天赋嘲讽得有多凶,现在就有多惊叹。

酷啊!冷酷的暗影盗贼、仙气飘飘的仙术士、轻盈灵动的雨猎、霸气侧漏的血战。处处都是反差,怎么切都十分带劲!

不提观众如何,对面的三个玩家也都蒙了蒙。他们全是没有战队名的ID,一个飞战、一个狂贼、一个死亡骑士。ID后面的数字全是4,这意味着至少这个天赋他们是点满了技能的,至于其他天赋……

不是谁都像卫小小这么"杀人如麻"的,能开到三个天赋已经顶天了。

当然卫骁也没有把四个天赋全点出来。雨猎只点了一技能,只有暗贼、仙术士和血战全部点满。

1V3,还要保证晏江不受伤,这看起来有点难。

直播间热热闹闹的。

"有人知道那三人的底细吗?"

"不确定啊,外区的情况咱哪知道。"

就像其他大区的观众也没法提前知道中国赛区的"陆封天团"一样,其他赛区的信息,只要不是围绕着那几个神级选手,大家也不是很清楚。

当然底细这玩意,一试便知。卫骁一对三,半点不怵,趁着对方还在愣神,一道血刺横空劈出,对准的是三人中血量最少的狂贼!

这三个都是一顶一的单挑型天赋,个个都是干架的一把好手,卫骁不抢先机,还真有可能会输。

血刺精准地刺中狂贼的胸腔,血印在他头顶闪烁,卫骁等他们动起来时,一道"斩血"呈半圆状挥了出去。血刺是单体攻击,斩血却是群体伤害。

三人靠得近,全部被命中,都受了撕裂伤。这一连串操作极快,最多不过一秒钟,眼看卫骁在蓄力幻魔,这三人可算缓过劲了。

这血战什么情况?!一对三还不跑,是想拿三杀吗?

卫骁要是能听到他们的心声,八成会敲一行字出来:"还真想。"

这三人虽说是幸运玩家,但在路人局里也都是有名有姓的大神玩家。哪怕路人王和职业选手有鸿沟,也不可能三人被一人欺负。他们比之前那刚结盟的两人老到得多,三人分散站位,避免误伤,同时也有了躲避卫骁技能的余地。

不就是个血战吗?一个手短的近战,狂贼和死骑的输出距离可都比他长,再有飞战游走补刀,斩杀他是轻而易举的事。

解说唏嘘了:"这时就看出卫骁初选四天赋的优势了。"

血战再切天赋,红色雾气转白,仙术士翩然而下。

三人组惊呆了。

先雨猎后血战,接着又是仙术士?什么鬼?

这种关头三人自然无法交流,可不用打字,心里也都明确了同样的想法:不慌,这人虽然名字里有陆封,可毕竟不是陆封,放眼荣光,不可能有人能同时掌握这三个天赋,所以这个玩家是来浑水摸鱼的!

然后他们就被千层云给秀了一脸。到底是路人玩家,再加上轻敌,慌不择路之际,飞战手抖把自己的辅助天赋给切出来了,他血量跌至50%,切出辅助天赋治疗一下似乎也可以。

但是辅助天赋没有输出啊!

卫骁把仙术士的技能全部用完,刚好挨近岌岌可危的狂贼。仙术士换雨猎,一箭带走狂贼,同时雨点铺满周围,他踩着雨滴又来到死骑身边。死骑眼疾手快,换成了防御更高的重装形态……

雨猎重新换血战,使出幻魔,前后夹击,血剑贯穿了死骑的铠甲,溢出猩红血液。

别看卫骁一个人压着三人打,天赋切换得让人目不暇接,技能给得也花里胡哨,但他自身也是受了伤的。狂贼和死骑的技能总会扫到他,这是无论怎么走位都避免不了的,更不要提他还要护着身后的晏江——以防被范围技能攻击到。

卫骁血量本来已经跌至60%,可当他的幻魔与他同时刺中死骑后,血量开始疯狂回升。嗜血战士的幻魔一旦与主人同时击中目标,可将伤害转化为鲜血,回馈给主人。

死骑倒下,卫骁满血。

枯枝败叶上,慌乱中切回飞战的玩家一脸蒙。

这哪儿来的神仙?!

"啊……"飞战自知挣扎无望,索性放弃治疗,打个字哀号一声。

卫骁一记血刺送他去躺尸,回他:"走好。"

飞战:"……"

早一步躺尸的死骑也开始哀号:"我还没走出月光湿地!"

狂贼:"我好不容易中奖!"

飞战:"哭泣!"

卫骁瞥了眼全须全尾的神圣牧师,打字:"谁让你们想杀晏神。"

三人:"啊?"

晏江:"……"

飞战委屈死了："我们只是想和晏神合个影！"

卫骁愣了下。

狂贼道："是啊是啊，好不容易遇上晏神，我们就是想留点记忆。"

卫骁转头看晏江，晏江没反驳。

卫骁冲过来之前，他们的确是发了一连串的对话。

卫骁眨眨眼，安慰他们："没事啊，现在也来得及，快截图。"

躺尸三人组："……"

这是什么见鬼的"阴阳"合照！谁要这种死状凄惨的合照！

躺尸三十秒钟后，他们被送到死亡领域……

很好，连"阴阳"合照也没拍到。

卫骁凑到晏江身边："晏队你人气真高。"

晏江："他们有恃无恐。"觉得肯定能杀了晏江。

卫骁："也对，他们见着陆封，肯定不敢要合照。"还截图呢，不如跳沼泽自杀。

晏江："……"

卫骁多敏锐，察觉到晏江不理他，又道："我实话实说。"

晏江走得更快了。

可惜仙术士移速更快："而且陆封的人气……"卫骁含蓄地没说完。

晏江："再废话，赌约作废。"

卫骁："行行行，不说了。"

月光湿地开启了鸡飞狗跳模式，基本套路是这样的——

遇敌，敌人见着晏神，欣喜若狂；卫骁以路人身份冲出来，杀个片甲不留。

慢慢地，观众也品出点味道了。

"妙啊，晏神就是个耀眼且肥美的诱饵。"

"敢把晏神当工具人，卫小疯真行。"

"什么工具人？是娇花！卫骁这是护花使者！"

"娇花不是金成炫吗？"

哦，真正的娇花还在迷宫里"自闭"呢。

白才是知道卫骁心思的，他直播间始终挂着卫骁的视角，卫小疯干的事，说的话他全都看在眼里。卫骁这样护着晏江，全是为了自家队长。

FTW 前成员的恩恩怨怨，就连现在的 FTW 成员也不是很清楚。但有一点可以确认，那就是"意难平"。

这个赛季，陆封在全球单人总决赛上肯定会和元泽、谢和、金成炫一决高下，却无法遇到晏江。也许他们有缘在 5V5 碰面，但单人赛是别想了。

这次揭幕赛，极有可能是陆封和晏江对战的唯一机会。

卫骁哪怕知道晏江此时没有战意，却也想把这个"礼物"打包送给队长。抓住每一次机会，就不会再有遗憾。

菜哥懂卫骁，但还是不忍直视。卫小小啊，该说你聪明还是"智熄"？

等到了决赛圈，知道真相的晏神不会被气死吗？

凭借着晏神牌巨型诱饵，卫骁在月光湿地大杀特杀，不仅四天赋全开，还凑齐了三件半神装。五个外部区域的资源有限，基本没有神装，最高也不过半神装，掉率还极低。卫骁杀气太重，导致运气奇差，周身装备全靠抢，能给他弄到三件半神装已经很不容易了。

装备只能同级别互换，所以低阶装备除了扔就只能送。

"晏队，给你双疾步靴。

"这个乌木杖你拿着。

"轻甲也不错，穿上。

"护腿有点重？你这身板不行啊。"

晏江："我是垃圾桶？"

卫骁发个笑脸："我这是在保护你的血量。"

晏江："不如把你身上的半神装给我。"

卫骁："想什么呢，没了它我怎么保护你？"

晏江："……"

如果冬训营时晏神在 A 组，就不会试图和卫骁"讲道理"了。卫骁在月光湿地也是另一种意义上的大开杀戒，只不过因为要护着神牧，进度慢了点。等到了湿地边缘，他们撞上了一路披荆斩棘冲过来的特邀选手。

月光湿地有三个特邀选手，一个是晏江，一个是阿宇，最后一个就是眼前的灵法，ID 是 Edward。这位选手排场不小，身边跟了两个人，都是知名主播。

越到内圈，月光湿地越平滑，沼泽的颜色也变得更清浅，区域名中的"月光"也显露出踪迹，好大一个月亮挂在远远的天边，不是现实世界里看到的小小玉盘，而是覆盖了半个天空的巨大的银白光球，像一只窥探世界的眼睛。它的光线很强，却不是阳光那样可以照亮天地的光线，而是冷冷的白色，始终带着阴森雾气，折射在空气里，映着污秽和毒垢。

巨大月轮下，卫骁看到了 Edward，Edward 也看到了晏江。

双方同时停下脚步，心思是显而易见的。Edward 根本不在意卫骁，满眼都是荣光第一辅助。

卫骁估量着三人的战力，眼中尽是杀气。这可能是卫骁最关键的一战，赢了，他能顺利带晏江冲出月光湿地；输了，嗯，他会先一步击杀晏江。

"我队长得不到的，谁也别想碰。"

没有废话，战斗一触即发！此时卫骁是仙术士形态，对面一个灵法、一个狂战士、一个仙贼。

怎么看卫骁都是个大写的"死"字。仙术士皮薄肉脆且不宜团战。千层云这个招式是单体攻击，伤害再高也只能秒杀掉一人，等落地时那就是被围殴的命。不像暗贼的弧光，是一种大范围高输出的爆炸伤害，哪怕这种伤害可以被队友分摊以及靠站位躲避，也足够彪悍。

卫骁的仙术士，Edward 等人是真的没看在眼里。默认天赋是仙术士，想必其他天赋也是法师，最多带个辅助。

Edward 本身就是个出色的中单，以他对中单的了解，除非撞上谢和或是陆封，否则他谁都不怕！仙术士胜在灵活，Edward 不想卫骁跑了，于是敲字："先杀仙术士！"

晏神只要没带药术士，那就是个小甜品，如果带了药术士，他们三人车轮战，也能解决他。

Edward 想得很好，逻辑分明且有道理，很有战术头脑了，然而……

直播间的观众都知道结果。

"兄弟们，请把心疼打在'公屏'上。"

"心疼。"

"心疼。"

密密麻麻的一片"心疼"中夹杂了一声质疑："卫骁有这么强吗？这三人可不是普通玩家……"

之前卫骁一挑三大家有目共睹，认可了卫骁的实力。可那三人最多算路人王，能和特邀选手、头部主播相提并论？同样是三个人，这三人的实力能甩那躺尸三人组两条街。

有观众解答了。

"问题是这三位瞧不起卫骁啊。"

懂了，不怕老虎，最怕扮猪吃老虎，Edward 瞧不上卫骁，还想一击带走他。这份轻敌，对卫骁来说无异于天赐良机。

卫骁——荣光知名机会主义者，他会错失良机？

仙术士落云起，连云收，砰的一声铺满云痕。Edward 心里冷笑：能跟晏神结盟，果然有点东西，可惜千层云落地，只有等死。

卫骁刷起千层云，Edward 身边的仙贼位移冲上来，吃满伤害。千层云是单体攻击，只会攻击距离最近单位，无法手动锁定，所以仙贼抢上来成了第一攻击目标。

仙贼找死？这位主播无私到为 Edward 搭桥？

当然不是！

仙贼的大招万剑齐发，一旦给出，自身会减免对方造成的高额伤害，这个能致命的千层云只耗掉了他半管血。

这三个人配合极佳，仙贼撤下去后立马切辅助天赋回血，狂战士冲上来，大刀阔斧扬起，眼看着就要击飞卫骁。仙术士用完千层云有一段技能空窗期，所有技能都在冷却中，无法释放。这两斧头砸下去，脆弱的仙术士会立马魂归西天。

Edward 知道稳了，已经将注意力挪到晏江那里。

谁知下一瞬，空气中湿气陡增，无数雨点凭空出现，Edward和狂战士都愣了下。他们回神后，看到的是卫骁精灵般的雨猎踩着雨点冲向半血的仙贼。

仙贼选的辅助天赋是缓慢回血型的，血量只能一点点地往上涨，此时雨点化作利刃，扑面射来，仙贼身形笨拙、移速极低的辅助天赋根本躲不开。

咻咻咻！连续数声，利箭刺破了仙贼的喉咙，血流如注！仙贼慌了，手忙脚乱地切天赋，试图逃走，可惜他大错特错。

辅助天赋已经是防御最高的了，这时候切盗贼，没了外部防御，血线被压得更死。

又是轻飘飘的一支雨箭，卫骁击杀仙贼！

损失了一个人，Edward和狂战士都蒙了。本以为能轻松搞定的玩家，居然这么强？

而且……仙术士和雨猎是什么诡异的组合？这才刚开始，卫骁又洒出漫天雨滴，轻松跃至灵法跟前。

Edward神态凝重，技能已经扔了出去，一个耗空技能的雨猎，他可以轻松斩杀。

可惜卫骁只是凭借雨猎接近Edward，落地时哪还有什么雨猎，黑色兜帽下是冷白的下颌，红刃闪烁，影袭在背后！

Edward倒吸口气："暗贼？！"

狂战士发现不对了，竟丢下Edward扭头就跑。卫骁切换暗影盗贼后，近身Edward的灵法，杀死他只需半秒钟。高爆发的盗贼天生克制法师，更不要提现在是两人有装备差距，水平本没差太多。

Edward到死都不知道自己经历了什么。卫骁两段位移冲上去，想要拦下狂战士。谁知这兄弟屁得很，打架时没见他动得有多快，跑起来倒是很机灵。

追不上了……

卫骁有些可惜，但也没办法。大乱斗是这样的，打架很重要，逃跑也是门学问，战略性撤退学好了能挺到决赛圈。

狂战士也觉得自己能溜走，他好不容易参加这么一场全球赛事，才不要死在这，逃也要逃进中央区，多看一眼是一眼！谁知一道光墙挡住了他的去路，狂战士迎面撞上，砰的一声，被眩晕了。

卫骁一惊！

又是一连串控制落在了狂战士身上，晏江："愣着干什么？"

卫骁喷了一声，他几步冲上去，击杀了被控得头晕目眩的狂战士！与此同时，月轮落下，光环凝集，卫骁和晏江进入中环区。

晏江的血量稳稳地维持在80%以上。

别说重伤了，他近乎满血。

卫骁："我赢了。"

中环区与月光湿地截然不同，这里被极强的光束笼罩，所有阴霾都一扫而空。晏江看向面前的暗影盗贼，漆黑的斗篷染了圣光，冷白的肌肤带了丝暖意，明明是他最讨厌的角色之一，如今竟有点顺眼。

他打字:"你赢了。"

两人头顶的对话框还没消失,中环区的系统公告响起——

First blood!

FTW.Close 击杀 L&P.Gary。

在五个外围区,一血是陆封的;在中环区,一血还是陆封的。他击杀的还是去年的单人赛亚军、团队赛亚军——L&P 的首发打野 Gary!

21

看到这条公告,卫骁:"真强!"眼睛更亮了。

晏江瞥了一眼,什么都没说。另一边,老 G 是真惨,他原本就和陆封分在同一个外区,都在坠星湖。陆封在坠星湖大杀特杀,老 G 也不遑多让,两人一个湖东一个湖西,可以说是一路笔直地推了过去。

刚出外区,同区域的人会被挤在一个区域,老 G 疯狂刷屏:"陆封在哪儿?我来杀你了!"

哐哐刷了两三条,Gary 成功召唤出大魔王。

然后大魔王喜提一血,讲真的,陆封能拿一血,Gary 功不可没。

中环区一血和五大外区不一样,外区有点看运气,如果被分配到闪金圣殿那种"奇葩"区域,半天见不到个活人,哪怕是陆封也别想拿下一血。当然闪金圣殿也相对安全些,各有利弊。

中环区一血就和运气关系不大了。最先进入中环区的,最有机会拿一血。

能进入中环区的全是各方面的高手,陆封击杀 Gary 仅仅用了两分钟,倒不是说 Gary 有多么菜,而是 Gary 没想跑,只想干架。

大乱斗里狭路相逢可不是以前的单人赛模式,死一次还能继续复活,这里一局定生死,输就是输,赢就是赢。

老 G 去了死亡领域,心神恍惚:"我就这么挂了?"

头顶"Close 技术好"的莫有钱接话道:"G 神?"

Gary 试探:"陆封的粉丝?"

莫有钱嘴角抽抽:"不是。"

"那你叫这名字?"

莫有钱:"……"

来到死亡领域已经解释了无数次的莫有钱放弃了——

是是是,他是陆封的粉丝,是个觉得他技术好的粉丝,行了吧!

已经淘汰的人就不给镜头了,现在的中环区才热热闹闹。光环收缩至中环区,已经砍掉了近五分之三的区域,而且没有奇奇怪怪的地形,耀眼的光芒把一切都照亮了,摆明了是在告诉玩家——打架,赶紧打个头破血流!

卫骁还在吹捧陆封,晏江打字:"去不去决赛圈了?"

卫骁想死自家队长了,麻利道:"去!"赶紧见面!

卫骁和晏江的这个赌约,到这时候才真正显示出威力。

什么是结盟?几个人貌合神离地凑在一起,提防敌人更提防"队友"?当然不是。真正的结盟是要打配合的!

大乱斗里技能无眼,打不了配合?卫骁和晏江可以。

进入中环区,看直播的观众可算是懂了。

"哇,原来是这样!"

"卫骁牛啊!"

"你晏神还是你晏神……这个技能准确率高达百分之百了吧!"

"难怪晏神说要送他六件神装,这……轻而易举。"

在月光湿地,卫骁有足够的实力护着晏江冲出来;但在中环区,如果他还要护着晏江,那可能连决赛圈的边都摸不到。所以他提的要求是只要能在外区护住晏江,他们就一起挺进决赛圈。

谁说四个奶妈天赋毫无用处?搭配一个全职业输出爆炸王,绝了好吗?

中环区遇到第一拨人,晏江起手,神牧的圣光笼罩,落地成门,稳稳将三人困在其中。

那三人都是水平极高的选手,乍看是晏江都蒙了蒙,心想,晏神这是要干吗?您把我们定得再久也没用啊,又杀不死我们。

然后一缕轻云幽然而至,仙术士飘逸的身姿冲杀过来,技能连续撞击,云痕叠了数层,千层云从天而降,砸了他们个措手不及。

三人大惊,还能这样?

光门的桎梏时间仅有一秒,而且不是一点都动不了的强控。这三人迅速回击,想等这狂妄的仙术士落地后斩杀他。谁知他们刚能动,又是一道光墙砸了下来,位置精准,仿佛安了定位器般,把控得出神入化。

三人此时还存有侥幸心理:"不慌,仙术士没技能了,下一个千层云怎么也得三十秒后……"

卫骁切了天赋,千层云的特效还没散去,雨中猎人的腰间玉壶倾倒,雨滴晕染空气,踏雨飞秀得人头皮发麻。

咻咻咻,数道雨箭精准击中三人面门,他们瞬间重伤。更让人头皮发麻的是,光墙稍稍退去,晏江再度切换形态,元素萨满的地牢图腾崛地而起。

什么叫被控到"自闭"?这三位被控到怀疑人生了!

卫骁斩获三个人头,积分在榜上狂飙,击败谢和,重回第二。

第一是 Close,第二是最崇拜 Close。

中国赛区粉丝都看兴奋了：

"看久了，连这么有毒的 ID 都眉目清秀了！"

卫骁在中环区痛快屠戮，末了点评道："晏队，你这样真是让人毫无游戏体验。"

晏江跟上了他的脑回路："没有游戏体验的是他们还是你？"

卫骁："当然是我！"

晏江的控制技能给得太狠，惊人的预判，开挂[①]一样的精准，估计谁被控住都会"自闭"。他初选四个奶妈天赋，这些天赋的确是没有任何输出技能，大乱斗也明确规定了，所有治疗向技能只能对自己释放，但是控制技能可以对敌释放。而所有辅助天赋，除了能加血，都有一两个控制技能。

一个好的辅助，绝不只是能给人加加血，而是要打好控制。晏江不只是一个好辅助，还是一个神级辅助，他的控制放眼整个荣光，没人不服。谁都控得住，谁都跑不了，每次开团都很完美，给了队友足够的容错率。

为什么说 Y1 其他位置随便换，因为有一个可以给予这样精准控制的队长在，小鸡啄键盘都能打出惊人的输出。所以说，卫骁这个赌约堪称深谋远虑。

近看能护住晏江，阻止他过早被淘汰，还能给自己找点乐子，让月光湿地不无聊；远看能屠戮中环区，抢占神装，备战决赛圈。当然了，最重要的还是可以把晏队全须全尾地送到队长面前，让他有气出气，没气收"特技"。

魔血这个"特技"，卫骁可是心心念念。伤害提高 80%，啧……

那不等于可以拥有十道弧光了？

中环区也是有分区的，当然不是外区那样明确，但从各自外区出来，距离有远近之分。比如，卫骁的月光湿地和陆封的坠星湖就是对角线关系，除非绕圈，否则在进入决赛圈前很难碰上。

卫骁也不会故意去绕圈找队长，中环区可不像月光湿地那么悠闲，光环缩进得很快，不走直线很有可能死在光环外，那就不值当了。

有晏江这个神控制，卫骁是越杀越狂，竟然说："你信不信，前面的金猎，我一只手就能杀了他。"

晏江："……"

看到对话框的观众满弹幕都是——

"哈哈哈哈哈哈，卫骁不做人了！"

"楼上醒醒，卫骁做过人吗？"

"兄弟们，那个金猎是欧星！"

可不……头顶"Close 体力好"这个魔性 ID 的金猎正是 TPT 的厌包欧星。欧星也是惨，他在千针林活得那叫一个战战兢兢。一个谢和，一个月夜，欧星犹如被勒住喉咙的小鸡崽，大气不敢出。

[①] 游戏用语，指使用外部程序辅助游戏内操作，作弊行为。

他是真厌,厌到了极限,厌出了特色,厌得粉丝都为他心疼抹泪。千针林一片腥风血雨,谢和与月夜在进入中环区前短兵相接,当时的欧星害怕极了,他就躲在一座巨大的冰雕后头,等着两人干完架。

谢神和月夜是老冤家了,冬训营的事还没翻篇,如今又撞上,那必须打一架。千针林活下来的人不多,欧星星还有"小猫"两三只都借着地形掩藏自己,躲避瘟神。两个法王的对战,观众拭目以待,欧区和中国赛区的会场都给了特写和解说。谢和初选天赋和月夜的初选天赋重合度极高。

两人都是硬拼到底的性子,没带辅助天赋,全部是法术系——仙术士、灵木法师、魔能法师、血魔德鲁伊。仙术士和灵法是走位灵活的法刺英雄,魔能法师的爆发力极高,血魔德鲁伊的续航性极强,从这个搭配就看得出谢和与月夜的性格有多像。

要么你死,要么我亡!同属性、同天赋,还有恩怨的两个人,打起来不要太好看!

谢和的仙术士是出了名的荣光天花板,卫骁还需要接好技能才能刷千层云,但谢和的云痕遍地都是。他凭借着"特技"浮空,起手就是云落!月夜利用灵法的强位移躲避伤害,谢和落地就是一道魔能光束,也不知是什么时候铺好的弹道,四道重叠,刺中月夜。

月夜无处可躲,只能换成血魔德鲁伊,凭借其吸纳伤害为血量的技能保住一命。从这一回合的对抗就能看出来,月夜到底是经验上差了些。单拼仙术士,他能与谢和不分伯仲,可四个天赋轮换切就有点难了。这不是个人素质问题,而是经验差距。

仙术士和魔能法师是截然相反的两个类型。前者近战偷袭,贴脸打伤害;后者要站得够远,预判够准,技能拿捏到位才能"集火"对方。

大多数玩中路的都是有侧重性的,比如更适合法刺或更适合炮台。两者兼顾者也有,但能兼顾到谢和这个程度,没几年的历练是做不到的。

冬训营时月夜能赢了谢和,一方面是用了仙术士,另一方面是 RR 的中野联动不简单,打了 EVE 个措手不及。如今大乱斗上相遇就没那么简单了。等谢和也切到血魔德鲁伊时,月夜已经凉了。

死亡领域内——

莫有钱叹息:"唉,我可怜的小月月。"

老 G 叹息:"唉,我可怜的队长。"

元泽怎么了?哦,作为坠星湖的临近区,刚从战歌平原一路厮杀出来的元泽遇上了陆封。

这一幕太刺激了,全球所有会场同时给了这边镜头。毫无疑问的是,几乎全球都在关注着这两人的狭路相逢!

与此同时,卫骁扑向了落单的欧星,欧星吓了一跳,慌忙切出雨猎,跑得飞快。

卫骁打字:"别跑啊!"

欧星回复:"不跑等死啊!"

卫骁:"死在我刀下,不开心吗?"

欧星："……"我开心你个大头鬼！

别的不提，咱们尿包……哦不咱们欧神的雨猎是用得真好，这踏雨飞绝不会断，轻盈的精灵踩着雨点逃得飞快。

忽然间，欧星看到了"救星"！

那是谁？那一袭雪白圣袍，那站在中环区的耀眼光芒下仍旧夺目的男人是谁？

是Y1.Yan。

欧星热泪盈眶："晏神！救我一命！"

两人在冬训营好歹有过一点交情，欧星这求救很有意思，可惜了。

弹幕都在说——

"不敢看了。"

"心疼我星。"

欧星眼尖得很，看着神牧起手，这姿态，这光芒，分明是道光门！

妥了，只要晏神帮他拦住卫小疯，他一定能逃出生天。光门落下，稳稳当当，砸在了欧星身上。

欧星："嗯？"

卫骁突袭近身，赤色红刃影影绰绰。

欧星大叫："晏神，控错人啦！"

卫骁还有空打字："错什么？一点儿没错。"

影袭近身，血印贴了欧星满身，欧星惊了："至于吗……"

至于为我刷个八道弧光吗？

啊……欧星死在灿烂缤纷的弧光中。

直到去了死亡领域，"尸体们"一沟通，欧星心想：我造了什么孽啊！

晏神"控无虚发"，是他自己狂妄了！

没多久傅黎也出现在死亡领域，欧星号啕大哭："队长，晏神和卫小疯欺负我！"

傅黎："……"

欧星哭完，回过味来了："队长你怎么也死了？"

傅黎："运气不好。"

还真是运气不太好，傅黎是最早走出迷宫的选手，甩了炫神三条街，结果早早死亡。

全程都在迷路的金成炫撞了个满头包，可算走出迷宫了。炫神有多委屈，陪着他撞墙的粉丝观众全明白。

太惨了，真的太惨了。

看看积分榜吧。神之队全部榜上有名！

陆封第一，第二是晏队扶持的小恶魔卫骁，元泽和谢和互抢第三。

只有炫神，只有荣光堂堂第一射手，没有姓名！金成炫气炸了，一出迷宫就开始发疯。原本娇花是神之队最温柔的一位，经常从队友指头缝里抢人头，和和气气一朵花，美就完事了。

如今孬毛的金娇花遇神杀神，把偌大个闪金圣殿给屠了个一干二净。

傅黎收集了一堆数据，可以出本书，书名《一朵发疯的娇花》。

傅黎对欧星说："回去特训。"

欧星："啊？"

傅黎冷笑："金成炫的路数很适合你。"

欧星满头雾水，并不知道前方有什么深渊巨坑。

晏江履行了承诺，在卫骁离决赛圈仅有几十米时，给他刷满了六神装。卫骁还没停，遇人就杀，见装备就捡。晏江也没多问，卫骁想杀人，晏江就给他控，遇到的对手不乏职业选手，可惜都死得很惨。

光环紧缩到仅有五米时，卫骁眼睛一亮："谢神！"

终于，从相邻的月光湿地和千针林出来的人碰头了。

卫骁看到了只身一人的谢和。谢和瞥了眼他的 ID，话都没说，直接千层云往他脸上丢。

卫骁最爱这一款，切了仙术士，和他正面对打。谢和还真没掉以轻心，能冲到这里的选手，别管 ID 有多傻，人总归是有实力的。

卫骁的连云式给的角度很精妙，谢和眉峰微扬，眼中升起战意。

不错啊。这是中国赛区的哪家战队的中单？

这个念头刚刚闪过，仙术士变成雨猎，踏雨飞来，冷箭咻咻直射。谢和微怔，莫名的熟悉感涌上心头——陆封？

再看这 ID，不可能是陆封，要是陆封见到这个 ID，估计会刷九道弧光送这个人下地狱。

谢和是全法系天赋，但一点都不畏惧卫骁的万花筒天赋。卫骁用仙术士，他就用仙术士；卫骁转雨猎，他用灵法走位躲避伤害；卫骁切了嗜血战士，谢和用魔能法师，弹道精准，专治各种近战。两人打得不可开交，难分上下。

就在这时，一道光门落地，框住了谢和。谢和一愣，视角转动，看到了沐浴在圣光中的前队长。

谢和："嗯？"

晏江："决赛圈。"

这话是对卫骁说的，卫骁看了眼谢和的血量："行吧，一会儿再打！"

谢和回过味了："他是谁？"

晏江："不知道。"

谢和心想，你不知道他是谁，还护着他？

决赛圈收紧，一眼就能望到头的擂台上仅有七个人。没打出结果的陆封和元泽，因为晏江插手也打不出结果的卫骁和谢和，还有杀气腾腾的金成炫，外加一个"吃瓜"玩家。

"吃瓜"玩家一看众人 ID，当即就扑向那个明显有问题但应该也是"吃瓜"玩家的

"最崇拜 Close"："兄弟，我们一起跳擂台吧。"

然后他"兄弟"踏雨飞到陆封身边，对话框直呼："队长！"

22

决赛圈巴掌大的地方，头顶对话框谁都看得见。此时此刻，在场几人心思各异。

"吃瓜"玩家："嗯？"

元泽脑袋瓜疼："卫小疯？你能要点脸吗，起这么个 ID？"

狂躁中的金娇花略微冷静，果然只要活得久，什么样的人都能见到。

翩然落地的雨中精灵做了个动作，荣光角色是有局内动作的，每个皮肤自带的都不一样。卫骁的雨猎穿的是精灵王的典藏皮肤，身形修长的精灵肤白如雪，银发似瀑，花枝缠绕而成的王冠衔着一颗迷人的湛蓝宝石，璀璨的光芒映在眼底，像雪后的晴天，冷淡却澄澈。

精灵王是清冷高贵的，可此时他却略微前倾，眼眸微眯，细长的指尖在唇边比了下，一个心形特效飞了出去。

国外赛区的粉丝很疑惑。

"这谁？这是谁？！"

"FTW 的新打野。"

"啊？"

身居国外的中国赛区的粉丝激情"科普"。

"FTW.Quiet，野王、战王、法王、猎王、贫嘴王。"

"走过路过不要错过，粉了卫骁，您粉不了吃亏，粉不了上当，最多就是悔断肠。"

更让不知情人士吓掉头的是陆封的反应。

以谢和对陆封的了解，这个拒绝一切花里胡哨的男人，看到这个 ID 准会送他下地狱。

然而九道弧光没有，影袭没有，连普攻都没有。

同样愣住的还有 FTW 前队长，率领神之队创造一个又一个奇迹的男人——晏江。

晏江："你是 FTW 的选手？"

卫骁正式向他做自我介绍："FTW.Quiet，打野位，目标是全球总冠军！"

这话可不是只有晏神能看到，整个决赛圈包括全球观众都看得一清二楚！台下辰风教练和项六经理同时感受到了一阵头疼：有止痛药吗？再不吃药会死的那种头疼！

坐他们旁边的从逸毫不客气地笑出声："不愧是他。"

解说席也开始打趣，观众更是把弹幕刷爆了。别人说这话，大家可能会嗤之以鼻，觉得这选手狂妄，觉得他不自量力，总之都是负面评价。

但卫骁不一样，他画风太奇特了，说什么都不让人意外，甚至还有种诡异的期待感。好像他什么都能做到——这个神仙能做到任何普通人想都不敢想的事！这种自信，让人会心一笑又无比羡慕。

晏江想过他是职业选手，毕竟展现的实力十分不俗。

欧区的镜头给到了晏江这边，这个向来冷静自持的男人，胸口起伏了一下。但更扎心的还在后面。

卫骁打字噼里啪啦，一会儿工夫就把自己这边的情况交代了个明明白白："队长，我把晏队给你带来啦！"

晏江："……"

卫骁："他身上有个神仙'特技'！"

晏江轻吸口气。

卫骁："快点杀了他！"

晏江："卫骁。"

卫骁："嗯？"

晏江盯着这个看似无辜又实在欠揍的字，手指重重落在键盘上："你这一路就是为了把我送到陆封面前？"

卫骁："当然。"这理直气壮的语气。

隐约知道点什么的谢和一时间不知道该心疼谁。这样招惹晏江，卫骁你会死的，死得很惨。

整个决赛圈，那位"吃瓜"玩家才是一脸蒙。

大家在说什么？有没有人给我翻译下？

惨，他是真惨。

如此千万人羡慕的第一"吃瓜"现场，却因为语言不通而"吃"不明白，决赛圈可不是给人聊天的，众人打了几行字之后，一道银色光束从天而降，中间裹着一块五彩斑斓的宝石。

这不是现实中会存在的东西——空岛之心，这种如梦似幻的光泽，现实中的宝石无法拥有。

大乱斗的终极目标。从外区到中环区，再到最后的决赛圈。获胜的唯一条件是拿下空岛之心。

光环会不断收缩，收缩到最后全部进入空岛之心，而拥有这块宝石的人就可以站在新的空岛，看万兽臣服。空岛之心降落在决赛圈，无论是谁，只要拿着它坚持三百秒，就是最后的赢家。

三百秒，五分钟，在这样一个擂台上，怎么守得住？

因为是随机降落，"吃瓜"玩家运气好到爆炸，站在原地就被空岛之心"临幸"了。

系统公告：

CM 拾取空岛之心，倒计时 300 秒。

CM 能进入决赛圈也很不一般，他不是职业选手，但却是北美赛区的头部主播，实力强横，曾与 Gary1V1 都不相上下。能从群星璀璨中活到现在，没点本事是不可能的。可再有本事，此时此刻的他能以一己之力对抗整个神之队？

不等 CM 有所反应，云痕、冰箭、长矛呼啸而来，最后带走他的是绚丽的弧光。死得这样惊天动地，CM 心满意足。

空岛之心持有人死亡，不仅装备技能点全掉，空岛之心也重新悬浮在空中。全球各赛区的解说都拼起了语速："接下来谁会拿下空岛之心？这可是个烫手山芋，现在拿下未必是好事。可如果能扛下三百秒，胜利就是持有人的！怎么扛？擂台这么小，活着的又全是顶尖选手。"

的确是惊心动魄。守住空岛之心三百秒就可以赢下比赛，可在场的六个人，哪个都不是吃素的。

三百秒是什么概念？暗贼杀一个人只需要三秒钟。现在拿下空岛之心，无异于自寻死路。

不只解说和嘉宾，各会场的现场观众和直播间的粉丝也都在议论。无数发言糊满了弹幕，都要看不清赛场画面了。

"怎么办怎么办？我不想大魔王输！"

"先别拿空岛之心，现在这情况，谁拿谁死。"

"对对对，先不拿，打个群架，分出胜负再说。"

"这真是大乱斗！"

就在所有人都觉得空岛之心不能碰，碰了就是死的时候，系统公告响起——

FTW.Close 拾取空岛之心，倒计时：300 秒。

全球观众哗然。连嘉宾都蒙了下，解说快速道："陆封拾取了空岛之心，他即将面临众人的'集火'攻击！"

中国赛区的陆封粉丝都疯了。

"什么情况？"

"大魔王不要啊！"

"陆封不能输！"

"不行，我喘不上气了，三年前这帮人丢下我陆封，三年后又来围殴他？"

"楼上你别这么说，你一说我心梗了。"

"如果他们不打 Close 呢？"

"那我心更梗了！"

"我大魔王凭什么受这个委屈！"

粉丝心态崩了，决赛圈的选手也愣了下，陆封拾走了空岛之心，根据规则他们要去抢。让元泽、金成炫、谢和三人去"群殴"陆封？他们真的抬不起枪，握不住箭，拿不稳法杖。

直到一个对话框弹了出来："队长加油！打死他们！"

全场一片默然——总有人能破坏所有气氛。

北美赛区，画面早就定格在陆封这边，侧光在他脸上留下淡淡的阴影，让肤色越显冷白，棱角也更加分明。毫无疑问，这是一张几乎符合所有人审美的脸——英俊、帅气、不苟言笑。

可当他看到屏幕里的这句话时，嘴角扯了下，极薄的唇略扬，冷峻的眉眼略松，像初春的一只凤蝶在空中振翅，抖来一片轻柔的凉风。

他回复卫骁："嗯。"

话音落，暗贼隐去身形，伴随着那气泡般一个单音节字词，凭空消失在擂台赛上。

还能这样？！

只顾着分析赛制了，只顾着脑补凶残的围殴了，竟然忘了大魔王的拿手天赋是隐匿行踪的暗贼！陆封抢下空岛之心不是放弃比赛，而是胸有成竹，他要漂漂亮亮赢下比赛。

解说立刻给出技能分析："暗影盗贼的隐匿效果虽然没有时间限制，但距离人物过近的话，三秒内必定会显出身形，想要倚仗隐匿躲三百秒是不可能的。"

官方比所有人都了解自己设计的职业和天赋。能隐身的天赋不只暗贼，要是隐身了就能抱着空岛之心藏三百秒，那还玩什么。所以决赛圈才这么小，小到所有隐身都能因为距离问题被看破。

陆封也没想利用隐身来撑过三百秒。他等了这么久，等的不是躲躲藏藏。暗贼靠近一个目标时，头顶会冒出感叹号。

金成炫头顶的金色感叹号疯狂闪烁，浑身鸡皮疙瘩都蹦起来了。他一个滑步，倒退着拉开了一些距离。

红刃微闪，影袭随之而来，刚刚落地的金成炫生生吃了一刀。他倒吸一口气，看到了背后的暗贼。血刃染血后更红了，撕裂伤有破甲效果，脆皮猎人最怕这个。金成炫来不及思考陆封怎么盯准他的落脚点的，匆忙踩上雨点，继续拉开距离。

猎人对上近战盗贼，"风筝战"[①]是最好的选择。只要能拉开距离，用普通技能都能耗死近战型对手。可惜陆封有四个天赋，四种职业。

暗贼影袭后，仙术士的连云式顺势而来，遍地云痕铺得人心惊肉跳。

卫骁看得心潮澎湃："队长好厉害！"

陆封打满一个千层云，金成炫幸亏有致命伤保护机制，最后一丝血留住了性命。可惜这不意味着他能活下来。仙术士又切雨猎，雨滴化箭，急射而来，炫神死于自己的拿手天赋。

---

① 指保持着一定距离的对战。

系统公告：

FTW.Close 击杀 Pro.succe！

各大会场，除了韩国赛区，全都爆发出惊人的掌声。太精彩了，最多十秒钟，这个击杀秀得人浑身战栗、头晕目眩。四个天赋任意切换，新的单人赛仍旧是大魔王的主场！

金成炫倒地，卫骁稳不住了："太刺激了，我也要打架！"他话音刚落，切换了暗贼形态，刚进入隐身状态，头顶一道光门从天而降。

卫骁被光门砸中，隐身被破，可怜巴巴地站在圣光之下。

谁能用光门？整个擂台赛就一个神牧！

晏江什么都没说，只是用技能告诉卫小疯：你打个鬼。

卫骁好气："放我出去！"

光门消失，又一个控制技能准确地落在卫骁头上。

卫骁："……"

留意到这个小角落的观众笑疯了。

什么叫天道好轮回？什么叫风水轮流转？什么叫卫小疯你也有今天？！

晏江的四个天赋总共八个控制技能，之前在中环区，所有人都见识了他的精准控制，卫骁更是借此杀到决赛圈。如今"燕尾"组合恩断义绝，晏神的控制全砸到了卫骁身上。

的确，被"玩弄"的晏神杀不了他，但只要控制给得准，卫小小今天是别想挪窝了。

陆封击杀金成炫只在瞬间，元泽和谢和有所反应时，炫神已经躺在地上了。

金成炫："……就我是个软柿子？！"

元老贼还有空打字："你不是。"

金成炫："……"

元泽："你是朵娇花。"

话音落，他的死亡骑士召唤出三头地狱猎犬，踩着金娇花的尸体撞向了暗影盗贼。

陆封一打二也丝毫不慌，背袭刺中谢和，等仙术士的云痕翻滚，他瞬间踩着雨点拉开距离。元泽的技能根本收不住，笔直地撞向刷起千层云的谢和。

谢和："……"

元泽："啊！"

两人吃满了对方伤害。

陆封召唤幻魔，一个冲向谢和，一个格挡元泽。嗜血战士的技能愣是被他打出了两个人的气势。

元泽对血战的了解颇深，知道他这是在借此恢复状态。他哪会让陆封得逞，秒切狂战，一记大刀阔斧斩断了幻魔。谢和也不差，灵法翻滚拉开距离，魔能光束笔直射向陆封的本体。

幻魔死亡，血战会有一瞬间的僵直，谢和时间拿捏得极稳，魔能光束刺中，陆封只有一个"死"字。

大魔王凉了吗？1V3拿下比赛终究是梦吗？

魔能光束击中了！六道"集火"，最高伤害，任你防御再高，血量再厚，也绝对抗不住这个惊人的爆炸伤害，陆封没了？

大乱斗是没有复活甲的，死了就是死了，绝不存在复活起来再战的可能。

下一秒，全场震惊。吃满了魔能光束的陆封几乎毫发无伤。眼尖的解说看到了，大嘴哥的喉咙都要喊破了："是无敌光盾！"

众人如大梦初醒："陆封有仙术士天赋……"

最后关头，结束僵直的陆封切仙术士，同时卖掉血战的一件神装，秒换无敌光盾。这是只有法师可以用的一件装备，效果是一秒内免疫所有伤害。这种操作不难，在5V5中很多选手甚至一般的高端玩家都可以轻松做到复活甲秒切无敌光盾，但这里是大乱斗……

这里有四个天赋，这里没有复活甲倒下的两秒空隙。陆封是在那不到一秒的时间内，切天赋卖装备同时启用无敌光盾。

这手速……他还是人吗？！

解说道："等比赛结束，我们可以看一下陆封的鼠键直拍。"

比赛是有这样的拍摄角度的，只拍选手的手部操作，看的就是这种关键时刻选手的手速到底有多快。

别管这操作有多可怕，陆封没死，元泽和谢和的四个天赋的技能全部用空了。暗影盗贼隐去身形，迫近仙术士后送他归天，接着凭借没有中断的影袭和"特技"浮空，瞬移至元泽面前。

元老贼不愧是曾经的单挑王，他用枪战后移，长枪扫出绚丽的枪花，压制暗贼的走位。然而陆封不需要再靠近他，元泽的位置已经在九道弧光的领域内。

漫天霞光笼罩了大半个擂台，被逼到角落的元泽吃了个满弧光。

元泽："……"

系统公告：
FTW.Close 击杀 L&P. 元泽！

被控到"自闭"的卫小小不挣扎了，疯狂打字："陆封牛！陆封最帅！陆封天下第一！"

论捧场，弹幕上的陆封铁粉全比不上卫骁。

粉丝的最高境界是什么？

擂台赛上狂吹"彩虹屁"！

七个人只剩下三个人，本来不算大的擂台变得有点空旷了。

晏江放了卫骁。

陆封看过来："打吗？"

晏江："有意思？"

陆封："有，他好不容易把你送到我面前。"

晏江："……"

结果？

结果就是晏江把所有控制技能都给了卫骁，控了他足足三十秒。

陆封一个千层云送晏神下台休息。

系统公告：

陆封持有空岛之心，倒计时180秒。

台上只剩下两位选手，还是同赛区、同战队的前野王和现野王。

陆封："Solo？"

卫骁："好！"

23

这真的是中国赛区的狂欢。

大乱斗全球揭幕赛举办前，中国赛区的玩家就在热烈讨论。

"有大魔王在，这次我们一定能扬眉吐气！"

"陆封无敌，第一必须是中国赛区的！"

"陪跑三年多，中国赛区终于能在大场面上全球瞩目了！"

也有担心的人。

"大魔王两个月没碰游戏，能行吗？"

"大乱斗可是新模式，大魔王的长处难道不是只有Solo吗？"

"新赛制全是坑，陆封别崴脚啊。"

"如果陆封在大乱斗输得很惨，那我们中国赛区这个赛季是不是又凉了？"

"兄弟别乌鸦嘴……"

"很有可能啊……本来我们也就单人赛能看，赛制一改，陆封'翻车'，今年……"

这话一说，无数人都心惊肉跳，中国赛区连续三年只有一个单人赛冠军，如果连这个都拿不到，那真是一"跪"到底了！

"住口！大魔王前三年带病上场都能夺冠，今年治疗了肩伤，只会一飞冲天！"

"而且今年的中国赛区超强，FTW不用提了，RR也很好，3U和TPT都崛起了，少说丧气话。"

"对对对，没准咱们今年能三冠……"

"别毒奶①！"

赛前观众就这么激动和忐忑了，赛中更是始终提着一口气，每次中国赛区倒下一人，他们都紧张得神经兮兮，连"陆封天团"大家都觉得性感可爱就可见一斑。

如今，决赛圈里只剩两个人，一个是 FTW 的上单，一个是 FTW 的打野。不管怎么样，第一都是 FTW 的，都是中国赛区的。

怎么能不狂欢？！游戏还没结束，中国赛区已经提前开始庆祝！

其他赛区都有些唏嘘，一方面认可了陆封的强，另一方面又嫌自己赛区的选手不争气，不过好在这只是一场表演赛，等正赛开了，就不会这么儿戏了。

按理说只剩下 FTW "内斗"，大家该关了直播，不去看了。可谁都没关，从各会场到各直播平台，千万人都在死盯着这最后一战。

Close 对战最崇拜 Close。

这"辣"眼睛的 ID！

可是很想看两个全能王的较量，到底能秀出个什么花样！

拭目以待！

中国赛区已经开始押宝了，押陆封胜利的人数高达 80%，押卫骁胜的只有两成，但这两成的人都笑嘻嘻地表示——

"我不管，卫骁这么可爱，我要给他砸钱！"

"Q 崽这么乖，要宠他！"

空岛之心只剩下 180 秒，陆封和卫骁都没耽搁时间，说干就干。他们一个在北美赛区，一个在中国赛区，全都坐在万众瞩目的赛场上，当着全球观众，来了一局精彩绝伦的 Solo。

这是一场谁都没看过，连当事人也第一次体验的 Solo。

四个天赋分别是暗影盗贼、嗜血战士、仙术士、雨中猎人。两个人生生打出了团战的效果。

其实无所谓输赢，谁站到最后都没关系，这一刻他们只是在享受战斗，只是在享受热血沸腾，只是在专注于彼此！

陆封用仙术士起手，连云式行云流水，飘逸的身姿如同从九天之上走下的仙尊，墨发随云而动，特效渲染了云痕，光华流转间是飞起来的千层云。

卫骁对陆封太熟了，熟悉到凭借本能都知道他会怎样。雨中猎人轻灵地踩着雨点，从一个对观众来说不可思议的角度滑了出去。

解说起初并不认真，因为结果已定，本来就是个娱乐性质的表演赛，剩下的只是"表演"。

然而第一回合对决后，他们不由自主地认真起来。看到如此精彩的操作，职业素养不允许他们大意："陆封的千层云十分娴熟，飘逸中带着他独有的气质。雨猎躲得非

---

① 网络用语，指说什么什么不灵验。

常精准，不愧是一个队伍的，他们对彼此都十分了解。卫骁切天赋了！"

卫骁利用雨猎走位后，切了嗜血战士，幻魔向着落地的仙术士扑去。千层云后是仙术士的技能冷却期，一套技能打空的陆封如果被幻魔缠上是非常危险的。

解说十分好奇陆封会切什么天赋："雨猎吗？利用踏雨飞避开幻魔的攻势？暗贼也可以，直接影袭，反杀血战！"

他们全猜错了，卫骁的幻魔突脸而来时陆封也切了嗜血战士，谁都没看清他什么时候用的技能，而撞上幻魔的也是幻魔！

全场都惊了。

"怎么做到的？"

"我和大魔王不在同一个时空吧！"

切天赋秒扔幻魔，大脑跟不上手速了！

有人吐槽——

"他在北美，至少不是一个时区……"

解说激动起来了："陆封总能带给我们惊喜，幻魔撞幻魔，抵消了卫骁的攻击，同时因为距离，他僵直的时间更短！"

嗜血战士的幻魔一旦被击杀，主体会僵直，而这个僵直时间是根据幻魔与主体距离判断的。

卫骁先出手，幻魔飞到陆封面前，距离肯定比陆封的远，所以他身体有0.5秒动不了。反观陆封，因为幻魔离自己太近，几乎没有僵直效果。

对于普通玩家，这0.5秒毫无意义，但对于职业选手，已经够死一次了。陆封血刺加斩血，兜面扔向卫骁，毫不留情。

中国赛区这边，镜头给到卫骁。这小子坐得笔直，黑色队服衬得脖颈白皙修长，那瘦削的下颌微收，唇角弯起，满眼愉悦。

不用解说提一个字，所有看到这一幕的人，都体会到了他的心情。

快乐！极度的快乐！这小疯子，连大嘴哥都忍不住吐槽他了。

陆封的技能给得很准，卫骁是不可能躲开的，但是……也不需要躲。

血战大招——血魔降世！被附体的血战免疫所有伤害两秒钟。

陆封不可能空的技能因为卫骁的技能，无效了。

观众看得热血沸腾，只想快点看复盘，把这数秒钟发生的事反复看个十几遍！还得加个慢放，要不动态视力跟不上！

卫骁用空了血战的技能，再度换了天赋。当兜帽盖脸的暗贼落地时，现场观众都跟着鸡皮疙瘩直蹦跶。

"来了来了！"

"弧光弧光！"

"八道吗？如果八道能够全部打中，陆封也受不住的。"

"陆封也切天赋了！"

"两个暗贼对着刷？"

"如果同时看到俩九道弧光，我死而无憾！"

中国粉丝集体兴奋，此时此刻他们都死盯着屏幕，心里都只有一句话——巅峰暗贼的巅峰对决，酷炸了！

决赛圈的两个人也没让所有人失望。卫骁背袭陆封，陆封一个突刺和他拉开距离，奇妙的是，两人同时叠上了印记。

九道弧光需要印记和伤害比例，道理大家都懂，可到底要怎么在瞬息万变的赛场上秀起来就太难了！

解说语速飞快，随着声量的拔高，场上的比拼也越发白热化。

攻击、躲避。释放、抵抗。

北美赛区和中国赛区的导播心有灵犀，同时把镜头给到了两人的左手。细长的手指，冷白的肤色，在键盘上仿佛闪着光。

清脆的键盘声，构成了一段迷人的节奏，落在万千观众心尖，震得人头皮发麻。

"卫骁用出九道弧光了！"

"两人同时……"

"不对！陆封这个伤害比不止……"

瘦削的暗贼身上忽地腾起了一片微红的光，懂的人在这瞬间懂了。晏江捡到的神技——魔血。那个提升伤害值80%的技能。

不会吧……他们有生之年竟然能够……看到十道弧光！

炫目的白光炸亮了整个擂台，紧接着是犹如宇宙爆炸般的急速收缩和扩张，无法形容的色彩充斥了整个屏幕，所有看到这一幕的人都目瞪口呆。

原来真的有十道弧光的特效。原来真的存在十道弧光。原来荣光可以这样美。

全球玩家屏息的半秒钟后，各赛区会场都爆发了激烈的掌声！

太惊艳了。这场揭幕赛的收尾太棒了！十道弧光散去，擂台上只站着一个人。暗影盗贼身披独属于自己的冠军皮肤，眉眼被兜帽遮住，只有苍白的下巴和紧绷的嘴角。

FTW.Close——带给人无限光辉的暗夜王者。

系统公告：
FTW.Close 持有空岛之心，倒计时 10 秒。

这是属于陆封的 10 秒，属于 FTW 的 10 秒，属于中国赛区的 10 秒！

10、9、8、7……

光之空岛的光芒全部凝聚于一点，耀眼的光芒像金子般铺满了暗贼全身。空岛之心悬浮在他面前，斑斓的色彩仿佛一个缩小版的十道弧光。它轻轻转动着，等待着新的主人。

暗影盗贼伸手，戴着黑色勾指手套的细长手指握住了空岛之心。光芒乍起，屏幕上的景象全变了。

空岛焕然一新，之前游移在岛外的远古凶兽全部来到岛上。海一样广袤的巨鲲，山一样雄伟的虎兽，展翅能够盖过日月的大鹏……

如此恢宏的景象下，画面慢慢聚焦在中央的唯一的玩家身上。

虎啸龙吟。声浪震得草木晃动。

空岛之心融入掌心，活下来的是真正的空岛主人，荧幕上弹出两行字。

荣光新模式：空岛大乱斗。

欢迎来战。

揭幕赛结束了。待在死亡领域的卫骁轻吸口气："酷！"

其实最后一幕，无论是九道弧光还是十道弧光，伤害量都溢出了。只要打中了人，八道弧光的伤害也足够完成击杀。

为什么卫骁挂了，而陆封站着？不是因为使用了嗜血战士的大招，也不是因为有结束冷却时间的无敌光盾，更不是靠射手的致命伤免疫。在使出弧光的时候，这些主动技能都是用不了的。

陆封之所以站到最后是因为十道弧光的附加效果：无法被选中。

开启了十道弧光的陆封，无法被任何技能选中，也就无法被任何技能攻击。但只有九道弧光的卫骁却被十道弧光掏空了生命值。

卫骁忍了忍，还是没忍住，在死亡领域里打字："死在十道弧光下，全世界独一份了解下！"

这得意的语气，这炫耀的文字，除了看不懂中文的观众，全都无语了。

好在比赛结束，死亡领域也消失了，大家不用继续遭受荼毒。

至此，空岛大乱斗的全球揭幕赛结束。主办方开心疯了，这效果绝了。

策划也开心死了，不枉他们熬夜拼命，赶出了十道弧光的特效，陆封在魔血加持下真用出来了！

别看陆封只是拔高了80%的伤害比，要知道九道弧光已经是玩家的操作极限了，再往上提一个百分点都是无法想象的突破，但他一口气提了二十个。

接下来是观众喜闻乐见的采访环节。台下的辰风和项六心一提，两人对视都从对方眼中看到了俩字："糟糕。"

不止他俩，开着直播的白才也倒吸一口气。

坏了！没人管的卫小疯，要当着全球观众的面"疯"了！

台上一堆明星选手，那肯定是要挨个采访的，但也有个先后。成绩已经出来了，全球第二就在台上，不采访也太说不过去了。

比赛结束，大家摘了耳麦，睡哥被推了下，迷迷糊糊地睁开眼。

大乱斗一个半小时，阿睡睡了一大半。不怪我睡神，运气差到开局遇元泽，不怪他战死在战歌平原。战歌平原相对来说镜头给得少，倒不是那边战况不激烈，而是太激烈。

激烈到一分钟惨死一堆。别的区域的人还能千针林里东躲西藏，坠星湖里憋气潜水，月光湿地里翻越沼泽，闪金圣殿里跑跑迷宫……总之都各有项目，悬念十足。

战歌平原就只有打架——阿睡死得早，死亡领域又不能看赛场战况。

大家聊天他也插不上嘴，主持人采访他几句，第三句就已经睡着了。

主持人："……"行吧，好梦！

第一位被参访的当然是卫骁，这个即便是辰风和项六在台上也拦不住的。这又不是团队赛，唯一的大乱斗第二，谁都替代不了。

主持人是个软萌妹子，一笑还有俩梨涡，十分甜美："Q神你好。"

卫骁也笑，唇红齿白，一双眼睛弯起，天生的卧蚕十分讨人喜欢："你好。"

主持人心想也太好看了吧！

被卫骁这一笑撩到的人不少，妹子都尖叫。

主持人被他笑得晃神，有点掉以轻心，不知不觉问了句："这次表演赛的第一名是陆封，请问作为FTW的一员，你如何评价陆神？"

这问题一出，辰风、项六和菜哥，在现场的想跑，开直播的想下播保命。

卫小小不给他们机会，嘴巴溜得很："陆神啊，技术好，体力强……"

主持人："……"

会场近万人，哄堂大笑。

白才抚额、捂眼、堵耳朵，只想让卫小小闭嘴！

主持人一个激灵醒神了，她干笑一声，引导话题："Q神的评价十分别致。"

卫骁笑眯眯地说："别致吗？很大众吧，你看我们这次幸运观众的ID。"

"Close技术好"一头黑线，"Close体力好"只想死，"Close有毅力"正在经历人生最低谷。

主持人笑不出来了，只想结束这个对话，结果卫骁主动给她递话："想不想知道这几个ID到底是谁的？"

主持人："……"

导播一个提词板给了过来——问。

主持人硬着头皮问了："听说这几个ID都是你的？"

那个声明大家都看到了，当初不信，现在觉得还有什么事是这个男人干不出来的！

谁知卫骁轻飘飘给了俩字："你猜？"

全国观众："……"

猜你个大头鬼，是你没跑了！看着那一片又一片的弹幕，菜哥脑子痛，卫小疯隆重发声明的时候，全都不信；卫小疯卖起关子了，全都信了！

观众朋友啊，别被这家伙牵着鼻子走啊！卦帝很焦心，为这届粉丝头疼，更为FTW的未来担忧。

他仰躺在椅子里，心里默叹：队长，您快回来吧……

除了大魔王，谁治得了他！

24

揭幕赛结束，观众看得心满意足。离场时不少人感慨："这要是全球赛该多好！"

是啊，这如果是正赛，如果是全球总决赛的舞台，拿下冠军的中国赛区该多疯狂？曾经的荣光霸主，没落了三年的FTW，如果再现曾经的辉煌，别说是老粉丝了，新粉丝都能热泪盈眶号啕大哭。

"不慌！陆封快回来了，卫骁这么优秀，今年差不了的！"

"想看他们夺冠……"

"想看他们捶爆全世界，拿下属于中国赛区的世冠杯！"

只是这么说着，有人红了眼眶，整整三年的"意难平"，今年能得偿夙愿吗？

粉丝感慨万千，当事人之一正窝在车里，微垂着头，发梢落在后颈上，衬得肤色比外面的灯光还白上几分。

他捧着手机，微弱的光映着嘴角的笑："队长，十道弧光太帅啦！你怎么这么厉害！"

揭幕赛大获成功，各赛区都有相应的采访。韩国赛区这次有点惨，主持人看着面如寒霜的炫神，问得那叫一个谨小慎微："闪金迷宫……"

金成炫冷笑，主持人一看触了霉头，赶紧切话题。

谁知金成炫道："我会参加今年的单人赛，感谢大家的喜爱和关注。"

这无异于下战帖。这场表演赛金成炫真是太委屈了，先是闪金圣殿把他"虐"成无头苍蝇，再来决赛圈第一个倒下，在死亡领域他还遭受了元老贼的冷嘲热讽。

层层叠叠加起来，当我们金娇花没脾气啊！必须找回场子，全球赛上他要拳打陆封，脚踢元老贼，哦，还要把卫小疯给射成筛子！

直到下场，李赫然给他递了个苹果。咬得嘎嘣脆的金成炫略微平复了一点心情："哥，回去陪我整理下大乱斗的资料。"

李赫然："嗯。"

金成炫轻吸口气，不用把话说出来，相信李赫然也懂。后浪太凶，前浪不拼命，真能死在沙滩上。

欧洲赛区的采访比较头疼。成绩最好的两个人已经目中无人地下台。

采访？晏江无话可说。

谢和："输了。"言下之意就是，没拿第一没什么好采访的。

这俩也没多看对方一眼，各自上了车，打道回府。陪谢和来的是他的教练，一个职业赛场上极为罕见的女性。

Haley没穿EVE的队服，一身定制成衣把体形勾勒得优雅性感，微鬈的波浪散在后背，红唇潋滟，开口却是异常流利的中文："卫骁，FTW 的新打野，两年前在中国赛区青训营一夜成名，后被陆封看中，不知什么缘故在签约前离开，退出职业圈后沉寂两年，年初重回赛场，在冬训营……"

Haley 不疾不徐地把卫骁的底细说了个明明白白，甚至包括他在冬训营的成绩。

谢和一言不发地听着，末了身体向后，靠在座椅中。

教练："就个人实力评估，FTW 又……"

谢和接了话："多了一个陆封？"

教练："嗯。"

谢和很少笑，平日里最善意的表情也不过是眼睛带点温度，但这会儿他嘴角扬了下，眼中却是一片炙热："他不是陆封。"

比 EVE 更低气压的是 Y1，晏江一路上半个字都没说，经理也不敢多问，只能老实巴交地坐前头，忐忑得很。

什么赛制？！什么揭幕赛？！赛委会不做人！你们拿晏江取乐，考虑过他们的感受吗？！

明明就不适合辅助参加，还非让晏江过去。这下好了，看看整个揭幕赛晏江的遭遇，经理无法想象身后那人的心情。

这男人本就性格诡谲莫测，如今……

啊，怎么才能把人哄好？！

晏江回到基地，终于说了自揭幕赛之后的第一句话："帮我找点东西。"

Y1 经理此时此刻的心情，恨不能给他摘星星取月亮："你说。"

晏江："卫骁所有比赛的复盘视频。"

经理："……"

晏江已经去了个人训练室。

等卫骁回到基地，已经是晚上十二点，陆封也回了酒店。只是发短信怎么能够，卫骁洗了澡就给他打视频电话。

刚接通，卫骁便道："恭喜陆封喜提揭幕赛冠军！"

陆封看着手机里笑眼弯弯的一张脸，嘴角不自觉地扬了扬："多亏了你。"

卫骁才不居功："就算没有晏队的神技，我也打不过你。"

这是实话，他俩日常 Solo，胜率心里有数。卫骁的阅历哪里比得上鏖战了三个赛季，拿下三个世界冠军的陆封。更何况陆封在揭幕赛里因为击杀过多，给了不少额外奖励。

卫骁问："你的首杀'特技'是什么？"

陆封和他 Solo 时只用了魔血，其他"特技"一个没用。

陆封给他解惑："勾魂。"

卫骁惊了："这么个强控你都不用？！"

勾魂这技能很"变态"，虽说钩子有点细，很需要点准头，可陆封这个全能王，还真练过一手钩子，百发百中不可能，但凭借着惊人的预判，也和"开挂"差不离了。

这个技能一旦钩中人，不仅能把人拉到身边，还能眩晕一秒钟。

陆封如果用了，卫骁哪还有刷弧光的机会。

陆封："没必要。"

卫骁啧了一声："队长你在挑衅我吗？是在说我菜吗？！"

陆封低笑，哄他："不是。"

卫骁哼哼唧唧："那你不用？"

陆封真的是说不过他。

常规赛还剩最后一场，日期定在了这个周四。

同天，陆封的治疗也结束了，机票订好了。

卫骁这几日心都是飘的，见着白才，张口就是："还有五十二个小时。"

白才："啊？"

卫骁："五十二小时五十九分钟五十七秒。"

白才："啊？"

卫骁："五十二小时五十九分钟五十三秒。"

白才："你又发什么疯？"

卫骁幽幽道："还有五十二小时五十九分钟三十秒，队长就回来了。"

白才："……"

卫骁继续默数，白才听不下去了："你醒醒！周四和 RR 的比赛很重要！"

卫骁："哦，五十二小时五十八分钟……"

白才恨不能给他一棒槌："你想不想拿小组第一了？！"

卫骁："五十二小时五……当然要拿第一。"

白才翻个白眼。

卫骁："小组赛第一、国内赛第一、全球赛第一，我们队长要拿无数个第一！嗯，五十二小时五十七……"

白才不给他数的机会，打断道："你别看我们比 RR 多了一分，但这局输了，RR 就和我平分了！"

"平分后看的就是净积分，老卫你清醒点，咱们净积分也只比 RR 多一分，哪怕是 2∶1，我们也可能会沦为第二！"

菜哥说得挺绕，其实只要看看排名就懂了。常规赛打到现在，FTW 始终位居小组第一，但并不是遥遥领先。

RR 够凶，死死咬在第二，随时想打败他们。这会儿双方的总积分相差一分，净积分也相差一分。

明天的比赛就是决胜负的一战。FTW 赢了，将以 2 分的优势稳稳站在第一；RR 赢了，就能将压了他们一个常规赛的 FTW 干到第二。所以 FTW 和 RR 的这场常规赛终战意义非凡。主要对喜欢放狠话的卫骁来说很非凡。其实小组赛第一和第二都无所谓，因为全是胜者组，在季后赛待遇差不多。

卫骁不倒数了。

白才松了口气："好好备战，拿个第一欢迎队长归队。"

卫骁心动了："行吧，等打完比赛再数。"

白才："……"

揭幕赛结束，傅黎第二天就给卫骁发了消息："等大乱斗复盘出来了，我全部整理完发你。"

卫骁回他："不急不急，我相信傅队。"

傅黎心想，呵呵，你真信的话就别截图啊！

百人大乱斗肯定和普通团队赛不一样。录播的多视角需要整合，一些精彩画面官方还要做个一手集锦，再抓一抓观众的眼球，所以战队想复盘还得再等两天。

卫骁不急，他和陆封约好了，等队长回来两人一起看回放。十道弧光什么的，他要当着陆封的面再吹一遍！显然，卫小小把月光湿地的事给忘了个一干二净。

周四晚上八点，承办比赛的会场早早就坐满了观众。揭幕赛余韵仍在，大家对FTW抱有极高的热情，早就不那么计较陆封在不在了。

FTW的比赛？

来看卫骁浪啊！

原本卫骁人气就不低，这会儿粉丝举灯牌举得飞起，很多真情告白。广告商见钱眼开，会场外的FTW周边里大半都是卫骁相关。

因为他在揭幕赛的表现，粉丝送他一个爱称——如狼似虎卫小疯。

有个团扇做得可爱极了，正面是Q版卫骁，老虎耳朵大猫爪，呜呜嗷嗷贼凶，反面就是Q版人物的背面，一条大灰狼尾巴摇啊摇的，摇上天！

是虎又是狼，贴切。

还有很多粉丝戴着老虎耳朵的发卡，一摇就会亮，亮起来上面一个大大的Q，十分可爱，可惜卫骁离得有点远，看不太清楚。

FTW和RR也是老对手了，见面不用说客套话，干就完事。FTW这边，卫骁赛前放狠话，嗯，是对着三小只："这是我们常规赛最后一局了。"

小宁子："嗯嗯嗯。"

卫骁："你知道这意味着什么吗？"

菜哥好想翻白眼。

小宁子抢答："小组赛第一！"

卫骁点头："还有呢？"

小宁子捧场："队长快回来了！"

卫大师嘴角弯了弯："嗯，还有。"

小宁子有点答不上来了。

卫骁看看旁边默默啃薯片的越文乐："你说。"

老越："……"

卫骁给白才使个眼色，白才迫于淫威，作势要抽走薯片，越文乐立马开口："上次输给 RR，这次不能再输！"

卫骁点点头，居然还在问："还有。"

还有什么？这下连白才都有点蒙。这场比赛还有什么别的意义吗？

常规赛最后一场，赢了是小组第一，赢了能挺直腰杆欢迎队长归队，赢了能报上次的憾负之仇……

除了这些还有什么？队友呆呆的，卫骁叹气。

卫骁戳重点："这是汤哥的最后一场比赛。"

一句话把三小只给镇住了。刚好来到休息室的辰风和汤臣也停下了脚步。

卫骁难得正经，说的话直往人心最软的地方撞："汤哥为我们晋级坚持这么久，这场比赛我们必须赢。"

三小只都被激起了满腔热血。

"必须赢！要赢得漂亮！"

"对，一定要赢得漂漂亮亮。"

"不能让汤哥遗憾！"

"嗯嗯！不留遗憾！"

外面的汤臣，FTW 这位坚守到现在的"粗线条"红了眼眶。辰风听得也是心中微涩。他见过最疯的选手就是卫骁，见过最柔软的选手也是卫骁。多奇怪的小孩，难怪陆封把他捧在了心尖上。

一上赛场，连观众都感觉到了 FTW 气势如虹。

解说也道："最后一场比赛，看来 FTW 势在必得。陆封马上回来，他们想给队长一个完美答卷吧。当然 RR 也气势不弱，看来今晚是场鏖战。让我们拭目以待，小组第一花落谁家。"

开局 RR 秒禁暗影盗贼，FTW 以牙还牙禁你仙术士。

向来在 BP 环节不出声的汤臣道："给我时空骑士吧。"

FTW 四小只一怔。

辰风笑了下："行。"

卫骁燃起来了："我拿狂贼！"

宁哲涵也腰板挺得笔直："灵法！"

越文乐："冰猎。"

菜哥拿了手硬辅："巨人萨满。"

辰风："想得挺美，看 RR 怎么拿吧。"

也不知是 RR 掉以轻心，还是没想到 FTW 会再拿时空骑士，所以他们放出了不少位置。到最后除了菜哥换成了大地牧师，其他人都拿到了想要的。

时空骑士这个在常规赛里助 FTW 绝地翻盘的天赋一出场，场上观众愣了半秒钟。

旋即一阵阵掌声响起，所有人都懂了。

解说也醒过来了："这一局……"

这一局是汤神的谢幕战。这一局是这位在风风雨雨中守护 FTW，不离不弃的老将汤臣的最后一战。

汤臣，他见证过 FTW 的神之纪年，也经历了 FTW 的最低谷，捧过三年前的世冠奖杯，也看过空荡荡的 FTW 废墟。

他没有陆封的耀眼夺目，没有辰风的运筹帷幄，他是神之队里没有上场机会的替补，是新 FTW 的稳稳当当的坚实后盾，是拿下国内冠军却因身体原因不得不退役的老将，也是在陆封离队，临危受命支撑着四个崽崽的汤哥！

新的 FTW，陆封和卫骁双星闪耀，宁哲涵和越文乐崭露头角，白才重拾热血，挑起辅助大梁，唯有汤臣，被很多人忽视，被很多人遗忘。

可他的队友记得，他做的一切，付出的所有，点点滴滴的汗水全部印在了 FTW 的队徽上。

黑白相间的双剑交会，刻在正中央的是 FTW。

For the win! 为了胜利，为了所有人的胜利！

这一局比赛，FTW 打得非常好。卫骁的狂贼把节奏带得飞起，宁哲涵一改往日的拘谨作风，灵法用得诡谲莫测，压得月夜神经紧绷，白才和越文乐也打出了完美的下路配合，发育起来的冰猎成了后期团队的输出核心。

这次汤臣的时空骑士没有像上次对 3U 时，原地拉起死亡的四个队友。

因为不需要，他的队友不会倒下，他的队友在为他拼搏，他的队友在用实力告诉他：我们可以，我们能行，请放心。

比赛结束，FTW 以绝对强势的比分赢了 RR。

摘下耳麦时，汤臣这个一米八六的大老爷们儿眼眶通红。所有看到这一幕的观众也都跟着红了眼，一路跟着 FTW 走到现在的老粉，更是直接哭出声。

直到有人大喊一声："汤哥别哭，FTW 未来可期！"

紧接着，有人跟着一起喊："对，FTW 未来可期！"

经历了三年风雨，空荡荡的废墟里生出了新的枝丫，现在的 FTW，真的是未来可期。

关掉直播，收拾好行李的陆封发了条微博："我回来了。"

25

常规赛落下帷幕，小组名次出来了。

A 组入围的四个战队，分别是 FTW、RR、778、GOQ。

B 组入围的四个战队，分别是 3U、TPT、SCT、Wind。

两个小组第一，分别是 FTW 和 3U，没什么太大悬念，RR 这次以两分之差位居第二,十分可惜，RR 粉当天晚上哭得肝肠寸断，第二天又被莫有钱一个神操作给安抚得喜笑颜开。

什么神操作？莫有钱除了抽奖还会什么？！输了比赛，也挡不住莫有钱微博宠粉，直接抽取五百二十人送红包。

TPT也是第二，但TPT粉丝冷静得多。

TPT画风如此，常规赛是练兵和收集数据的阶段，季后赛才真正发力，拿第二挺好的，磨炼更多，体会也更多，对接下来的比赛有利。

今年大爆冷门的是GOQ，这个三流战队是怎么冲进季后赛的，对于很多观众来说都是个谜……

去年的保级队，今年怎么成翻身咸鱼了？明明常规赛刚开那会儿，还被FTW爆打。据说中野辅三人回基地后哭天抢地，大喊着这辈子都不打职业了，怎么哭完就进步神速了？说好的不打职业了呢？你们这届职业选手嘴巴都这么飘的吗？

相较于常规赛的漫长和坎坷，季后赛要简单得多，八个战队分胜者组和败者组。胜者组是各小组前二，败者组是各小组剩下两支战队。季后赛是残酷的淘汰制，八进四，四进二，最后是全国总决赛。

胜者组的优势就在八进四，小组第一自动匹配小组第四，小组第二自动匹配小组第三，不需要抽签。

比如FTW季后赛的第一场，面对的就是GOY。对于大多数人而言，FTW四强稳了。

国内四强算什么，必须夺冠！

常规赛结束有长达一周的休赛期，所以当天晚上，辰风解了禁令，大家可以少喝点酒。

汤臣心情激动，哪还能少喝？连喝三瓶啤酒后，他开始抱着人诉衷情。汤哥抱辰风："老辰啊，我好欣慰啊，我欣慰得说不出话了。"

辰风嫌弃死了："你说得够多了，闭嘴吧！"

被辰风推开，汤哥又去抱四小只。

越文乐木呆呆的，等汤哥说完，勉为其难地分他一片："吃吗？"

汤哥嘎嘣一口咬住薯片："吃！乐乐给什么我都吃。"

越文乐："……"

汤哥又去抱小宁子，小宁子瘦瘦小小的，被这大汉一抱，更像个鸡崽了："汤、汤哥……"

谁敢想汤臣喝多了是这个德行："你咋回事，怎么像个受委屈的小媳妇，谁欺负你了，告诉哥，哥去给你……"

小宁子小声嘟囔："汤哥，就是您……我快被你勒死了……"

白才怕了怕了，先一步溜，可惜一出门就看卫某人捧着手机一脸笑意。

菜哥感觉不妙，立马回头，不如回屋给汤哥强抱！

卫骁眼尖看到他，不给他跑的机会："来来来，看看咱队长帅不帅。"

白才："嗯？"

卫骁把手机往他眼前放："元队还挺会拍。"

菜哥看到了，屏幕上是一张机场照。队长穿了件简单的黑T恤，长裤干净利落，一双长腿占了半个屏幕，他左手拉着深棕色老花行李箱，上面放这个黑色提包，有白色的耳机线顺着腰线向上，滑过冷白色的脖颈，轻巧地挂在耳郭。

菜哥喷了一声。

卫骁追问："帅不帅？"

菜哥如今身经百战："以我的眼光来看，帅。"

卫骁扬眉，菜哥心里一咯噔，哪儿不对？这回答绝了好吗！卫小疯你还能挑出刺？

卫骁还真挑出刺了："只是帅？这是无敌爆炸帅好吗！"

白才："……"

卫骁又看了会儿，忽地警铃大作："你说元泽怎么这么会抓角度？"

白才："……"

卫骁酸了："在元老贼眼里，我队长就这么帅？"

"你应该这么想，"白才也真是个人才，"不是在元队眼里队长帅，而是队长实在太帅。"

卫骁品了品，悟了："所以说元队只拍出队长的十分之一帅？"

白才："……"

卫骁乐了："这可怎么办？十分之一就这么帅了！"

白才："……"

卫骁拿胳膊肘撞他一下，美滋滋："老白你会说话就多说点。"

白才心想：不……我不会说话……我是个哑巴！

陆封在路上了，从北美回来，怎么也得十二三个小时，这十几个小时，对于卫骁来说度"秒"如年。

常规赛结束了，小组第一拿了，队长的肩膀基本恢复了，后续康复性理疗可在国内进行，卫骁神经一松，只觉得时间过得更慢了。

他三秒钟看一次表，心神不宁。

白才看不过去了："来，哥陪你排位。"

卫骁："哦。"

登录游戏，输入密码时，卫小小："嗯……"

白才："人呢？"

卫骁转头看他："我账号密码多少来着？"

白才："……"

这是失心疯了吗？！

卫骁在训练室，当然不好意思说那些话。

小宁子探头："骁哥怎么了？"

卫骁："……"

小宁子看他。

卫骁重重叹口气："生病了。"

菜哥嘴角抽搐。

小宁子："啊？怎么病了？需要去医院吗？"

卫骁摇头："不用，明天就好。"

小宁子一无所知："什么病啊？"这么奇怪的吗？

卫骁摆摆手，不多说了："没事，你排位。"说完托着腮继续发呆。

今晚注定是个不眠夜，汤哥一醉方休，睡得一塌糊涂，白才后悔自己没把自己灌醉。

吃完饭回来，训练室里耗了两三个小时，回屋后白才睡意蒙眬，刚洗完澡，换上睡衣，躺到自己新买的天丝床褥里。

砰砰砰。白才双手交叉放在小腹，躺得十分安详，心情却十分暴躁。

砰砰砰。白才闭眼。

砰砰砰。白才不理。

卫骁："菜哥……"这可怜巴巴的声音一响，菜哥到底是没撑住。

他深吸口气，翻身下床去开门："咋？！"

外头当然是卫小小，还有被踩躏的生无可恋的豆哥。卫骁抱着毛豆，豆哥也不知道经历了什么，蔫蔫的，看到菜叔，嗷了一声。

菜哥呲了一声，把毛豆抢过来："你欺负豆豆干吗？"

这一声豆豆叫得卫骁浑身起鸡皮疙瘩："你好恶心。"

白才拍拍豆哥脑门，哄它："乖，今晚在叔叔这儿睡。"

豆哥哼哼唧唧，拿脑袋拱他。

门开了，失眠的卫骁是不可能回去的。

他挤进来道："老白，我睡不着。"

白才："所以你就折腾豆哥？"

卫骁瞪了毛豆一眼："是它非要和我玩！"

豆哥趴在菜哥金贵的床单上，大眼睛要多委屈就有多委屈。

白才长叹口气，服了。连精力旺盛的"拆家哈"都陪不了卫骁，足以见得这家伙有多疯！

"再过七个小时队长就到家了。"卫骁长叹一声，"还有七个小时！"

白才："你两个半月都忍过来了！"

卫骁幽幽道："是七十五天零八个小时。"

白才："……"

卫骁睡不着，菜哥却是眼皮直打架，他愁得慌："你到底要干吗？！"

卫骁窝到沙发里，下巴搁在抱枕上："不知道。"

白才："打游戏？"

虽然困死了，但谁让他命不好认识这么个人呢！

卫骁瘪嘴："太菜了。"

白才咬牙:"我陪你去职业服!"

卫骁毫不留情:"你太菜了。"

白才:"……"

卫骁还打了个补丁:"我这状态,带不动你。"

言下之意就是,我状态好的时候,哪怕你菜,咱们在职业服也是上天入地。可眼下你骁哥没状态,去了只有被"虐"。

白才满心不爽,又没法呛他,没好气地问:"那你要怎样?"

莫名其妙地,菜哥也感觉到了什么叫度"秒"如年,只求队长快快回来,快点再快点。

卫骁清了下嗓子:"聊聊天?"

白才:"聊什么?"

卫骁来兴致了:"当然是聊队长!"

白才:"……"

卫骁可不会放过他:"你知道我是什么时候开始崇拜队长的?"

菜哥面无表情:"冬训营?"

卫骁:"不是,是两年前……"

白才:"……"

卫骁:"说了你可能不信,我当时看到陆封的一场比赛,连他长什么样都不知道,我就……"

这陈芝麻烂谷子的事,菜哥不说听了八百遍吧,八十遍绝对有的,他真的装不出惊讶的模样了,只能像豆哥一样,蔫头耷脑地听着。

卫骁:"知道了?"

菜哥睡眼模糊:"嗯……"

卫骁:"我看你可能没听明白,我再说一遍。"

吧唧一声,菜哥和豆哥一起倒地。

口干舌燥仨小时,卫骁终于放过了一"菜"一狗。此时已经早上七点,距离队长回来还有至少四个小时。

卫骁看看手机,再看看窗外,实在是没招,干脆出去跑步。五月的天气已经热起来了,穿着短袖、长裤,没一会儿卫骁竟跑出一身汗。

他一宿没睡,这会儿又跑了个五公里,还是精力旺盛,足以可见这心情是有多澎湃。

卫骁冲了个凉,看看时间,继续叹气。平日里总搞人心态,如今自己心态也崩了。原来心态崩就是这滋味啊,的确不好受。

还剩俩小时,卫骁百无聊赖地坐到电脑前,开了直播。

好无聊……太无聊了……

虽然不能在直播间倾诉,但让粉丝看看他的ID,也能稍微宣泄下。

当然还有个原因,赶紧补了直播时长!

卫骁直播间一开，很快就有无数粉丝涌入。

"早上八点……Q神起这么早？"

"刚到公司喜提直播，我到底是看，还是看，还是盯着看？"

"Q崽一宿没睡？不许你这样不爱惜身体！"

卫骁跟大家打了个招呼，登录游戏，进了职业服。

冬训营结束后，赛委会尝到甜头，折腾许久后搞了个职业服。职业服，顾名思义，只有注册过的职业选手可以登录，属于玩家心目中的神之领域。全球各赛区的职业选手不少，在役的，退役的，还有战队的二队，甚至三队，以及在青训营摸爬滚打的，人数绝对不少。

职业圈也是个金字塔模式，顶尖的人少，往下却是成群结队，铺天盖地，其中不乏高手。

搞个职业服挺好的，给了更多有潜力的选手一个展现自己的自由平台。

卫骁没这些忧虑，但他对职业服也是喜闻乐见，能如此轻松和全球高手对战，只有一个字——爽！

职业服并不强制使用职业ID，只是登录需要官方认定，认定后就可以随便改ID。

卫骁的ID明晃晃的：最崇拜Close。

粉丝看到这ID，会心一笑。

"今天的Q神做人了吗？"

"说什么呢，世界末日又没到。"

这话源自粉丝金句——Q神做人，世界末日。

早上八点多，职业服倒也热热闹闹，毕竟是全球服，虽然是国内八点，但很多时区正是热闹的时候。

卫骁刚想单排，看到一条消息。他随手点开，原来是个好友请求，卫骁看了眼ID。

欸……本来不想加，这会儿却秒通过。

卫骁试探着打了字："晏神？"

毕竟可以随便改ID，指不定那个职业辅助仰慕晏神，把自己的ID改成了Yan。

Yan："嗯。"

这语气，不像假的。

卫骁眨眼："有事？"

一个组队邀请发了过来，当然是来自晏队。

直播间弹幕狂飙。

"是晏神！"

"是真的晏神？"

"真的！我晏神几年没加过好友了？"

"三年多了吧……"

"卫骁牛！"

"酸了酸了。"

"慕了慕了。"

卫骁没看弹幕，问晏江："排位？"

晏江："来吗？"

卫骁本来也无聊："行。"

说完他补充了一句："不过我状态不太好。"

晏江："嗯？"

卫骁含蓄道："队长快回来了，紧张。"

晏江看起来毫无接话的兴致："哦。"

卫骁不甘心："你不好奇我为什么紧张？"

刚好匹配到了队伍，晏江："状态不好就少打字。"

卫骁："……"不想双排了！算了，毕竟是荣光第一辅助，还是队长的前队长，大乱斗还坑了他一把。

卫骁忍住。少打字是不可能的，卫骁现在就希望通过说话来分心。

最崇拜 Close："用什么？"

Yan："都行。"

最崇拜 Close："状态差，用暗贼了。"

Yan："……"

虽然晏江没问，但弹幕的粉丝太了解卫小疯了，帮他回答："如果 Queit 状态好，也还是用暗贼！"

反正就是想用暗贼！队友都是些乱七八糟的 ID，全不认识，而且明显不懂中文。看到 Yan 的 ID，惊了惊，打了几句蹩脚英文。

晏江没回。

卫骁自认英文不错，也愣是没看懂这说了些什么，可以看出，这队友的母语肯定是其他语种。

进入游戏，卫骁依旧话痨："晏神你去跟下路吧，我这局恐怕连八道弧光都给不了。"

卫骁没谦虚，他是真的心神不宁，昨晚连账号密码都忘了，今天还记得暗贼连招，足以证明他对暗贼是真爱。

至于弧光，随缘吧……能刷几道是几道。

晏江："随便玩。"

卫骁："也只能随便玩玩了。"

开局卫骁慢悠悠地刷蓝，对面很凶，过来抢蓝抢命，摆明了是想欺负他。

卫骁有一点点生气，两分钟时，红 Buff[①] 又被对方看上了。

卫骁有"两点点"生气。五分钟时，对面中路草丛蹲守他。

---

① Buff 指游戏中增益效果，红 Buff 是指游戏中带有增益效果的红色野怪。

卫骁开麦:"老虎不发威,当我是病猫?晏队,来跟我。"

晏江直接点了个指令,落在小龙坑里。

卫骁瞥了眼小地图:"好!"

字刚落,他位移到龙坑,晏江同时到位,小地图上没视野,但不妨碍晏江一个光门落地,连人带龙全部框住,卫骁的经验条刚好到六级,开了弧光。

弹幕上一片叫好声:"九道弧光九道弧光,Q神搞快点!"

卫骁心里有数,他现在这状态,想什么九,能搞个八道弧光就不错了。

然后一道圣光落在卫骁身上,紧接着一个光球从小龙撞到敌方俩英雄。

卫骁起手顺得一塌糊涂,等他印记叠满,伤害比竟然高达90%,没有丝毫停顿,甚至不受控制,他眼睁睁看着九道弧光炸满龙坑。

直播间疯了。

"卫骁的嘴,骗人的鬼。"

"这就是你所谓的八道弧光都刷不出来?"

"啊啊啊,怎么这么强!"

卫骁拿下双杀,心情意外微妙:"晏队……"

晏江仍旧是给他三个字:"随便玩。"

卫骁:"……"

真的是随便玩……这太难以形容了。卫骁百分之百肯定,自己的状态绝对是有问题的,但他真的可以随心所欲地刷出九道弧光。

原因?因为晏江的精准点控,外人看不出来,卫骁却体会得明明白白,九道弧光这东西,如果是对着木桩,联赛估计有30%的暗贼高手可以刷出来。而实战不确定性太多,想要随心所欲目前也就陆封一人。

卫骁尚且是半吊子状态,自己都把握不好那个度,现在卫骁倒吸口气,真正体会到了晏江的强大。

他能把活生生的人控成木桩,所以卫骁的九道弧光才来得这样轻而易举。

「四 沉湎过去，赢不了未来」

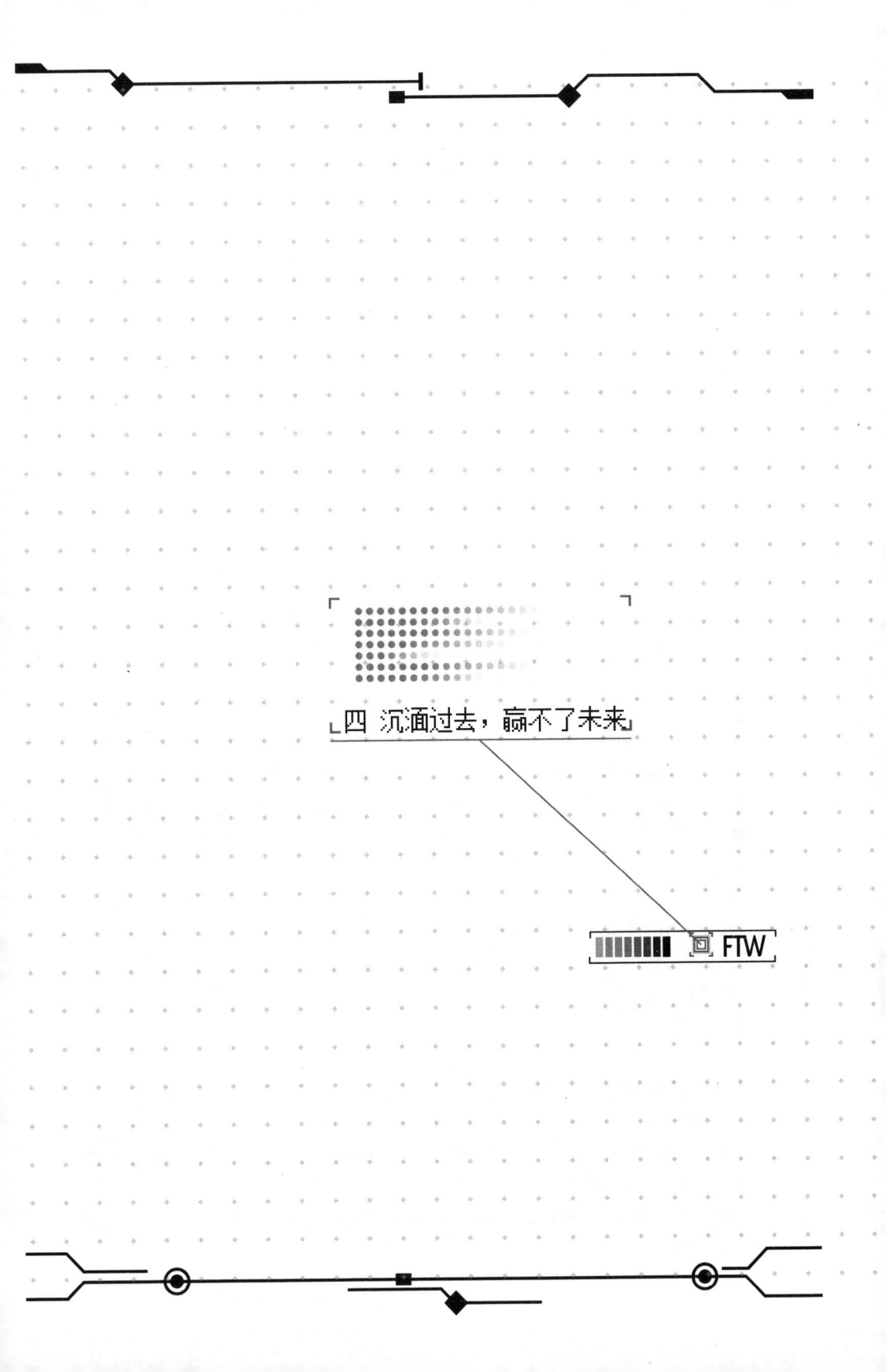

26

这就是荣光第一辅助？这就是曾经的 FTW，那支神之队的队长？

果然厉害！

有些事听得再多都不如亲身体验一下。晏队这辅助也太让人舒服了，打个比方，菜哥好歹也是中国赛区第一辅助，和晏队比起来，宛若小太监和皇帝陛下。真的是差太远了！

抱着豆哥补觉的菜哥："阿嚏！"喷嚏声震天响。

卫骁向来不吝于夸奖："晏队牛。"

晏江："……"

卫骁噼里啪啦地打字："刚才的控制绝了，光弹的弹控不是随机的吗？也能控到这个地步？"

神牧的光门是个玩家指向性技能，只要放得准，只要预判够，框住人不难，难的是光弹。光弹也算神牧的核心技能，会连续在几个目标之间回弹，落在谁身上就是一个短暂僵直，时间很短，但因为它来回弹，用得好在团战中能发挥不错的效果。

当然也就是不错，因为这个技能不可控性太高，比如光弹轨迹、光弹移速，光弹每次产生的僵直时长，这些数据都很细节，想要全部把控几乎是不可能的事。

然而晏江可以。

晏江："因为光门。"

这四个字让直播间的观众一头雾水。

"啥，啥意思？"

"光门怎么了？"

"因为光门什么？"

观众不懂，卫骁却立马懂了："原来如此！"

紧接着他又惊讶了："你对神牧的了解也太透彻了吧！"

晏江没再接话。

弹幕有人悟了："我懂了！晏神之所以能把光弹控得这么准，能让一个看似不可控的技能稳稳地定死龙坑里的敌人，凭借的是光门给出的范围。"

这人道出了真谛。光弹在大范围内的确很难确定那些细节，可局限在光门内，倒真有可能算出来。

"道理我都懂，可即便在光门内，要在那么短时间内判断出敌人的站位，选中目标，给出光弹角度，同时算出光弹轨迹和移速。"

"对不起打扰了，我不配玩神牧！"

一局5V5，晏江展示了一个辅助的极限控场。卫骁的确是状态不好，也真的心神不宁，可打到中后期，他完全沉浸入游戏，三路厮杀，打得对面没脾气。

情绪不佳、状态不好、心情不爽。

没关系，随便玩就行。

晏江轻而易举地调动起他的全部战力，打天打地打空气。

Victory!

卫骁盯着结算面板看了好半晌。

最崇拜Close：击杀次数18，死亡次数0，助攻次数0，全队伤害占比50%。

Yan：击杀次数0，死亡次数1，助攻次数18，有效治疗量79%。

这个数据整个直播间都看到了。观众看得频频倒吸气，惊叹不止——这什么神仙辅助！

卫骁击杀18次，死亡0次，最要命的是助攻0次。这意味着什么？意味着所有他参与的击杀，人头都是他的，全是他的！这个收割能力强得不像人。全队伤害占比50%也非常、非常夸张，要知道卫骁是打野位，打野位虽说是强输出位，但和中路、射手相比，终归是差了一大截。

一般情况下的正常对局，中路和射手加起来应该能占全队输出的60%以上，这下可好，卫骁一个打野位比中路和射手的输出加起来都多。

是卫骁太强了吗？他的确够强，可真没强到这个地步。

完全是晏江喂得好，抓的时机准，卫骁只需要肆无忌惮地秀操作，再看晏江的数据，也是让人心惊肉跳。

辅助的精髓是不拿人头不吃资源，所以他0次击杀、18次助攻，助攻数等于卫骁的击杀数，这意味着卫骁的所有胜利都有他的身影。

再看那唯一的死亡次数。那一幕早有观众剪出来了。对面被打得心态血崩，四人埋在卫骁的必经之路上，想拼死抓他一回。

晏江的视野被清掉，什么都看不见，但全局这样安静，可以推断出对面在蹲人，不用晏江给提示，卫骁也明白。

他一脚踩进坑里，凭借着惊人的手速及时撤了出来，谁知晏江打了一个字："上。"

卫骁："嗯？"

来不及沟通了，神牧的技能弹出去，给自己治疗的同时把四个人的位置全部炸了出来。

卫骁凭本能也知道该怎么做。晏队控得这么好，不上还是男人吗！

凭借着起手控制加经济压制，更有卫骁的弧光漫天，卫骁豪取四杀，代价是晏江的一条命。

晏队死了，却让卫骁一秀四，搞得对面心态爆炸。

这死得太值了！

再看那 79% 的有效治疗，这个真是把截图放出去都能让无数荣光资深粉丝大笑一声："这图也 P 得太过了吧！79% 的有效治疗？怎么不 P 个 100%？"

然而这是直播，是亲眼所见，不可能作假。这是真正发生的！

有效治疗和治疗量是两个数据。前者是发挥了效用的治疗，后者包括了大量溢出。前者是能够力挽狂澜，给队友无限续航；后者是只要闭眼放技能就会有的。有效治疗是评判一个奶妈水准的重要数据。

众所周知，普通玩家能有 20% 已经是个"小神仙"了，职业选手能到 30% 也合格，如果超过 40%，这局 MVP 都得给辅助。

79% 是什么概念？全荣光只有一个晏江。

卫骁心里想着，嘴上也说着："FTW 的队长都这么厉害吗？"

陆封不用说了，厉害得众所周知。

晏江，之前卫骁无法理解一个辅助怎么能封神，如今明白了。无论哪个职业，走到极致，都异常可怕。

卫骁来兴致了："再来！"这次他要认真体会下，晏江身上有太多值得他学习的地方了。

晏江："好。"

两人没有间隙地排了三局，这三局卫骁有幸全拿到了暗贼，他借着这个机会去体会九道弧光的手感，之前刷九道弧光，他的状态都很奇怪。

得知陆封肩伤的时候，脑子一片空白，只剩下那股劲，完全不知道自己操作了什么，事后他也细细回味了，可越是刻意去找那时候的感觉，越是找不到。大乱斗那次他是在陆封的引导下用出了九道弧光，这个很正常，两人 Solo 时，卫骁被陆封逼到极致，也会刷出来，但这种时候刷出的九道弧光，他同样很难去体悟。

也许次数多了，能捕捉到，可到底需要多少次，卫骁不确认。

今天和晏江双排，卫骁感觉很不一样，这次他的弧光不是情绪化的，脑子不是一片空白的，他有思考的空隙，有慢镜头一般的视觉体验。

大概是晏江的点控给了他余力，让他可以去思索，真是越打越兴奋，卫骁刚想说再来。

晏江道："大乱斗？"

卫骁愣了下。

晏江："双人赛。"

卫骁："来！"

蹲了俩小时直播间的粉丝疯了。

"晏队说什么？"

"截图了姐妹！"

"这放出去，能让人下巴落地吧。"

"众所周知晏神从不打单人赛和双人赛。"

"卫骁到底是什么大宝贝？竟然让晏神主动破戒！"

大乱斗有两个模式，一个是单人入场，也就是全球揭幕赛，百人大作战，除了自己剩下九十九全是敌人，见面就是干架。

第二个是组队入场，但不是5V5那样的团战，而是最多两人组，也就是以前的双人赛，两人组队入场，技能不会再袭击队友，同时辅助有了用武之地。

晏江和卫骁退出职业服，去了国际服。

大乱斗当然没法在职业服举行，人不够多的话，组队需要好久，去了国际服，两人很快就匹配成功，进去了，选好四个初始天赋，传送至目的地。

卫骁一看乐了："战歌平原啊。"

弹幕——

"哎哟喂，战歌的兄弟快跑！"

"狼来啦狼来啦！"

"什么狼，是小魔王！"

落地战歌平原，真是太爽了，一言不合就干架，卫骁不要太快乐！如果说5V5里，晏江能带着卫骁二打五，到了大乱斗，他俩能"包围"剩余九十八人。

粉丝纷纷表示——

"我懂了，我懂晏队为什么不打双人赛了。"

"我也懂了。"

"懂了加一。"

"就这辅助，打双人赛其他人还有活路吗？！"

"心疼大乱斗里其余九十八人。"

卫骁仍旧拿了揭幕赛的四个天赋，秀得人头皮发麻，晏江这次不是只能打控制了，治疗、增益效果一层又一层地给到卫骁身上，一场战斗结束，战歌平原尸横遍野，卫小小仙衣飘飘，满血而立。

外区、中环区、决赛圈。

卫骁拿下空岛之心时，叹气："太不经打了。"

毕竟是路人玩家，哪里受得住这魔鬼组合！

刚结束，晏江又问："还来吗？"

卫骁刚想敲下"来"字，猛地看清时间："不了不了！不来了！"

还有不到一小时了，他要去接队长！卫骁不敢说接机的事，只道："时候不早了，一会儿让教练看到我还没睡，我会被当场击毙。"

这借口找得好，粉丝一点儿没多想，弹幕全在催他去睡觉，卫骁和观众道别，关了直播后才给晏江打字："我队长马上下飞机，我去接他。"

晏江没出声。

卫骁："我走了，拜。"

晏江："嗯。"

卫骁退出游戏，拎了外套就要出门，刚才游戏玩得太兴奋，心情平复了不少，这会儿临出门又开始慌了。

回来了回来了，队长回来了。卫骁轻吸一口气，穿了便服出门。

车子还没打上，手机来了条消息："醒了？"

卫骁睁大眼："下飞机了？"怎么还提前了！

陆封的电话打了过来，卫骁手指微颤地接了："我马上去机场，你等等我。"

他要去接队长，说好了的。

陆封坐了十二个小时飞机，嗓音微哑："不用。"

卫骁立马道："不行，我……"

陆封笑了下："我给你发个位置，去那儿等我。"

卫骁满头问号。

陆封："我们一起出发。"

卫骁："嗯！"

卫骁一路美滋滋的，看着车窗外的风景都觉得特别顺眼。

到了目的地，卫骁下了车，正午的阳光很充足，一道道金线般落下，铺满了香樟树，给本就绿到鲜亮的叶子镀了层金。卫骁不自觉地眯了下眼睛，看到了站在树下的男人。

细碎的金线穿过枝丫，落在他挺括的肩膀上，这斑斑点点的光如同散落的星星，俏皮地顺着肩线落在白皙的颈间，冷调的肤色仿佛冻住了星点般的阳光，迫得它不敢再向上一步，不敢去触碰那轮廓优美的下颌，不敢去沾染那冷淡微薄的唇，更加无法越过高挺的鼻梁，坠进深邃的黑眸，阳光浸不透的深色眸子，却因为看到来人而溢满星辰。

陆封嘴角扬起："让你等久了。"

明明是他早就站在这里，明明是他在等卫骁，可他却说让卫骁等久了。

七十六天，隔了半个地球，卫骁等了他一个常规赛。

原本没有丁点儿委屈，原本一点儿也不觉得苦涩，原本都没想哭，可是卫骁听到陆封这样说，心中滚动了一天一夜的情绪全部化成一摊又一摊的水，胸腔里挤不下了，直往鼻尖涌。

"队长……"

27

陆封打算这几天在自己家集训卫骁，因此拜托辰风跟俱乐部请了假。

辰风去了训练室，说了声："卫骁这两天……"随口编一个吧："身体不舒服，请了假。"

小宁子立马紧张了："骁哥怎么了？没事吧？前些天他就说自己病了，这么严重吗？我们去看看他吧……"说着看向旁边的菜哥。

正端着白瓷盖碗，喝着铁观音的菜哥差点喷了！

宁哲涵："菜哥别紧张，骁哥不会有事的，估计是肠胃不舒服？总之我们这就去看看他吧！"

同样满头黑线以及后悔自己瞎编理由的辰风："……"

白才赶紧稳住小宁子："不用！"

宁哲涵："嗯？"

白才语重心长道："他、他……你还不知道他吗！死要面子活受罪，我们去看他，他可能当场跟我们回来。"

小宁子："哦！"

白才找到逻辑了："本来就是好不容易扭送他去休息的，一看到我们，他八成要冲回来训练，我们还是别去招他了。"

宁哲涵信了："有道理。"

卫骁疯魔"人设"不倒，菜哥尽力了！

小宁子又叹息道："队长快回来了，可惜没法第一时间见到骁哥。整个常规赛多亏了骁哥，队长肯定很想见他。"

陆封回来的消息瞒了队里人，除了卫骁，卫骁实在是忍不住，偷偷告诉了菜哥，所以菜哥才会和毛豆一起被"荼毒"。

两年前卫骁第一次见到陆封，缠了他三天三夜。

两年后的今天，卫骁又缠着陆封一对一集训三天三夜。

集训完，他终于想起自己还有个手机……

卫骁摸出来打开一看。

菜哥："队长回来了？"

隔了十个小时："人呢？"

又是半小时："你还好吧？"

又是十分钟："你悠着点啊，咱们季后赛还没打，你别学废了！"

频率越来越高："卫小疯？"

"你还活着吗？"

"我们 FTW 还有野王吗？"

"不至于吧！两天了！"

卫骁揉揉太阳穴，给他回了一条："吵死了。"

等了这么久可算是收到回信的菜哥心想，我就不该管你！

在菜哥婆婆妈妈的关心中，还有一条比较扎眼。

元老贼："接到陆封了？"

卫骁："……"

元老贼:"我走之前和他Solo了一把,他还需要再找找手感,等我有时间多约他几次。"

卫骁去厨房找陆封:"元泽可真关心你,怕你找不到手感,还要多约你几次。"

陆封:"……"

回到基地后,陆封忙了起来,想想也正常,他不仅是陆封,更是FTW的负责人。离开这么久,哪怕能远程办公,很多事也要重新整顿。

好在马上就是季后赛,陆封回归后,战队还需要新的磨合,训练赛约起来。

季后赛场次不多,如果FTW一路顺风顺水,可能只需要打三场。第一场是对GOQ,赢下比赛进入四强;接着是四进二,拿下后进入总决赛;最后一场就是国内总决赛,争夺冠军之位!

如果拿下国内冠军就可以稳入全球赛,对于拿下全球总冠军无异于一针强心剂,而且这将是卫骁的第一个冠军。

新人入队,第一年就拿下冠军,哪怕是放眼全球也不多见,卫骁这可不是转会去新俱乐部,而是第一次进入职业赛场,所以意义非凡。

FTW不会放过任何一个冠军,蹉跎了三年,他们渴望也珍惜那个金灿灿的奖杯!

团队赛如此,双人赛和单人赛也开放报名。单人赛没有争议,FTW由陆封报名参赛,双人组也早就定下了,陆封和卫骁。

名单一出,在粉丝意料之中,但他们仍旧非常开心。

单人赛、双人赛、团队赛。FTW野心勃勃!

"保底双冠!"

"自信点,三冠不难好吧!"

"喀,双人赛还是挺需要配合的。"

"陆封和卫骁没配合?"

"不是我信不过卫骁,而是大魔王真的很难追。"

"是挺难追的,但是我觉得卫骁能行!"

粉丝说的"追"是指跟上陆封的节奏,菜哥看着这个字嘴角直抽抽:放心,追得上,全世界唯一追得上陆封节奏的就是你们的卫骁了!

终于官方把大乱斗揭幕赛的视频放出来了,其实早些天官方就在不断地吊人胃口,一个区域一个区域地放剪辑片段。

什么"闪金圣殿的迷路娇花"啊,什么"千针林里的法王决斗"啊,什么"'陆封天团'骚操作频出"啊……

当然也少不了坠星湖里大魔王的杀戮秀,这就是剪辑,秀的是操作,给的是片段,看的是热闹。等热度够了,全部录屏一放,粉丝自己操刀,更是剪得花样百出。

FTW这边少不了要复盘。一来是陆封报名单人赛,大乱斗的套路得摸个明明白白,绝不能"翻车";二来是陆封和卫骁报名双人赛,更要仔细看下两人的战术思路,提前做些准备和弥补。

辰风主持复盘,先看的是坠星湖。陆封发挥太好,复盘很没劲,到后头辰风都怀疑自己被卫小疯传染了，"彩虹屁"吹得有点溜！

为了树立"毒舌人设"，辰风切到了月光湿地。

这边是卫骁的主战场，周身圣光弥漫的神牧被人围殴，雨点搭桥，血战从天而降，卫骁："退后。"

小宁子："骁哥好帅，英雄救美！"

宁哲涵清了清嗓子又道："不对，晏队不是美人，但我们骁哥这一刻绝对是晏神的英雄！"

正在这时项六进来了，满脸惊喜："Y1向我们约训练赛了！"

四小只："什么？！"

项六并不知前情，欣慰道："去年的全球冠军竟然约我们训练赛……"好感动，感动得想哭。

多双眼睛唰地转向卫骁，卫骁干笑。

宁哲涵："多亏了骁哥，晏队这是在感谢你呢。"

28

训练室气氛有点冷。原因无他，陆封一个人都能制冷一个夏天，区区训练室算什么。

宁哲涵小嘴叭叭半天，可算意识到氛围不大对，小宁子闭嘴，眨巴眼。

咯咯……这是怎么了？

菜哥是知道原因的，但他不敢吱声；卫骁也知道，但碍于人多也不好说。辰风知道得最多，只觉得脑瓜子痛，需要止痛片续命。项六何等人精，立马察觉到不对，老实闭嘴，乖巧站立。

谁都不说话，制冷机功效更甚。

卫骁一人做事一人当，硬着头皮开口："队长……"

陆封："嗯。"

卫骁的心莫名滴血："咱不和他们打训练赛！"

这话一出，宁哲涵瞪大眼，越文乐低头盯薯片的同时扯了他一下。

小宁子内心波涛汹涌：完了完了，自己一时大意，竟然忘了那古早的传言——晏江和陆封不对付。

两人早在FTW时就有半个月不说一句话的先例，后来神之队解散，晏江是第一个走的，陆封是唯一留下来的。仅从这些细枝末节都能推断出这两人的冲突有多严重。

很多老粉都爱拿晏江和陆封作对比，曾经的神之队，元泽是不做人的花蝴蝶；谢和是一言不合就干架的刺头；金成炫不开口便是娇里娇气一朵花。

只有晏江和陆封，同样的沉默寡言，同样的气场强大，同样的控场王，正所谓一山不容二虎，关于神之队的分崩离析，很多人都觉得和这两人有极大关系。

晏江是说一不二的性子，刚入队的陆封是匹头彻尾的孤狼，新旧交替，观念冲突，不出问题才有鬼了。

当时晏江的粉丝和陆封的粉丝吵得异常激烈。

"我们晏队为FTW鞠躬尽瘁，没有他哪有FTW的今天，管理层真不是东西，眼见着陆封更有经济价值，就开始不把老人当人看！"

"战队也是要赚钱的，晏江从不参加各项活动，连宣发都不配合，一个辅助位狂什么狂！"

"晏神有狂的资本！"

"拉倒吧，就元泽这上单，谢和这中路，金成炫这个射手，再加上陆封，随随便便一个辅助也是世界冠军。"

"没有晏队，他们这几人有配合？"

"马上要转会了，就看你们天下第一辅助能不能带出个新的神之队吧！"

后来的事是显而易见的，神之队各奔东西，全都在国际赛事上留下浓墨重彩的一笔，晏江更是在脱离了神之队的神仙队友后打造了一支属于自己的队伍，夺下2020年世界冠军，同时以辅助之位摘取FMVP之位，成为荣光史上唯一获此殊荣的辅助。

一个辅助能够走到这个位置，再也没有人质疑他的能力。

可是陆封……留在FTW的陆封……经历的却是长达三年的低谷。

哪怕拿了三个单人赛冠军，哪怕陆封的名字名扬世界，FTW和中国赛区却逐渐消失在人们的视野中。

晏江走了，神之队散了，陆封并没有撑起新的FTW。这是无数神之队粉丝心中的意难平。恨晏江，也恨陆封。

这么多年过去，很多新人已经无法体会当时的感情，再加上整整三个世界赛，陆封只参加单人赛，晏江只参加团队赛，他们一直都没有遇上过。

深深的烙痕很难随着时间消失，但会蒙上灰尘，变得平整，变得好像不那么深了，可一旦风起尘散，烙痕依旧。

宁哲涵年纪小，入行也晚，知道得相对少一些，此时看训练室氛围，也不禁想了许多。打破沉默的是卫骁，他也的确凭借一句话缓和了全屋子的冷凝气氛。

陆封没法对他冷脸，无论是什么事。

卫骁再接再厉："他们约咱们就去啊啊？没空！咱们忙得很！"

陆封掀起眼皮看他，卫骁改口："L&P和Pro都在排队……"

他没说完，陆封反问他："为什么不和Y1打训练赛？"

卫骁："嗯？！"

陆封看他，视线淡淡的，声音慢条斯理："去年的世界冠军，为什么不打？"

卫骁一时间有点摸不透自家队长的意思，看神态吧，明显不爽；语调吧，好像还是不爽；内容嘛，又让人无法反驳。

卫骁心里苦："那个……"

陆封对项六说："什么时间？"

项六谨慎开口："明天。"

陆封："应下吧。"

全场惊呆了！

卫骁更是眨巴着眼睛看陆封，陆封给他一句："卫骁辛辛苦苦约到的人，我们不能浪费。"咬字重音在"约"上。

卫骁哭泣！

他旁边的菜哥：自求多福吧卫浪浪！

陆封示意辰风："继续复盘。"

辰风："……"

继续？他很怕队里明天少个野王！好在决赛圈里，卫小小做得极好。从看到陆封那一刻起，别管月光湿地如何小心呵护，别管中环区怎样合作无间，到了决赛圈，卫骁翻脸不认人，除了陆封，其他都只是一串符号。

再加上两人最后的弧光漫天，陆封绷着的嘴角总算松了点。辰风总结了不少问题，甚至还对准晏江提了好几次白才："看到这个神牧了吗？回去仔细看看他光门的落地角度。"

菜哥连连点头，这要搁平时，卫骁必须狠狠埋汰菜哥的辅助，然而现在他不敢开口，骂菜哥就是捧晏神！

之后辰风又盯了盯谢和与金成炫，看到闪金圣殿的金娇花，饶是冷冰冰的FTW训练室，也不禁溢出点欢快的氛围。

没办法，路痴花太好笑了！也正是被迷宫给"虐"疯了，等金成炫到了中环区，秀得前所未有，把越文乐看得薯片都掉了。

复盘结束，时间尚早，虽然没有训练赛，但可以去职业服五排练阵容。

如今在职业服，五排效率极高，指不定就撞上哪个战队，因为都不冠名，所以也不用藏着掖着，拼尽全力干一架，有利于提升实力。陆封离队这么久，如今五排他自己不紧张，其他人反倒很紧张。

尤其是宁哲涵和越文乐，这俩小伙有点忘了被大魔王控场的恐怖，眼看着要开局了，怪紧张。

事实证明他俩紧张得不无道理，陆封开局拿了个死骑，三分钟击杀对面上路，从此一发不可收拾。

红方也是个战队五排，他们猜不透对面是谁，只是看ID也看不出什么，上路被击杀后没多想，只号了句："这上单有些强。"

红方打野道："稳着点，我晚点再支援。"

这一晚就晚大发了，上路一直死，心态都崩了："这什么魔鬼？我不会是撞上元泽了吧？！"

他家打野心态也有点崩："有可能是L&P，这个狂贼活脱脱一疯子。"

Gary也是出了名的疯子打野，特别有名的那种，这么一猜测，他们认真起来了，可惜没什么用。

上路被陆封一人打穿，其他路也陆续失守。

FTW这边，卫骁："队长给我个机会，我想支援上路。"

陆封："来。"

卫骁一听，心花怒放地冲上去，还安排菜哥去下路帮小乐乐。

紧赶慢赶，卫骁连个助攻都没蹭到。

陆封："来晚了。"卫骁能怎样？卫骁他也不敢怎样啊！

杀气十足的陆封，一人带飞全队，赢得酣畅淋漓，谁说上单不好带节奏？打穿一路就是最好的节奏。

相较于宁哲涵和越文乐，辰风这个旁观者更紧张一些。

汤哥终于回归教练职位，看着陆封的上单，咋舌："真强。"

辰风："嗯。"

陆封的个人实力毋庸置疑，两个月的空窗期可能让他有些手生，但这个手生也只是针对神之队那种水平，对于这种寻常对局，只要游戏赛制和职业天赋没有大幅度调整，动摇不了他的实力。

强就是强，哪怕削弱20%，陆封对于寻常选手来说还是高不可攀。

辰风比较担心的是配合，将陆封放到上路，可能是FTW今年最正确的抉择。

曾经所有人都以为陆封最适合打野位，是个天生的野王，尤其在暗影盗贼几乎成了陆封的标签后，更是将他高高捧在打野位上，越发神化。

可FTW团队赛成绩不好是不争的事实，粉丝看到的是耀眼夺目的陆封，看到的是秀出天际却赢不了的暗影盗贼，看到的是陆封被队友拖累后的委屈。

真的是这样吗？陆封真的一点责任都没有吗？

不融洽是硬伤，哪怕你是世界第一人，也无法一打九，团队赛看的是团队，不是陆封一个人，可惜没人敢提，包括辰风也不敢说什么。

一来是陆封本身没有做错什么；二来整个FTW的灵魂就是陆封，没了他会发生什么，让人更加无法想象。

好在陆封比谁都清醒，他从没觉得战队成绩不好和自己无关，也从不觉得个人强是值得炫耀的事，更没有想过责怪队友。

他很清楚问题在哪儿——你不适合团队赛——这是三年前晏江对他说过的话，陆封记得很清楚。

"队长？"清朗的声音把陆封的思绪拉了回来。

陆封转头，看到一双干净漂亮含着满满热切的眸子。他还绷着嘴角，但声音放轻很多："嗯。"

卫骁："再来？"

陆封："继续。"

不适合团队赛，不适合打野位，不适合与人相处。

可他遇到了卫骁，独一无二的卫骁。一晚上的训练结束，陆封用实力告诉大家什么叫杀气腾腾。

自由！快乐！舒服！

明明峡谷里有三条路，卫骁却对上路完全放心，只需要死盯中、下两路。这种安全感，这种背靠大树的舒适，这种把后背完全托付给对方的信任感，太让人满足了，卫骁爱死这种滋味了。

晚上十一点，辰风叫停了排位，宣布了明天的日程，是自由活动。项六过来找陆封，似乎是有些事要处理，本来想跟出去的卫骁停下脚步，留在了训练室。

欸……去"虐"谁呢？

小宁子后背一紧。

卫骁："Solo？"

宁哲涵："……骁哥。"

虽然不知道自己哪里得罪了他，但小宁子雷达预警，脑子里全是"不妙"。

卫骁皮笑肉不笑。

宁哲涵硬着头皮道："咱能不用暗贼吗？"

卫骁："好的呢。"

然后宁哲涵被仙术士给"虐"了个头破血流。

为什么？为什么是仙术士？还不如被暗贼按在地上摩擦。

虽说荣光推出了大乱斗模式，但也没有取消之前的 Solo 模式。只不过简化了许多，不再需要推塔，进场就是满神装，见面就是打架，不需要发育，不需要经济运营，只要秀操作。

这其实有些单一，但更直接更粗暴了。之前还需要二十分钟左右才能结束一场，现在二十分钟卫骁杀了宁哲涵十次。

报完仇，卫骁在训练室待不住了，他给陆封发信息："队长！"

陆封："上来。"

卫骁眼睛明亮："回屋了？我这就上去！"

陆封："办公室。"

卫骁："一个人？"

陆封："嗯。"

卫骁不回他了，直接偷摸往楼上溜去。训练室在二楼，办公区在四楼，卫骁来到办公室时发现陆封给自己留了门，他悄悄瞄了眼，刚溜进来发现陆封在打电话。

已经是凌晨十二点了，谁这么晚给队长打电话？卫骁轻手轻脚地怕扰了陆封。

办公室里灯光很亮，陆封站在窗户边，外头是一片漆黑，单手握着手机的陆封下颌微收，本就棱角分明的侧脸越发被黑夜勾勒出凌厉的弧线，他背光而立，半张脸隐在暗处，眉眼沾满灯光，眼底落下一片阴影。

卫骁停住脚步，没敢过去，不知道为什么，这一瞬的陆封让他有些陌生。

陆封的声音很冷，不是平日里那种收敛情绪的冷，而是在压制什么，凉得人心疼：

"四个赛季……我知道……不了……嗯……"

卫骁不知道他在和谁打电话,也不明白他在说什么,只是能感受到陆封心情不好,不是在训练室里那种不好,而是真的心情很差。

陆封挂了电话,看到了站在门边发呆的卫骁。

卫骁回神,走过来问:"出什么事了?"

陆封有一瞬间的晃神,但很快他敛了周身的冷意:"没事。"

卫骁跟着放松了些,但心里还惦记着:"有事要告诉我。"

陆封笑了:"嗯。"

卫骁:"开心的不开心的,都要告诉我。"

陆封顿了一下,应道:"好。"

29

晚上下了一场雨,本来燥热的天气降了温,这会儿雨停了,外头扑面而来一股潮气,夹杂着绿植和花香,还有些许泥土的味道,不难闻,甚至有些清爽,能把人的心慢慢平复下去。

FTW 基地坐落在城郊,很僻静,雨虽然停了,乌云仍旧遮挡了星月。

夜空一片深黑,像冬夜的海。

陆封身体前倾,手掌撑在栏杆上,一双比夜色还深的眸子凝视着空荡荡的远方。

"今年是第四个赛季了吧。"

"陆封,我们的协议快到期了。"

"何必执着这些东西。"

"下个月你爸生日,回来吗?"

"那算了。"

女人冷淡的声音回荡在陆封脑海中,陆封一字一句听着,只感觉到了一种抽离感,这是他的亲人,从小看着他长大的人,却只有冷漠和疏离。

陆封的手蓦地用力,死死抓住了冰冷的栏杆。从屋里透出的光芒落在了冷白的手背上,他的指关节凸起,青筋像一道道化不开的瘀青,隐隐的痛从左肩传来,那里早就没了青紫的伤痕,内里的损伤也在理疗中逐渐康复,它已经不会再影响到他了,可刺痛却像跗骨之疽,无法根除。

雾沉沉的雨夜,空荡荡的阳台,十八岁正是一飞冲天的年纪,他的翅膀却被自己的父亲生生折断了。

一觉醒来,卫骁神清气爽。

因为时差,FTW 和 Y1 的训练赛约在了晚上。两边的时差大约六七个小时,FTW 这边晚上八点,Y1 刚好是下午,时间比较合适。

FTW 和 3U 打了一下午，胜率约莫七三开，当然是 FTW 占七，辰风紧绷的神经总算是松了些。

　　陆封归队，队伍肯定需要时间来磨合的，好在白才和越文乐还能适应陆封，卫骁更不用提了，比谁都了解陆封。

　　唯独宁哲涵有点生涩，不过也不致命，打打训练赛，国内赛不成问题。

　　至于全球赛……慢慢来，时间足够！

　　FTW 底子是在的，如今的阵容也算国内最强，如果再打出足够的配合与默契，真的有望问鼎全球。

　　每每想到这里，辰风便心潮澎湃。

　　三年。三届世界赛了！

　　中国赛区、FTW、陆封……都需要一个真正的冠军！

　　吃过晚饭，很快就八点，双方已经联系好，FTW 这边登录国际服，开了个加密房间。职业服也可以开房间，但盯着的人太多，不如国际服里隐蔽，然而还是有粉丝发现了。

　　FTW 超话里一个帖子叠一个帖子。

　　"报！FTW 五位首发刚开了个加密房间！"

　　"正常吧，马上季后赛了，肯定天天约训练赛。"

　　"是在国际服开的！"

　　"哪个战队？"

　　"L&P 还是 Pro？"

　　因为冬训营的关系，这俩战队如今和 FTW 也算关系密切了，可惜加密房间是看不到对面情况的，粉丝再怎么猜也猜不到究竟是和谁约的训练赛。

　　没一会儿就有逻辑帝探头。

　　"这会儿是北美时间早八点，L&P 疯了也不会在这个点约训练赛。"

　　"金成炫和李赫然在双人组大乱斗，肯定不是他们。"

　　"不是 L&P 也不是 Pro，那是……"

　　"报！Y1 战队首发五人全在线！"

　　粉丝疯了！

　　"不可能，不可能，绝对不可能是 Y1。"

　　"Y1 对 FTW？姐妹醒醒！"

　　"我不相信，不可能是 Y1，如果真是 Y1，我……我……我要气晕过去！"

　　真的会很生气，Y1 对 FTW 可以说是荣光老粉的梦之一战，结果这俩偷摸打训练赛，粉丝看不到，何止是气晕，能给气得"螺旋升天"原地爆炸好吗！

　　有冷静的。

　　"真有可能是 Y1。"

　　"别只盯着晏江和陆封，想想揭幕赛的'燕尾'组合。"

　　"不无可能啊！"

如果没有揭幕赛里晏江和卫骁的恩怨情仇，恐怕粉丝这辈子都不相信Y1会和FTW打训练赛。

已经有粉丝开始砸键盘了，好气！好恨！这样的世纪决战，他们看不到！

别管粉丝怎么像福尔摩斯般地猜出真相，训练赛该藏着打还是要藏着打，两队选手就位，很快便进入到BP环节。

辰风严阵以待，在平板电脑上写写画画，一副正式比赛的架势。

哦……比正式比赛差点，好歹没有那灵魂海报。

虽说FTW从没和Y1交过手，但Y1作为全球强队，辰风的功课做得不少，研究Y1不只是为了冲击全球赛，更是要看强队作战，吸取经验化为己用。Y1又称套路万花筒，国内的套路帝TPT在Y1面前就像初中生。倒不是说傅黎脑袋瓜比不上晏江，而是硬件差了些，中路到底没有辅助更有大局观。

和Y1打比赛，其实BP很轻松，因为没什么可针对的，无论什么阵容，晏江都能轻松在对局中弥补队伍短板，这点异常可怕。FTW更需要关注的反而是如何拿下能让自己舒服的阵容。

可惜Y1很精明，熟悉套路的他们，哪怕不去了解FTW，也能看出他们的BP意图，一阵波涛暗涌后，双方的C位定下来了。

辰风犹豫着己方的打野位。

卫骁无所畏惧："拿暗贼！"九道弧光有点眉目了，他想练。

辰风看向陆封，陆封道："可以。"

辰风没忍住："在晏江那边拿暗贼……"

卫骁懂了："让老白拿个净水牧师？"

辰风的顾虑有理有据，卫骁的暗贼很强，可暗贼想要刷出足够多的弧光，是需要打连招的，连招这东西一旦被控住，那就是个"凉"。

面对其他选手，卫骁的走位如游鱼，能轻而易举避开；面对晏江，一个对暗贼熟悉到了骨子里的男人，卫骁怎么避？别说九道弧光，辰风怕卫骁留下心理阴影，从此不敢用暗贼。

卫骁也见识过晏江的点控，所以很清楚自己可能会遭遇什么，净水牧师这个辅助不算偏门，这个赛季挺多战队都会拿来用。有强控就有解控，卫骁因为是打野位，没法额外带净化技能，只能靠辅助帮忙。

净水牧师有两个解控方式，一个是大招释放后，覆盖在大招范围内队友免控；另一个是凭借着一套连招，打出效果后可储存一个单体免控。净水牧师属于操作难度高的辅助，当然这点难度，对于职业选手来说不算什么，菜哥能用。

辰风摇头道："不到万不得已，别在晏江这儿用净水牧师。"

净水牧师有着明显的优势，可以针对强控阵容；但也有可怕的短板，无控制无治疗。

荣光的辅助位有几个重要属性，一个是控制，一个是治疗，剩下的例如护盾、加防御、技能增益、也都是变相地提升队友的能力。唯独净水牧师，除了解控外，他的优势是生存率高。这个属性比较适合新手玩家，玩家用净水牧师会很快乐，因为不容易死，不需要那么依赖队友。

可放到团队赛，一个操作不好就是团队割裂。没有控制无法开团，没有治疗无法续航，只是净化的话，也很难针对晏江。

别的辅助控制率有30%，那么净水牧师只要解了一个关键控制，能带领队友反杀，晏江的控制精准率高达70%，净水牧师唯一的团队解控就显得杯水车薪。

辰风对晏江十分了解，所以才会说不到万不得已，别用净水牧师，很大可能会捡了芝麻丢了西瓜。

卫骁还是跃跃欲试："我试试。"

早晚得遇上，早摔早爬起来。

辰风想了下，咬牙道："行吧。"

他相信卫小疯，毕竟这小疯子不是一般人，阵容确定了。

FTW：破空战士、暗影盗贼、灵木法师、净水牧师、冰霜猎人。

Y1：死亡骑士、力量盗贼、大地法师、元素萨满、金光猎人。

晏江拿了元素萨满，辰风看得眉峰一跳。Y1有个习惯，一个大家都知道却毫无办法的习惯——他们永远最后拿辅助，永远不着急。

这个习惯大家都知道，可是无力针对。

就像在中国赛区的FTW，最后拿打野，可以任性得无视一切，任陆封随便拿，Y1也这样，他们更可怕的是，可以在全球任何赛区任性。也不算任性，毕竟晏江的辅助，是团队的定海神针，只是这根定海神针会千变万化。

元素萨满，荣光里有两位选手将其用得出神入化。一个是Pro的李赫然，在双人组里，元素萨满能给金成炫十条命，打得对面头晕目眩；另一个就是晏江，在团队赛里保持了百分之百胜率的元素萨满。

卫骁轻吸口气："上了。"

大家认真起来："好！"

虽说是一场训练赛，但有机会和全球最强的战队干一架，必须全力以赴！

开局意外平稳，三路对线，各自视野都给到了，发育得相对安稳。

陆封这局拿了破空战士，这个上单玩家大多叫他"枪战"，因为他的武器是一把长枪，攻击范围相对较远，且大招有着罕见的独特性。破空战士的大招就叫破空，撕裂空间，指向性位移到一个友方单位，距离可横跨近半个峡谷，用好了非常强势。

FTW最近一直在练这个体系，打得还算顺手，就看今天如何发挥了。

虽说只是在家里的训练赛，但辰风也遵守了正赛的规矩，坐在另一边不干扰他们的游戏。

从大局观上看，辰风能看到更多，可这时候提醒是没有意义的，作弊赢了比赛又如何，训练赛他们不怕输。

如辰风所料，菜哥的视野布局根本没法和晏江比。

小龙坑里一个眼丢了，菜哥警觉："老卫，下野区小心。"

卫骁也死死盯着，他招呼宁哲涵："注意右侧草丛。"

宁哲涵很紧张，眼睛眨都不眨地看着，交流的空当，卫骁莫名一阵头皮发麻，接着一个深黑色图腾落在他脚边。

卫骁倒吸口气，突袭转位移，卫骁放了石头怪，躲开了图腾的辐射范围，然而那技能犹如被安了一双眼睛，完全看穿了他的意图，一分为二的击飞图腾绑在了暗影盗贼的脚踝处。

黑雾炸开，毒素顺着脚踝植入身体，卫骁进入僵直状态。

宁哲涵试图赶来，Y1中路一个地裂丢向灵法，小宁子原本向前翻滚的姿态不得已改成后退。

这一进一退，他再想支援卫骁就是痴人说梦，白才一脸震惊："他什么时候过去的？！"

元素萨满刚刚明明在下路，怎么一眨眼就越过龙坑去了红野区？现在不是想这个的时候，再不去支援，卫骁就白死了。

是的，卫骁没活路了，被元素法师定住的这一秒钟，足够力贼把他送去西天。

陆封低沉的嗓音响在耳麦："白才、越文乐压线，卫骁开隐①。"

卫骁一愣，下一秒，他背后一扇银色巨门打开了。被元素萨满控住的暗影盗贼根本动不了，但他不需要动，银色巨门里伸出一只白皙的手掌，光芒闪烁，掌心吸住后背，生生把暗影盗贼给拖拽进去。

破空之门！

陆封以极限距离，将重伤的暗影盗贼传送至自己身边。

30

这个破空之门开得当真是恰到好处。

陆封和卫骁刚才的距离可以说是峡谷最遥远，一个在上路，一个在下野区，横跨了几乎整个地图。

正常情况下上单是无法支援下野区的战斗的，但破空战士可以。破空一开，救人于生死之间。

一旁的汤臣压低声音："这操作太极限了。"

同是上单，他看到的更多。且不提陆封如何在这么短时间抢先升到六级点出大招，单单是这个技能释放就让人惊叹。

破空之门范围很广，可局限性也强。如何在有效距离内释放，如何赶在那最后关头释放，如何精准地拉住卫骁……全都需要操作。

别说普通玩家，就连打了这么多年上单的汤臣，也没信心搞这么一手。失败率太

---

① 开隐即开启隐身状态，游戏用语，指从对方视野内消失的技能。

高，有九成概率可能是浪费大招拖回一个尸体。

没错，破空之门释放就无法终止，哪怕传送过来的是队友的尸体。卫骁的血量掉太快，陆封只要错估一点，那就只是白费功夫。5V5团战有时候很像多米诺骨牌，前头的一个骨牌倒下，之后就是一路崩塌，很难拯救。

所以大多数选手都求稳，能不乱节奏，就不想去争取更大的利益，显然陆封不是。

他不会放弃任何机会，也有自信秀出一切极限操作。

破空之门救活了暗影盗贼，陆封之前的那句话也不是白说的，他让卫骁开启隐身是有用处的。

原因？陆封为了不耽误时间，是在大龙坑里开的破空之门。卫骁落地后面对的就是张牙舞爪的远古生物。倘若卫骁不开隐身就无法脱战，尚且在战斗状态的他会激怒远古生物。以他的重伤程度，远古生物随便挠一爪子，他就嗝屁了！

那才真是死得冤。

窝在角落沙发里的辰风咬着拇指："冲动！"

汤臣笑呵呵道："做成了就不算冲动。"

在辰风眼里，这个操作简直疯了，陆封时机抓得很极限，可真要把人救下来还需要卫骁配合。倘若卫骁反应不行，甚至是他手速不够，没法在从破空之门出来的瞬间开隐，那一切也是前功尽弃。

好在他俩做到了，分毫不差地做到了。这一幕如果发生在正赛，发生在万众瞩目的赛场上，估计能让观众沸腾，能纳入全球精彩集锦，能被中国赛区的粉丝吹上一年！

陆封和卫骁并肩而立，同时撤离龙坑。

辰风看得更广一些，瞳孔猛缩："不对！"

晏江是谁？Y1又是什么战队？去年的FMVP，去年的全球冠军，他们会轻松把人放走？

几乎是瞬间，在卫骁隐了身试图找个安全地点回程的时候，两道传送光束落地，元素萨满和力量盗贼同时抵达Y1上单身侧。

更致命的是，Y1上单距离陆封极近，显然他已经收到了指示，锁定了破空之门的位置。

汤臣倒吸口气："老晏宝刀未老啊。"

同是老队友，汤臣对晏江不可谓不熟悉。这位前队长的强大，做队友和做对手的感受截然不同。不仅能精准点控，对所有天赋、职业、技能的了解都达到了一定境界。显然他在看到卫骁背后的破空之门时已经猜到了陆封的位置。

破空之门，极限距离是八十码，陆封在上路，想要在最短时间最极限距离开启破空之门到达卫骁所在的位置，只有一个点。

晏江拉开小地图，精准地在大龙坑处点了指示提醒，Y1上单心领神会，已经加速过去了，等他就位，晏江和打野同时按下传送，吟唱时间结束，落地时间只比卫骁晚半秒。

形势陡转！陆封救下卫骁，可两人腹背受敌，眼下这情况实在凶险。中路宁哲涵完全被绊住了，下路白才和越文乐两人对 Y1 的射手，也没拿到太大优势。上路大龙坑处陆封和卫骁面对 Y1 的上野辅，完全是地狱模式。

陆封："退后。"他是对卫骁说的。

卫骁莫名想起揭幕赛时自己救晏江那次，也是一打三，但不一样啊，他在大乱斗里有装备技能和天赋优势，这里是 5V5，一打三是不可能的。

罢了，卫骁是冷静的，自己这个状态，上去也是送死，不如趁着隐身状态没破，赶紧溜了。

队长辛辛苦苦救他一命，他不能白给对面。

卫骁撤了，辰风松了口气："还行。"

陆封可能走不了了，但保下卫骁从大局观来说对 FTW 更有利，暗影盗贼急需发育，是个非常需要经济的天赋，前期死一次会打乱刷野节奏，一旦等级和装备跟不上，弧光威力大减，根本打不出伤害。破空战士不一样，这是个偏功能性的天赋，哪怕经济差一些，以陆封的操作，照样能发挥出惊人的效果。

这样挺好的，已经是最好的选择了，然而陆封没想这么简简单单地死掉。在卫骁隐身撤退的瞬间，他长枪落地，插在了元素萨满面前。

砰的一声，特效炸开，无异于一声响亮的挑衅。

FTW.Close 对战 Y1.Yan。

时隔三年，两人头一次正面对决，上单和辅助，有的打吗？

有，他们不是技能的对抗，而是心理上的博弈。陆封逼得元素萨满后退，晏江改了施法方向，本想丢到卫骁身上的图腾插在了陆封的落脚处。

破空战士以枪为引，枪落人至，这是错不了。寻常辅助都能做到的事，晏江当然不会失误。

眩晕图腾打在陆封身上，他的身体短暂失控，与此同时力量盗贼和死亡骑士的伤害铺天盖地砸下来，破空战士的血量急速暴跌。一般情况下很少有人会围殴破空战士，因为他的大招可以轻松逃命，逃到敌人怎么追都追不上的超远距离。

但是陆封已经把保命技能给了卫骁，这时候的他只有用长枪铺出来的极短位移，很难逃脱三人"群殴"。

辰风忽然有些不想看了，曾经的元素萨满，多少次陪着陆封拿三杀、四杀，甚至豪取五杀，如今的元素萨满，图腾成了黑色，砸在陆封身上的是沉沉死气。

不知道为什么，想到陆封将死在晏江手下，辰风感觉格外扎心。

元泽、谢和还有金成炫，有可能是因为内疚而拒绝参加单人赛。

只有晏江，他只是单纯地不想参加。

元泽是隐约猜到了十八岁的陆封想做什么。晏江却是直接对陆封说："没必要。"

他很清楚陆封在做什么，很明白他要维护什么，可他却早已签下转会合同，是真真正正第一个决定离开的人。

144

没必要。没必要执着？没必要守护？没必要坚守属于他们的FTW？

辰风不知道，他觉得陆封也不知道。

汤臣的声音唤回他的思绪："活下来了！"

辰风猛地抬头，看到的是丝血逃生的陆封，他眼眸微眯，有些错愕。

汤臣声音激动道："破空战士是虚晃一枪！老晏被耍了啊，总感觉陆封被卫小疯带坏了，刚才那演技连我都信了！"

辰风定睛看去，可惜已经错过了刚才的精彩时刻，以他们对陆封的了解，刚才那场面，他肯定会冲上去一套技能换走一个。

陆封刚才也的确杀气腾腾地闯过去，可却是演戏。

长枪落地，他位移到元素萨满面前，一套技能砸下去，没准真能和因大量捏图腾导致血量不健康的晏江同归于尽。

按理说用上单换辅助血亏，可陆封这个必死局，带走一个是一个，更何况Y1的核心可就是眼前的男人。

拖他一起死，好歹挫一下Y1锐气，辰风和汤臣这样想，FTW四小只也这么觉得，包括Y1全员也是这么个心思。

谁知本该打出一套技能的陆封及时收手，本该继续戳晏江的长枪矛头一转，以一个超乎人想象的角度飞了出去。

晏江微征，Y1打野咦了一声。只见破空战士冲势抖转，借着枪矛落地，身形虚晃位移到了三人身后。

Y1上单反应够快，掉转战马冲撞过去，试图留下陆封。前方是一片草丛，陆封捡起枪矛，又一个突刺，掩进草丛，脱离了视野。

死亡骑士试图继续追击。

晏江："算了。"

死骑："嗯？"

晏江："拔塔。"

与其浪费时间追杀陆封，不如拿下FTW上塔，FTW这边，卫骁站在复活泉水里给陆封打气："队长太帅啦！"

菜哥："……"

Y1节奏带得很好，然而FTW接得也不错，这一段放出去，给名嘴解说看到，也得大夸特夸地吹一遍，各方面都很细节，各个细节又都超出极限，非常精彩。

最终结果还是Y1占优势，晏江的实时判断力很强，放弃追杀陆封非常正确。死骑不一定能追上破空战士，但他们三人"集火"却一定可以拿下上路一塔。

一个是未知数，一个是百分之百的确定。真去追陆封，反而着了他的道儿，一场碰撞，从下野区打到上野区，双方却零死亡，损失的只有FTW上路外塔，这已经是最好的结果了。

虽然FTW被撕裂了一道口子。留下一命的卫骁开始发育，他很快就体会到了揭幕赛时被晏江控到"自闭"的人的心情。

无法猜测晏江的位置，无法针对他的视野，更无法在他的守护下击杀他的队友。卫骁支援宁哲涵，Y1中路不疾不徐、不慌不忙，技能放得极其随意，却和晏江的控制完美重合，打得宁哲涵号啕大叫："怎么回事，这、这不现实啊！"

卫骁也觉得不现实，可现实就摆在眼前，卫骁去下路和菜哥老越打配合，这边事更大，Y1下路双人组硬生生把FTW三人给逼到塔下猫着。

白才："……"

卫骁长叹口气："我的错，没刷出弧光。"连招被晏江打断了。

白才心里很不是滋味。

同职业对抗，才能深切体会到这山一样的差距，就连FTW坚不可摧的上路，这会儿也是勉力维持。

开局破一塔，对陆封来说压力很大，Y1的死骑好歹是世界冠军的水准，绝不是三脚猫的选手，他正常发挥虽然压不住陆封，但也能拖住他。拖住大魔王，已经给队友创造了足够的优势。

卫骁多次试图支援陆封，可惜他只要露出这种苗头，晏江就会带着队友瞬间把中下路干废，宁哲涵和越文乐也不是实力弱，事实上他们能和对方打得有来有回，可确实拦不住晏江。

神出鬼没的元素萨满，只要瞥到图腾影子，那就完蛋了，精准点控，弹无虚发。

越文乐到后期都快犯病了："我要杀了他！"

当射手只想杀对面辅助，路人局都知道这局凉凉了。

三十分钟后，被严重割裂的FTW输掉比赛，训练室里一片静默，连卫骁都没说话。

输了，意料之中，可脑子还是在嗡嗡作响。

这就是世界冠军吗？这就是全球第一的队伍？这就是以不可思议的辅助天赋入驻荣光神之殿的男人吗？

很强，强到让人没脾气。

FTW也和很多强队打过，L&P、Pro，在冬训营都交过手，他们也输过，也被打趴过，但都没这次这样无力，仿佛一拳打在了软棉花上，没伤着对方倒也没伤着自己，只是有种无法形容的挫败感。

画面停在结算窗口，一句话飘在了对话框上。

Yan："卫骁。"

卫骁："嗯？"不想和他说话。

Yan："加油。"

卫骁："……"

放下这俩字，晏江退出了房间，训练赛结束了。

辰风拍了下手道："好了。"

大家被他唤回心神，辰风给大家打气道："刚才表现得很好，要知道Y1可是去年的世界冠军，我们能和他们打成这样已经非常优秀了，这场对局大毛病没有，小细节可以改进，Y1这个战队比较特别，不用气馁，后续教练组会跟进研究，下次再战，我们绝对能赢！"

早有心理准备，宁哲涵他们倒也能振作起来，越文乐应了声："嗯。"

卫骁挺愁晏江这种性格的，对待元老贼，他可以直接呛回去，呛到元泽隔着万里重洋想杀人。对待晏江，他却没法说什么……

人家也没挑衅你，也没惹恼你，这句加油也不是嘲讽，说得还挺实心实意……

卫骁看向陆封，余光瞥到了他的电脑屏幕，他们已经退出游戏，回到了游戏主界面。

游戏左下方是聊天频道，那里有条红色的私聊消息。

Yan："你还是没变，卫骁更需要自由。"

卫骁微怔，陆封已经切出游戏画面，电竞椅后滑，他起身道："今晚先这样，早点休息。"

辰风应道："行，自由活动吧，十二点必须睡觉，明天行程很满。"

季后赛马上开始了，训练赛密密麻麻的不说，他们还要拍海报宣传片做专访，异常忙碌。

陆封先一步离开训练室，卫骁想了下还是没追出去，三小只很快就忘了刚才的比赛，倒不是他们心大，而是早有心理准备，冲击不算大。

要是真赢了Y1，他们才要堵心，FTW没强到那个地步，真赢了那就是Y1放水。

如今被世界冠军认真对待，他们反而斗志满满，世界冠军也没那么遥不可及，努努力，追一追，未必不能干翻他！

卫骁却有点心神不宁。他犹豫了一会儿，还是没忍住，私聊了晏江。

卫骁不是个藏着掖着的性子，开口异常直白："我很自由。"

晏江还在线，当然是一眼看到了。

卫骁觉得气势不够，又加重语气："在FTW，在队长身边，我很自由！"

这是他的心里话，说得底气十足！

晏江回他了，却是一声反问："陆封呢？"

卫骁盯着这红色的信息，有些愣怔。

晏江没再说什么。

卫骁不服气道："队长也很自由！"

有什么不自由的？以前在FTW还需要顾忌团队不得不打野，如今他来了，队长也可以做出自己的选择，去上路了很自由！

晏江回他一句："满身枷锁的自由？"

卫骁眉峰皱起来，晏江说出了卫骁没有想过的事情："FTW的负责人，肩扛着整个俱乐部，背负着所有人，他自由？"

卫骁心中一刺，不服气："这是担当！"

晏江："嗯。"

卫骁不自觉地咬着下唇，打字的手有些用力："难道要像你们一样选择放弃？像你们一样放弃FTW，放弃曾经的战友，放弃爱你们的所有人？"

曾经的FTW，曾经的神之队，留下的只有陆封，背负着一切的也只有陆封！他们抽身离开，各自逍遥，把过去抛之脑后。

晏江一字一顿地扎在了卫骁的心尖上："所以陆封放弃了自己。"

卫骁怔住了。

晏江问了一个他早就问过的问题："那为什么不多了解一下他？"

卫骁手指落在键盘上，却连一个字都敲不出来。

晏江："一个沉湎过去的人，赢不了未来。"

31

卫骁怔怔地看着这行字，心里像堵了一面墙，闷得人喘不过气，他不服气："没有过去！现在的FTW是新的！"

队长才没有沉湎过去，他早就放下了，现在的FTW焕然一新，虽然还没有当年神之队的实力，但无论是他还是宁哲涵、越文乐和白才，都在为最后的奖杯努力，他们一定可以将FTW再度送上神坛！

这么想着，脑中有个小角落又冒出一个低低的声音——只是这样吗？

晏江已经说到这个地步，就没想含糊过去，他给了卫骁最直白的一句话："不只FTW。"

卫骁手僵住了。

晏江："那时候陆封是离家出走，我不清楚他的家庭情况，但也不想为难他。"

这是最后一句话，能说的、可以说的只有这么多了，晏江退出游戏，起身离了训练室，异国他乡的时间和国内不一样。

国内晚上十点，这边的天空却铺满了落日余晖，将缓慢流动的河水映得像一条锦带。晏江点了根烟，胳膊肘搭在栏杆上，冷淡地看着徐徐坠落的太阳。

三年前。

如日中天的FTW，怀揣梦想的半大少年，在得知自己即将被当成货物卖掉后，一个个彻夜难眠。

巅峰转瞬即逝，利益永远至上，与其下一个赛季让神之队成为泡影，不如及时止损，FTW想出的利益最大化的办法就是卖掉刚夺下世界冠军的选手。

金成炫的合约到期，早就决定回国，元泽一个混血本就不在乎在哪个赛区，只有晏江、谢和还有陆封踌躇难定。

他们的合同全在FTW手里，举步维艰，谢和是队里最讨厌晏江的，如非必要，能一个月不和他说一句话。但这天谢和主动找到队长，问他："怎么办？"

晏江："……"

谢和低着头，一根烟快烧到手指了也没碰一下："我想留在国内。"

神之队什么的他不在乎，分不分开的也无所谓，本来他们的关系也就那样，做队友不如做对手。

晏江直截了当："FTW不会让你留在中国赛区。"

中国赛区开不起那样的天价，FTW只是想把他们卖个最好的价钱，才不管在哪个赛区。

谢和手指被烟头烫了下，他浑然不觉，抬头时黑眸狠戾："那和我自己转会又有什么区别？！"

总归没法留在中国赛区，被卖掉和自己走的区别是什么？！

晏江看他："至少是你自己做的选择。"

谢和："……"

世界第一的辅助、世界第一的中单、世界第一的上单、世界第一的射手……无限荣光之后，依旧是暗无天日。

国内的电竞赛事一直比国外发展迟缓，尤其是一些观念导致社会对电子竞技有很多轻视和鄙夷。一直以来成绩也不算优秀的中国赛区俱乐部，远没有现在这样能吸引足够的投资方的注意。

国内的俱乐部出不起那样的天价，国外赛区却是高价争抢。FTW并不在乎整个赛区如何，甚至会怀有侥幸心理：卖掉神之队他们依然可以在国内称雄称霸，他们甚至可能再培育出新的神之队。

何乐而不为？除了合约到期的金成炫，其他人的合同捏在FTW手里，他们剩下的路只有一条。

要么不闻不问地被卖掉，要么自己主动联系合适的战队，争取一下最后的权益，只要价钱合适，FTW也会尊重一下他们的意愿。

元泽早在北美生活过，去了自己熟悉的地区，晏江和谢和去了欧洲，晏江去的是只把他当摇钱树的WP。

在那个风雨飘摇的日子里，连谢和这个从不低头的人都去找晏江了，陆封却始终没有露出丝毫脆弱和无助。

晏江主动找到陆封，其实整个队里，和陆封关系最好的是元泽、金成炫，可惜金成炫和元泽很难体会其余三人的心情，他们即将面对的不只是离开FTW，更是离开自己的家乡。

背井离乡，谈何容易。

晏江向来性情冷淡，面对同样冷淡的陆封，两人能同居一室、双排三小时都不说一个字。

当时的粉丝各种猜测，"小论文"一篇又一篇地证明他们关系不好，甚至觉得陆封的到来是割裂FTW的根源。

因为他和晏江太像了，一山不容二虎，更何况神之队个个都是虎。

如果陆封是个性情活泼的弟弟，也许会调和一下气氛，但陆封是个比晏江还冷淡、比谢和还独来独往的性子，哪有调和的可能？只能让矛盾激化。

可其实陆封陪谢和Solo，让谢和练出了独一无二的千层云；金成炫也用Solo让陆封打出了让所有射手恐惧的盗贼。

元泽的死骑和陆封的隐贼，曾经是荣光的最佳上野，打出了多少精彩操作，打得多少战队头破血流，还有晏江……有谁知道，陆封的九道弧光是在和晏江双排中熟练掌握的。

神之队打不了双人赛，他们放不下骄傲，无法配合彼此，可他们拿下了毫无争议的5V5团队赛冠军。

晏江找到陆封，当时的陆封年纪是最小的，可看着面前的少年，很难让人感受到稚嫩的少年气。

他生了张无可挑剔的脸，却从不笑；他有着明显优于常人的教养，也因此而和周围更加格格不入；他沉默寡言、喜怒不形于色，哪儿像个半大少年？很多成年人也做不到这样的冷静自持。

晏江不怎么喜欢他，人很难喜欢一个和自己极度相似的人。

"对以后有什么打算？"晏江问他。

陆封沉默了一会儿。

晏江声调平缓，把现状和即将发生的事全部告诉陆封，虽然他觉得陆封都懂，但作为一个年长的成年人，还是要把事说明白。

陆封安静听着，从头到尾都没打断他，更没询问他。

晏江很少说这么多话，说完后又有点烦躁，陆封都懂，他还说得这么详细，像个傻子。

"我和谢和准备去欧区，你呢？"晏江把问题抛给他。

陆封猛地抬头，一双似乎永远古井无波的黑眸流露出一丝焦急。

晏江心一沉。

陆封薄唇张了张，半天只说出一个字："嗯。"

模棱两可地应了一声，不评价、不表态，更没展露出自己的心思，然而晏江不是其他人。一个连元泽都在起疑的事，他怎么会不多想。

晏江轻吸口气，问他："你不会想要收购FTW吧？"

陆封："……"

晏江只觉得一口气堵到了嗓子眼，说的话带了凉气："没必要。"

陆封依旧是冷淡地嗯了一声。

那句话涌到了嘴巴，最后晏江还是没能说出来——没必要，没人值得你付出这么多。

好不容易逃出来了，何必再回去，晏江比所有人想象中更快地签了转会合同，签给了WP。

他最后给陆封发了一条消息："天下没有不散的筵席。"

陆封过了很久才发给他两个字："回见。"

FTW 队内酷爱 Solo，每次输了的人都会跟对方说一声回见。元泽、谢和、金成炫、陆封这四人的微信聊天框里，全是这俩字。

唯独晏江从不和他们 Solo，所以他从没收到过。

回见，怎么见？

晏江摁灭了烟头，踩着落下的夜色回了训练室。

陆封盯着眼前的文件，思绪却没法落到这些东西上，明明是空无一人的办公室，明明是安静的深夜，可脑中始终徘徊着争吵声，富丽堂皇的屋子，空荡荡的走廊，没有丝毫克制的怒喝声。

"陆明泽你滚出去！"

"庆蕾你别给脸不要脸。"

"我真是疯了才嫁给你。"

"有种你去离婚啊！"

"离婚？腾地方给你养的女人住？"

接着是无休止的苦恼和埋怨。

"如果我没生下你，我何必被困在这个鬼地方。"

"都是你，我为什么要把你生下来！"

尖锐的刺痛扎进神经，陆封感受到的不只是头部的痛，还有肩膀的阵阵酸痛。

"电竞？我们陆家没有你这种废物！"

"缺钱了想到你老子我了？"

"你离家出走时的底气呢？不是饿死都不回来吗？"

"打游戏？我打断你胳膊，看你还做什么春秋大梦！"

砰砰砰。敲门声把陆封从噩梦中唤醒，他额间沁出了冷汗，凸起的指关节将钢笔握得很紧，紧到似乎要折断它。

"队长？"卫骁略微开了点门缝，声音透进来，"在忙吗？"

陆封松了手，起身去开门，卫骁进门后小声道："我刚和晏队聊了会儿，想和你说会儿话。"

陆封："说什么？"

卫骁眼睛："作为你最信任的人，是不是该了解一下你的家庭情况。"

陆封："……"

挺严肃的话题，陆封平生第一次，想到自己的家庭，涌上来的竟然不是烦躁和阴郁，而是哭笑不得。

陆封顿了下，声音很淡："陆明泽、庆蕾。"

陌生的两个名字，没有丝毫多余的感情，卫骁心中一涩。

陆封声音很干哑，但在努力说着："商业联姻，互相折磨……"

陆明泽和庆蕾互相折磨，痛苦的只有年幼的陆封。

卫骁只是听他这么一说，鼻尖就酸了："队长……"

陆封不想他因为这种事掉眼泪，声音越发平静了些："没事，我早放下了。"

父亲、母亲、家、亲情，在不断努力、不断争取，让自己变得无比优秀，做到他们要求的一切却仍旧得不到丝毫回应后，他放弃了。

人生不是只有父母，从踏出家门那一刻，陆封只想为自己而活。

卫骁心疼得厉害："以后你有我。"

陆封笑了下："嗯。"

卫骁："我会做你的朋友、你的家人、你生命中最珍贵的人！"

这话陆封曾经对他说过，如今卫骁终于体会到了它的重量，给予的同时也渴望拥有。

了解是个过程，不可能一晚上就了解透彻的。

他有时间，也想了解。

没人懂的陆封，他会懂。

懂他的过去、现在和未来。

32

卫骁做了个梦，梦里模模糊糊的，很多凌乱的画面堆在一起，荒诞又杂乱。他走在自己住了十多年的街道上，是成年人的模样，看到的却是小时候的景象。

摆着廉价零食的小卖部，卖着烤地瓜的老大爷，两根豆角也要斤斤计较的卖菜婆婆，还有他小时候最喜欢的米油店，白花花的大米，香到不可思议的芝麻油，让他站在那儿看一天都不会觉得腻。

卫骁站在这古旧的街道上，等着奶奶。每次做这个梦，他都会看到奶奶，今晚更奇怪，他在梦里就已经知道自己在做梦。

卫骁等着奶奶，可他看到的却是一个黑发齐耳、肤色如雪的奶娃娃。他孤零零地站在那儿，只有三四岁的模样，穿着旧衣裳，嫩豆腐似的手上蹭了灰，他垂着眼眸，长长的睫毛像黑色的羽扇，遮住了黑亮的眸子。

然后卫骁看到了卫全和李愫，卫全在骂李愫，骂得异常难听，李愫在指责他，喊着要和他离婚。

卫骁看着这一幕，只觉得十分荒谬。他的父母眼中没有别人只有彼此，哪会离婚？

直到李愫转头，指着那个小孩骂道："都怪你，如果不是生下你，我何必在这个鬼地方受尽折磨！"

小孩依旧垂着头，长长的黑发遮住了白皙的额头，他开口了："对不起。"

声音很软很轻，带着浓浓的歉意，可那与生俱来的冷感还是从声调中流了出来。卫骁的心像被石头砸了一下，他大步走过去，看到了小孩的模样。

黑发白肤，墨色的眼睛像深谷里的一汪潭水，静且不透光。

陆封。

卫骁愣住了，他以为这是自己，可这竟然是年幼的陆封。

卫全和李愫又开始互相谩骂，直到发疯的卫全一巴掌扇了过来，眼看着要打到陆封了，卫骁一把握住他的手腕，声音极冷，压着怒气："别碰他。"

"小小？"男人低沉的声音响在卫骁耳畔，把他从噩梦中拉了出来。

卫骁心跳得极快，好半晌都没回过神。

陆封声音低哑："做噩梦了？"

卫骁轻吸口气："嗯。"

"梦到什么了？"卫骁摇摇头。

"没事，都是梦。"

"嗯。"

"睡吧，时间还早。"

卫骁没睡着，也睡不着，可是心却安了。

小时候的队长经历了什么？小时候的队长是不是也这样向那对不负责任的父母道歉？

卫骁会做这个梦，是因为心中懊悔，他后悔没能早点认识陆封，后悔没有早些……

不过很快卫骁心中的懊恼散了。

不需要后悔，过去的陆封，他可以用现在守护。

距离季后赛还有短短三天时间，FTW 第一场对 GOQ，同时也是季后赛初战，更是陆封归队后的首战。

官方的宣传已经搞起来了，粉丝的期待值被无限拔高，门票一抢而空。

菜哥听闻那票价，目瞪口呆："六哥，要不咱们把候补席卖了吧……"

候补席不是替补席，而是战队的相关人员在的位置，最前排，第一列，一边五六个座位，这要是卖了，好大一笔钱，菜哥的眼珠都成钱串子了。

项六："……"

卫骁给他一记"爆栗"："有点儿出息。"

菜哥也就嘴里说说："饱汉不知饿汉饥。"

卫骁埋汰他："你一天遛狗一千块，榨个西瓜汁三百，给我送饭五百……"

菜哥大惊。

在场的是知情人，六哥睁只眼闭只眼。卫骁盯他："就这，你还饿？"

队长给这浑蛋补贴够多了吧！

菜哥连忙道："哎呀，这东西哪有人嫌多的。"

卫骁扬眉，菜哥闭嘴了，这瞬间的卫小疯竟有点"老板"的气场。

很好，菜哥不仅闭嘴还哆嗦了，被自己的脑洞给雷得浑身酥麻！对于季后赛第一场比赛，FTW 四小只很轻松。

GOQ 实在是不太够看，不提陆封回来了，即便是汤哥在，他们也能暴揍对方，GOQ 的选手倒也坦荡，自从被大师现场复盘后，他们整个常规赛成绩喜人。

想什么四强？能入围前八，他们俱乐部的老板已经半夜偷笑，合不拢嘴了。

"输了不要紧，要紧的是请大师给我们赛后复个盘。"

内心还留着深深阴影的 GOQ 中野辅："……大可不必！"

季后赛相当于一个赛季的尾声，相较于漫长的常规赛，季后赛的比赛少得可怜，八进四一共四场比赛，半决赛两场比赛，最后就是全国总决赛，满打满算，一周也打完了。

今年的主场在 S 市，FTW 不需要舟车劳顿，轻松不少，远在 B 市的 3U 和 TPT 准备前往 S 市。

卫骁闲着无聊帮队长补直播时长，在职业服遇到了阿睡。

他问阿睡："用哪个位置？"

阿睡："随便。"

卫骁乐了："哥哥给你打个辅助？"

阿睡："……"

卫骁："我从不玩辅助。"

阿睡："……"怒抢暗贼，让卫骁无野可用。

卫骁无所谓道："刚好这是我队长的直播间，那么我就给大家表演一个陆封的新晋宠儿，死亡……""骑士"俩字还没说出来，队内二楼就抢了死骑。

弹幕笑疯了。

"大师'翻车'，别样美丽。"

"大师不慌，你在五楼，还有机会！"

机会个鬼啊，五楼俗称补位楼，在职业服留下的一般就是辅助位了。

卫骁打字道："兄弟，让个死骑。"

二楼发来一串韩文，卫骁看不懂！

卫骁不死心，又哄三楼："小哥哥，能让个法师位吗？我，知名法王。"

四楼问道："法王多了去了，还知名，你是谢和？"

卫骁臭不要脸："是呢，EVE 谢和正是在下。"

全队："……"

谁知此时三楼发来俩汉字："呵呵。"

卫骁："嗯？"

卫骁瞥了一眼弹幕，看到了一行大字："三楼真的是谢神啊！"

卫骁："……"

什么鬼？他不仅匹配到阿睡，还匹配到谢和了？重点是这俩都是他队友？

有翻墙出去又回来的粉丝："报！三楼 123（ID）的确是谢神，谢神也开了直播！"

这撞车撞得真叫一个精彩绝伦。卫骁脸皮厚，撞上正主也不慌，还能笑嘻嘻："谢神好呀，不如让我个仙术士，我带你飞？"

谢和卡在最后一秒选了仙术士，打字："好，带你飞。"

卫骁："……"

一共五个位置，一楼阿睡抢了暗贼，二楼不知名路人拿了死骑，三楼谢和锁定仙术士，还剩下四楼的搞事先生和五楼的卫骁。

难不成他真要给阿睡打辅助？不行！

卫骁又争取了一下："四楼你不想给谢神打个辅助，欣赏一下仙术士的绝美身姿？"

四楼幸灾乐祸："这绝美的机会让给你了。"他锁定了猎人。

卫骁："……"

讲真的，如果这只是国际服，卫骁拿盗贼打辅助也不是不可以，但这是职业服，真那么搞，被监管发现是要扣他信誉分的，更何况他还在直播，职业选手现场飙演技，不想打比赛了吗？

难得看大师吃瘪，弹幕一片幸灾乐祸，全在拿卫骁刚说的两句话刷屏——"哥哥给你打个辅助？我从不玩辅助。"

卫骁嘴角抽抽，卡在最后一秒，选了个神牧。

他大喊："菜哥！"

白才："啥事？"

卫骁："来给你个和睡神、谢神同台竞技的机会。"

白才："刚进游戏。"

卫骁探头："你拿了什么天赋？"

白才："神牧啊，我在和老越双排。"

卫骁："……"

弹幕已经在大喊着："从了吧，大师你就从了吧。话说大师为什么不打辅助，偶尔也体验一下躺着的快乐嘛。"

卫骁："不。"

粉丝好奇了："为什么为什么？"

卫骁咬牙："我这辈子只给队长当过辅助。"

他刚说完这话，身后传来陆封的声音："什么时候？"

卫骁："啊？！"

卫骁开了摄像头，从陆封入镜的那一秒起，弹幕已经全是尖叫，把画面都盖住了。

陆封没关直播，垂眸看他："我记得你提过，是入队前的事？"

卫骁："嗯。"

陆封："幸运观众？"

卫骁："嗯……"

何止是幸运观众，一整局"彩虹屁"，吹得整个直播间都封他为"彩虹教主"，"黑历史"太黑，饶是脸皮厚如城墙的卫骁也有点不好意思。

眼看卫骁这乖巧模样，他点了下卫骁肩膀："这局给我。"

卫骁眨了眨眼。

陆封道："不喜欢就别勉强，我来玩神牧。"

弹幕更疯了，众所周知，大魔王才是绝不玩辅助位的人。

原因？FTW.Close外号"孤儿"，可不是因为他的盗贼，而是因为他的辅助！

晏江辅助是神的话，陆封就是鬼！

有新粉不明所以，问道："大魔王辅助很菜吗？"

老粉语重心长："还真不菜，就是嘛……来来来，大家提前把心疼睡神打到公屏上。"

33

为什么要特别心疼睡神呢？因为阿睡常年被从逸这种神仙辅助呵护，冷不丁掉进大魔王手里，那反差……品一品就明白。

卫骁迟疑道："你想玩吗？"他不想勉强队长。

陆封："嗯。"

卫骁："好吧，你来。"

换个位置的工夫，陆封已经进到游戏里，神牧这个职业，也算是荣光的老牌英雄之一了。牧师在各种游戏里都是治疗系，神圣牧师一听就知道，肯定是光明系，大奶妈。

荣光里，神牧也的确是个第一奶妈天赋。一技能赞美诗，可以为范围内的友军恢复血量，包括且不局限于队友，连小兵都可以回血；二技能交响乐，俗称弹弹乐，是个很刁钻的控制技能，击中敌方目标后在可控距离内可以不断回弹，次数取决于玩家操作水平；三技能协奏曲，为自己和指定队友提高50%的移速，并且在三秒内恢复队友已损失血量的50%；四技能的大招咏叹调，玩家亲切地称其为光门，因为技能释放后是一道圣光笼罩的门，落在敌方是强控制，落在友方可恢复大量生命。

一共四个技能，除了弹弹乐有些许伤害，赞美诗是纯奶技能，协奏曲是奶和加速，光门不用说了，要么控人，要么还是奶。四个技能有三个半是回血，荣光第一奶妈名副其实。

这么一个人畜无害的天赋，怎么会玩成鬼呢？讲真的，卫骁也有点好奇。

他入荣光有些晚，两年前神之队就早已成为过去，一些旧闻无处考究，剩下的只有传说。比如，陆封的辅助让炫神沉默，令晏队无语，元泽和谢和表示离我远点。

别人的神牧是神圣牧师，他的神牧是神经……

别人的光牧是光明系大天使，他的光牧是披着圣光的魔鬼……

至于吗？卫骁虽然也玩不了辅助位，但也不至于玩成个神经鬼。

他拉来一把椅子，坐在陆封旁边，托腮看过去，眼睛盯着画面，余光瞥了瞥弹幕框。

游戏开局，神牧跟在暗贼身边，这是常规套路，阿睡是个节奏流野核选手，身边配个辅助是常态。阿睡并不知道这边换了人，还以为神牧是卫骁，想要秀他一脸。

上野区开野怪，第一个打的基本是左下角的三只野兽。阿睡是老打野了，技能衔接很流畅，角度精准，躲了野怪伤害同时也将输出最大化。

卫骁看得认真，心里点评："睡哥的刷野效率不错嘛。"

六七秒杀死三只野兽，节奏很稳。

眼看着阿睡最后一记影袭要收割野怪，咚的一声，一袭白色圣袍的牧师指尖闪了闪，交响乐弹出，从 A 野兽到 B 野兽再到 C 野兽，一秒内弹了三次……

神牧头顶爆出粗体加金币的标志。

阿睡：":……"

卫骁：":……"

弹幕：":哈哈哈哈哈哈哈哈来了来了。"

陆封打字：":手误。"

手误个鬼啊！有这样的手误吗？！这给菜哥，菜哥打死都误不出这种效果啊！

荣光里，无论野怪还是小兵，击杀看的都是最后的伤害。

为什么选手们要疯狂练习补兵，因为只有攻击最后一下才有金币入账，而有了金币才能买装备，才能发育，才能带飞全场。

正常情况下，辅助前期是一口资源不吃的，全部喂给自己的输出位，把他养得肥肥的才能打出成吨输出，陆封显然不是正常辅助。

阿睡至今还以为对面是卫骁，他停顿了半秒钟后继续扑向下一个野怪。

这次阿睡显然在较劲，用神牧抢野怪是非常难的操作，这要给别人，那是有心想抢也补不到最后一刀。

然而神牧的头顶又冒出了加金币的粗体数字。

阿睡：":……"

卫骁垂眸看了眼神牧的出装，弹幕也发现了。

"神牧开局铁剑，难怪普攻这么痛。"

"一个悲伤的故事，神牧的经济比暗贼还高了。"

"这到底是谁辅助谁？"

一轮野怪刷完，阿睡终于发现问题了：":你……"

他开了队内语音，树懒般蹦出一个字，陆封也开了队内语音，说了六个字：":稳住，我们能赢。"

这嗓音太有辨识度了，阿睡一下子听出来了：":陆……"

卫骁听不到耳麦里说了什么，但他猜得出来，大喊：":我不想打辅助，我队长在帮我玩！"

让开让开，先让我炫耀一下。

阿睡：":……"

这时顶着"123"ID 的仙术士打了行字，补全睡哥的话：":陆封？"

陆封：":嗯。"

仙术士停在原地，对面魔能光束飞过来他都没躲，半响对话框里弹出一行红字：":离我远点。"

弹幕笑抽过去了。

"谢神刚是在切换字体颜色？"

"瞧这血淋淋的红，代表的是怒气冲天。"

"时隔三年，谢神再度体会到被陆封辅助支配的恐惧！"

很快，队友也发现了神牧的猫腻，这全场最高的经济，这魔鬼一样的出装，要不是看到了陆封这个名字，他们早骂骂咧咧了好吗！

虽然现在也很想骂人，这还玩什么？一个辅助经济再高有什么用？！

神牧又没有九道弧光这种东西。

睡哥太惹人怜爱了，一来他寡言少语不吱声；二来他堂堂一个打野，得从辅助的指头缝里吃经济。

惨……大写的惨。

经济不行，等级不够，节奏也就带不起来。

当对面来抓阿睡时，所有人都觉得这局凉透了，哪怕有谢神，也抵不住这个神牧不是人！

结果所有人都大跌眼镜，敌方过来的是三个人，冲向的是暗影盗贼，这是理所当然的，神牧又能奶又能抗却没有输出，打他就是浪费时间。

扑向核心输出位才是重点，只要暗贼死了，这个神牧还不是被一路带走，谁都这样想，弹幕甚至发出了"不敢看"的言论。

弹弹乐的音效响起，陆封点控三人，敌方三人也不慌，顶多是惊讶下这个神牧的交响乐用得不错，但有什么用？弹弹乐伤害奇低，控住人意义也不大。

接着神牧的一记轻飘飘的普攻飞向对面魔能法师，魔能法师完全没当回事，即便他是个脆皮，这点伤害也打不痛他。

可是，两千！触发暴击，额外两千！

一共血量才五千的魔能法师瞬间蒙了。

阿睡反应也快，影袭扑上来，一套连招铺天盖地砸下去，虽说暗贼装备不行，伤害较弱，但再怎么弱也足够刷死魔能法师，眼看着一血爆发，暗贼要发家致富了。

系统公告：
First blood!
最崇拜 Close 击杀 uwi！

一血爆发了，但不是睡哥的，而是神牧的……全场无语，暗影盗贼更是愣了下。

丁零——神牧三技能协奏的音效响起，陆封："上。"

治疗和加速，两人立刻贴近对面活着的两人，这两人可算是看清陆封的装备了，这什么鬼东西！

一次 2V2，神牧又拿了俩人头。

一无所有的睡哥："……"

陆封给了他一个赞美诗，帮他恢复损失的血量。

弹幕一语中的。

"赞美诗……赞美？我知道大魔王只是在给睡神回血，但我怎么愣是嗅出了嘲讽的意味。"

"自信点，把'愣是'去掉。"

"心疼睡神……"

"一万个心疼……"

这局游戏只能用"奇葩"来形容，对面被暴力神牧打自闭，友军也被自家奶妈"虐"到"自闭"。原来最可怕的不是奶妈抢人头抢经济，而是你拼尽全力也没办法在他的普攻下补刀。

别管是人头还是小兵，别管是野怪还是远古生物。别管是死骑还是暗贼，别管是猎人还是……

哦，谢神不愧是谢神，仙术士是全场唯一经济和神牧持平、人头数也差不多的男人。

三十分钟后比赛结束。

毫无疑问的胜利。

但是……这赢了比输了还"自闭"！

什么辅助！你比输出还像输出！

弹幕的老粉一脸淡定。

"我以为在职业服，大魔王能收敛点。"

"事实证明，只要是散队，大魔王完全可以一打九。"

"更何况队友是谢神。"

只是散排，退出结算界面也就退出房间了。卫骁顿了顿："厉害。"

设身处地一想他很心疼阿睡，但是……队长怎样都帅，怎样都厉害，玩什么都强得无敌。

陆封侧头看他："双排？"

卫骁眼睛一亮："好啊！"

接下来直播间上演了大型"双标"现场，陆封和卫骁双排，进入游戏后又有一人在五楼，是个没法选天赋的位置。

卫骁搓搓手："我给你打辅助！"

陆封："不用，我来。"

卫骁："啊？！"

上一局那个神牧太毒了，卫骁怕队长用了影响两人的关系。

陆封看他，嘴角微扬："别怕。"

卫骁："……"

卫骁眼睁睁看着陆封又拿了神牧，他一咬牙，暗贼的出装都预设成肉装了。没事，他用暗贼来辅助队长的神牧。

事实证明，卫骁想太多了，上一局毒晕全场的神牧，这一场正常得不像话。

抢野怪？没有。拿人头？不存在。暴击攻速强输出装？想什么呢，一身辅装的神牧温柔和煦。

弹幕在一连串省略号后刷出了比之前更多的"心疼睡神"。

谁敢想堂堂冷面大魔王，竟然是个"驰名双标"！

谁说他的辅助是鬼？谁说他的辅助有毒？这不很正常吗！

点控、治疗，把暗贼当小宝贝呵护，让经济，套护盾，把野王捧在手心宠着。

直播一小时，两场比赛形成了极其鲜明的对比。

辰风眼眶都红了，汤臣也很欣慰："挺好的。"

远在北美的元泽还在睡觉，金成炫一个电话打给他。元泽起床气惊人："谁！金成炫……滚！"

金成炫给他发了个文件："赶紧去看。"

元老师何时见过早晨八点的太阳，接收文件后骂骂咧咧："要是屁大点事，我包机去韩国弄你……"

金成炫："爱看不看。"啪嗒一声挂了电话。

元泽只睡了三个小时，正是头昏脑涨的时候。

他点了根烟，开了视频，一段直播录屏，卫骁单排撞到了谢和。

元泽眼皮耷拉着，金娇花就是欠骂，这么屁大点事……

然后他看到陆封出镜，接手了神牧。元泽："……"

我不睡觉来看这鬼东西？心里骂得凶，手却很诚实，元泽面无表情地看完陆封牌"毒"牧，准备去喷金成炫。

陆封的声音传出来："双排？"

卫骁那双黑眼睛直眨巴："好！"

下一局的录屏把元泽给看精神了，陆封的鬼辅助他早麻木了，见怪不怪，但是陆封的正常辅助还真是没见过……

全部看完的元泽气消了，他穿着拖鞋去阳台，用力吸了几口烟。

陆封的辅助不行？外人不了解，神之队却很清楚。他不是故意玩成那样，而是不自觉就那样了。

补刀、输出、带飞全场，他要的是把对局掌控在手中的感觉，这是习惯绝对控场的副作用。

起初元泽他们以为陆封这样玩是刻意搞他们，后来他们知道了原因。还是心理辅导师给出的答案："陆封无法信任队友。"

因为不信任，所以要自己掌握节奏；因为不信任，所以只能自己变强；也是因为交付不了信任，所以必须独自撑起一切。

用盗贼的时候不明显，因为这本就是个拿经济、秀操作、带飞节奏的职业，再加上晏江的融合。

陆封在 5V5 中表现得非常出色；谁都意识不到他的致命问题。

可一旦换成辅助，那被藏得很好的安全感缺失的问题才会全盘暴露。辅助位需要的是队友，需要的是信赖和托付，需要的是给予和配合。

陆封不信任、不托付、不给予，也就无法配合。

峡谷里的孤狼，只有他自己的战斗。

元泽低头给卫骁发了条消息："陆封的肩膀，需要的不只是医学理疗。"

这时候的卫骁正在打训练赛，手机静音了，没看到这条消息，之后辰风进来，手里拿着灵魂海报，他更加没空去看手机了。

辰风把海报往玻璃板上一按，摊平的画面让人倒吸口凉气。什么叫魔幻地狱主义？看看这一团克苏鲁式的海报就能品出个一二了。

海报挂上了，训练室 SAN 值（精神力）狂掉，辰教练开口："今年全球赛的赛制下来了。"

这话一出，大家都屏气凝神，荣光竞技赛延续了这么多年，并非一成不变。从最初的摸索到现在的成熟，赛委会一路走来也是坎坎坷坷。像去年的全球赛，先是入围循环赛，接着是淘汰赛，最后是总决赛。

年初就有人在传，今年的全球赛会更刺激一些，具体是怎么个刺激法，众说纷纭，如今消息下来了。

辰风："先告诉大家一个好消息，今年的荣光全球赛，总会场在中国。"

包括咸鱼菜哥在内，四小只都惊呼出声，宁哲涵更是小脸绯红，激动不已。

辰风面无表情："坏消息是今年的全球赛，中国赛区只有一个名额。"

训练室瞬间鸦雀无声。

去年的全球赛，中国赛区有三个名额，国内前三都能入围。

今年……

辰风继续道："三年了，神之队给中国赛区创下的辉煌已经过去，今年我们赛区被评为 C 级。"

C 级赛区，只有赛区总冠军才可以进入全球赛，长达三年的赛区低迷，让他们的种子队缩减至一支。

如果今年的中国赛区再拿不到成绩，下一年会如何简直不敢想象。

原本全球赛会场定在中国是极大的喜事，可此时却莫名带了些讽刺的意味。主场作战，如果成绩惨淡，岂不是……

辰风又扔下一个重磅炸弹："今年的全球赛取消了入围循环赛，直接进入淘汰赛。"

这意味着什么？这意味着所有战队只有一次机会。

要么赢下去，要么被淘汰！

34

FTW训练室内一片安静，不仅是他们，所有接到消息的俱乐部都陷入了沉默。

3U、RR、TPT，今年的中国赛区，崛起了这么多优秀的战队，可是机会不等人。

三年前，FTW作为中国赛区唯一冲进全球赛的战队，在所有人都不看好的情势下，以入围循环赛第一的名次冲进淘汰赛，淘汰赛有十六支战队，从十六进八，到八进四，再到半决赛和总决赛，FTW一路所向披靡，连小局次都没丢，以3：0的巨大优势豪取世界总冠军。

那一年中国赛区大放异彩，FTW五人在金色光雨中捧下世界冠军的奖杯，惊艳了全世界。

晏江、谢和、元泽、金成炫、陆封，五个陌生面孔的年轻人，赢得了全球玩家的喝彩！

FTW荣登神殿，中国赛区的种子队由一变三，一举跻身A级赛区。

三年过去，FTW支离破碎，中国赛区陷入低迷。如果不是陆封的单人赛冠军，去年他们可能已经降级。然而单人赛连冠也止不住赛区的颓势，今年新赛制启动，取消了入围赛也意味着战况更加胶着。

无聊的比赛带动不了观众的热情，全球赛需要更刺激的对决。

弱队淘汰，强队厮杀。

让每一场比赛都酣畅淋漓，才是赛委会想要的全球赛！不但中国赛区被降级，日、韩、北美三区也被降级，唯一拥有两个名额的只有去年诞生了全球总冠军的欧洲赛区。

赛制残酷，却也激起了无限战意。竞技本来就是残酷的，留有余地的对决反而会落入颓靡。

拼尽全力放手一搏，每一步都踩在刀尖上，才是真正的战斗！

打破沉默的是卫骁，他一开口，训练室所有视线都挪向他。

卫骁眼睛黑亮，细碎的灯光打在里面像一簇火苗："早该这样了，国内赛都打不好，凭什么去打全球！"

辰风："……"

卫骁："尤其像TPT那种藏着掖着的，这次我看他们还敢不敢藏！"

一语惊醒梦中人，卫小疯的脑回路总是异于常人，可一旦接受他的想法，又豁然开朗。

的确，新赛制对中国赛区来说很委屈，从三个名额降为一个，对种子战队来说无异于当头一棒。可这未尝不是好事，低迷了三年的中国赛区，只是因为神之队支离破碎，只是因为优秀选手外流，所以振作不起来？

不是。

真正桎梏了中国赛区的也许正是那三个全球赛名额，赛区前三就可以去打全球赛，那么国内赛又何必拼尽全力？

一个国内冠军连全球前四都比不上，与其在国内浪费时间，不如聚焦全球，在大赛事上搏一搏。一旦抱有这样的想法，一旦连国内赛都不正面对待，又拿什么去和国外的强队对抗？

就像常规赛是季后赛的练兵期，国内赛未尝不是全球赛的练兵期，练兵期糊弄，又有什么资本去全球赛闯荡！也许赛委会正是看到了这点，直接取消累赘的入围赛，让战况更激烈，让全球赛更精彩。

种子队的削减不限于中国赛区，除了冠军赛区，其他赛区也都紧张起来，国内冠军不再只是国内冠军。它是通往更高荣耀的钥匙，是守门人，是破空者，是夺下至高荣耀的先行军！

卫骁心中激荡，压在胸腔的话脱口而出："不好吗？三年前FTW走出国门，照亮全世界；三年后让我们来告诉所有人，中国赛区的冠军就是世界冠军！"

年轻人清亮的声音里燃着热血，像一阵阵汹涌的热火般烧过所有人心坎。

恐惧、紧张、不安，通通滚开！

没有后路的路，才是通往胜利的康庄大道！

宁哲涵噌地站起来，大声道："骁哥说得对！中国赛区的冠军就是世界冠军！"

越文乐和白才也都跟着喊了出来，训练室低迷的气氛一扫而空，取而代之的是蓬勃战意。

国内赛、全球淘汰赛，他们一局都不能输！

看着这帮少年，辰风眼眶滚烫，被漫长时光磋磨的心脏涌入了阵阵热流。

三年，整整三年，FTW能够重铸辉煌吗？

辰风不禁看向陆封，陆封的视线落在卫骁身上。他依旧是那副平静无波的神态，依旧是冷静自持的模样，可眼睑下的那双黑眸，倒映着一抹骄阳。

辰风心一震，轻吸口气："做好心理准备，接下来全是硬仗。"

四小只："我们不怕！"

辰风："一局都不能输。"

四小只："嗯！"

一个时代的终结，未尝不是新时代的开始。

神之队的荣光退去，新的骄阳冉冉升起。

备战季后赛不是嘴上喊一喊就完事的，加倍的训练赛，更加细致漫长的复盘，还有更加精准的个人训练。原本职业选手的训练时间就很长，之后的日子他们更是恨不得长在训练室里。

陆封也把大多数工作交了出去，专心训练，他和卫骁担子更重，不仅要磨合5V5，还有单人赛和双人赛。

今年的赛制变革极大，不只是大框架，新的单人赛和双人赛都需要时间去分析适应，好在双人赛和5V5共通，FTW本身就想走上野联动的路子，陆封和卫骁大可以在

5V5 中磨合。

至于单人赛，陆封的个人操作无须担心，只要他正常发挥，国内无人能挡，一天的训练结束，卫骁听到宁哲涵和越文乐在互相打气。

小宁子："明天我就去染成黑色，不拿冠军我就不染发！"

小宁子平生一大乐趣就是染头发，一头茂密的秀发不搞出个五颜六色他不安生，能放此狠话，也是斗志昂扬了。

越文乐默了默，发狠道："不拿冠军我就不吃薯片了！"

这个更狠，头可破血可流薯片不能断的乐神为了冠军，命根子都放下了！

卫骁听得直乐呵，他瞥见咸鱼菜，问他："你呢？"

菜哥："嗯？"

卫骁把小宁子和越乐乐的话说给他听，菜哥："这！"

卫骁："弟弟们都这么拼了，菜哥表个态呗。"

白才嘴角抽抽，卫骁扬眉。迫于卫小疯的淫威，菜哥也对自己下死手了："要是拿不了冠军，我把、我把……"

卫骁慢悠悠地看着他。

菜哥咬牙道："我把队长给我的小费全部上交！"只是说出来，心都疼裂开了！

卫骁品了品。

白才以为他觉得不够，又补了一句："而且以后再也不要小费，我免费遛豆哥、免费榨西瓜汁、免费投喂你这个崽子！"

卫骁笑骂："你才是崽子。"可以可以，菜哥也是下狠心了。

卫骁回屋后跟陆封说了队友的誓言。

陆封欣赏他的自信，反问他："知道赛区季后赛的赛程吗？"

欸？怎么就说起这个了："大体知道。"

陆封看他："知道时间吗？"

卫骁掰着指头数了数："十天。"

从第一场到最后全国总决赛，一共只有十天时间，最最重要的十天。

陆封道："这十天，你什么时候想 Solo，我都陪你。"

晚上卫骁准备躺下睡觉，摸出手机，刚要给陆封发消息。

元老贼："陆封的肩膀，需要的不只是医学理疗。"这条信息跃入眼眶，卫骁躁动的心一下子平静了。

之前一直忙，没看到这消息，这会儿卫骁看了眼时间，才发现耽误了四个小时。

好在北美时间尚可，卫骁回元泽："什么意思？"

元泽正在吃午饭："训练完了？"

卫骁："嗯。"

"你队长呢？"

"隔壁。"

元泽没想太多，道："我看了他今天和你双排的录屏。"

卫骁："神牧？"

元泽："嗯。"

卫骁："我队长会玩的。"第一局只是不乐意配合阿睡而已。

元泽吐了个烟圈："他一般啊。"

卫骁听不得有人说陆封，当即要生气，元泽下一句又把他按住了："他只信任你。"

一句话顺了毛，卫骁打字："那必须。"

元泽虽然没见着人，但从字里行间都能看到卫小疯翘起的尾巴，他轻叹口气："二十岁了，他终于学会了信任别人。"

卫骁眉峰皱了皱，改趴为坐，靠着床头打字："还不是你们太残忍。"

元泽："……"

卫骁："三年前神之队不散，我队长至于这么惨吗？"

卫骁直白的一句话，呛得元泽手里的烟都不香了，他摁灭半截烟，认真打字："天时地利人和。"

这含含糊糊的一句话，卫骁却看懂了，甚至心头还涌起一阵心酸。

天时地利人和，缺一不可。是啊，不提当年的神之队，单单是两年前的自己，也丢下了陆封。

陆封来到 FTW，遇到了晏江、元泽他们，拿下了世界冠军，站在了最高的荣耀奖台上。他一定是有所改变的，至少在 5V5，至少在团队赛，他开始尝试着信任。

可惜接下来就是支离破碎，好不容易做出的尝试，完全崩盘，陆封不信任队友，所以无法说出收购 FTW 的想法。

自己能不能做到是个问号，他们会不会为他而留下也是个问号，陆封何止是不信任队友，他连自己都不信任。

元泽犹豫了一会儿，终于还是敲下一行字："我当初很不明白晏江为什么会选择 WP。"

卫骁愣了下。

元泽继续道："WP 风评很差，晏江心知肚明却签了合同，实在不像他的作风。"

当时晏江签了 WP，国内骂得很凶，几乎把晏江钉在了耻辱柱上。WP 是个什么垃圾战队？出了名的钱串子，只要有钱，才不管选手是个什么样的人。他们高价签了晏江，看中的只是他的名气，当时国内粉丝气疯了，他们有多喜欢晏江就有多恨他，且不提他走得绝情，单单是他选了 WP 就足够人骂死他。

选 WP 还能是为了什么？

只图钱。

粉丝也希望自己喜爱的选手能生活富裕，但放弃信念和坚持，沦为赚钱的工具就为人不齿了。去了 WP，晏江的不配合国内观众看不到，元泽却是知道的。第一年 WP 成绩惨淡，晏江又被欧区骂惨了，接下来 WP 更过分，越发不把晏江当人，竭力榨干他的价值。晏江收拢证据，一场官司打了整整一个赛季，终于解约去了Y1。

2020年，他率领Y1拿下全球冠军，可那两年为的是什么？只要等一等，再多等一个月，晏江完全可以避开WP，与谢和一起去EVE。

EVE比WP强不知多少倍，至少不会作践选手。

元泽手指间微痒，但却没再点烟："那时候晏江就知道陆封的意图了吧。"

知道他想要收购FTW，知道他的一意孤行。

卫骁怔了怔，后背坐得更直了些："既然知道，为什么要走？"

元泽轻哂："他初出茅庐，想要收购一个庞然大物，不付出代价能办到吗？"

卫骁："……"

元泽："FTW可不是三流小队，他们背后实力雄厚，想要收购它需要的可不是单纯的金钱数字。"

卫骁再怎么聪明，对于这些也是陌生的，阅历局限了思维，很多东西是卫骁想象不到的。

元泽继续道："陆封从没说过自己的家世，但他姓陆，S市……"还真有个姓陆的名人。

卫骁后背发凉，终于知道自己为什么会觉得陆明泽和庆蕾这两个名字耳熟了。

"如果是那个陆家，陆封肯定能收购FTW，但他的父母会支持他吗？"

卫骁用力握住手机。

"他离家出走来到FTW，再为了FTW回去求他们……

"晏江说得没错。

"我们不值得他放弃自己的人生。"

卫骁眼眶通红，手指微颤着，元泽闭了下眼，艰涩地打字："他的肩膀不是劳损，是外伤。"

卫骁的心一滞，密密麻麻的痛蔓延了整个胸腔。

元泽心里也很不是滋味："他才打了一年多，平时又很爱运动，哪来的劳损？"

谁都不知道陆封回家到底经历了什么，一个职业选手，一个刚夺下冠军的少年，究竟经历了什么，妥协了什么，才能够收购FTW！

卫骁的嗓子像被堵了块石头，什么都说不出来了。

元泽轻嘘口气，慢慢道："卫骁，他信任你。"

框在陆封身上的枷锁，何止FTW这一道。

"只有你能帮他。"

五 陆封的秘密

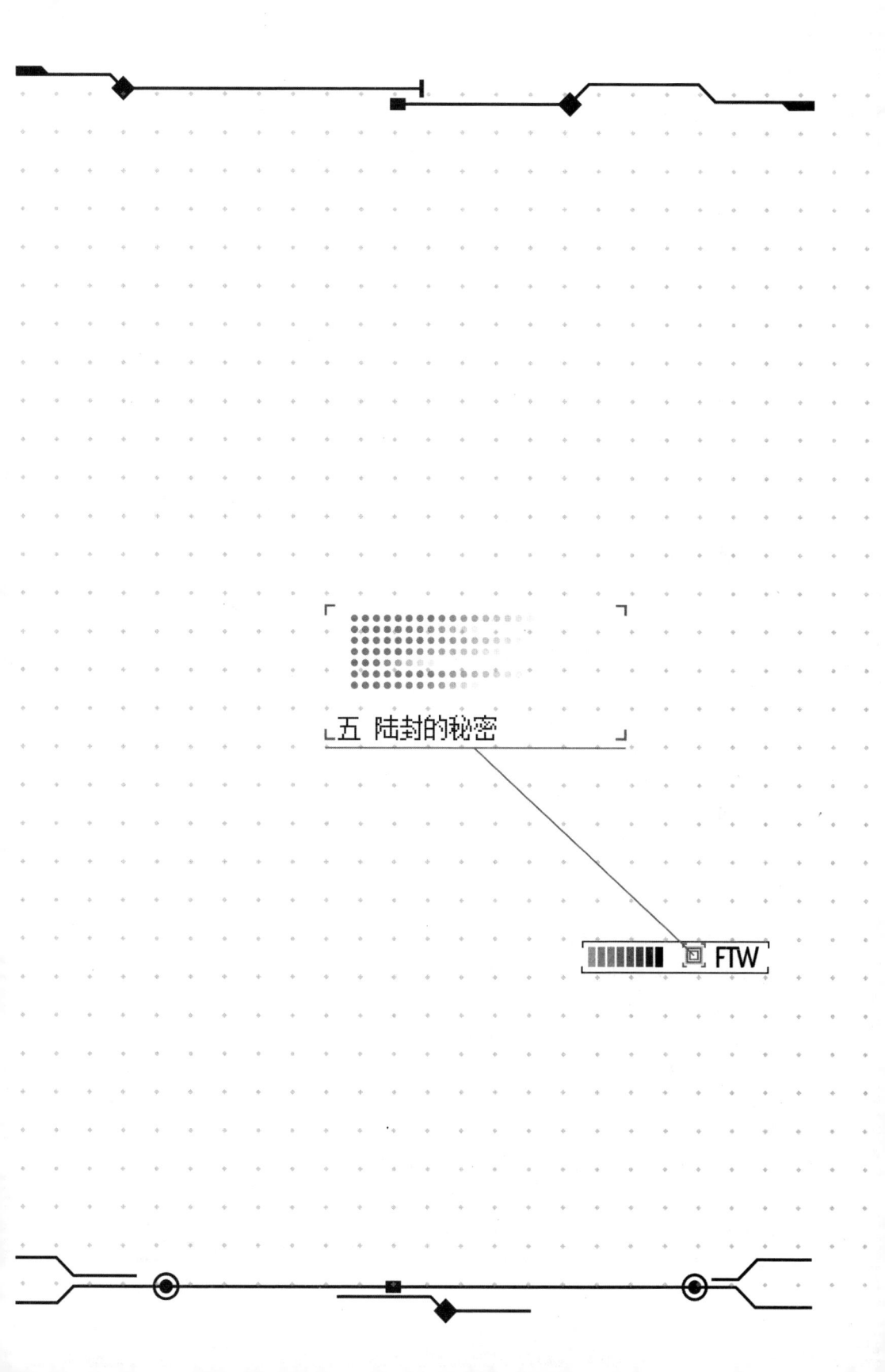

35

陆封和卫骁道了晚安,却没有回房间,而是径直去了书房。

五月的天气,夜晚微凉,屋子里有着雨后的潮意,黏得肌肤透不过气。陆封扯了下领口,圆领的T恤向下拽了拽,露出半截冷白色的锁骨,可惜解不了烦闷。

亮着的电脑屏幕上有个小小的倒计时,每个战队大都会有这种东西,类似于高考倒计时,时间一分一秒走向的是赛季的最后一战。

落寞收场还是荣光加身?期待藏在数字里,也嵌在心头。

陆封别开了视线,手指轻轻一勾,旁边没有上锁的抽屉滑开,一份文件被工工整整地放在那儿。他微微前倾,把黑色封皮的文件拿了出来,握在手中。

白色的手背,黑色的文件,对比鲜明。

哗啦一声,文件翻开,陆封垂眸,看向这些自己熟记于心的文字。这是一份对赌协议,签订日期是三年前,签订人:陆封、庆蕾。

当年陆封回家,和陆明泽摊牌,希望他能够收购FTW,希望他能够帮他。从小到大,陆封没有求过任何人,尤其是自己的父母,没什么好求的。

陆明泽每天最想的是再生一个和庆蕾无关的孩子,可惜他再怎么努力也是徒劳无功,庆蕾厌恶陆明泽,连带着厌恶和陆明泽长得很像的陆封,甚至为了自身利益而把年幼的陆封丢到国外,一扔就是三四年。

六七岁的时候,陆封就很清楚,自己没有家。

不是有爸有妈就有家的,陆封身处的家和书里描写的家没有一丁点关系。

有着血缘关系的陌生人——这是陆封给他们的定义。

可那年面临FTW的支离破碎,陆封能想到的只有他们。他和陆明泽讲了电竞行业,讲了投资后的巨大利润,讲了俱乐部的前景和未来。

陆明泽回应他的,是棒球棍重重地砸在他肩膀上。陆明泽是真的想要废了他的胳膊。

陆封额间沁出了冷汗,竟也没觉得有多疼,肩膀木了,心也木了,最后一簇火苗熄。陆明泽疯了一样地打他,陆封没躲没走也没哭。

直到陆明泽累了,骂了他一句"废物",摔门而去。

陆封站在富丽堂皇的客厅里,一站就是一整夜。陆明泽没回来,第二天上午十点多,庆蕾妆容精致地从二楼走下来,白色大理石铺成的旋转楼梯上,一身高定服装的女人没有中年人的模样,她仿佛定格在了二十五六岁,用金钱和自私包装出冰冷的美貌。

庆蕾停在了第三个台阶上，居高临下地看着他："我可以帮你。"

陆封猛地抬头。

庆蕾艳色的唇仿佛吸满了鲜血："你知道的，我从不做亏本买卖。"

陆封低声道："我能把俱乐部经营好。"

庆蕾轻笑了一声："三倍。"

陆封心一沉："时间。"

庆蕾："三年吧。"

陆封没出声，庆蕾瞥了他一眼，继续道："还有一个条件……"

她凑近陆封，在他耳边说道，"三年还拿不到世界冠军，你就得回来乖乖听我的话。"

庆蕾是个商人，从不会只是嘴上说说，哪怕是对待她唯一的儿子，律师拟好的协议，每一条每一款都落在了实处，投资额、回报率、收益分配……林林总总的条款全都一清二楚。

任谁看这个协议都会觉得荒唐，庆蕾给陆封的是一根浸着毒的浮木——为了不沉入海底而遭受着腐蚀和折磨。

三年，陆封拿了三个世界单人赛冠军，然而协议上写的是团队赛世界冠军。

陆封的生日在十二月，今年的全球赛是他最后的机会，拿不到冠军，他……何止是退役，可能连卫骁都护不住。

陆封向后仰倒在椅子中，眼底流露出罕见的疲倦，他有什么资格和卫骁一起去奋斗？

咚咚咚。

伴随着敲门声响起的还有年轻人清朗的声线："队长？"

陆封将文件丢进抽屉，起身整理一下心情："还没睡？"

话音落，卫骁已经推开门进来。陆封看到他通红的眼眶，心揪起："怎么了？"

这明显是哭过的模样。

陆封有些手足无措："别哭，发生什么事了？"

卫骁平日里爱搞怪，什么话都敢说，还爱装哭，但陆封是分得明白的，分得清他是真的难受，还是在闹着玩。

卫骁颤着嗓子道："你的肩膀……"

陆封拍拍他后背："你不是都看过治疗报告了？已经没事了。"

卫骁摇摇头："是被陆明泽打的吗？"

陆封手僵住了。

卫骁抬头看他："三年前你是怎么收购的FTW？"

其实来之前，卫骁想了很多，想着要和缓一些，想着要迂回一点，想着要慢慢和队长说，但一进屋，一看到陆封，他所有计划都忘记了，只想把心中想法都告诉他，更想接纳陆封的所有。

不隐瞒，不躲避，不遮掩。他们是彼此信任的。

陆封很多话挤到了嗓子眼，却没办法说出口，余光瞥向刚关上的抽屉，脑中浮现出的是那份对赌协议。他想给卫骁看，想告诉卫骁一切，想让他知道，可是他不能。

夺冠本来就是一件很困难的事，卫骁肩上的担子已经够重，再加上这个，会不会把他压垮？

可瞒着卫骁，他内心愧疚，许了那么多诺言，结果他是个彻头彻尾的骗子。

卫骁不让他躲开视线："告诉我。"

陆封只能望进他眼中，卫骁刚哭过，一双水洗的黑眸更亮："全都告诉我。"

陆封薄唇颤了下："抱歉。"

卫骁急了："道什么歉？"

四个字直直撞进陆封的胸腔。

卫骁眼睛不眨地看着他："我是你的家人，所以我想知道你的一切，想和你分享喜悦更想和你分担痛苦，难道你不是这样吗？"

陆封："……"

"难道你不……"卫骁目光坚定，"告诉我。"

陆封看着他，卫骁耐心地等着他。

陆封动摇了："跟我来。"

卫骁紧跟上他的脚步，看到他拉开一个抽屉，看到里面孤零零的文件。

陆封手指微颤，将文件递给卫骁："对不起，我骗了你。"

骗你说要陪你到永远，骗你说要和你一直打下去，骗你说要给你友情、亲情和家。可事实上，他一无所有，连自己都不是自己的。

卫骁低头翻阅文件，他看得很慢，一字一句读得很细，十分书面的字句，充斥着官方而刻板的味道，这是一份没有一丁点儿人情味的协议。

陆封为了收购FTW，向庆蕾承诺的全是难以做到的条件。

三倍的投资回报率，极端过分的利润分配，一条又一条惊人的条款，放给任何一个俱乐部的管理，都会瞠目结舌。

然而陆封全做到了。

唯一的一条，也是最致命的一条——三年拿下团队赛世界冠军，否则退役回家对庆蕾言听计从。

庆蕾爱陆封吗？不爱。

她为什么会施以"援手"？一来是报复陆明泽，二来是掌控陆封。

无论如何她和陆明泽不能离婚，而陆封是陆明泽的唯一继承人，控制了陆封，这个恢宏的"商业帝国"就还是她的，陆封签下这个协议，出卖的是自己。

卫骁用了整整二十分钟把文件都看完了，陆封虽然没有看一眼，但他心里记得很明白，非常清楚写了什么。

当卫骁合上文件的时候，陆封的心剧烈地跳了一下。

他骗了他，他真的骗了卫骁，卫骁这么信任他，他却……

卫骁抬头，眸子里没有丝毫低迷和失望，反而亮得惊人："所以说，只要拿下冠军就行了!"

卫骁用力攥着文件,声音紧绷:"你的生日是十二月二十四日,在这之前只有一个世界赛。"

陆封愣了下:"对。"

卫骁忽地握住他手,激动道:"拿下冠军,你就自由了!"

陆封有些恍惚,卫骁眼睛里全是兴奋和喜悦,他说的话像一击重锤,砸开了他紧闭的心门,虽然卫骁对俱乐部运营不太懂,但也知道这些年FTW发展得很好,甚至有人说陆封打什么比赛不如老实当个商人。

卫骁指着协议的条款:"这个、这个还有这个,你都做到了吧?"

陆封点头。

卫骁追问:"只剩最后的团队赛冠军了?"

陆封垂眸:"是。"

卫骁轻吸口气:"太好了,这份协议太好了!"

陆封愣住了。

卫骁:"我没理解错吧?这是一份对赌协议!如果你做不到协议里的要求,那么你就要退役回家,对庆蕾言听计从;如果你做到了协议里的所有要求,那么你就可以不再听她的!"

对赌协议,无论条款多么苛刻,约束的都是双方。庆蕾给陆封如此严苛的要求,为的是他达不到目的,落入她的掌控。

可如果陆封做到了,全部达成了,那么就可以彻底摆脱她了!

换一个角度看问题,地狱也不过是通往天堂的沿途风景。

陆封懂了卫骁的意思,他好半响才找到自己的声音:"可是,团队赛冠军……"

卫骁眼睛弯着:"For the win,今年的荣光属于我们!"

36

卫骁的脑回路总是和别人不一样,面对这份协议,大多数人看到的是重担,是压力,是残酷的剥夺,甚至在同命运抗争的陆封,看到的也是负重前行。

只有卫骁看到的是腐朽废墟中探出的嫩芽,而他自己,就是破开夜空的一道光,给予嫩芽扎根成长的光!

陆封沉闷的心透亮了,雨夜的潮气湿冷一扫而空,留下的是灿烂骄阳:"嗯。"

单音节里嗓音微颤。

卫骁:"队长,我很开心。你能给我看,我很开心。"

陆封:"……"

卫骁最怕的不是艰难险阻,也不是负重前行,他怕的是孤零零的一个人。

陆封孤零零的,他也孤零零的。独自承担不是为彼此好,而是推开了对方,正确的两个人，最渴望的是并肩前行。

一个人会钻牛角尖，两个人就豁然开朗，盯着前方累了的时候，不如转过头，看看身边的人。

新赛制公布后，网上也是闹得沸沸扬扬，观众不理解主办方，什么奇怪赛制，越整越倒退，越整越没劲，连钱都不要了。

单看这个全球赛的赛制，不少投资方也纳闷，本来长达一个月的全球赛硬生生压缩到了短短一周，数十场比赛被压缩到十几场，票钱不要了？转播费不赚了？广告费不稀罕了？

这么视金钱如粪土吗？！

等官方"代言人"出来澄清后，大家才恍然大悟，赛委这哪是视金钱如粪土，那是在放长线钓大鱼。

荣光赛制多年来一直有个硬伤，全球赛出彩，各赛区比赛低迷，全球赛每次都大搞特搞，无论是门票还是转播权、冠名权都有着极高的利润，可荣光有十多个赛区，比赛时长近八个月，而全球赛不改制前也只有一个月时间。

这一个月固然创造了极大的价值，但对各赛区的比赛却影响很深，各赛区种子队藏拙、留余地，导致各赛区的比赛非常不好看。

观众不傻，与其在这些地方掏钱，不如等那一个月的全球赛，一来二去的，各赛区被全球赛过度吸血，一些小赛区的发展越发举步维艰。

全球赛固然重要，可各赛区是根基，竞技和游戏相辅相成，一味地弱化赛区比赛，只会降低普通玩家对游戏的黏性——毕竟不是所有国家的战队都能在全球赛上大放异彩。

游戏玩家少了，又哪来的竞技？国内死斗，全球鏖战，这样才精彩。

压缩全球赛周期，强化国内比赛，这留下的反而是一场又一场更加精彩的比赛，比赛精彩了，才是良性循环的开始。

当然，官方再怎么苦口婆心地解释，玩家该骂还得骂，爱之深责之切，官方心里懂。

两三天的工夫转瞬即逝，这几日卫骁真的很拼，训练赛不提了，个人训练赛加倍，有空了更是疯狂缠着陆封Solo。

为了暗影盗贼的九道弧光，他恨不得一天能有四十八小时，到底如何才能熟练掌握九道弧光，这个其实连陆封都说不出个所以然，都说熟能生巧，但九道弧光不是。

九弧道光的理论就摆在那儿，连招公式一清二楚，虽说比其他技能麻烦点，可想要背下来也是轻而易举的事。

难的是比赛瞬息万变。

竞技类游戏，最好看的是意外，最难的也是意外，峡谷里不同职业、不同天赋、不同时间段、不同装备搭配，甚至是不同选手的不同风格走位，搭配千变万化，可能性无穷无尽。

如何能在这些变化中打出九道弧光的连招？不是做不到，只是非常冒险。

依赖九道弧光，不如降低成本去练好其他天赋，这也是大多数人不去追逐九道弧光的原因。一个不稳定的"必杀技"，远不如百发百中的基本功。

竞技有运气成分，但依赖运气就是智商有问题，卫骁如此执着于九道弧光，一来是他自信，二来是他向往。

相信自己能做到，和陆封并肩战斗已经做到，所以开始执着自己还未完成的。辰风还有陆封都没有阻止过他，也是因为这两个原因。

没人能做到，陆封可以；没人能做到，卫骁也可以，他的自信，让他也能获得别人的信任。

宣传视频拍完后，中国赛区赢来了季后赛第一场比赛——FTW 对战 GOQ。

作为 A 组小组第一，FTW 率先打响季后赛第一炮，比赛时间在下午三点半，FTW 两点从基地出发前往会场。

车上，卫骁凑近陆封说悄悄话："说起来……"

陆封压低声音："怎么？"

卫骁掰手指："你以前答应我，常规赛赢一场 Solo 三小时，赢一场季后赛十小时，拿下中国赛区冠军一百小时……"

这小脑袋瓜绝了，记得明明白白。

到了会场，看到 FTW 的车，会场外粉丝的尖叫声穿透了车窗，把睡得踏实的菜哥给吓了一跳。

卫骁滑下车窗，冲粉丝招手。

后台休息室，卫骁看到了 GOQ 的中野辅，这仨小孩站得笔直，就差敬礼了。

卫骁摆摆手："加油。"

三小孩："好的大师！我们会努力的大师！"

卫骁乐了："努力干什么？"

三小孩很有分寸："努力'躺平'！"

卫骁拍拍肩："可以可以，未来可期。"

白才："……"未来可期是这么用的吗？别侮辱这四个字了好吗！

贫归贫，上了赛场都很认真，私下里关系好，赛场上更该往死里搞。比如，GOQ 的中野辅三人，沦为大师"迷弟"后，做梦都是打败大师。

他们不好意思约 FTW 的训练赛，如今正赛相遇，不把握机会能后悔一辈子。这三个也的确是被打磨出来了，相当有出息，开局十分钟，卫骁去 GOQ 上野区抢资源，中路小宁子给了下视野："冰法不在。"

菜哥在下路也道："我这儿就一个德鲁伊。"说明对面辅助不在。

卫骁看了下小地图，心中有数："队长！"

陆封："好。"

直播间里，纵观上帝视角的粉丝很慌。

"卫骁就这么单枪匹马地过去了？"

"GOQ 蹲了三个人啊！"

"这个红 Buff 就是个诱饵，钓的就是卫骁这条大鱼。"

"啊！大师稳住，季后赛咱们浪不起啊！"

有些网友也开始嘲笑。

"让我们提前恭喜 GOQ 拿下季后赛首胜！"

"首胜不至于，首杀稳了。"

"年度黑马送一血，Q 神真神！"

弹幕骂骂咧咧，解说倒是看到更多一些："陆封往这边走了，GOQ 上路没发现！"

GOQ 上路被压得太惨，清兵都不敢探头，总觉得处处是大魔王。终于卫骁抵达 GOQ 红野，眼看着对面冰法的技能丢了过来，狂贼一镰刀挥向草丛，打断技能的同时锁住了冰法。

GOQ 中路后心一凉，队内语音里直接嚎大叫："我被锁住了！"

GOQ 打野强行稳住："不慌，我们有三个人，你先死，我俩给你报仇！"

冰法被狂贼拉近后，他余光一瞥，心拔凉拔凉的："我仿佛看到了神战……"

这一局陆封拿的是神战。

GOQ 打野和辅助两人异口同声："现在跑还来得及吗？！"

卫骁透过屏幕都看到了他们的心声：来不及了。

37

狂贼一套连招击杀脆皮冰法，GOQ 的打野和辅助已经给出了技能。

巨人萨满用得不错，地火铺了一路，庞大的身形落下去后把整个区域都震碎了。

卫骁刚好在区域内，在犹如地裂一般的特效中被击飞。

解说员嘴哥："巨人萨满大招用得漂亮，这个地火的蔓延控制得很好，是预判了狂贼的走位，在最边缘把他击飞的。"

解说员粒粒接话："可惜距离有点远，风暴盗贼没办法第一时间给出攻击。"

嘴哥："陆封赶到了，神战的减控效果落在了卫骁身上！"

局势转变太快了！巨人萨满极其完美的大招，因为神战的减控，击飞效果被缩减至 50%，原本能足足控住卫骁两秒钟，现在最多一秒，一秒就很致命了。

风暴盗贼抵达输出距离，技能打出来了，如果没有丢失这一秒，卫骁稳死。可少了这一秒，卫骁至少能躲过一半的攻击。风暴盗贼发育远不如卫骁，一套技能可以杀了卫骁，但半套的话……狂贼还有三分之一的血量，且进入到狂暴状态！

完了，GOQ 两人彻底想跑了。

"留得青山在，不怕没柴烧，兄弟扛住！"GOQ 打野掉头就跑，卖队友卖得那叫一个干脆利落。

巨人萨满在队伍语音里骂骂咧咧，操作上却很本分厚道，努力抵抗住陆封和卫骁的混合双打，竭力给队友争取撤退时机。

三秒后，巨人萨满倒地。

风暴盗贼跑得倒是快，已经和狂贼拉开了距离，他心有余悸道："活下来了，我真牛，从两个魔鬼手里死里逃生……老牛你别送人头啊！"

老牛是 GOQ 上单，之前被陆封压得没脾气的死亡骑士。

死亡骑士对神圣战士，按理说死骑有绝对优势，无论是清线权还是换血切磋，死骑的天赋优势远高于神战，神战是偏辅助型的上单，能叠 Buff，能套护盾，能抗伤害，相对付出的是部分伤害。

可惜了，玩神战的是陆封。一个神牧都能秀翻全场的男人，不要说神战了。

死骑被压得要死，甚至没看到陆封的走向，等他发现自家上野区打起来，急忙赶过来时已经晚了。

卫骁击杀冰法用了两秒，和巨人萨满还有风暴盗贼缠斗也不过三四秒，而死骑在第二秒开始往这赶，刚好是风暴盗贼准备撤退的当口。

这就是语言指令无法弥补的致命伤了，时间太短，说出口的话很多时候都是延时的。风暴盗贼撤出去，死骑又送了过来。

死骑大叫："你们跑什么？！"他支援过来，四个人还摁不死两个人？

风暴盗贼："完了完了……"

他回也不是，不回也不是，慌得不行。

陆封一枪刺中死骑，打断他切换形态的技能读条，完全不需要说什么，卫骁放弃风暴盗贼，一镰刀锁住死骑。拉拽，绕后，死神镰刀隔断喉咙！

系统公告：

FTW.Quite 击杀 GOQ.Niu！

FTW.Quiet 三杀！

GOQ 三小孩蹲大师，结果被三杀。

弹幕上粉丝炸开了锅，吹得连"彩虹屁"专业人士卫小小看了都会自愧不如。

当然有些不喜欢 FTW 的网友也不会闭嘴，照样说风凉话："喊，FTW 也就欺负欺负弱队了。"无所谓他们怎么说，和他们较真咱就输啦。

开局让卫骁拿到仨人头，GOQ 就是一个大写的凉，狂贼是个节奏狂魔，卫骁又是个实打实的打野体质，开始疯狂抓人后，对面土崩瓦解，无力回天。

三十分钟，在狂贼的镰刀挥舞下比赛终结。

结算面板出来，解说席的粒粒小姐倒吸口气："这狂贼有 46% 的输出！"

嘴哥点评："Queit 的输出一直不低，高居赛区前三。"

导播给出了数据排行榜，中国赛区输出排行，第一是 TPT 的欧星，第二是 RR 的月夜，第三是卫骁……

数据排行榜的分类很多，一般情况输出榜排的都是核心输出位的法师或者射手，打野位因为职业天赋的缘故，一般打不出太高的输出，像卫骁这样的，放眼全球也没几个。

中国赛区的阿睡已经是很强的打野了，他在输出排行榜的名次是第七，由此可见一斑。

卫骁输出这么高是好事吗？

粉丝尖叫连连，吹得昏天暗地，明眼人却是看到了不小的隐患。

TPT 的比赛在第二场，傅黎和欧星他们早早来了会场，在后台通过转播看比赛，这个数据面板让欧星啧声："卫骁真的太凶了。"

傅黎戴了个金丝眼镜，在灯光的折射下，让人看不太清镜片后的眸子，他喝了口黑咖，慢条斯理道："也许不是他凶。"

欧星眨巴着好大一双眼睛看过来："嗯？"

傅黎："观察一下越文乐，这可是去年赛区第一的射手。"

光辉之下总有暗影，去年 FTW 能夺冠，白才和越文乐功不可没。这俩新人，一个沉稳不出错，一个暴力刚猛，在陆封无法发挥全力的情况下，他们仍能打出该有的效果，足以见得这俩选手的优秀。

然而这个赛季，FTW 总体蒸蒸日上，越文乐这个去年的超新星却一直悄无声息。欧星对自家队长还是很了解的，他眼睛一亮："突破口？"

傅黎没说什么。

新赛制下，没有缓和，今年的 TPT 是会切开一切的利刃！

季后赛是 BO5，看的是五局三胜。赢下第一场的确会士气大增，但也不代表着胜负已定。

有多少人让二追三（输两局后再赢三局），又有多少人赢一局后连输三局，BO5 不到赛点是无法预测结局的。

第二局很快开始，GOQ 这个战队能在今年冲进八强，凭的当然不会是运气。能在逆境中挣扎爬起来，至少他们的心态是强大的。GOQ 的中野辅死得惨，调整得倒也快，BP 的时候整体很稳，没有因为上局被狂贼制裁而不管不顾地禁用他。

他们用过一局死骑，并不想把死骑让给大魔王，于是让暗贼和死骑齐齐出现在禁用位，予以最高敬意。

阵容确定，卫骁这局拿的是仙贼。

GOQ 上局因为蹲卫骁"翻车"了，这局还不死心，蓄势待发搞仙贼，誓要把这个仙气飘飘的男人按在地上摩擦。

弹幕又开始吐槽了。

"这个万剑天降有毒啊，这么准的吗？！"

"九十九剑中了九十八剑……我们叫什么 GOQ，叫木桩算了！"

"木桩都没你们会接剑。"

硬要抓卫骁的后果就是，GOQ被FTW上野联合双打，一通暴揍。兵败如山倒，仙贼不是狂贼那种节奏流，可一旦经济起来了，伤害比狂贼还爆炸，卫骁尤其喜欢抓输出位，GOQ的法师和射手犹如那经历社会毒打的青年，怀疑人生！

2：0！中国赛区第一场比赛，FTW完全战胜对手！

到了赛点局是要中场休息的，接下来一场如果FTW还赢了，那就3：0零封[①]GOQ，霸气冲进全国四强，如果GOQ稳住一局，也许还有让二追三的可能。

卫骁："队长，刚才那下我是不是帅炸了？"

陆封："……"

卫骁："当然，你比我还帅。"

辰风在休息室等着，见他们回来，公式化地夸了一通后道："戒骄戒躁，一鼓作气拿下比赛。"

四小只："好！"

这时项六推门进来："谁去录一下'垃圾话'？"

中场休息有十五六分钟，为了直播效果，需要双方战队挑俩人录一下"垃圾话"搞搞效果，让战火更刺激一些，也让观众们更期待。

卫骁立马举手："我来！""垃圾话"什么的，卫骁专场。

辰风瞪他一眼："老实待着。"

卫骁无辜："'垃圾话'什么的，我很会的。"

辰风翻个白眼："我们2：0大优势，你就别去拉仇恨了。"

如果是劣势，可以放卫小疯出去咬人，优势大就罢了，省得把人激起战意，增加风险。

"白才和老越去吧。"辰风直接点名。

菜哥无所谓道："行。"反正以前他也总干这事。

越文乐默默放下薯片："好。"他话比较少，但呛人的能力还是够用的。

38

中场休息很快结束，菜哥和越文乐的"垃圾话"录完，卫骁问了问。

白才："大优势不吹，稳扎稳打就完事了。"

越文乐："3：0。"说什么"垃圾话"，直接放狠话！

卫骁乐了："牛啊老越。"

越文乐磕薯片："还行。"

卫骁笑着起身："走了，为了乐神，零封GOQ。"

[①] 指打赢对手且使对手每局皆输。

重新入场，灯光落在 FTW 深黑色队服上，反射出的竟然是一层薄薄的金光，耀眼、厚重，犹如破开黎明的一线阳光。重新调整外设，裁判做了检查后，双方进入 BP 界面。

GOQ 的中场休息和 FTW 截然不同，这是他们的赛点局，输了直接被淘汰，他们心再大，这会儿也是笑不出来的。教练拎着他们训了一通："非得硬碰硬，你们硬得过陆封，还是硬得过卫骁？"

GOQ 的中野辅三人泪眼汪汪，教练训得凶，也没真的生气，一来是 GOQ 能走到现在已经是出乎所有人意料；二来是 FTW 实力硬，GOQ 就算中了头彩，都不一定能拿下这场比赛。

一个大魔王都不敢冒犯，再加个小疯子——他们这些"良善之辈"拿什么和人拼！

GOQ 下路有点想法："你们仨冷静点，上野是铁桶，打不过还躲不过吗？"

GOQ 上路老牛也道："我也觉得，反正你们怎么支援我，我这边也压不住陆封。"

"而且卫骁特别喜欢支援上路。"

"何止是上路，整个上半野区，都是他俩的后花园。"

"相对来说，下半区比较消停。"

"这样吧……"

几个人凑一起商量半天，还真看到了一线生机。

"试试？"

"试试！"

"反正赛点局了，干就完事了！"

"对，输了也不怕，赢了今晚彻夜狂欢！"

拿下比赛太难了，但能赢一小局，也够他们吹半年了！GOQ 教练看着这五个人，心里颇感欣慰，虽然那妙招在他眼里就是馊主意，但他没制止。

遇到强敌不气馁，碰到难题想办法，有这个精神才是最重要的！低迷了三年的中国赛区，很多人都在黑夜中看到了曙光。

BP 环节干脆利落，暗贼是不可能放的，这辈子都不会放。卫骁的九道弧光不稳定，但大魔王很稳定。

万一陆封拿暗贼走上路，他们还活不活了！卫骁这局拿到的是风暴盗贼，三局比赛用了三个盗贼天赋，卫骁用实力告诉大家——FTW 打野不仅有祖传的九道弧光，还是祖传万花筒！

想针对？十二个禁用位也不够用！

进入游戏，卫骁照例红野开，哦，当然是对面红野区，GOQ 打野探头一看，乖巧缩了。

卫骁发了个指令："老白注意下野区。"既然 GOQ 避战，想必是要去偷他们的下野区。

白才："收到。"

卫骁刷野极快，一套连招行云流水，对伤害的极限把控让"强迫症"观众疯狂刷屏。

"爽！"

"顶级打野的流畅度是真的令人舒适。"

"这段剪下来，可以当解压视频循环播放。"

"风暴盗贼的皮肤这么帅吗？想买。"

"皮肤帅不帅，得看是谁用。"

观众盯着卫骁，是因为导播一直把镜头给他。

解说则更有大局观："下路这情况不太对，GOQ 想要埋伏越文乐？菜哥在下野区布视野，GOQ 野辅巧妙绕开了。力贼这地刺要是钩住越文乐，他一个金法可是插翅难飞！"

FTW 队内语音，卫骁忽然道："老越小心！"

屏幕里已经出现了力贼和神牧的身影，而越文乐为了压制对面射手，走位有些靠前。

39

敌方视野一暴露，小地图上已经能够清晰看到双方走位，GOQ 打野和辅助从下方包夹，GOQ 射手也不再龟缩塔下，跃跃欲试地准备留住越文乐，再看越文乐的位置，整个一饺子馅，眼看就要被一口包了。

卫骁正在刷狼头怪："老白，传送。"说完他自己按下了传送。

GOQ 要打，他们就打。

谁知越文乐竟阻止了他们："不用。"

卫骁的传送正在吟唱中。

越文乐："别断了节奏。"

卫骁一愣，他手指微动，终止了传送，笑道："牛啊老越。"

越文乐盯着屏幕，声音懒散："还行。"

他俩这对话让宁哲涵耳朵动了动："好耳熟。"

白才翻个白眼："'中二'少年欢乐多。"

越文乐不让卫骁点传送，是因为卫骁正在上路，而且资源只抢了一半，这时候下来最好的结果是击杀 GOQ 一人，但是很难保住越文乐。

FTW 和 GOQ 一换一，FTW 却乱了刷野的节奏，后续损失更大，越文乐走位很莽，但这个判断可一点都不莽。

粉丝看得浅一些，已经开始心惊肉跳了。

"这是要把乐乐给卖了吗？"

"虽说乐乐走位有点莽，但给个传送完全可以打啊。"

"卖了就卖了呗，只要卫骁发育起来，GOQ 就是个凉。"

"乐神可是射手位啊，FTW 这样'虐待'射手能行吗……"

另外一些不入耳的发言就不提了，反正就是车轱辘话，怎么能把 FTW 唱衰怎么搞，搞不崩选手心态也要搞崩粉丝心态，反正是见不得人好。

解说席上嘴哥和粒粒也在分析着战局:"金猎还是很需要发育的,开局死一次很伤。但这会儿卫骁选择支援的话,好不容易霸占的上野区就没了,反而落入GOQ声东击西的套路。GOQ这支战队了不起,能在输了两局后冷静想办法,不愧是冲进季后赛的八强队伍。我刚才应该没眼花吧,卫骁按了传送又取消了?看来是队内沟通过。越文乐没有撤退,反而逼近了敌方防御塔!"

导播把视角固定在峡谷下路,镜头也打到了越文乐脸上。越文乐生得很白,是那种没什么血色的白,五官又很嫩。瞧着还很稚嫩,再加上他整天薯片不离手,俱乐部出去聚会时,汤哥和他站一起,服务员以为是父子俩。

去年他刚入FTW,也是吸粉无数,沉默寡言的国内第一射手,可不是凭空而来的。金猎是个短腿射手,没有任何位移技能,最大的优势是一身控制——强控和软控。

所谓软控就是类似于减速、迟缓这种不能把人完全定住的控制,金猎如果用好了,几乎所有伤害都有减速效果,越文乐用得很好。

眼看着GOQ的打野和辅助来到他身后,力贼的地刺已经铺好,越文乐向后闪现,躲得开地刺躲不过神牧的弹弹乐。他压根儿没后退,无视身后两人,直冲进对方防御塔。

为了配合队友走出来的GOQ射手蒙了:"他要干吗?!"

GOQ野辅也睁大眼:"早就听说了乐神很莽,但……至于莽到这个地步吗?!"

越文乐抗着防御塔的伤害,一箭又一箭飞向GOQ射手,GOQ的射手血线本来就被压到了三分之一,这会儿根本抗不住金猎的强化普攻。

GOQ打野反应过来:"老华你快A(普通攻击)他!"

晚了!等GOQ射手也反应过来时,他已经和越文乐同时到底,GOQ打野位移冲过来,摸到的也只是金猎的尸体。

系统公告:
First blood!
FTW.Le 击杀 GOQ.Hua!
FTW.Le 被防御塔击杀!

全场惊呼!这操作太妙了!当了饺子馅的老越同学不退反进,在必死的局面下莽出了最大利益!

反正跑不了,点闪现都跑不了;反正死定了,卫骁和白才传送过来也救不了他。真过来了,搞不好是葫芦娃救爷爷——一个一个地送。与其乱了打野节奏,与其破坏团队发育,不如拿个一血。

其实送塔这事,越文乐也是碰运气,他也没想到GOQ的射手这么厌,居然都不敢点他一下。

防御塔攻击玩家,只要对方打到哪怕一点,人头也是给玩家的。可惜GOQ的这位射手血量太少,反应太慢,被越文乐突脸突了个措手不及,等到想起要点他一下时,已经倒地不起。

卫骁在队伍语音里吹了个口哨,越文乐一脸平静:"常规操作。"

卫骁乐了:"队长,我来之前咱们队的吹牛大王是不是老越?"

菜哥和小宁子以为他们的冷面大魔王不会回应,谁知……

陆封:"嗯。"

越文乐:"……"

白才和小宁子笑傻了。

GOQ偷鸡不成蚀把米,队内疯狂反思。

"不一般啊。"

"废话!毕竟是去年的超新星……"

"啊,都是大师太耀眼,迷瞎了我,让我觉得乐神柔软好欺负。"

"我想起来了,去年FTW在半决赛遇到3U,阿睡和越文乐秀出天际了好吗!"

"是我狂妄了!"

不仅他们想起来了,就连粉丝也记起来了。去年的FTW,大魔王还是打野位,汤哥是上路,中路是不功不过的工具人,最亮眼的是越文乐。

阿睡和从逸这对野辅联动,外号峡谷疯狗。去年阿睡在峡谷里撕遍输出位,越文乐却是根硬骨头。

白才虽然是个"佛系青年",但挡不住越文乐莽汉一个,两人搭配有着独特的化学反应。

半决赛的时候,酣畅淋漓的五场比赛,定胜负的是越文乐的冰猎!

那精准的玄冰飞箭,每次定住的都是阿睡,长达两秒的控制,从逸能做的也就是"殉情"!

GOQ的孙教练在台下冷静看着,队员在休息室里出的主意就是避开卫骁针对越文乐,虽说他们抱着"佛系"心态参加季后赛,可谁心底没有一丝丝胜利的小火苗呢?

哪怕崇山峻岭,也想要翻越;哪怕汪洋大海,也想要征服。

竞技不就是这样吗?

去拿下不可能的胜利,才是真正的竞技!

孙教练明知道越文乐并不好针对,却没有泼他们冷水,放手去干吧,输了也没什么。酣畅淋漓的比赛是成长路上最好的营养剂!

后台,TPT休息室。

欧星咋舌:"老越宝刀未老。"

傅黎问他:"如果刚才是你……"

欧星:"我哪会把自己搞到那种境地。"

越文乐莽,他屎,尻包的优势是嗅觉灵敏,他才不会被包饺子。

傅黎:"我说的是,如果你是GOQ的射手。"

欧星懂了,他眼睛明亮:"一血是我的,不是老越的。"

言下之意是，他能轻松击杀越文乐，但越文乐别想搞死他，这是选手之间的差距。

GOQ没放弃，虽然第一次声东击西以失败告终，但这局他们思路清晰，和越文乐杠上了。

卫骁只要一露头，他们就飞快扑向另一边，GOQ辅助也很鸡贼，先出加速Buff，带着中路和打野宛若一阵风，跑得飞快。

其实想要搞他们也容易，卫骁只需要蹲在下路，他们反正不敢去弄陆封。他在下野区待住了，一抓就是三个小朋友，但卫骁没死守下路。

他什么都没说，陆封也没开口，可台下的辰风看了个明明白白，的确要给越文乐机会。越文乐是非常优秀的射手，只是之前被队里的两颗"太阳"遮住了光芒。

一旦给他空间，他可以撑起半边天，队伍里的射手是至关重要的。

GOQ这样不成熟的战队也许可以靠卫骁和陆封的操作打过去，可一旦遇上强队，看的是团队整体性。不能只有上野是铁桶，中单和射手更要坚不可摧。

在GOQ的疯狂针对下，越文乐仍旧在游戏后半场成了制胜点，最后一次团战，宁哲涵远程消耗，越文乐输出爆炸，三箭让对面残血，等GOQ想要落荒而逃，背后还有俩魔王等着。

上野收割，GOQ团灭！

Victory！

FTW以3∶0拿下比赛，冲进全国四强！季后赛第一场比赛，FTW赢得漂亮。

结束比赛，双方握手时GOQ几人眼眶通红。

卫骁笑眯眯地和他们拥抱："加油。"

他不说还好，他一说GOQ的中野辅三人直接哭了："下个赛季我们……"

卫骁温声细语，语气像在哄人："嗯，下个赛季还会把你们打哭。"

GOQ三小孩："……"哭得更大声了！

40

接下来还有一场比赛，FTW众人没走，项六早安排好，给他们在台下留了座儿看比赛。TPT的选手上台时，粉丝尖叫连连。

TPT是支很另类的战队，去年的国内赛，TPT远没RR和3U出彩，但谁都不能小瞧了这支战队。尤其是他们的队长傅黎，一个比教练还专业的职业选手，在峡谷里是非常可怕的存在。

有人说他有点像晏江，但稍微熟悉下就知道他们截然不同。晏江更加自我，他不会培养人，他凭借着自己的天赋辅助合适的人，打造了世界冠军队Y1。傅黎似乎更柔和一些，他的天赋远不如晏江，可凭借着后天的努力，培养了合适的队友，一点点打磨出现在的TPT。

Y1是有灵魂的，灵魂就是晏江，TPT也是有灵魂的，灵魂是傅黎的精密计算。

辰风在陆封左侧，他低声道："TPT 今年很强。"

陆封应了声："嗯。"

因为比赛快开始了，粉丝声音小了很多，所以卫骁听到了，他探头探脑的："比 RR 和 3U 强吗？"

陆封给他解释："成长性比他们大很多。"

卫骁想了下，懂了："尤其是这个赛季，TPT 成长很快？"

陆封："对。"

这话也好理解，普通玩家只看正赛成绩，圈内选手却能感受更多。如果说去年的 3U 和 RR 是七十分，那么今年他们成长到了八十分。TPT 去年只有六十分，但他们今年也已经涨到了八十分，甚至还在继续成长，而 3U 和 RR 却都遇到了不大不小的瓶颈。

卫骁把心放到了比赛上，轻声说："……我们半决赛会遇到谁？"

FTW 已经率先冲进四强，接下来就是半决赛，半决赛是抽签制，四个战队分成两组来冲击总决赛，如果不出意外，四强战队应该是 FTW、TPT、3U 和 RR。

四进二，FTW 会遇到？冲进总决赛 FTW 又会遇到谁？

辰风低声道："半决赛最好别碰上 3U。"

卫骁听到了，但他没接话，因为他旁边是小宁子，再往旁边是菜哥和越文乐，辰风也没细说，点到即止。但懂的人心里都明白，TPT 究竟成长到什么地步还有待观察，3U 的强却是摆在明面上的。

按理说 3U 是野核，FTW 也是野核，野核撞野核，卫骁不会输。可事实上，团队赛不是单人赛也不是双人赛，卫骁打得到阿睡，却不一定打得到阿睡。阿睡和从逸的配合放眼全球都可圈可点，他俩死命抓越文乐和宁哲涵的话，这俩插翅难飞。

输出位保不住，卫骁和陆封难以为继，今晚越文乐的天秀操作，要得 GOQ 团团转，可如果遇上 3U……

且不提 3U 的射手会不会给越文乐压制的机会，单单是阿睡的 Gank[①]就不会让人提前嗅到任何气息。猎豹的可怕耐心和超强爆发力，会给脆皮猎物带来巨大的心理压力，顶着这种压力，更加考验选手的素质，当然卫骁也可以去抓 3U 的输出位，以牙还牙。

那么问题来了，3U 的中路和射手与 FTW 的属性不同。他们宁愿放弃资源也会保住性命，棉花垛一样的防守才能抵御尖利的刀锋。

FTW 和 3U 打了很多训练赛，他们对彼此越熟悉，就越了解彼此的长处和短板。如果可以，辰风并不希望 FTW 在半决赛遇上 3U，FTW 仍需要时间磨合，能多一点是一点。

台上比赛开始了，和 TPT 对战的战队叫 YLY，是个老牌战队。YLY 五年前也曾拿过国内亚军，可惜之后坎坎坷坷，始终在季后赛门口徘徊。

他们能打进全国八强，可总是一轮游，YLY 愣是被人曲解成了"一轮游"的拼音缩写，也是心酸。

[①] 游戏用语，指打野的抓边行动。

TPT向来是稳扎稳打的风格，开局中规中矩，团战没什么缺陷，只要进入后期，那就无敌。发育起来的欧星成了峡谷最亮的崽，无论拿的是什么射手，一箭出去，巨人萨满都得被射掉四分之一的血量。

第一局，TPT赢得毫无悬念，甚至有些无趣。卫骁啧了一声，凑近陆封："傅黎真没意思。"

面对弱队就保留实力，赢得平平无奇。卫骁又道："对吧！打比赛就是打比赛，拼尽全力啊，干吗小瞧对手！"

第二局TPT也以刚刚好的优势赢了YLY，YLY的心态明显有些崩，"垃圾话"环节语气很冲，基本礼仪都快守不住了，TPT向来不说"垃圾话"，客客套套地说几句，礼貌中流露的却是真正的傲慢。

第三局YLY的状态更差了，看得出他们挣扎着想在前期压制住TPT，不给他们打后期的机会，可惜TPT"配合"完美，你们猛一点我们也猛一点，你们拼前期，我们也可以奉陪到底。

最后傅黎用诡术士秀出四杀，终结比赛。

全场给出了热烈的掌声，粉丝更是尖叫着傅黎的名字，为他疯狂欢呼。屏幕定格在最后的画面，诡术士一身暗夜行装，身形修长冷峻，周围飘着的数十团血色火焰，是击杀敌人后叠出的被动，代表着鲜血与死亡！

比赛无趣，卫骁叹气："诡术士可以五杀的。"

最后一次团战，傅黎但凡稍微用心点，他就能拿下季后赛第一个五杀，可惜他放了。

YLY打野的人头被欧星吃下，断了他的五杀。

讲真的，要是傅黎拿下五杀，YLY反而不觉得有什么，他放了这个五杀，才是真的气死人。可怜YLY输得一塌糊涂，气成河豚也只能憋着。

赛后采访没什么意思，FTW趁着人流不大，先一步出了会场。

回基地的路上，辰风开了个小会，大意就是戒骄戒躁，真正的战斗才刚刚打响，卫骁听得迷迷瞪瞪，睡了一觉。

回到基地已经晚上快十一点多了，辰风摆摆手让早点休息，复盘明天再搞，卫骁打着哈欠离了训练室。陆封问他："累了？"

卫骁一扫倦态，眼中哪还有半点睡意："队长你先去睡，我今晚通个宵。"

陆封："通宵做什么？"

卫骁不瞒他："看看今天的比赛。"

陆封眉心微皱："明天一起复盘。"

卫骁自己也说不明白："我得自己看……"

陆封："看什么？"

卫骁有点不好意思："……嗯，怎么说呢，我有个超能力。"

陆封："……"

卫骁虽然没脸没皮惯了，但这会儿也觉得羞耻度"爆表"了，他脸颊微红道：

184

"真的……"

陆封来兴致了:"什么超能力?说来听听。"

卫骁怕他,说道:"我看看老越。"

陆封:"嗯?"

卫骁自己还真说不太明白:"我要看看老越的比赛,彻底了解他。"

陆封微怔。

卫骁道:"真的!从青训营时就这样,我只要看看和队友的比赛,就能完美配合他!"

陆封的心被撞了下:"小小……"

卫骁又催他:"总之你快去睡觉啦,明早见。"

陆封话到嘴边,最后也没说出来,这一宿卫骁没睡,陆封也几乎没睡。

凌晨一点,陆封下楼,通过训练室的窗户,看到了蜷坐在电竞椅里的大男孩眼睛不眨地盯着屏幕。

凌晨两点,陆封再度下楼,卫骁仍旧是那个姿势,仿佛定在那儿的一尊漂亮雕像。

凌晨三点……凌晨四点……凌晨五点……整整六个小时。

卫骁始终保持着极高的注意力,反复不断地看自己和越文乐一起打的比赛。

陆封倚在门边,眼帘垂下,挡住了眼中的情绪,卫骁哪有什么超能力?

有的不过是数十倍的汗水和夜以继日的努力。

41

早上七点的时候,卫骁关了电脑屏幕,他没出门,反倒是拉开了窗帘去看花园,看了会儿没瞧见陆封晨跑的身影。

这时训练室门开了,卫骁转头,看到来人后露出大大的笑容:"醒了?"说话间他走向陆封。

陆封心疼他没了血色的唇:"吃点东西再去睡。"

卫骁熬了一宿,整个人都是飘的:"你吃了吗?"

陆封:"没。"

卫骁:"一起!"

他俩去了餐厅,阿姨已经做了早餐,卫骁眨眨眼,知道肯定是陆封提前吩咐了,心里暖暖的:"真的有些饿了。"

陆封:"慢点吃,不急。"

"嗯嗯。"卫骁喝着细腻香滑的大骨粥,跟陆封说,"我这一晚上可是收获不小!"

陆封心里微涩:"先吃饭。"熬了那么一整宿,肯定有收获。

卫骁却是等不及了:"真的!我敢保证,哪怕我们半决赛遇到3U,老越也不用怕……"

吃了半碗粥的卫骁回过味来了:"队长你不关心老越吗?"

陆封声音平静:"我更关心你,老越的事回屋里说。"

卫骁急得很："就在这嘛！"

陆封低声道："我放了热水，你可以泡个澡。"

卫骁："……"

陆封又道："回屋里，你说完可以直接睡。"

卫骁："……"

长这么大，卫骁不知道熬了多少夜，念书的时候，要尽量帮奶奶做事，又要努力考班级第一，熬夜是常态。后来在青训营，也是一天当两天用，为了挣个成绩拼尽全力。

熬了那么多夜，他从来没有享受过这样的待遇。

好吃的早餐，舒服的热水澡，卫骁整个人都躲进水里，只漏了鼻子和眼睛，心里要多美就有多美。

从浴室出来，卫骁头发湿漉漉的。

陆封招呼他："过来。"

卫骁："我必须先说说老越……要不真睡着了。"

陆封："睡了也没事，越文乐跑不了。"

卫骁："不不不，我一晚上的收获，必须先跟你分享。"

这话又戳到了陆封心上，虽然心疼卫骁，想让他先休息，但也心疼他熬了一宿。

"你说。"

卫骁找了个舒服的姿势开始说正事："老越最大的问题就是比其他射手莽。"

陆封："没错。"

卫骁回忆着昨晚刷的视频，道："起初我想的是怎么改改他这毛病，一个射手这么莽是真的容易出问题……"

荣光里的五个位置，每个位置都有自己的特性，倒不是说射手就一定要龟缩着，但肯定不能太莽。走位、自保、夹缝中打出巨额输出，这是优秀的射手该有的品质。

全球顶尖的那几位，都是又夙又刚，稳中求进。越文乐不太一样，他的莽是那种战士型的莽，冲上去就是干，将自己置身于险境，输出的确不错，可一旦被人拎住，一通毒打少不了，容错率太低——他活着输出爆炸，死了就一切完蛋。

关键是他这样走位，太容易死，卫骁想了一晚上，最后得出的结论反而和最初的想法截然相反："与其让他改，不如让他莽到底。人的性格很难改的，或者说是改不了的，越文乐这套打法代表的是他的本性，既然他喜欢上头，喜欢莽，喜欢和人硬碰，不如就做到极致。

"改变太难了，就像欧星星没办法凶起来，越文乐也很难夙起来，没有谁是对的，也没有谁是错的，重要的是把自己擅长的做到最好。

"欧星星夙到了极致，打出了爆炸输出。

"老越也可以莽到极致，打对方一个措手不及。

"与其压制越文乐，强行让他改变，不如让他自由操作，留下的缺陷由队友来弥补！

"我可以给他打补丁！"

陆封望进他眼里，卫骁说得兴起，坐起来道："队长你也是。"

他脑袋顶着白色毛巾，一双眼睛更是亮得耀眼："你也只需要做自己！"

陆封微怔，卫骁笑出一对小小的虎牙："你放开了打，想怎么玩就怎么玩，不用考虑太多！"

陆封："……"

卫骁道："真的，团队赛不是拘束，团队赛是五个人的自由，相互迁就反而会摸不透对方要做什么，你们只需要做自己，剩下的交给我。"

这话说来轻松，可能做到的，放眼全球只有一个晏江。

陆封笑了笑，反问他："你呢？你不想做自己吗？"

卫骁眼中毫无阴霾："我就是在做自己！"

每个人都不一样，每个人的做自己也不一样。

有人是陆封，也有人是卫骁。

有人是广袤寂寞的天空，也有人是照亮世界的太阳。

最幸运的是他们遇到了彼此。

卫骁睡着后，陆封下了楼，大家陆陆续续都醒了。

辰风打着哈欠："小疯呢？"

陆封："还在睡。"

辰风微讶，陆封补充道："下午不用叫他了，让他多睡会儿。他昨晚看了一宿越文乐的比赛。"

辰风凝神："怎么？"

陆封把卫骁一晚上的收获说给辰风听。

辰风起初没当回事，越听眉心皱越紧，最后轻叹口气："卫小疯可以啊，他要真能给越文乐打补丁，那这下野组合了不得。"

陆封笃定道："他能行。"

辰风敛眉："半决赛有的看了。"

陆封心情极佳，问辰风："你知道什么样的人最可怕吗？"

辰风还沉浸在正事里，随口："什么？"

陆封："天赋高还勤奋。"

辰风隐隐有个不太妙的预感。

陆封继续道："实力强还比别人更拼。"

辰教练可以自信地把"隐隐"去掉了，就是不妙！

陆封："身为选手把教练的工作也做了。"

辰风："……"膝盖中了一箭。

陆封显然还没说完："教练没看出来的问题，他看出来了。"

辰风："……"行了行了行了，知道卫小疯牛了！

42

　　卫骁熬了一宿，得到的可不只是嘴上说的这些。他思维上摸透了越文乐，行动上还需要再试探，还有一点很重要，那就是如何让越文乐莽到极致。

　　改变太难了，不如顺应，越文乐最大的问题也许不是莽，而是不能更莽。

　　那要怎么强化？巧了，卫骁很有心得。

　　遇事不决先 Solo，FTW 祖传秘方！

　　三天后，中国赛区四强火热出炉，名单毫无意外——FTW、RR、3U、TPT。

　　八进四一共四场比赛，四支战队都打得非常漂亮。粉丝看得直呼痛快，非常期待状态如此好的四个战队在半决赛厮杀。

　　当然也有粉丝心酸。

　　"怎么就偏偏今年改赛制了？"

　　"这四个战队我都好爱啊，舍不得他们被淘汰！"

　　"谁输了我都难受，我想看他们去全球赛继续战斗啊！"

　　有人劝道："换个角度想想，谁赢了都开心，是不是？！"

　　"等什么全球赛，国内干起来，谁能拿下冠军谁就为国比赛，更霸气！"

　　"对！能从这样的厮杀中拔得头筹，还怕什么的全球赛！"

　　半决赛是抽签制，赛委会专门搞了个现场抽签。

　　关于抽签，FTW 内部小小争执了一番。

　　卫骁举手。

　　辰风："你要去？"

　　卫骁给菜哥飞媚眼："让我们菜菜去！"

　　这时候不用小红手什么时候用。

　　白才后背一凉，惊到了："我不！"

　　他的手有毒，红的是卫小疯，霉的是他白菜菜，身为一条咸鱼，菜哥只想挑软柿子捏，虽然这三支战队哪个都不软，但万一他抽中 3U，那岂不是千古罪人！

　　菜哥是知道的，卫骁这阵子在特训越文乐，特训结果如何不清楚，但可以确定的是 3U 的阿睡比较克越文乐，半决赛还是尽量别碰上 3U。

　　卫骁瞪他："你怕什么。"

　　白才："我就怕！"

　　卫骁"勾引"他："去嘛去嘛，我给你发红包。"

　　菜哥："……"

　　卫骁竖起两根手指。

　　菜哥挺起胸膛："我是两千块就能收买的人吗？"

　　卫骁："两万。"

菜哥："啥？！"

辰风敲了下桌子，打断了胡闹的两个人："抽签交给我。"

菜哥："欸……"到手的两万块怎么长了翅膀？

卫骁好气，嫌他："让你磨磨唧唧的！"

白才想要再争取下："我、我其实……教练……"

辰风瞪他，菜哥闭嘴了。

陆封接了话："我去吧。"

辰风摇头："首发选手都别去。"

卫骁和白菜菜都住声了，辰风的顾虑他们懂了，所以不好再说什么。

半决赛抽签是有压力的，尤其以FTW现在的情况，明显希望半决赛能避开3U，带有期望，就怕失望。

不管是卫骁还是白才，甚至是陆封去抽签，抽到如意的还好，抽到不如意的那心态总归有影响，辰风提出自己去，为的是给他们放下压力，这样一来，无论结果如何都和队友无关，"锅"是辰风的。

其实卫骁他们也不会埋怨什么，一鼓作气就完事了，没什么好怕的！

当天晚上抽签结果出来了。

辰风："……"

菜哥越发心疼自己的两万块。

卫骁兴致勃勃："老越！"

这几天快被掏空的"薯片君"："……再加两小时。"

卫骁嘿笑："可以。"

小宁子被感染了："我也要努力！"

越哥太励志了，旁观过"特训"的宁哲涵心有戚戚，这要换他，他每天晚上都得泪洒枕巾，哭到嗓子沙哑。

半决赛的对阵图公布到了网上。

五月二十五日：FTW对阵3U。

五月二十七日：RR对阵TPT。

FTW终究还是遇到了3U，不过卫骁巴不得向全国人民展示下"特训"成果。

3U俱乐部看到这个对阵图，气氛比FTW更凝重。

今年的FTW如日中天，卫骁入队，上野强得过分，常规赛3U堪堪赢了一局，可那时陆封不在，汤臣和卫骁的默契明显差一截，连那样的FTW，3U都是险胜，现在……

3U俱乐部的经理周学海从看到抽签结果后就心情烦躁。

3U冷教练直接道："签是我抽的，结果就这样。"

周学海："你这臭手！"

冷教练："避开了半决赛也少不了总决赛，总会遇上。"

周学海:"能一样吗?一个是亚军一个是殿军①!"

训练室里坐了五个首发选手,李淳三人低眉顺眼,安静安静。阿睡忽地抬头,黑眸盯向周学海。

周学海愣是被看得噎了下。

从逸慢悠悠道:"比赛还没打,就认输了?"

周学海心里堵得慌,道:"FTW什么情况,你们心里没点数?"

从逸:"连FTW都不敢面对,赢了冠军又怎样,去全球赛丢人现眼?"

周学海:"那好歹先拿个国内冠军啊!"

从逸冷笑:"原来您也想拿冠军。"这是呛他之前说的亚军殿军的话。

周学海气到接不上话,从逸看了眼阿睡,对冷教练说:"没什么事的话,我们继续训练了。"

周学海心里气不过,又问:"你们双人赛训练得怎么样了?"

从逸:"打完国内赛再说。"

新赛制还有一个大改变就是单人赛和双人赛,大乱斗模式决定了单人赛和双人赛的规模,单单是一个赛区的人凑不齐一场百人大战。所以单人赛和双人赛直接纳入全球赛,像揭幕赛那样分赛区直播,游戏里直接全球混战。周学海提起这个,是想要放弃团队赛,争取在双人赛拿个好成绩了。

冷教练听不下去了:"FTW虽然强,但我们也不弱,没必要这样涨他人气势灭自己威风。"

周学海还想说什么。

阿睡冷冰冰开口:"吵。"

周学海:"……"

到底是惹不起这个队里的明星选手,周学海压了一肚子火却没敢再说什么,转身出了训练室。

3U这一个晚上的对局都打得沉默寡言,阿睡冷着脸,从逸也不调节气氛,李淳他们更是大气不敢出,五排打得这样安静也是怪瘆人。

可即便这样,他们在职业服里也一直连胜,五排在职业服特别容易撞车,极有可能撞到全球各赛区的职业队。虽说这种匿名战水准参差不齐,但能这样一路赢也证明了3U的实力。

阿睡一声不吭,连眼睛都眨得缓慢,手上的操作也说不上有多快,可一旦看向游戏屏幕,看到峡谷里的对局,任谁都要惊叹于盗贼的炸裂和狂躁。

游戏外慵懒,游戏内癫狂。

旁观的冷教练无论看多少次,都会惊艳于这鲜明的反差。

---

① 体育、游艺竞赛中的最后一名。

43

　　阿睡刚入队的时候，是冷锋亲自审核的。当时周学海看到阿睡这张脸，立马在会上提议："签了！"

　　阿睡生得很好，还很有特色，肤色干净，眉眼懒散，总是一副睡不醒的模样，颓靡中偏又带着一股少年人独有的凌厉。有这张脸，再加上那颇为可观的战绩，去哪个战队都有希望被签下，打不出成绩没事，养着开直播都能给战队敛财增加人气。

　　冷锋和周学海的想法不一样，和商业价值相比，他更注重实力："从逸这个选手很不错，大局观和意识很好，现在是辅助位，但他的手速测评很高，转其他位置也不是不可以。"

　　这些教练组都认可，周学海道："从逸也可以签。"辅助位价值略低，但价格不高，收来也不错。

　　冷锋没看他，话锋一转："我不建议签阿睡。"

　　周学海转头看他："阿睡的各方面水准比从逸高！"

　　冷锋一针见血："可塑性太差。"

　　周学海暴躁："还没开始培养，就能知道他可塑性差？"

　　冷锋和周学海共事多年，很清楚这家伙的脾性："我们不是演艺圈。"

　　只看脸有什么用？电子竞技没有成绩就是原罪，粉丝想看脸干吗不去追星？演艺圈里长得比阿睡好看的小男生多了去了！

　　周学海不服气："他盗贼玩得很好。"

　　冷锋："打野位最需要协调性，他一句话不说，怎么和队友打配合？"

　　周学海犹豫了，冷锋知道他眼馋什么："即便开直播，一个闷葫芦，粉丝也不会买账。"

　　一句话说服了周学海，他只想着阿睡长得好看，游戏打得也不错，到时候开个直播能吸粉，却忘了做主播，嘴皮子比什么都重要，在冷锋的犀利点评下，会上最后的决定是签从逸放阿睡。

　　谁知冷锋刚通知了从逸，从逸毫不犹豫道："不了。"

　　冷锋以为他是在耍小孩脾气："我知道你和阿睡关系好，但不要因为朋友放弃自己的前程。"

　　从逸摇头："我和他是一起来的，不会丢下他。"

　　冷锋盯着他："我很欣赏你的重情重义，可阿睡不适合打职业。"

　　从逸抬头看他："为什么？"

　　冷锋身后就是沙盘，他点着打野位道："荣光是个团队游戏，峡谷是五个人的战场，一个无法和队友沟通，一个只能单打独斗的选手是不配上赛场的。"

　　从逸无法反驳，冷锋继续道："阿睡个人实力很强，我也很惋惜，但他的情况你比谁都清楚，你当真觉得他能胜任这个位置？你当真觉得一个无法和人正常沟通的人能率领队伍拿下胜利？"

从逸眉心紧蹙，语气里有了些孩子气的犟劲："他可以。"

冷锋沉默地看着他，从逸咬着后槽牙，手握拳，和冷锋僵持。

过了好一会儿，冷锋轻叹口气："从逸，电竞是残酷的，一个精神状态不稳定的人……不适合这里。"他说这些已经算是越界了。

从逸："阿睡的精神状态很好！"

冷锋："……"

从逸声音不自觉拔高："他没有问题，他只是不喜欢和人交流！"

冷锋："……"

从逸意识到自己失态，垂眸道："抱歉。"

冷锋真的很欣赏从逸，否则他不会说这么多："你如果真的为他好，就不该让他走进职业赛场。"

从逸垂着头，半响都没出声，直到他哑着嗓子，用很轻的声音憋出一句话："可是他喜欢荣光。"

这句话狠狠地刺中了冷锋，从逸眼中的情绪被碎发挡了个严严实实，唯独肩膀轻颤着："他长这么大，只接纳了荣光，这是他第一次主动走出来……"走出自己的世界，走出安静和沉默，尝试着接触外面。

冷锋没法说什么，从逸看着他，少年眼中是追问与渴望："真的不能给他一个机会吗？我相信他可以的，他打游戏的时候和平时不一样，也许他……也许他可以在荣光里学会和人沟通。"

冷锋不忍心，却不得不告诉他现实："比赛不会等待任何人。"不会等你成长，不会等你改变，更不会等你学会。

没有十足的准备，踏进这个圈子，只会被撕碎。

从逸眸色淡了下去："抱歉。"

是他天真了，俱乐部需要的是成熟的选手，需要的是现成的成绩，而不是一个含糊的未来。

冷锋看他这样，心口一刺："我可以给你们争取一个机会。"

从逸猛地抬头看他。

冷锋知道自己不该心软，但他这颗心从来都和自己的姓没关系："我不能保证这对于阿睡来说是好还是坏。"

"我明白！"从逸向他深深鞠了一躬，"谢谢！"

冷锋做主，签下了从逸和阿睡。起初，他是最反对签下阿睡的；后来，他是最期待阿睡的。

周学海只惦记着阿睡的商业价值，冷锋却始终在等待着——等待阿睡和从逸破茧成蝶。

3U 的五人排到了十二点，副教练来催："今天先到这儿吧。"

熬了几小时，都快喘不过气的李淳起身道："队长、逸哥，那我先回宿舍了。"

从逸："去吧。"

阿睡极轻地点了点头，队里的上单和射手也相继起身，一起道了别。

偌大个训练室只剩下阿睡和从逸，从逸松开鼠标，看他："双排？"

阿睡："……"

从逸起身道："等我去喝口水。"

阿睡："……"

屋里只剩下阿睡一人，他神态没有丝毫变化，不会因为训练室里人多而活跃些，也不会因为只剩下自己而低迷，他坐在自己的位子上，盯着地图有限的荣光峡谷，心里很安定。

固定的地图，熟悉的每个角落，连野怪的位置都是一成不变的，偏偏这样一成不变的峡谷里每次都有截然不同的战斗。

阿睡喜欢这里——喜欢不变又万变，熟悉又陌生，局限又自由的荣光峡谷，他随手开了训练营，有一下没一下地捅着红野怪，打野的职业素养就是和红蓝 Buff 搞好关系，如何在前期尽量避开他们的攻击保存自己的血量，如何控好他们的血量，保证自己前期的最大输出，甚至如何用好惩戒（对野怪造成伤害的主动技能）都是至关重要的。

阿睡刚击倒红 Buff，耳边传来了手机铃声，很有辨识度的女性歌声响起，阿睡侧头看向从逸的手机。

从逸还没回来，阿睡是不可能替人接电话的，凌晨十二点了，会不会有急事？

阿睡退出训练营，拿起手机，准备出去给从逸，他拿起手机时不可避免地看到了来电人——张教授。

阿睡一愣，这时来电断了，一条消息弹了出来："相较于阿睡，你也需要多关注下自己的状态。"

从逸推门进来时，看到的是呆坐在电竞椅里的阿睡。

"怎么了？"别人都看不懂阿睡的情绪，从逸却是一眼就看出他心情不佳。

阿睡摇摇头。

从逸瞥了眼自己的手机，又看向阿睡："张教授来电话了？"

阿睡点头。

从逸拿起来，看到了那条消息，阿睡目不斜视地看着电脑屏幕。

从逸笑了下："看到了？"

阿睡："……"

从逸放下手机，很无所谓道："职业选手，都有状态不好的时候。"

阿睡看向他。

从逸笑了："别担心，我这就是被新赛制闹的。"

阿睡轻声道："不……"

从逸知道他想说什么:"没怕,有什么好怕的。"

阿睡:"……"

从逸进了游戏:"行,知道你厉害,'虐'得了越文乐,打得过卫骁,拼得过大魔王。"

阿睡:"嗯。"

两人双排了两小时,从逸打个哈欠道:"睡吧。"

阿睡没动。

从逸看看时间:"那你再玩会儿,我去睡了。"

阿睡:"晚安。"

从逸:"晚安。"

凌晨的一声晚安,和早安也没差多少了,阿睡在职业服单排,一直玩到了早上七点。

"通宵了?"一条私聊弹了出来。

阿睡看到了那人的ID——最崇拜Close。

阿睡不爱说话,打字却还行:"你也没睡?"

最崇拜Close:"想什么呢,哥哥这是起得早。"

阿睡:"你起得是挺早。"

卫骁打了个哈欠,打趣他:"紧张?"

"紧张什么?"

"半决赛撞上我们。"

阿睡:"……"

卫骁满眼是笑,开了房间:"Solo?"

给他发了房间号,阿睡不想理他,可又禁不住诱惑,于是搜索了房间号,谁知这房间号竟然有密码。

卫骁私聊他:"密码是'gege'。"

阿睡:"……杀了你。"

卫骁:"来来来,等着呢。"

阿睡进入房间,秒选英雄,卫骁随随便便拿个雨猎。

阿睡也不多说,进入游戏,点技能买装备,隐了身袭击雨猎,新的Solo模式和以前大不相同。

补兵?不需要。发育?没必要。

开局满金币满神装满等级,拼的只有选手操作,阿睡拿的是隐贼,卫骁拿的是雨中猎人。

虽说隐贼天生克制猎人,但雨猎本身带有刺客属性,秀起来还真不好说谁输谁赢。卫骁铺了半屏幕雨点,试图把隐身的阿睡给激出来,谁知阿睡走位精准,竟然半个雨点都没沾到……

咻的一声响起,卫骁背后中了一刀,隐贼从虚影中落地,匕首狠狠插进雨猎后腰。

卫骁踩着雨点踏空躲开,还有空打字:"睡哥,男人的腰伤不得。"

44

　　阿睡回他的又是一刀，精准刺向他另一边腰，卫骁哪会让他得逞两次，雨中猎人精灵般的身姿在轻盈的雨滴上一点，绕开了这记攻击。

　　这会儿可没空打字了，满装备满技能的两个人缠在一起，打得不可开交，隐贼出刀狠辣精准，雨猎躲得游刃有余，远远飞来一箭，犹如放在放风筝，一下一下点得隐贼生疼。

　　他们都在憋连招，看的是手速和微操，现在的Solo用不了太长时间，这样无间隙的秀操作，一两分钟是极限，哪怕天赋强如他们，也撑不到三分钟。

　　切磋越发白热化，雨猎比隐贼快了半秒，卫骁使出了雨猎的极限连招踏雨飞——漫天雨雾骤然收拢，每一滴水都化作一个个镜面，折射出猎人的身影，混淆敌方视线。

　　阿睡虽然从不用雨猎，但对这个天赋极其熟悉，身为一个打野，对所有输出位置的细微操作都要了然于胸，卫骁的这次踏雨飞很不一样，他敛住思绪，匕首连破三个幻象，直奔雨猎而去。

　　中了！

　　隐贼在隐身不破的情况下叠出足够印记，能够大幅度强化普攻，以他现在这满装备的一刀，百分之百送走雨猎。

　　阿睡全神贯注，盯准了雨猎的身影，绝不会让他有丝毫走位的时机，泛着黑光的匕首刺入雨猎身体，特效乍起，鲜血……

　　阿睡瞳孔紧缩：不对！

　　砰的一声，特效中没有鲜血涌出，取而代之的是漫天水雾，这居然也是幻象，不是雨猎的本体。

　　咻咻咻，夹杂着寒气的飞箭射来，对准的是盗贼的面门，阿睡回身格挡，可惜三道飞箭角度刁钻，他只能格挡一道，两箭带出血花，阿睡血量暴跌。

　　卫骁现出了身形，又一条拖着水光的雨箭飞过来，阿睡眼尖，看出这箭上淬了一道红光——这不是夸张，而是游戏里的小技巧，一些装备是带有被动的，比如射手的神器之一血魔长弓，有概率触发血爆，被这样一箭射中，别说隐贼血量不健康，即便是半血以上，也能倒地不起。

　　必须躲开！

　　阿睡神经紧绷，感觉到了由内而发的战栗，这就是荣光的魅力，哪怕身在峡谷外，灵魂却在战场中，隐贼一个闪身后退，避开了雨箭的正面刺伤，可惜他血量实在太残，哪怕是被雨箭的侧面划到，也一命呜呼。

　　Defeat！

　　阿睡屏幕上浮现了失败的猩红字迹，现在的Solo就是这样干脆利落，死亡即终结。

　　两人退回房间，卫骁发消息："状态不行啊。"

阿睡："……"

卫骁："去睡吧，不欺负你了。"

阿睡："……再来。"

卫骁开了语音："你真的紧张啊？"

阿睡："……"

卫骁改了房间模式，从 Solo 切成了组队房间："来双排。"

阿睡犹豫了一会儿。

卫骁："赶紧的，我一会儿要下楼吃饭。"

等队长晨跑完，他要一起吃饭。

阿睡点了准备，卫骁开了语音，阿睡也开了，但他向来是开着麦还打字的人："我没紧张。"

卫骁："哦。"

阿睡又解释了一遍："没什么好紧张的。"

卫骁一针见血："那你怎么魂不守舍。"

忍了忍，睡神没忍住，问他："你怎么看出来的？"

他的确心情不好，但和紧张没关系。不过，他的情绪除了从逸几乎没人懂，为什么卫骁隔着网线都能察觉到？

卫骁又来了："果然在紧张！"

阿睡瞬间不想和他说话了！

刚好两人匹配到了对手，进入到游戏里，阿睡和卫骁不一样，他从玩荣光那天起就只喜欢打野位，甚至该说只喜欢盗贼这个职业。

卫骁也喜欢盗贼，但他更喜欢当全能王。

卫骁了解睡哥："要玩什么？"他在一楼，可以帮阿睡抢打野位。

阿睡："暗贼。"

卫骁嘴上说着："好嘞。"然后锁了狂贼。

阿睡："嗯？"

卫骁理直气壮："玩什么暗贼，我给你让打野位很可以了，还想当着我面玩我的暗贼？"

睡哥沉默了。事实证明，睡觉不好吗，为什么要来和卫骁打游戏？！

卫骁拿了个蝶术士，庄周梦蝶的那个小仙女，出了名的峡谷美人，刚进游戏就问："我好看吗？"

最近游戏更新，蝶术士上线了一个新皮肤，是条空灵的仙女裙，周围一圈小蝴蝶，飘啊飘的，如梦似幻，女玩家对这次的皮肤相当满意，纷纷表示一定入手，结果游戏不做人，把这皮肤扔进了奖池里。

荣光相对一些游戏来说不那么氪金①，毕竟氪金也意义不大，玩家的实力不会因为氪金而变强，均衡性始终保持得很好，但荣光也要赚钱，怎么赚呢？当然就是皮肤。

伴生皮肤、勇气皮肤、史诗传说，还有神级皮肤，这个神级皮肤不是花钱就能买到的，而是从奖池里抽取。

抽奖就要靠运气了，运气好点，两三百元就能入手，运气差点要到最终保底才能搞得到，荣光有钱人莫有钱曾经直播抽皮肤，愣是抽到保底概率。

这坑有多深，玩游戏的都懂，阿睡对皮肤什么的不感兴趣，审美异常"直男"："好看。"

卫骁："敷衍！"

阿睡："……"

卫骁又不是小公主，对于漂亮皮肤没多大执念，他说这个当然是有目的的："你知道这皮肤是怎么来的吗？"

阿睡："抽奖。"

卫骁："废话。"

阿睡："……"

卫骁声音微扬："是我队长帮我抽的！"

阿睡："……哦。"

卫骁强调："我队长，陆封！"

阿睡："……"不然呢，FTW队长还能是谁？

卫骁才不会气馁："我本来想让菜哥帮我抽的，你知道菜哥那小红手，保时捷都能抽一辆。"

阿睡涉世未深，还敢搭话："那为什么没让菜哥抽。"

卫骁眼看鱼儿上钩，开心了："我队长不让，不过队长手气不行，抽了好多次才抽到。"

把这事给说出来了，卫骁心满意足："这皮肤真美。"

阿睡发誓，这一局都不想去中路了，蝶术士请在那儿"独美"吧！路人局而已，他俩各种打压对面，狂贼三杀、四杀，蝶术士四杀、五杀。

对面玩家一脸蒙："Xiehe（谢和）？"

"嗯。"卫骁再发一段英文，"我美吗？"

对面玩家："……"

谢神人在基地坐，锅从天上来。

这局优势太大，玩到后期卫骁原地数蝴蝶："虽然我很强，但你至于一次都不来中路吗？"他问阿睡。

阿睡："兵线给我吃？"

----

① 游戏术语，指花钱充值。

众所周知，峡谷里兵线就是钱，钱就是命，谁敢吃输出位的兵线，那得恩断义绝。除了陆封，谁对卫骁说这句话，得到的八成都是"滚"字。

然而……

卫骁："行啊。"

阿睡后背一凉。

卫骁："现在给你欺负下，等半决赛才好捶哭你。"

阿睡轻吸口气，又绕回来了："我不是因为半决赛！"能让睡哥加个感叹号，卫骁真不是一般人。

"哦，"卫骁又是一刀戳中阿睡，"那你是和从逸吵架了？"

阿睡："……"

卫骁来劲了，蝶术士站在中路不动，手指打字如飞："你俩还会吵架？快给我讲讲是什么事？莫非逸神找了别的野王了？哪个小崽子这么横，告诉我，我捶爆他！"

阿睡看着这密密麻麻的字，脑袋疼，他不懂，为什么这世上会有卫骁这种生物。一个敏锐到极点又无耻到极点的人，偏偏这样一个人，连做他的对手都无法讨厌他。

阿睡："没吵架。"

卫骁："那你这一晚上是怎么了？"

阿睡不善沟通，他不喜欢表达自己，更不喜欢审视自己，一个连自己都躲避的人，如何让别人了解自己。阿睡轻吸口气，勉强说了下。

看着自己发出去的私聊，他很诧异，原来他也会"说出来"。

卫骁嗯了一声，声调难得正经了些："睡哥，你觉得从逸为什么玩辅助？"

阿睡一愣。

卫骁道："从逸可不像白才，我家菜那是咸鱼的性格，人生志向就是躺着，能躺上神殿绝不走上去。从逸可不这样，虽然我没见他玩别的英雄，但一个能把元素萨满玩成那样的人，手速也好操作也罢，都不差吧。放眼全球，元素萨满玩得好的三个人，一个是晏江，一个是李赫然，最后一个就是从逸。

"晏江不提了，李赫然当年可是全球第一的射手，那操作即便带伤也很够用，从逸的元素萨满可不比他差。

"我挺好奇的，给从逸一个蝶术士，他是不是也能在中路刷满幻蝶。"

听着他的话，阿睡的心如同被重锤砸了下。

卫骁继续问他："所以，他为什么玩辅助？"

阿睡手指落在键盘上，却没办法打出半个字。

卫骁替他说出来："因为他想保护你。"

阿睡眼睑垂下，薄唇绷成了一条线。

卫骁铺了满屏幕幻蝶，随随便便击杀了对面试图围剿他的三个人，他慢声道："虽说辅助的职责是保护队友，但也没人规定，打野不能保护辅助。"

45

阿睡怔怔地看着，屏幕里被一群幻蝶环绕的蝶术士像一个轻渺的梦。

梦里蝴蝶，梦外庄生。

阿睡因为早年的一些事，记忆力不是很好，时间稍微一久的事他都记得不太清楚。张教授说，遗忘是很好的治疗，所以阿睡从没主动去回忆过。

可在这一瞬，看着眼前的蝶术士，有个画面和她重叠了，一年前还是两年前，或者是三年前？

第一次玩荣光的时候，从逸用的第一个英雄是什么？

术士……蝶术士……

"这蝶术士好强，青铜局还能看到这么多幻蝶，牛啊。"

"这是在练小号吧！是要冲国服吗？"

"大神看看我，您缺个会吹'彩虹屁'的腿部挂件吗？"

游戏结束，从逸问阿睡："好玩吗？"

阿睡："嗯。"

从逸："蝶术士挺有趣的，你要不要试试？"

阿睡摇摇头。

从逸："那你要玩什么？"

阿睡指了指屏幕里的盗贼，从逸笑道："这个啊，倒是有点像你。"

隐匿的盗贼，在黑暗中披荆斩棘，从那以后，从逸开始玩辅助。神圣的牧师，光明的牧师，坚实的巨人萨满，复杂的元素萨满……唯一碰过的术士也是药术士，原来他是记得的，这些过去很久的事。阿睡站在原地一动不动。

"蓝 Buff 不要？"卫骁麻利抢个蓝，"我收下了。"

阿睡回神："……"他的野怪被卫骁抢了。

"无耻。"阿睡打字。

卫骁笑眯眯："这叫能者多劳。"

拿了蓝 Buff，不仅蓝条无限还能减 CD，蝶术士更秀了，一局结束，MVP 当然是卫骁。

阿睡后期沦为摆设，人头抢不到，收割没必要，除了带带线、清清兵也没什么可干的了。

打完一局，卫骁瞅瞅时间："我要去吃饭了。"

阿睡："哦。"

卫骁："你早点睡。"

阿睡："……"

卫骁："养好精神，半决赛'躺平'等'虐'。"

阿睡："……"

吃早饭的时候，卫骁神清气爽地说了阿睡的事，陆封剥虾的手微顿，垂下的眼眸里染了笑意。

遛狗结束，留下蹭饭的白菜菜同学惊了："老卫你能不能行了！"

卫骁等着虾仁吃："我怎么就不行了？"

队长在此，菜哥哪敢和他开什么玩笑，纠正道："你这开导真是天秀啊，生怕3U不能3：0咱们是吧！"

卫骁唏嘘："老白你心好脏。"

菜哥道："我们马上要和3U打比赛了，他们有问题就自己解决啊，你上赶着去劝！回头阿睡雄狮苏醒，逸神来个天秀，我们半决赛还想不想赢了？"

卫骁眼尾扫他一眼："你怕从逸？"

白才："……"真是服了这小崽子了，至于这么厉害吗！

卫骁托腮看他："原来你怕从逸啊。"

白才脸涨得通红，卫骁给他塞了口西兰花："别怕，哥护着你。"

陆封："喀。"

白才："喀喀喀喀喀！"

别看都是咳嗽，这差距可不小。一个是假咳，一个是真的快把自己的心脏给咳出来了。

菜哥连灌三口水，实在待不下去了："我、我吃好了！"

再不跑他怕自己小命不保。

卫骁摆摆手："振作点，全球赛还指望你干翻晏神呢。"

逃跑的小菜菜脚一滑，差点摔了。餐厅就剩下卫骁和陆封，卫骁喝口西瓜汁道："我故意说给白才听的。"

阿睡和从逸的事，卫骁大可以私底下只和陆封说，之所以放到餐桌上说，就是刺激白才。

陆封猜出了他的用意。

卫骁吐槽道："不吓吓他，咸鱼菜不会认真的。"

陆封把虾仁放他餐盘里："有你护着，他有什么好怕的。"

卫骁："啊？！"

陆封："给一鞭子再喂颗糖，卫小小你可真会哄人。"

卫骁头顶毛发竖起："欸，这都是策略，团队策略！"

五月二十五日这天，天气非常热，S市没有春秋，过了冬就是夏，不到六月就开始闷得人心烦意乱。

FTW的夏季队服很不错，是类似Polo衫的款式，版型修身，领口工整，短袖上一圈细细的白边，点缀得恰到好处。左侧胸口上是队员的名字，黑底白色，飘逸洒脱，衣服后背上印着龙飞凤舞的队徽，"FTW"三个字母居中，两把长剑交叉，背景是一个圆，像太阳，也像天空。

同样的衣服，不同的人穿上是截然不同的效果，小宁子新染了一头黑发，衬着白净的肤色，活脱脱一英俊活泼的少年，虽然性格乖得像小白兔。

　　越文乐一穿黑衣服更显白，再加上最近的"特训"，他宛若影视作品里中世纪的吸血鬼，仿佛不躲着阳光就要被晒成薯片。

　　白才全队最矮，再加上和和气气的性子，笑眯眯的模样是粉丝心中的绝世"美人"。

　　卫骁第一次穿夏季队服，还挺新鲜："领口有点紧。"他手指细长，松了两粒扣子，露出半截锁骨。

　　陆封眉峰一扬，卫骁看他："队长你不热吗？"

　　陆封的扣子系在最上面，领口笔挺，领边工整，身体线条被勾勒得堪称完美。

　　卫骁当着全队人，也忍不住了："你这也太帅了吧！"

　　陆封视线落在他领口上："扣子扣好。"

　　卫骁："热啊。"

　　陆封盯他。

　　卫骁："真的！"

　　陆封不理他了，考虑下个赛季队服换圆领，到时候粉丝会哭得超大声！

　　她们的"男神团"啊！帅炸天啊！卫骁的"浪子风"和陆封的"禁欲风"绝了，全换圆领是怎么回事，FTW的运营醒醒啊！

　　虽然圆领也很帅……也挺好看……半决赛有宣传片，FTW去拍摄时，造型师、摄像师都热情洋溢。太好拍了，怎么搞怎么帅，随便一个角度都很像大片。尤其是陆封和卫骁站一起，这两双笔直的大长腿，无处安放！

　　路人看得眼热。

　　"你们'荣光圈'牛啊，这颜值怎么又飙升了？"

　　"陆封真帅，不行我要再试试这游戏，一想到有这么帅的小哥哥在玩，我忍不住了！"

　　"卫骁是谁？"

　　"FTW的新打野，ID是Quiet！"

　　"长得真好看，难得有人站在陆封旁边能这么自然。"

　　"FTW可以的，拿不了冠军还能出道。"

　　"嗯？"

　　"楼上闭嘴，我们FTW今年一定是冠军！"

　　半决赛的会场和常规赛、季后赛不能比，毕竟是四强的比赛，赛委会非常重视，租了个万人会场，还搞了全息投影。

　　卫骁挺好奇的："怎么个全息法？"

　　项六给他解释："就是把峡谷里的战斗投影到会场。"

　　卫骁惊："这么牛的吗？！"

　　想看！都不想打比赛了！

　　辰风一眼看穿他心思，道："全息投影只会暴露更多，选手的失误会被无限放大。"

菜哥："啥？！"

卫骁角度清奇："那九道弧光岂不是更炸裂了？"

辰风："……"

陆封接话："嗯。"

下一秒卫骁又懊恼了："他们不会放暗贼的！"

好气啊，好想知道全息投影下的九道弧光是什么模样。

陆封："有机会的。"

卫骁一想也是："对，单人赛没有BP！"

陆封："嗯。"

卫骁眼睛弯了："到时候你用暗贼，我就可以现场看九道弧光了。"

陆封纵着他："可以。"

辰风心想：你俩眼里有没有我这个教练了？虽然我这个教练也建议陆封在单人赛拿暗贼。

主持人说了一通，现场又放了一遍宣传片后，两支战队入场。

一般情况下，战队选手入场都是从上单开始，陆封刚从门内走出来，灯光还没落在他身上，会场的尖叫声已经如沸腾的热浪般，一声高过一声。

听到这掌声和喝彩，作为第二个出场的小宁子有些紧张，站他身后的菜哥道："没事。"

小宁子轻吸口气，用力点头："嗯！"

没事的，他们已经做了充足准备，他们已经进步很多，今天一定能赢得漂亮！

宁哲涵轻吸口气，走向灯光璀璨处，这是他第一次来到这样的会场，这是他第一次面对这样惊人的掌声，也是他第一次面对如此重要的赛事。

全国半决赛拿下了才能迈进总决赛，不能输。

宁哲涵攥紧了拳头，站到了队长身侧，接着是白才、越文乐，最后是卫骁。

卫骁的大心脏在这种时候展现得淋漓尽致，同样是第一次面对这样的场合，同样是第一次经历这样盛大的赛事，卫骁半点紧张都没有，还能挥挥手，笑得阳光灿烂。

粉丝大声叫着他的名字，给他更加热情的回应。冠军队独有的战歌响起，FTW五人鞠躬，直播间的老粉激动得疯狂刷屏。

虽然是常规安排，但这个出场顺序依旧戳中了他们，第一个出场的是陆封——开启FTW新时代的男人，最后一个出场的是卫骁——强大FTW新时代的赛季黑马。

无心的安排，却给出了最好的答案。

FTW，今年让所有人都看到了无限希望。

3U出场时，另一半边的粉丝也开始呐喊，他们的上单宣龙是老选手了，挺自然地从内门走出来，笑得爽朗。接着是中单李淳，他和宁哲涵有点像，虽然经历比小宁子多一些，但性格上都有些稚嫩和拘束，他含蓄地对大家笑笑。

然后是辅助从逸，他出来时3U那边的粉丝瞬间掀起高潮，一声声"逸神"叫得超大声，从逸冲大家挥挥手，神态温和有礼。

3U 的射手也是个老选手，打了四五个赛季，也曾经辉煌过，是去年才转到 3U 的，名叫温韦，相貌略普通，身材有点胖乎乎，瞧面相就踏实稳健。

最后出场的是打野位阿睡，也是 3U 的队长，阿睡是今年中国赛区当之无愧的明星选手之一。

3U 深灰色的队服，穿在阿睡身上愣是有种别样的气质。他短发齐耳，发色很深，衬得肤色越发白净，俊秀的五官因为沉默寡言而显得格外抓人，他静静地站在炫目的舞台上，有一种特有的厌世感，让粉丝爱得不行。

选手出场，鞠躬入席，战斗拉开序幕。

主持人的声音脆亮："荣光 2021 年中国赛区半决赛，BO5 第一场，正式开始！"

观众给予最热烈的掌声。

裁判上场，审核选手资料，检查外设，选手也开始调试耳麦和机器。

终于比赛服创建完毕，进入 BP 界面，选手们看不到台上的情况，但他们隐约听到了观众的惊呼声。

卫骁心动极了："肯定是全息投影太好看！"

白才本来就好紧张，现在……情绪全塌了！

小宁子噗地笑出声："应该是。"

卫骁叹息："可惜我们这边什么都看不到。"

选手的确是什么都看不到，观众却看得开心极了，全息投影的技术越发成熟，如今竟然能把整个峡谷投影到会场上，他们不需要戴眼镜，就可以直接看到立体的画面。

仅是进入 BP 环节，他们就能看到英雄投影，一个一个站在台上，宛若真人。双方战队开始禁用和选择英雄，台上的投影随时切换，观众看得眼花缭乱，都顾不上去分析阵容了。

解说到底专业些，努力将观众的注意力拉回比赛。

"毫无意外，3U 禁了暗影盗贼。"

"这是肯定的，陆封的暗贼必须尊重。"

"说起来，卫骁能随心刷九道弧光了吗？"

"不好说。"

"我倒觉得他没必要在这上面浪费时间，没人会把暗贼放出来的。"

"双人赛还是用得到吧？"

"双人赛有陆封，卫骁不需要拿暗贼。"

他们讨论的也是不少粉丝的想法，练九道弧光耗时耗力又没什么大用处，实在是很没必要。

团队赛时没人会把暗影盗贼放给 FTW，双人赛有陆封，卫骁大可以把精力放到提升其他天赋上去。

但观众也很遗憾。

"想看九道弧光……"

"全息投影下的九道弧光，有生之年能看到吗？"

"单人赛啊！没准会有十道弧光！"

"可单人赛还要等好久……"

在解说席和观众的议论纷纷中，双方的BP结束，FTW也好，3U也罢，都是老熟人了，对彼此的套路很熟，你来我往，在BP上很难搞到对方。

FTW这边，陆封拿了死骑，卫骁是仙贼，宁哲涵是火法，白才拿到了这个赛季略冷门的风暴牧师，越文乐拿的是暗夜德鲁伊。

3U的阵容也毫不客气，宣龙抢下狂战士，阿睡拿到了隐贼，李淳是冰法，从逸是光辉牧师，温韦拿到的是火爆枪炮师。

死骑对狂战士，仙贼对隐贼，火法对冰法，风暴牧师对光辉牧师，暗夜德鲁伊对火爆枪炮师。

从阵容上看，双方各有利弊，究竟对局如何，全看现场发挥。

解说席上就阵容的前期、后期分析了一通，游戏加载结束，整个峡谷的画面摊开，彻底展示在观众面前。

饶是对全息投影有了心理准备，看到这身临其境的一幕，观众还是热情高涨。

"有种动画大电影的感觉！"

"仙贼好帅啊，全息投影下真是每根头发丝都仙气飘飘，我爱仙贼一万年！"

"死亡骑士也帅炸了，陆封开局切的是重形态，这体形，这骨翼，这魔铠，我死了，需要陆封亲亲才能活。"

"楼上做梦！"

"把楼上叉出去！"

直播间观众都这样了，现场观众更是看得目不暇接。

刷野、对线，双方都没反野，本以为会是个平稳的开局，谁知一分三十秒时，解说激动起来："死亡骑士和狂战士打起来了！没到六级，狂战士有优势啊。死亡骑士标了好多魔印，可惜没有技能点，魔印没用啊。两人血量掉得很快，看不出来宣龙这么强势。半血了，陆封丝毫没有要退的意思。阿睡和卫骁都没有去支援！"

六 你不是一个人

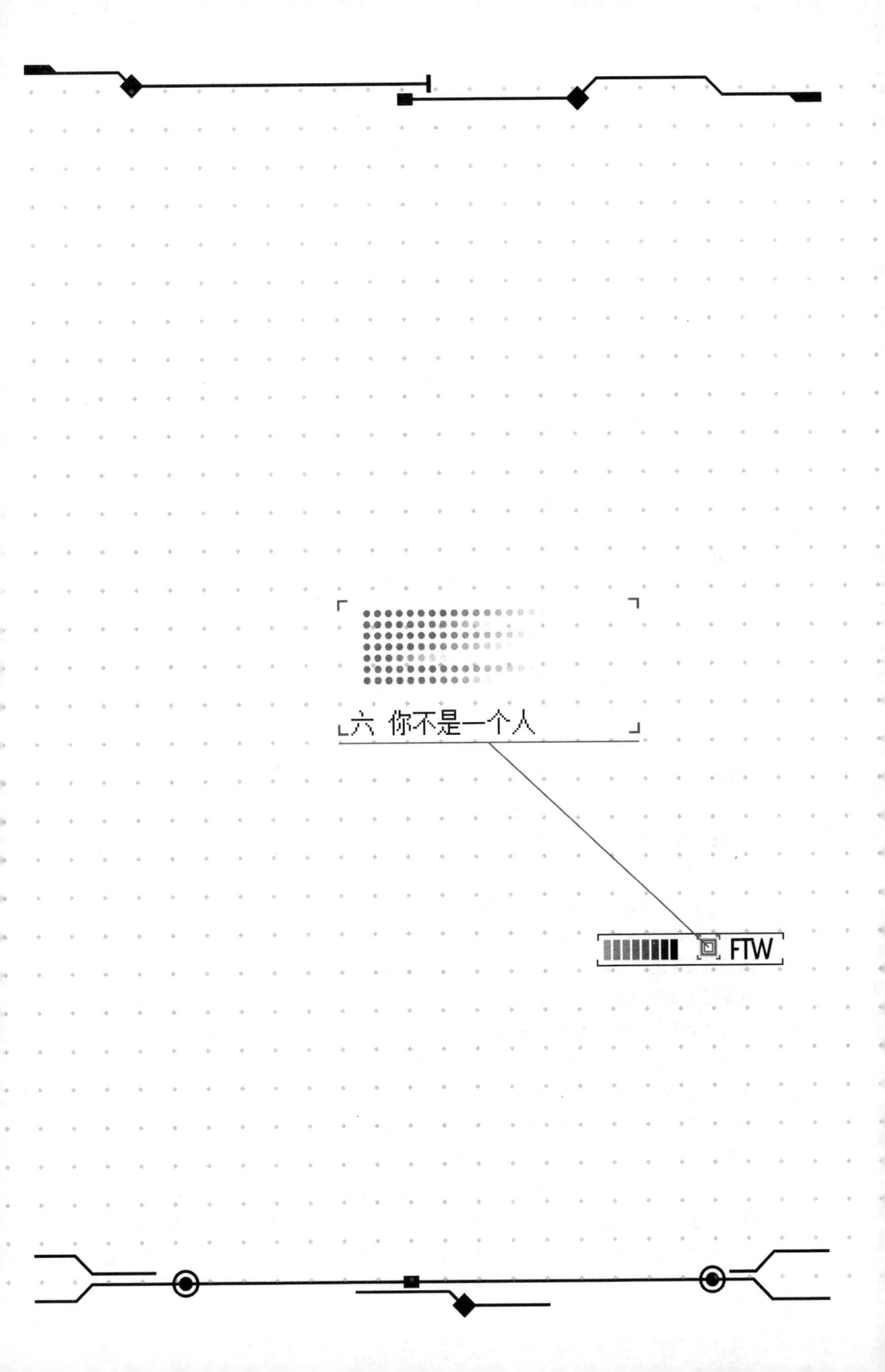

46

　　因为双方战局相对平缓，导播回放了刚才的上路对决，不过才一分三十秒，双方刚刚抢完一拨兵线升至二级，居然就打得如此激烈！

　　陆封的死亡骑士出门开的是重形态，这是常规操作，毕竟轻形态虽然机动性强，但输出相对低，不利于前期清线。想要切换形态必须等到六级以后，才能通过轻形态的高移速来进行团队支援。

　　重形态的死亡骑士防御偏高，且有5%的物理免伤加成，如果能刷起魔化印记还能够净化自身，当然后者必须技能点足够才能打出效果，这不是选手的操作问题，而是机制定死的。

　　相较来说，宣龙的狂战士前期就很霸道，一技能大刀阔斧有着不俗的输出能力，二技能刀斧震地更有着击飞效果，在只有三四级的情况下，他不怕任何人。

　　正是这份底气让宣龙敢和陆封Solo！第三视角看到的是FTW双方都没去上路支援，但他们队内当然沟通过。

　　从逸问过宣龙："能行吗？"

　　宣龙笃定："打不过总还跑得过。"

　　从逸："好。"

　　阿睡虽然没出声，但他和从逸的默契无敌，从逸问的是他想问的，宣龙的答复也是给他的，既然不需要支援，那阿睡加速刷野，争取能比卫骁抢先一步抵达中路。

　　FTW这边更简单粗暴，卫骁："队长！弄死他！"

　　陆封声音平静："嗯。"

　　宣龙仗着天赋优势，清了兵线开始欺负死亡骑士，第一次切磋，狂战士明显占优势，大刀阔斧范围很广，死骑这种近战是不可能靠走位躲开的，眼看着陆封血量跌到一半，宣龙有点膨胀："兄弟们，我没准能搞死大魔王。"

　　李淳在中路摇旗呐喊："上啊龙哥，半决赛一血你值得拥有。"

　　温韦远远地帮他放了一枪："单挑击杀陆封，龙哥咱能吹一年！"

　　宣龙神情专注了："好！"

　　从逸没说什么，阿睡更不会开口，以他俩对陆封的了解，宣龙想击杀他很难，但到了这个地步，开口也只是泼冷水，反正拦不住，一血和团队气势相比，后者更重要。

　　宣龙盯准了死亡骑士的走位，一招刀斧震地用出去，眼看着要击飞死骑，只要能控他零点五秒，他接下来的强化普攻一定能送走陆封。

行了！

宣龙眼睛明亮，等着死骑被地上的刀斧弹起……

"躲开了！死骑灵活走位，在如此极限的距离避开了狂战士的双斧震地！"观众也看到了，看得甚至比解说更清楚，全息投影的优势在此展露无遗——导播给的聚焦镜头，观众清清楚楚地看到了双方的战斗，原来荣光的技能真有官方说的那样微妙精准，原来职业选手的操作真能做到毫厘不差，原来即使拉开头发丝那么小的距离也真的可以躲开技能！

双斧震地空了！不仅没能控住死骑，宣龙的强化普攻也没了！死骑开始反击，他同样有击飞技能，只见重刀上挑，精准击中狂战士。

狂战士腾空，宣龙在落地前无法操作角色，而这零点五秒的间隙，足够死骑刷他一身魔印。

解说声音不自觉扬高："如果死骑六级，现在狂战士已经死一百次了！陆封的魔印效率和元泽不相上下啊！"

"那必须，以前的单人赛上，陆封可是用死亡骑士斩获过全球冠军。看来宣龙这下……"

技能的使用都在瞬息之间，刚才还是死骑半血以下逼近重伤，现在已经换成了狂战士。当然狂战士也不会坐以待毙，哪怕血量骤降，也竭力反击。

双方血量跌至四分之一！双方同时进入重伤状态！

系统公告：
First blood!
FTW.Close 击杀 3U.Dragon！

解说也很激动："狂战士尿了！死亡骑士一丁点后退的意思都没有！狂战士交了闪现！可惜已经晚了，死亡骑士的重刀劈出去，技能锁定，肯定能伤到他。恭喜陆封拿下一血！"

最后这半秒钟是最精彩的，同样是重伤，同样命悬一线，宣龙和陆封做出了截然不同的选择。一个是怕了，试图逃离；另一个是战意不倒，追杀到底。

这一个选择决定了胜负。

宣龙骂了句粗话："早知道该和他换了！"

从逸："没事。"

刚开局问题不大，而且宣龙已经把陆封耗残，虽然给他个一血，但好歹不至于丢兵丢塔，损失在可控范围之内。

再说了，直播间的粉丝都懂。

"大魔王给多少选手留下了心理阴影啊！"

"对，但凡对上的不是陆封，宣龙最后那一下都不至于退。"

"不怪龙哥，他敢上去和陆封硬碰已经很牛了！"

"可以预见，对上全盛状态的大魔王，联赛的上单们有多苦了……"

这等精彩时刻，卫小疯自然要狂吹"彩虹屁"，恨不能把自家队长给吹出花来。

末了还要自己帮荣光炸麦王补一句："这段请一定剪出来，欢迎大家做成手机铃音，一天听个十遍八遍，保证神清气爽，上分上星冲国服！"

三小只："……"

FTW 的风评……哦！自从卫骁入队，FTW 风评这东西早没了！

嘴上不停，卫骁眼睛却尖得很，他瞥到了光辉牧师的身影。

白才也看到了："我过去？"他正在下路跟着越文乐，如果从逸和阿睡围殴卫骁，他不去支援，卫骁要被欺负。

卫骁："不用，阿睡不在。"

白才微怔。

卫骁解释："你是不是傻，阿睡用的是隐贼，从逸会暴露视野？"

隐贼开局就能隐身，一般情况下是会和队友保持距离的，这样才能做到偷袭的效果。

白才其实也想到了，只是慢了那么一小会，他吐槽卫骁："万一从逸预判了你的预判。"

卫骁："那我就预判他预判了我的预判。"

白才："……"

越文乐："禁止'套娃'。"

宁哲涵噗的一声笑出来，如卫骁所料，从逸虽然露了个视野，但没来野区搞卫骁，反而是绕了个道去下路。

卫骁心中有数，嘱咐宁哲涵："走河道的时候小心些，从逸布了眼①。"

宁哲涵："收到！"

导播把镜头给到下路，FTW 和 3U 的 2V2 让观众看得直眨眼。

"什么情况？我逸神怎么离开睡睡了？！"

"3U 这是搞啥，正副队闹崩了？"

"连体婴儿解体了？"

乐观但有点点心虚的粉丝解释："3U 也要成长的！战术不会一成不变，他们……他们肯定是有了新想法！"

解说也挺诧异，细致分析了一下 3U 的改变，近两个赛季，从阿睡和从逸加入 3U，这支战队便成了绝对的野核体系，某种程度上，他们甚至比 FTW 还要看重打野。

陆封在打野位的时候，白才并不需要跟着陆封，一来是陆封独来独往惯了，菜哥勉强跟得上，却打不出一加一大于二的效果；二来是越文乐的射手很不错，FTW 一直

---

① 游戏术语，"布眼"或者"插眼"是指通过特定技能在游戏地图上放置视野区域，以此观察敌方动作。

有着重培养的意向，更倾向于白才辅助越文乐。

3U 这边不同，从逸先属于阿睡，后属于团队。

3U 粉丝对这点也是深恶痛绝，觉得团队太惯着阿睡，不把从逸当人，也不够重视其他队友。

虽说这俩的双人赛成绩可观，但中国赛区已经有个单人赛冠军了，比起这些小赛，他们更想要团队赛的胜利！

半决赛第一场，从逸和阿睡一改之前的连体婴儿，难得地分开了。

解说道："这局睡神拿的是隐贼，隐贼的话的确是单人行动比较好。说起来 3U 很少用隐贼体系，今天拿出来想必是早有准备。温韦的枪炮师还是很厉害的，从逸和他的配合也很默契。FTW 这次的射手选择也比较新颖，暗夜德鲁伊是今年年初才开发的天赋，刚上线的时候非常强势，后来被策划微调后坐了半个赛季的冷板凳。不知道这局乐神能不能给我们带来暗夜德鲁伊的新打法。"

导播始终把镜头定格在下路，从全息投影的角度去看，这四个天赋十分赏心悦目，俩牧师不用说了，都是高冷禁欲系，修长的体形，精致的眉眼，是广大女粉丝的心头肉——不仅爱，还能用他快乐上分又升星。

德鲁伊是兽人族，外形粗犷了些，不过暗夜属性有点接近魔族，加上皮肤特效，高高束起的领口和披风，很有中世纪的贵族范儿，再配上那遍地魔物，更是让他染上了邪性的气息。

枪炮师的角色有点蒸汽朋克的画风，精灵古怪的小矮子，大炮筒比腰身还粗，砰的一枪，最远射程可横跨半张地图。

越文乐走位比较靠前，这次有风暴牧师辅助，更是嚣张得很，带着一堆魔物，在枪炮师面前耀武扬威。

温韦是老射手了，深谙守之精髓，站在光辉牧师身后，像跟着帅爹逛街的小崽子。

清线、换血，双方打得有来有往。

观众欣赏着全息投影的精准投射，感慨着职业选手的走位巧妙……

解说："卫骁和阿睡撞上了！"

导播镜头秒转，定在了下野区，观众悠哉悠哉的神经瞬间绷紧，盯住了狭路相逢的俩盗贼。

他俩不是在入侵对方野区，也不是在清理自己野区，而是掐准了时间想来打远古生物。

打野的节奏点之一就是控准双龙，击杀大龙有兵线加成，击杀小龙有全队 Buff 提升。当然无论击杀哪条，队内五人都能享受不菲的经验加成！

一个能够完美控龙的打野，绝对是团队的福星。阿睡和卫骁刷野节奏相差无几，连思路都有些相近，所以才在龙坑迎面撞上。

仙贼和隐贼相遇，明显定格了零点一秒钟，下一瞬两人的技能丢向对方。按理说隐贼不会暴露视野，卫骁本来看不到他，这里就要夸一下菜哥了，提前布了个眼，刚好能照到阿睡，把他给照出来了！

照出来身形不等于破了隐贼的隐身，所以阿睡的技能仍有隐身后的额外加成。

"打起来了！"粉丝喜闻乐见，"这算不算中国赛区最强打野PK？"

"是了是了，大魔王在上路，小疯子们抢输出位！"

"行行行，您美您说了算。"

卫骁和阿睡Solo，这真是太熟悉了。虽说卫骁早过了那个压着阿睡打的时候，但卫骁的胜率也还是略高一筹的。团队赛里Solo，影响因素更多一些，比如地形、队友支援、节奏……变数多，需要考量的就不单单是选手水准，有时候甚至看一点运气。

卫骁挽了个剑花，白色虹光炸开，掩住了剑刃，笔直地向着隐贼刺去。导播很懂，给了一个正面特写，全场观众惊呼："酷啊！"

剑锋冲着观众席，观众站在隐贼的视角，看到的近在咫尺的长剑，仿佛下一秒就要被刺中，视角又变了，阿睡借着隐身破掉后的移速加成，巧妙避过致命伤，血量只被砍掉四分之一。

卫骁嘴角微弯："可以嘛。"

长剑一收，两段位移突到阿睡面门，隐贼弯腰蓄力，匕首闪着暗光，刺向仙贼腰间。"早就说过男人的腰伤不得。"卫骁一边贫嘴，一边操作着角色躲开了阿睡的伤害。

可惜导播没有给选手特写，不然铁粉肯定能根据口型看出他说了什么。

卫小疯，不愧是你！两三秒工夫，仙贼和隐贼已经过了四五招，两人都是伤害高的刺客，哪怕前期装备不行，一套打下来也能让对方疯狂掉血。

中路距离下野区最近，宁哲涵："骁哥，我给你拖住李淳！"

卫骁："嗯。"

支援没啥必要，李淳不来，阿睡必死。这边打得不可开交，谁知先爆发击杀的反倒是下路。

系统公告：
3U.WW 击杀 FTW.White！

导播立马拉起镜头，让整个峡谷的下半段都展现在观众面前。

好家伙……在卫骁和阿睡拼个你死我活之际，下路的2V2也真刀真枪地打了起来。

导播给了回放，观众发现是越文乐先动的手，德鲁伊的魔物是主要攻击手段，他刚好打出一个强化虫，强化虫咬住敌人后有麻痹效果。这小虫子稳得很，精准叮住枪炮师。

此时不上更待何时？越文乐制造了更多魔物，冲了上去。菜哥跟得很快，提前一步撞了光辉牧师的光墙，以防越文乐被控。越文乐多线操作魔物，伤害全部砸到枪炮师头上，眼看着这份伤害能带走温韦。谁知光辉牧师挡在枪炮师身前，一道浅绿色光束从天而降，所有伤害转移，全部落到了光辉牧师身上。

从逸的这招乾坤挪移用得太精彩！

菜哥轻吸口气："撒！"

越文乐嘴角紧绷，不退不行，菜哥把加速给了他。从逸的光墙落下，风暴牧师已经被枪炮师"集火"。

这个2V2打得漂亮。

解说狠狠吹了一通，表示："虽然菜哥死了，但保住了暗夜德鲁伊，不亏！从逸的操作太不像个辅助，刚才的乾坤挪移角度刁钻到一定程度，我估计3U的枪炮师都没想到他能接下。从逸的个人能力一直很强，只是之前待在阿睡身边，被盖住了。"

弹幕也在议论纷纷。

"FTW不行啊，越文乐依旧冲动。"

"生得白白净净，怎么性格这么莽，FTW换个射手吧！"

粉丝不服："乐神撤退得很及时好吧！"

"对啊，强化虫叮到了枪炮师，不上才是错失机会。"

"乐神不背锅，只怪从逸太优秀。"

"就是菜哥好像有点慌？"

"楼上不会玩风暴牧师吧，没大招的风牧就是个废物。"

"所以还是越文乐太莽，明知道自家辅助没到强势期，还冲上去送人头。"

系统公告：

FTW.Quiet 击杀 3U.Sleep！

镜头定格在下路的时候，卫骁和阿睡的战斗也交出了答卷。

仙贼斩杀隐贼，虽然自己也是残血，但飘逸的身姿缓慢落地时，还是惊艳了全场。

"太帅了！"

"有Coser[①]出仙贼吗？这个男人我可以！"

"看看骁骁，让他自己Cos不香吗？"

"嗯……仙气飘飘的小流氓？哦，我的鼻血！"

第一回合硬碰硬，FTW拿下三个人头，3U也得了一个人头，同时耗了下塔半管血。越文乐那点血量只能回程，刚落地到水晶，陆封按了传送："换线。"

越文乐："好。"

陆封的传送金光刚停，死亡骑士切换轻形态，一段灵动的位移，他突到了3U塔下，正在吟唱的从逸心一跳，死亡骑士长刀刺出，仅余五分之一血量的光辉牧师魂归泉水。

从逸："……"

---

① 指角色扮演（Cosplay，简称Cos）的玩家（演员）。

很好，省了回程的吟唱。

会场炸了。

"啊！越塔强杀！"

"大魔王帅裂苍穹！"

47

何止观众，菜哥都惊呆了，自己前脚刚死，陆封后脚报仇，大魔王太可靠啦！

菜哥泪眼汪汪："队长！"

台下的汤臣感慨："还是老陆稳啊。"同为上单他看得更细致些，陆封的个人操作是真的强，当年在打野位已经很优秀了，如今放到上单，优势更大，劣势也有所弥补。

辰风盯着台上的比赛："这些年委屈他了。"

明明不适合打野，却打了这么多年；明明在上单更自由，却为了团队牺牲自己，难怪两年前他看到卫骁，说什么都要签回来，这小疯子才是天生的打野位。

FTW开始疯狂反扑，中后期仙域盗贼崛起后，卫骁到处Gank，只要一露头，必定有人头落地。

陆封和越文乐换线，陆封去下路时，菜哥和越文乐的一死一残导致防御塔被耗掉了半管血，然而自陆封击杀从逸后，3U就再也碰不到下路外塔。

这半管血的防御塔原本是最有可能被拔掉的，如今却成了最坚固的堡垒。

从逸："别去硬碰硬，抓上路。"

与其浪费三个人抓一个不一定会死的陆封，不如搞击杀成功率更高的中单和射手。

阿睡支援上路，他刚打了越文乐一套技能，菜哥一个超远距离卷风，把尚在河道处的仙域盗贼给卷了过来。

卫骁落地，万剑天降！从逸紧急开启大招，可惜技能只能照拂一人，温韦跌至重伤，丧失战斗力。越文乐的站位靠前，竟然丢出了一个虫子，扑上去撕咬温韦。温韦射死虫子，没想到这是个毒液虫，爆炸出的黏液足够要他命！

越文乐击杀温韦。

卫骁毫不客气地夸奖："真棒！"

战斗还在继续，阿睡和从逸虽然只有两个人，却丝毫没有撤退的意思。阿睡盯紧越文乐，隐身扑了过去。虽然看不到阿睡的位置，但闭着眼睛也猜得出他要攻击谁，所以菜哥、卫骁的技能全都砸了过来。

睡哥不愧是中国赛区顶极打野，这走位实在精准，在卫骁的技能间隙中出手，攻击比菜哥的护盾快半秒，刺杀残血的越文乐。

攻击后隐贼暴露视野，卫骁位移突进，手起刀落……

从逸哪会任他击杀阿睡，一道光墙护在阿睡面前，逼得卫骁后退。

菜哥继续给卫骁叠加速，仙贼本就移速高，再加上风暴牧师的腾飞Buff，他的身形犹如一道白光，迅速挡住了阿睡的去路。

从逸："杀他。"

阿睡技能扔出来，誓要和卫骁拼个你死我活。

电光石火间，菜哥放弃给卫骁加速，反倒把所有技能都扔到自己身上，他在队伍语音里大喊："老卫，杀他！"

卫骁："放心。"

话音落，他位移后撤，与隐贼拉开一定距离。隐贼的匕首连刺是追踪技能，卫骁别说只后撤了两个身位，即便是四个身位，技能也能追上来。

这时候就靠菜哥了，追踪技能触到敌方就会停止。菜哥冲上来替卫骁抗了个满伤害。牧师系向来不是皮糙肉厚的辅助，再加上之前的战斗菜哥已经血量不健康，如今吃了个隐贼满输出，瞬间倒地！

这次团战实在是精彩至极，3U试图抓死越文乐，结果被越文乐送走了自家枪炮师；眼看着FTW三打二，3U双人组丝毫不惧，冲上去带走越文乐，还想击杀卫骁。

菜哥的风暴牧师也用到了极致，虽然无法给队友加血，但肉身挺上，护住输出位，死得不亏！数十秒的工夫，局势又变成了3U二打一。

卫骁完了吗？仙域盗贼残血，隐贼半血，光辉牧师重伤。

结果如何？

系统公告：
FTW.Quiet 击杀 3U.Sleep！
FTW.Quiet 击杀 3U.Night！
FTW.Quiet 双杀！

结果是仙域盗贼残血反杀，斩获两个人头！会场毫无意外地沸腾了，看着全息影像的粉丝热烈鼓掌，手心都通红了！

太刺激了！从全息影像看实在是太清晰，太紧张，太让人血脉偾张！

技能、状态……全部都跌至谷底的三个人，没有丝毫退意，全是蓬勃战意。

阿睡和从逸的配合绝了，光辉牧师扔出的光墙逼迫仙贼走位，阿睡的匕首等在另一个方向，卫骁要么被从逸控制，要么吃隐贼一刀。

怎么选择全看他在那一瞬间的意识。仙域盗贼恍若游鱼，躲开了光辉牧师的控制，吃了隐贼一刀！

解说不禁大喊出声："漂亮！"

的确是太妙了，但凡卫骁犹豫一下，被光辉牧师控住，那仙贼就完蛋了，这会儿他看起来是吃了隐贼攻击，可一个没有强化的普攻，伤害有限，至多让他重伤，不会毙命。

只要活着，只要没被控制，就可以再来一个万剑天降！

粉丝看得很激动。

"卫骁刚才利用小兵刷了技能冷却！"

"真是恰到好处啊。"

"要不是现场观看，我真要怀疑这小子开挂。"

"说真的……卫骁这个人实力问鼎全球了吧！"

"求别吹！Q崽稳住，你还小，未来的路还长远！"

上路团战结束，丝血的仙贼成了最后站着的人，老行家们一眼看出来，这局FTW稳了。

刚才阿睡和从逸的配合已经非常精彩，卫骁哪怕有一丝一毫的失误，3U就能翻盘。可惜卫骁稳住了，稳稳地守住了FTW的节奏。

越到中后期，3U的短板越明显。隐贼这个天赋有个致命伤：前期凶，后期弱。等游戏进展到三十分钟左右，隐贼基本等同于超级兵——哦，可能还没超级兵厉害，人家还能哐哐砸塔呢。

阿睡无法发挥作用，温韦和李淳在大小魔王的注视下，保命都成难题，哪来的输出。

三十八分钟，暗夜德鲁伊的魔物击碎了3U的复活水晶，FTW拿下第一局的胜利！

水晶爆破的效果也以全息投影的形式展现，观众被这技术刺激得热血沸腾，甚至有妹子伸手去触碰炸裂的红色水晶，这近在眼前的特效，几乎让人分不清是现实还是虚幻。

教练上台，第二局BP很快开始。

BO5的比赛，中场休息是在第二局结束后。

FTW这边自然是喜气洋洋，辰风忍不住给他们泼冷水："3U明显在尝试新战术，稳住。"

卫骁："我们也有秘密武器。"

辰风瞪他。

卫骁给自己嘴巴上拉链："保密保密。"

辰风要不是怕被开除，早给他一拳头了！

3U那边就安静多了，冷教练沉声道："隐贼还是有弊端。"

阿睡不出声，温韦满含歉意："是我没打好。"

从逸道："面对陆封和卫骁，任何输出位都会有压力。"

冷教练的视线落在阿睡身上："别急，我们的确需要更多的战术。"

第一局的阵容是3U最近一直在练的，隐贼的单打独斗在训练赛时打出过不错的效果，只是面对FTW这支上野强队，还是差了点火候。

不过冷锋是支持阿睡做出改变的，3U近一个赛季，战术越来越固化，越来越以阿睡为中心，这的确能拿到不错的成绩，可也太容易被针对。

半决赛哪怕不是FTW，他们也越不过TPT那个坎。

傅黎太克制套路固化的战队了，像3U这种套路一眼望到底的队伍，对于TPT来说简直像个穿开裆裤的小娃娃，能被玩到"自闭"。这局 3U 先禁用也先选择，他们给了禁用位后，有了优先拿一个天赋的机会。

FTW 还没来得及禁狂贼，冷锋问："拿吗？"

阿睡："元素。"

从逸眉峰微扬。

冷锋斟酌着："现在放了狂贼，卫骁可不会客气。"

阿睡难得又开口："元素。"

冷锋看向从逸。

从逸："好。"

一楼刚好是从逸，从逸锁了元素萨满，FTW 自然也看到了 3U 的选择。

卫骁："3U 聪明了啊，没被套路到。"

他们放出狂贼和元素萨满，为的就是引诱 3U 拿一个，他们争取另一个，按理说 3U 对狂贼非常执着，只有一个选择位的情况下，肯定会优先拿狂贼，谁知 3U 竟然一楼拿辅助，夺下了元素萨满。

辰风："狂贼比元素萨满价值更高。"

菜哥跃跃欲试："那我锁狂贼了？"

辰风："嗯。"

卫骁一眼看穿他："你怕个鬼啊。"

白才理直气壮："我就怕！我的元素萨满就是不如从逸！"

卫骁："……"

白才能不用元素萨满，心情好了一万倍，卫骁侧头盯了菜菜一眼。

白才："……"

菜哥心惊肉跳的，但……管不了这么多了！能活一时，没准就活一世了！

第二局从阵容上就看出 3U 回归了，元素萨满保驾护航，风暴盗贼强势出场，温韦和李淳也拿到了比较能自保的输出位，上路宣龙手握神战，打不过好歹躲得过！

3U 的粉丝松了口气。

"回来了回来了。"

"这就对了！打 FTW 就该避战和疯抓，越文乐和宁哲涵是绝对的短板。"

"别小瞧行吗？我乐神去年的第一射手是吹出来的？"

"呵呵，你乐神去年怎么被阿睡打'自闭'的，忘了吗？"

"那又怎样，我们 FTW 拿了冠军！"

"没有陆封的力挽狂澜，凭你们乐神能拿冠军？"

"去年是我们乐乐的第一个赛季！"

在粉丝的争吵中，选手进入到峡谷，这局菜哥拿到了自己的称心英雄——神牧。

卫骁："跟老越。"

白才心情好："好嘞。"

卫骁用狂贼，陆封用了宣龙上局用过的狂战士，宁哲涵因为李淳的灵法选了仙术士，下路越文乐和温韦是滑膛枪炮师和雨猎的对决。

拿狂贼是必须反野的，不然很浪费前期优势，卫骁没让菜哥跟自己，是因为他准备去反上野区，上路有队长在，他如果暴露，队长能及时支援。

谁知 3U 上野区一片安静，别说从逸和阿睡了，连个眼都没铺。

卫骁麻利地抢着红 Buff，顺便在己方下路点指令："小心些。"

3U 明显是放弃上野区了，想必是去搞他们下野区了，野区资源互换，也是常规开局。白才试探性地往野区丢了个技能，撞到从逸铺的眼。

白才："俩都在！"

卫骁看了眼小地图，道："放了。"

白才："好！"

解说分析："这把 FTW 吃亏啊，卫骁一个人的刷野速度明显比阿睡慢一些，白才和越文乐又忌惮野区有人，不敢疯狂压温韦，等到阿睡和从逸清完野怪，无论是支援下路还是 Gank 中路，FTW 都是血亏。乍看之下的确是 FTW 开局不行，可问题是陆封……"

不等解说说完，上路已经打起来了。

卫骁刷完红 Buff 和石头人，放弃三头狼，直奔宣龙而去。

宣龙还在队内语音里说："你们搞快点，给越文乐点压力，逼卫骁去支援……"

不急不行了，因为他被狂贼的镰刀锁住了！神战给自己叠了 Buff，想着自己怎么也不至于死在狂贼镰刀下。

卫骁只开了两个技能，镰刀锁住人也不能来回反跳，只勉强把人拉近了些。

宣龙心中一喜，道："我死不了，你们不用来。"

话音刚落，狂贼的击飞砸在他身上。

宣龙："什么？！"

同样都是战士，怎么差距就这么大呢？弹起来的神战给了狂贼输出的机会。等狂贼的大刀阔斧落下，宣龙有气无力："我怎么又送了一血！"

3U 全员："……"

从逸补了一刀："好歹换了个人送一血。"

上一局是陆封，这一局是卫骁。

宣龙怕了副队长的冷笑话！

偏偏有人捧场："呵。"

除了他们的阿睡队长没旁人了！要不是知道阿睡的性格——这个"呵"真是笑的意思——宣龙都要怀疑阿睡在嘲讽他了，虽然他这样也的确应该被嘲讽。

这时导播给了 3U 选手一个镜头，粉丝本来提到嗓子眼的心微微落了些。

"龙哥状态不错，没崩。"

"我睡睡是笑了吗？"

"肯定是逸神又讲冷笑话了！"

有新粉好奇。

"冷笑话？"

"没听过荣光炸麦王吗？来来来，链接送你，赶紧去品一品。"

"3U 牌冷笑话，睡神笑呵呵。"

3U 的确不慌，上路送了个宣龙，下路他们绝不会放走越文乐和白才！说话间，阿睡扫完全野区，在元素萨满的加速图腾下，风一样地逼近越文乐。

菜哥早有准备，回身一个弹弹乐。

从逸早就搓好了净化图腾，在弹弹乐即将飞到阿睡身上时，阿睡有了零点三秒的净化。

解说："漂亮！阿睡没被控住！这个净化图腾拿捏得绝了，从逸不愧是中国赛区第一元素萨满！阿睡一记追风越过神牧，直逼越文乐。滑膛枪炮师没有大招，散射准头不够，打不到风贼。"

全息投影的景象更刺激，风贼是操纵风的王者，只见风刃破空，斩断周遭空气，滑膛枪炮师被眩晕，强化普攻接连刺中，血量尚可的越文乐立刻跌至半血以下。

菜哥的治疗给到越文乐，可惜 3U 的雨猎踩着雨点过来，咻咻两声，雨箭落在越文乐头上。

阿睡又是一记追风，风刃刺穿了枪炮师的胸膛，送他回家。

白才倒吸口气，转头就跑。

可惜了，从逸耗了自己一半的血量，捏了个控制图腾，困住了神牧双腿。

系统公告：

3U.Sleep 击杀 FTW.Le！

3U.Sleep 击杀 FTW.White！

上路卫骁拿一血，下路阿睡夺双杀。半决赛第二局，3U 终于扳回一城！

卫骁没点传送，一来是 3U 三人状态太好；二来是前期复活快，越文乐很快就能上线，自己过去反而会损失两边经验。他趁着阿睡在下半区，和陆封一起干掉了刚刷出来的远古生物，强行给全队提了经验和金币。

卫骁："老白，约不？"

白才："……"

卫骁："咱们乐乐需要你。"

白才嘴角抽搐："闭嘴！"

卫骁笑眯眯的，没再说什么。

半决赛之前，卫骁一直在搞越文乐，新的 Solo 模式更加方便了，卫骁先让越文乐体会了被一百个英雄"凌虐"的"快乐"，再让他享受被十五个盗贼花样击杀的"幸福"，最后再让他被自己的成名英雄按在地上摩擦……

正所谓不在"凌虐"中死亡，就在"凌虐"中爆发，越文乐显然是后者，卫骁没把他打怕，反而把他打得更来劲！

乐神这边卫骁不担心，虽然特训时间有点短，发挥得不那么稳定，但只要继续磨，第一射手必须在FTW。

卫骁比较愁的是菜哥，如果FTW专注于野核，菜哥是没问题的，跟着卫骁的白才，实力翻三倍，谁都怕。可问题是，越文乐更需要白才。

48

阿睡和从逸的节奏起来了，有从逸跟着的阿睡和上一局判若两人，隐贼这种暗戳戳的天赋的确不适合睡哥，别看他现实里安安静静睡得香，游戏里却是个炸裂峡谷的选手。

忍气吞声找机会不适合他，还是狂贼、风贼乃至仙贼、暗贼这种强节奏的核心打野适合他。下路击杀白才和越文乐后，在元素萨满的加速图腾下，他立马冲去中路，想赶在卫骁抵达前带走宁哲涵。

小宁子的仙术士发挥不那么稳定，上限很高，下限也很低，状态好超神，状态差超"鬼"，对上阿睡，宁哲涵是打心眼里紧张的，所以状态一般。

卫骁赶到中路，小宁子已走远，风贼和元素萨满有恃无恐地清兵线。

卫骁："嘤。"

队里所有人都以为卫骁要向队长撒娇，谁知他下一句就是："菜哥！"

菜哥："啊？！"

卫骁："FTW需要你。"

白才松口气，好歹这小子没来一句"我需要你"。

事实证明菜哥这口气松得快了些，卫骁下一句："你不能眼里只有我。"

白才："……"我不是，我没有，队长你听我解释！

系统公告：
FTW.Close 击杀 3U.Dargon！

宣龙："我扛不住了，你们快点抢节奏啊！"

和龙哥一样害怕的还有菜哥，总觉得峡谷里死的是宣龙，但"社会性死亡"的是他这棵菜！

这一局FTW很难了。

不说行家，连粉丝都看出来了。

"我们FTW的问题不小啊。"

"这个断层感虽然因为卫骁的加入削弱了，但依旧在。"

"之前优势局看不出来，一旦被人死盯着咬，短板暴露无遗。"

这也是 FTW 教练组担忧的问题，为什么辰风那么不希望在半决赛抽到 3U，原因就是阿睡和从逸这个组合太克制 FTW 的短板。

卫骁和陆封的配合没问题，去了上单的陆封也不再那么需要和其他队友打配合，所以长久以来困扰 FTW 的割裂感淡了许多，再加上卫骁这个节奏小能手，自己带节奏带得飞起，把短板挡得更严实。

挡得再严，也不是根除。这阵子，越文乐的成长肉眼可及，辰风作为教练比谁都看得明白。

团队五个人，如何彻底融洽为一个整体，是最重要的课题，卫骁在努力，辰风努力配合他，同时也期待结果。

阿睡和从逸抓爆 FTW 中下路，卫骁总是慢了半拍，这就是 3U 有一个神仙辅助的强势。

从逸探到卫骁位置，阿睡立马掉转方向，袭击另一路。虽然大家心知肚明地不去搞陆封，可中下野还有三个方位，而卫骁只有一个人。

解决方法也有。

一个是菜哥跟卫骁，菜哥来个反侦察，直接抓崩阿睡；另一个方案是菜哥和越文乐抗住阿睡的疯扑，等到卫骁支援然后反杀。

前者简单，菜哥和卫骁配合，绝对能摁死阿睡和从逸。

可卫骁不想这样，他宁愿用一小局的失利换来白才和越文乐的共同成长，没什么特训比赛场对战更强有力。

FTW 倘若在这里输给了 3U，那也意味着他们无法问鼎冠军，与其将问题遮挡起来，不如直接撕开，血淋淋地摊在阳光下，加速愈合！

卫骁赛前和陆封商量过，或者该说卫骁芝麻大点儿的事也要和队长说半天。陆封话少，但他是个绝佳的倾听者，而且他也爱听。

卫骁和他说战队的情况，和他说小宁子，说菜哥，说越文乐，甚至还会说自己。不得不承认，卫骁有一双极其犀利的眼睛和远超于这个年纪的洞察力。

看人很准，识人很清，最难得的是总有一肚子的"妙"招。

陆封最初是听他声音，听他轻快的语调，后来……越听越认真。

卫骁切实地让陆封体会到——一个能够配别人的人，背后真的付出了很多。

哪有什么天生的亲和力和洞察力，还不是看得多，想得多，了解得多。

卫骁问陆封："如果阿睡和从逸抓下路，我放一放行吗？"

陆封懂他意思："不怕他们心态崩？"

卫骁弯着眼睛："队长你也太小瞧他们了。"

当时的陆封愣了愣，不是小瞧，而是不信任，这也许就是他和卫骁的区别。越到后期，阿睡的经济越高，装备越好，状态也拔到了顶尖，抓人抓得更疯，中路的宁哲涵不提，下路的越文乐和白才才是重灾区。

菜哥额头沁出汗,越文乐却是越来越起劲。连死三次后,菜哥忍不住:"老越你……"

他还没说完,元素萨满的图腾插在了越文乐身上,越文乐不退反进,一套技能死命往阿睡脸上砸。

菜哥急死了:"我奶不住你啊!"

越文乐血量暴跌,立刻被阿睡揍成重伤。

白才从没觉得神牧这么无力,他玩神牧这些年,第一次觉得这个荣光第一奶妈的"奶量"不足!他所有技能都给了,护盾治疗全上,愣是保不住越文乐。

两人再度倒地,菜哥气疯了:"你看到阿睡就不能避……"

卫骁打断了他的话:"可以啊老越,刚才要是没有经济差,阿睡就是你的箭下魂。"

白才一愣,卫骁又道:"不慌!等我们乐哥起来,十个阿睡都不够你打。"

经济面板上数据是明晃晃的,死了这多么次的越文乐,经济足足比阿睡少了三千,这相当于差了一件半神装。

神装对英雄属性的加成是惊人的,这么悬殊的差距,越文乐还能把阿睡打到重伤,足以见得他操作有多精妙,打得有多仔细。

白才手心微汗,面上罕见地凝重起来,咸鱼惯了的人都忘了该如何拼命了。他一直在埋怨越文乐,一直觉得他莽,觉得他上头,觉得他该退不退,可越文乐已经做到了极限,但凡他多帮他控一控阿睡和从逸,多一点点治疗量,帮他多抗一丝丝伤害,局面不会是这样的。

以三千经济差反杀阿睡和从逸的,很可能是越文乐!

白才额间的汗水落下,头一次感觉到了自己的重要性。

这是 FTW 无力回天的一局,因为针对大魔王的法子是有的。

一个公平的电竞游戏,不可能没有克制体系,否则 FTW 也不会整整低迷了三年之久。

克制陆封,最简单的办法就是资源压制。阿睡和从逸疯狂杀戮的结果是阿睡的经济远高于陆封。

前半局他们是抓不死陆封的,可到了中后期,阿睡、从逸加上宣龙,在三人围剿下,别说是陆封,神仙也跑不掉,即便你双拳能敌四手,也难敌六手。

Defeat!

BO5 第二小局,FTW 输了。

会场里有喝彩声,有鼓励声,更有争议声。

粉丝有的很心慌。

"完了完了,FTW 这短板要怎么克服?"

"我慌了,FTW 不能输啊!"

"如果今天输了,这个赛季大魔王是不是又要孤军奋战了。"

"不不不,今年 FTW 一定要冲进全球总决赛。"

当然也有理性的。

"没有短板的战队根本不存在好吗!"

"有问题改问题，小宁子也好，越文乐也罢，都还年轻，给他们点时间行吗？"

"我觉得挺好的，以前FTW一味地依赖陆封，最近又有点依赖卫骁，拜托，这是个团队游戏，五个人都站起来好吗！"

"对！我们要的是FTW五神，不是魔王独大！"

解说当然不会说FTW有问题，他们只会吹胜利的队伍，有来有回的比赛才热闹，3U不是弱队，尤其是从逸的元素萨满，这可是值得被送上禁用位的存在。

辰风上台，瞥了三小只一眼。宁哲涵有些慌张，但这小子情绪来去都快，卫骁一逗就能开心起来。越文乐虽然被抓崩了一整局，精神状态反而没问题，跃跃欲试想开下一局。

倒是白才……

辰风收回视线，盯着卫骁的电脑屏幕："下局让菜哥跟你？"

卫骁外头看白才："菜哥？"

白才绷着的心落了点，刚要开口……

卫骁："菜哥说他不想跟我。"

白才："嗯？"

辰风："好。"

白才："啊？"

越文乐："这局我想用冰猎。"

辰风："菜哥用元素法师吧。"

白才："啊？"

卫骁："行，刚好可以空出一个禁用位，菜菜加油呀！"

白才："……"

什么叫赶着白菜上架，现场直播了解下。

第三局开始。

双方打了一个半小时，结果比分平了，这局如果赢了，那就是赛点局，是FTW抢先拿下两分，还是3U让一追二夺下优势，就看这一局！

BP结束，双方换了辅助英雄，因为这局FTW有优先选择权，他们直接锁了元素萨满，从逸拿了白才上局用过的神牧。

卫骁拿到了血贼，陆封锁定了血战。看到这个选择，观众少不了一声尖叫。血贼和血战都不算版本强势的英雄，但这俩同时出场有个小彩蛋。

背景故事里，血贼因血战而复生，所以他们有个羁绊技能——共享生命。

当然这个小技能的象征意义大于实际意义，只有双方血量在60%以上才可以使用，且得是非战斗模式。

卫骁少不了贫一嘴："大人，我一直在等您。"这是资料片里死前的血鸦盗贼对血战说的话。

FTW三小只鸡皮疙瘩直蹦跶，瞬间精神。

陆封："……"

卫骁歪头看他："大人？"

陆封："闭嘴。"

卫骁嘿嘿直笑，又跟荣光炸麦王隔空喊话："我家将军让我闭嘴，这段别播哈！"不播才有鬼了，你这个戏多的小疯子！

BO5的第三局，已经有些考验选手综合素质了，第一局选手状态最轻松，可能会一鼓作气地赢，也可能会大意失荆州；第二局也还好，因为有第一局的热手，这一局大多是BO5里最精彩的一局，双方都要争个你死我活；可一旦到了第三局，持续了一个半小时的高专注力会有所衰减，比赛的情绪也会更复杂，可能沉重，可能忘我，也可能颓唐。

FTW这边还不错，3U那边却略显疲态，别看赢了第二局，他们心理压力只增不减。拼尽全力才勉强压制住越文乐，这让温韦有些慌……

压住中下路，是3U克制陆封的法宝，一旦这个法宝失效，那局势就很难讲了。

这一局阿睡和从逸依旧没有分家，一前一后跟得很紧。

卫骁也还是一个人，菜哥跟在了越文乐身后。

解说讨论起来："菜哥的元素萨满比较少见。"

"上个赛季他只拿了一场，发挥得还是很不错的。"

"菜哥的辅助一直很稳，去年跟随陆封南征北战，也给出了不少亮眼操作。"

"听说白才和卫骁是老搭档了，今天倒是没看他们合作。"

"说是老搭档，但那只是青训营的事，要论搭配，白才和越文乐更久一些吧。"

"这倒是……"

解说只说场面话，客套得很，粉丝却是知道细节的。

"什么跟什么？大师是菜菜的灵魂好吗！"

"解说吹过头了，菜哥的辅助哪里是稳？那是'佛系'咸鱼怕犯错！"

"说真的，这个赛季的常规赛，菜哥跟着卫骁我才留意到他的存在……"

"FTW有点本末倒置吧，卫骁是明显的野核，白才又特别黏他，把这俩拆开有意义吗？"

很快他们就会知道，有意义。

上局的憋屈延续到了这一局，开局越文乐的冰猎不做人，趁着阿睡清野疯狂压温韦。

温韦是真惨，一打二很委屈了，还碰上越文乐这种"仗势欺人"的。

他连续丢了两个兵后，忍不住了："越文乐上头了，来弄他！"

从逸："马上。"

不只温韦这样觉得，解说、观众，甚至白才这样觉得。

为了保越文乐，菜哥的图腾都要搓疯了。

卫骁给了个视野："阿睡过去了。"

白才心一提，正想再提醒一下越文乐，谁知冰猎动得很快，一个冰箭减速，自己火速和阿睡拉开距离。

卫骁通过小地图看到了："漂亮！"

菜哥微怔，手上的攻速图腾倒是及时给了越文乐。越文乐沉着冷静，咻咻的冰箭直往阿睡身上点。

从逸用治疗奶阿睡，把他丢失的血量提了上来。前期冰猎的伤害不够，哪怕有攻速加成，也很难对阿睡造成实质性伤害，更不要提睡哥身边还有个神奶从逸。

第一次 Gank，看似 FTW 和 3U 都没有损失，但从深层次来看，FTW 赚了！越文乐需要的不是杀掉阿睡，而是要打断他的偷袭。盗贼击杀，需要先发制人，没能第一时间压住越文乐，想再追击就有难度了，尤其越文乐还不是孤身一人。

阿睡和从逸撤离，越文乐继续压制温韦，3U 的节奏有了细微的裂痕。

卫骁嘱咐了小宁子："尽量在塔下守住。"

宁哲涵用力点头："嗯！"

卫骁去上路，配合陆封，再度击杀宣龙。

宣龙这场比赛已经变得"佛系"了，连送三个一血的他大叫："3U 加油！"

还能怎样？只能想办法"挽尊"了，心疼一下"自抱自泣"的宣龙同学。

可惜的是，这局阿睡和从逸没法像上局一样嚣张。六分钟时，阿睡抓死了一次越文乐。但从十分钟开始，阿睡体会到了什么叫被冰箭支配的恐怖。

冰猎不愧是越文乐的成名英雄，他对大招的理解太到位了，一记冰箭给出去，箭无虚发。

第一次阿睡被定住；第二次阿睡又被定住；第三次阿睡还是被定住。

观众都震惊了。

"这个精准度太夸张了。"

"越文乐简直像给阿睡身上加了定位！"

"这冰箭……'自闭'了！"

解说眼尖："大家注意卫骁的位置。卫骁的视野给得太准。血贼还能这样玩吗？"

"可以的！血鸦盗贼凭借吸血机制，有着极高的续航力，完全不需要回家，还真能四处游走。"

"所以说是卫骁探出了阿睡的位置，然后越文乐的冰箭才能精准到位？"

"是这样没错！"

"这个配合……绝对练了很久吧！"

其实也没练特别久，至少对于越文乐来说，他没在这上面浪费太多时间。卫骁给他开出的视野总是恰到好处，掐准了他的技能冷却时间，盯准了角度，给出了足够的范围视野。

越文乐拉弓射箭，总能先一步定住阿睡。

二十分钟，阿睡的节奏全乱，没有被压制的冰霜猎人成了整个峡谷的老大！

下路一次团战，白才的图腾控住了温韦，越文乐仅仅两记普攻，温韦瞬间重伤。

温韦爆了句粗话!

后面,阿睡锁住了越文乐,按理说一个盗贼绕后袭击射手,射手必死无疑。但越文乐动都没动,稳稳地站着,一箭两箭,直逼阿睡面门。

白才冷汗直下:"我最讨厌你们这些大心脏的人了!"

嘴上说着,手上的治疗图腾全部砸到了越文乐身上。冰猎的血线犹如过山车,跌至谷底又拔到顶点,他站得稳稳的,诠释了什么叫我站着不动你也杀不死我。

系统公告:
FTW.Le 击杀 3U.WW!
FTW.Le 击杀 3U.Night!
FTW.Le 击杀 3U.Sleep!
FTW.Le 三杀!

终于,面对 3U 三人的死亡围剿,越文乐和白才完美反击!

49

观众席全是喝彩声,全息投影下的冰霜猎人酷炸了——身在寒谷,心燃热血。

这一刻哪怕是 3U 的粉丝也由衷地给了他热烈的掌声。戴着隔音耳机的台上选手当然听不到,但队内语音也毫不逊色。

卫骁狠狠夸了夸越文乐和白才。直把菜哥给夸得面红耳赤:"行了行了。"

再夸就太假了好吗!

卫骁美滋滋地说:"队长,看来这局咱俩可以'躺平'等赢了。"

小宁子不解风情:"我我我……也'躺平'了!"

卫骁理直气壮:"血战和血贼是生死与共,你来凑什么热闹?"

宁哲涵:"……"好有道理,但总觉得哪里怪怪的?

菜哥本身就被越文乐给搞得大汗淋漓,此时再听卫骁的话,更是心惊肉跳:"你……"

他还没来得及打打补丁,就听卫骁问陆封:"是不是队长?"

陆封:"生死与共?"

卫骁:"嗯!"

话音刚落,陆封给了他一个共享生命的技能。

菜哥:"……"

观众当然不知道他们聊了什么,但他们眼尖,全息投影下,嗜血将军周身血雾缭绕,苍白的指尖在副官眉心轻点,鲜血像一颗红宝石镶嵌在副官额间。副官做了个感谢的姿势,神态虔诚恭敬,这是血战和血贼的羁绊技能,两人血量均等,生死与共。

弹幕炸锅了。

"发生了什么？！"

"为什么陆封突然给了卫骁一个共享生命？"

"需要理由吗？！这个技能难道不是想给就给？反正没什么实战意义，只是个娱乐性质的技能。"

FTW这局稳了，冰霜猎人经济傲视全场，这高爆发高输出，阿睡也别想摸到他一下。

越文乐的莽在此时显露出其优势，厾固然能自保，但莽的另一个角度是善于抓住机会。越文乐很会抓时机，一旦给他逮到缝隙，他能用冰箭射穿峡谷。上头的射手很好抓，上头的射手也可以毁天灭地。

2：1！

FTW率先迎来赛点局！

打完三局有个中场休息，摘下耳机时卫骁侧头看菜哥："爽吗？"

白才："爽……个大头鬼啊！"

卫骁笑眯眯："不拼命哪来的极致体验？"

菜哥："……"一点也不想要这极致体验！虽然真挺爽的……

回到后台休息室，FTW这边自然是气势如虹，比分领先是原因之一，另一个原因也是自我的突破，第三局越文乐称霸全场定了所有人的心。

FTW不是只有陆封，FTW也不是只有卫骁，FTW的所有人都有肩扛重任、夺下比赛的魄力！不声不响的乐神，用实力告诉所有人，中国赛区第一射手没换人。

辰风也没再多说什么，提了几个不痛不痒的点，平稳下选手情绪，鼓鼓劲就完事了。"垃圾话"环节，卫骁仍旧没机会去。

卫骁不乐意："那以后全是优势局，我岂不是一直没法去？"

辰风："借你吉言。"

卫骁："……"好气哦！

FTW这边轻松愉悦，3U那边就是另一番景象了，首发选手的状态其实还可以。宣龙比较呆，李淳乖巧，温韦在反思，从逸和阿睡都不是会因为一时失利而沮丧的人，冷锋也没说什么，实力差距摆在眼前，一味强求没有结果，况且他也心疼自家崽子。

很努力了，只是还需要更努力。

只有周学海，急得犹如热锅上的蚂蚁，把所有人的心都搞烦了："我就说不该搞什么新战术，从第一局就开始针对越文乐，我们现在就是2：1！从逸你就老实跟着阿睡，抓死越文乐，只要搞定越文乐和宁哲涵，FTW什么都不是！让你们听我的，一个个的全是主意，现在好了，到了别人的赛点局，下局输了，你们卷铺盖……"

他没说完，冷锋听不下去："行了，如果没有第一局，刚才就是第二局。"

这话有点绕，可意思明确，第一局3U尝试新战术，让从逸配合温韦，怕的就是压不住越文乐。

诚然，所有战队都知道FTW的软肋，知道只要压住他们的输出位，上野无力回天。可问题是所有战队都知道，FTW自己会不知道？

显然FTW很清楚，甚至想出了解决办法。第三局的越文乐给所有人当头一棒，FTW在成长，而且是飞速成长。

周学海对冷锋还是有所顾忌的，他顿了下："现在怎么办？第四局绝对不能输！"

输了第三局，大家表面稳得住，心里都是难受的，回到后台还要听一个半吊子啰嗦，心情更差，眼看着周学海还要指指点点，阿睡噌地站起来。周学海就在他旁边，冷不丁被这高个瘦削的少年一起身吓了一跳。

阿睡冷冷看他一眼，转身出了休息室。

周学海："你……"

从逸也起身道："嫌弃的话，转会期我们可以挂牌。"

周学海瞬间闭嘴，宣龙他们低眉顺眼，安安静静。这一幕时不时就发生在3U基地，早就习以为常。

乍一听，从逸在这个关头说这样的话有点过分，但宣龙他们其实都明白——说这话只是为了让周学海闭嘴，希望他别再搞大家心态。

真正对团队负责的是从逸。

全国半决赛啊，谁想输呢？过了这个赛季，他们又能打几个赛季？拼搏在这条路上，谁不想碰一碰那个金灿灿的冠军奖杯？

阿睡靠在拐角处的窗户边，半垂着眼。

从逸轻嘘口气道："怎么了？"

阿睡："……"

两人从儿时相识，这么多年了，从逸很少说出这三个字，阿睡想什么他总能看出来，有什么必要问他怎么了？可这些天，从逸明显感觉到了阿睡的不对劲，却始终没法确认他究竟哪儿不对，这让从逸很意外，也有些不安。

张教授的话绕在他耳边："从逸，你打开了阿睡的心门，可继续下去，你是否又成了他的另一扇门。"这话如一记重锤，砸在了从逸心脏上。

小时候，将阿睡从封闭的自我中带出来的是从逸。人们都说从逸是阿睡的钥匙，是带他打开心门走进世界的那把钥匙。

可是——

"你了解他，懂他，知道他在想什么，甚至帮他做决定，帮他说出来，帮他面对。

"你保护了他，照顾着他，给了他舒适的环境。

"换个角度，你给他的这个环境是不是另一个封闭的空间？"

张教授没有说得更明白，从逸却听懂了，帮阿睡表达，帮阿睡和人沟通，帮阿睡把他不想说的说出来，这是在帮阿睡，还是在剥夺他继续走出来的能力？从逸不确定了。

也许他的帮助，是对阿睡新的禁锢，这个认知让从逸很不安。

阿睡眼帘微抬，看他："你喜欢辅助吗？"清清冷冷的少年音，带着久不说话的生涩和笨拙。

从逸愣了愣，有些没反应过来。阿睡看着他，一双黑眸沉静无波。

从逸："……"

烟灰从指间滑落，惊醒了从逸，他小心清理了一下弄脏的地面，再起身时恢复了平日里温和周全的模样："怎么突然问起这个？"

阿睡不出声，眼中的情绪是明显的："喜欢吗？"

从逸心情很复杂，有点混乱又有些奇奇怪怪的释然："挺喜欢的。"

阿睡再度垂下眼："那就是不喜欢了。"

从逸："……"

阿睡："喜欢什么就做什么。"

从逸熄了烟，揉揉眉心道："所以你这些天就在想这个？"

阿睡摇头。

从逸好奇了："那到底在想什么？"

阿睡薄唇紧抿着，似乎话到了嘴边，却被什么拦下了。说不出来，心里想说，嘴巴却动不了。

从逸立马道："没事，别说了。"

他很清楚阿睡的情况，也很明白他的问题，逼着他说什么，无异于在他身上磨刀。阿睡神态松了，薄唇蠕动了下。

从逸懂他意思："跟我道什么歉。"

阿睡："……"

从逸看了下时间："好了，有什么回去慢慢来，先把比赛打完。"

阿睡："嗯。"

从逸走在前面，阿睡看着他后背上的"3U.Night"。

那句话再度涌到了嗓子眼——

"我也想保护你。保护一直保护着我的你。"

第四局比赛开始BP，卫骁精神抖擞："赛点局了，玩把大的吧！"白才心好虚，好害怕。

越文乐："可以。"

菜哥倒在电竞椅里。

辰风知道他们想要什么："幻影盗贼？"

卫骁："对！"

辰风再看越文乐："长弓德鲁伊？"

越文乐："好。"

菜哥哀号："我不想玩天启牧师啊。"

辰教练不理他，赛点局FTW"开大"，3U也掏出了终极武器。阿睡抢下狂贼，从逸拿出了傀儡术士。

观众的情绪被瞬间点燃。

"刺激啊！"

"傀儡术士打辅助吗？"

"有意思有意思！"

50

荣光里有很多天赋都是可以走多个位置的，比如药术士可以走中单也可以走辅助，又如死亡骑士可以走上单也可走打野位，当然了，就连猎人中，也有可以走中路或下路的天赋。

天赋是多样的，搭配是无穷的，位置是死的，但选手是活的，这正是战术的魅力。傀儡术士也是一个多样化的天赋，用来打中路，可控可输出，支援性也不弱；用来走辅助，换套坦克神装，可抗伤害可打控制，还可以打出其他辅助很难达到的输出。

当然如此多样性的傀儡也有弊端，一来是操作难度的问题——这可不单看手速和精细操作，更看战略意识和对局观；二来是均衡性难两全——坦度不如坦克型天赋，控制并不稳定，输出也和真正的输出相差甚远。

每个天赋都是有利有弊，如何权衡，全看战队的战术思路，3U这边把傀儡术士给了从逸，显然是想用来打辅助的。

解说开始分析："从逸真的有些被埋没。他个人水平很高，看过他单排直播的都清楚吧，什么都敢用。"

"不会是菜哥那种什么都敢用吧……"

白才直播的时候经常乱来，尤其卫骁没入队时，野王宠菜是常态，白才用个"萝莉"火法都能辅助野王拿下对局。

解说接着说："对不起，我纠正下，不是什么都敢用，而是都会用。当然不是陆封和卫骁那种全能王，但是他的术士啊法师啊都玩得不错。看他用元素萨满那手速，就知道不是一般人。"

弹幕也觉得很奇怪。

"所以从逸为什么玩辅助位啊？"

"辅助位怎么了？辅助位一样封神！"

"别提晏贼好吗？"

晏江作为腥风血雨的标杆，立刻让弹幕吵了起来。

BP结束，双方阵容确定，全国半决赛第四局比赛开始了！FTW这边拿下的天赋也是让解说大说特说。

"潮汐战士许久不见了，陆封在单人赛用过吗？"

"陆封没怎么用过，听说元泽最近常用他。"

"说起来，陆封去治疗肩膀的时候一直在跟进L&P的训练赛。"

"看来是大有心得！"

鉴于元泽是腥风血雨的另一标杆，解说也不敢多提他，稍微带一带就过去了，不只陆封拿了个潮汐战士，卫骁的幻影盗贼、越文乐的长弓德鲁伊和白才的天启牧师，以及宁哲涵的猫咪工程师，都让观众耳目一新。

"所以啊，我就喜欢看FTW打比赛，什么都敢用，什么都敢掏，阵容上绝不局限也不依赖。"

"不像有些战队，只会那一两个套路，天天用也不腻歪。"

"还有些瘪嘴哭战队，成天藏着掖着见不得人，也不知道有没有真材实料。"

这讽刺得有点明显，刚禁了一些关键词的直播间又要禁另一些关键词了。

有人说了句公道话："说真的，FTW这么多套阵容，不是教练组有多牛，是陆封和卫骁这两人太'英雄海'（指拿手英雄很多）了好吧！"

正所谓巧妇难为无米之炊，辰风教练固然有能力，但选手的拿手英雄就那么一两个，再怎么有战术思维也玩不起来。

3U这边的阵容相对老套一些，阿睡一楼抢下了狂贼，宣龙拿了神战，李淳是冰法，温韦拿了上局越文乐那让人'自闭'的冰猎，唯独从逸比较特别，是傀儡术士。

别管观众怎么吐槽，3U这次的阵容绝对认真——野核、双辅、强控制。

3U的意图显而易见，这是破釜沉舟的一战！

进入游戏，白才："我先跟你吧。"他对卫骁说的，这一局阿睡一定会反野，拿了狂贼，又有双辅助，不反野那是傻子。

卫骁也不推脱，果断道："我们直接去对面。"

阿睡必然反野，他们守在自家野区就是短兵相接，以前期阵容来看，FTW这边优势不大。

神战和傀儡术士加一个狂贼，三级前能打遍峡谷，与其和他们硬碰硬不如互换资源，更何况FTW这边还有位大魔王……

卫骁喊了一声："队长！"

饶是懂他的菜哥也没听懂这句话的意思，直到他拽了下小地图，发现上路的陆封夺回了自家小鹰仔。

卫骁麻利地清了3U的下野区，阿睡也清完了FTW的上野区，可惜的是离着上路最近的那个小鹰仔被陆封拿走，3U算是小小地亏了一点。

互换野区后，阿睡和从逸明显是铆足劲要干架。

卫骁人一边刷着自家下野区一边道："小宁子当心。"

宁哲涵的猫咪工程师是个输出距离远且灵活的法师位，很适合到处支援，当然前提是别被埋伏。

宁哲涵："嗯！"

说着他谨慎地退了退，不敢过分压对面冰法，谁知这时耳边传来咻的一声，宁哲涵心一凉，他的闪现比阿睡的镰刀慢了半秒，被甩离防御塔的瞬间，宁哲涵倒吸口气："狂贼！"

闪现发动了，他和阿睡再度拉开了距离，可惜从逸的傀儡术士已经将傀儡丢在他身上，好不容易脱离狂贼攻击范围的宁哲涵又主动跑了回来。

傀儡术士的一技能傀儡附体，对敌方使用后可短暂操纵其两秒，仅仅是两秒就很致命了，狂贼漆黑的镰刀锁住小猫咪喉咙，犹如死神勾魂般取了他的性命。

系统公告：
3U.Sleep 击杀 FTW.Silvery！

终于！打了四局，3U 第一次拿下了一血。从陆封手里抢下第一滴血！

宣龙快哭了："牛啊队长！"哪怕他很快就被陆封击杀，他也死得瞑目了！

如果今天的比赛，一血全是他送的，他今晚回基地得谢罪！

卫骁哄小宁子："小猫咪不哭，晚点哥哥给你报仇。"

宁哲涵："……"

白才："……"

陆封击杀宣龙，卫骁呛了口气，赶忙："那个，是你越哥给你报仇哈。"

越文乐："嗯？"

卫骁："我不行的，我只是个小幻影，急需潮汐保护那种。"

潮汐战士击杀远古生物。

虽说丢了一血，虽说 FTW 这个开局有点颓势，但被卫骁这么一搞，还能怎么颓？宁哲涵都忘了自己是怎么死的了！

送一血？谁送的？

不知道！

51

前期死一次问题不大，宁哲涵复活后快速上线，没有丢掉太多小兵，从经济面板看，FTW 和 3U 基本持平，没差多少。

唯一的区别是，3U 的经济第一人是阿睡，FTW 的经济第一人是陆封。这其实会有隐患，上单是相对固定的，经济高固然能压制宣龙，但陆封完全不需要利用经济优势来压制宣龙，所以这多出来的金币有点浪费，远不如给卫骁有意义。

游戏机制如此，没有把金钱送给队友的说法。FTW 的隐患就是 3U 的机会，放手一搏的阿睡绝不会丢失这强抢来的优势。他仗着自己比卫骁经济高，刷野速度占优势，优先 Gank，提前一步来到下路。

别说菜哥给了视野，即便没给，卫骁也想得出阿睡的动向，他早就盼咐白才去跟越文乐，保住他在下路暂时的优势。

阿睡来得比越文乐想象中还要快，而且他一丝停顿都没有，甚至没在草丛里观望，逮住越文乐的走位，一镰刀挥了出去。

狂贼镰刀，绝无虚发。阿睡钩住了越文乐！

菜哥赶忙切换启示录，从明心换成忠告，勉强给越文乐提一提防御力。

天启牧师是一个比较特殊的辅助，路人局里其实很常见，尤其是妹子钟爱。

主要是技能简单，操作无难度，而且角色长得帅。天启牧师手持启示录，启示录有两种形态：一个是明心，这个效果落在友军身上会大幅度提升队友的输出能力，且是呈百分比提升，越到后期越可怕；还有一个是忠告，这个效果是提升友军的防御能力顺便加一个小小的护盾，会随等级和技能逐步提升。

一开始白才给越文乐的是明心，现在换成了忠告，是打算保他，但是……

越文乐："明心！"

白才一愣。

越文乐不再说什么，开始疯狂射击狂暴盗贼。

菜哥反应过来了，他们是真的欠缺点默契，他还是不够了解越文乐。

越文乐被阿睡锁住，一个忠告有什么用？前期加的一点防御和护盾还不够狂贼一镰刀的，不如保持明心，叠加输出后换走阿睡。

必死之局，带走一个是一个，白才切了明心可惜已经晚了。更致命的是从逸这个傀儡术士竟然同时打出两个傀儡！

身形可爱的布娃娃趴在肩膀上时，白才都觉得肩膀一沉。

卫骁："马上到。"

白才："小心老越！"

不是老越小心，而是小心老越，这听起来很奇怪，但熟悉傀儡术士的都懂。被傀儡操纵两秒，可不只是走走路这么简单，他甚至可以掉转越文乐的攻击单位！

菜哥眼看着自己的角色不受控制地走向阿睡，越文乐的攻击尽数落到他身上，长弓德鲁伊加明心，那真是钻心地疼！

镰刀舞死越文乐，越文乐点残菜哥。阿睡收获双杀。

与此同时，卫骁和陆封同时落地。

幻影盗贼开启镜像，潮汐战士的一记海妖歌声眩晕了狂贼，傀儡术士转身就走，头也不回。

弹幕笑疯了。

"怎么回事，逸神你不要你家队长了吗？！"

"我睡哥就这么被自家辅助卖了。"

"也没办法啦，阿睡被大魔王眩晕，傀儡术士又没技能，留下就是送俩人头，不如赶紧撤离。"

"虽然但是，'殉情'不好吗？"

"勿喷，开个玩笑啦！"

刚拿下俩人头的阿睡死在了幻影盗贼的影身下，卫骁的经济暴涨，可惜没抓到从逸。得亏赛场上没有聊天系统，要不卫骁一准打字疯狂嘲讽逸神的卖友求生。

解说："FTW 还是有些亏，陆封是清完兵线下来的，赶回去的话势必会浪费掉一些资源。卫骁没能击杀从逸比较可惜，虽然中断了阿睡的大杀特杀，可经济上还是少了近八百。幻影盗贼前期还是能和狂贼抗衡的，可到了后期就不好说了。"

幻影盗贼和隐匿盗贼类似，都是个前期天赋，到了后期用处极小，卫骁这个前期打得可不怎么畅快，指望后期一鸣惊人，有些难。

很快解说又眼前一亮："FTW 直接换线！陆封留在下路了！十分巧妙的调度，越文乐很快复活，一个传送就可以赶去上路，FTW 这边的资源就不会有丝毫损失。而且宣龙的装备不行，越文乐和白才二打一可以安稳发育了。陆封在下路的话，温韦……"

说话间，3U 也换路了！ FTW 能变阵，3U 也能。

大魔王想欺负温韦？不行。

反正宣龙一个神战，哪怕经济垫底都可以当辅助用。温韦要是被打残，那阿睡再怎么杀也救不活 3U。

节奏一下子快起来。虽然是赛点局，是极可能决定半决赛胜负的一局，但双方打得越发凶猛起来。

阿睡毫无保留，整个人仿佛拉满的弓，蓄势待发。

中路、下路、野区，阿睡总能比卫骁早到一步，总能找准机会抓死一人。卫骁吃亏就吃亏在没有辅助，有从逸在的阿睡无论是刷野、视野、移速都有所加成，不是卫骁一个人能比的。

当然，Gank 这个事可以错开搞，比如阿睡搞下路，卫骁就去搞 3U 中路，你杀了我家射手，我弄死你家中路，谁也讨不到好处。

但卫骁没有这样做。3U 也好，FTW 也罢，他们的必争之地其实都在下路。

李淳拿了个冰法，卫骁哪怕杀他十次，他也能在后期发挥出该有的价值——只要能控住人，输出低点没事，因为核心输出位是阿睡和温韦。

FTW 也是差不多道理，猫咪工程师支援能力强，清完线可以先一步去下路支援，可惜从逸的视野给得太好，一旦看到宁哲涵下来，他们直冲中路，疯狂消耗塔的血量。

二十五分钟，台下辰风略紧张地咬着拇指。

汤臣："没事啦，这才第四局。"

辰风摇头："不能进决胜局。"

BO5 最后一局也叫决胜局，所谓决胜局就是字面上的意思，拿下这一局赢得整场比赛，输了这一局也就结束这个赛季。决胜局压力太大了。

辰风了解卫骁，知道他能够调动团队氛围。但能够轻易被调动的情绪反而是最不稳定的。

卫骁调动得了一时，调动不了全局，三小只的抗压能力都有着各个层面上的不足，真搞到决胜局，他们的发挥一定会大打折扣。反观 3U，一路坎坎坷坷追到 2 : 2 的话，正是士气大增的时候，也许就一鼓作气拿下决胜局了。

所以辰风有些慌，他是最不想看到第五局的人，稳住啊。

辰风盯着影像，盯着活跃在场上的五名选手。这是 FTW 最有希望的一年，不要在半决赛折戟沉沙！

三十分钟，游戏彻底进入后半段。双方防御塔都推到了高地，红、蓝双方孤零零的三座高地塔守护着各自最后的荣光。

观众的情绪被调动到了极致，眼睛不眨地看着全息投影。

也许只是一次团战了。也许只剩一场战斗了！

双方打到现在，经济面板持平。卫骁的经济不比阿睡差多少，越文乐也终于追了上来，就连猫咪工程师也出到了足够的神装。

摩擦、碰撞、一触即发！

谁都不知道会在哪里打起来，可一旦硝烟起，必定决胜负。

FTW 这边，卫骁声音轻快："不慌，咱们有天启牧师和长弓德鲁伊，稳赢。"

菜哥心虚："可你现在就是个废物！"

卫骁的幻影盗贼到了这个阶段，的确是个大号废物，打团易死，偷袭很难，带线还容易被抓，已经沦入弱势期。

卫骁："废是废了点，但我长得帅啊。"

菜哥："……"

说话间，卫骁招呼越文乐："来吃野怪。"

基本上从七八分钟前，卫骁就开始疯狂让资源，野怪是打野的经济来源，让给队友意味着自己的发育会跟不上，可到了这个阶段，幻贼满神装也干不死温韦，不如让给越文乐，等他后排输出。绑定了天启牧师的长弓德鲁伊，发育起来就是个团战输出机，只靠普攻就能让人痛不欲生。

卫骁很清楚这点，也相信越文乐的能力，他的托付不是盲目，而是自信。

3U 队内语音——

从逸："不能再耗下去了。"

乍看之下 3U 占优势，一直压着 FTW 打，似乎胜算很大，可峡谷里的他们很清楚满神装的长弓德鲁伊有多可怕。这是个绝对的后期英雄，连冰猎都比不了。

长弓德鲁伊没有任何控制技能，也没有丝毫自保技能，四个技能的机制很简单，除了有一个视野，剩下三个全是加强普攻的。

一技能叠加 50%，二技能再叠 50%，大招直接攻速加成 200%。一套射出来，满神装的巨坦也受不住这伤害。傀儡术士不是个能抗伤害的天赋，从逸很担心继续拖下去，变数太多。

阿睡："龙坑逼团，我切德鲁伊。"

难得阿睡会说这么多话，足以见得战况有多紧急。

从逸眉心紧蹙："不行，你不能死。"

想从 FTW 的铜墙铁壁中击杀越文乐，唯一的办法就是以命换命，阿睡是 3U 的节奏发动机，他死了，其他人根本抵挡不住陆封和卫骁的联手厮杀。

从逸有了决断："我去换了德鲁伊。"

阿睡一愣。眼看着终战龙王降世，从逸对宣龙道："开团！"

神战是有开团能力的，宣龙轻吸口气："好。"

以终战龙王逼迫FTW来打团，也是常规套路了，然而FTW即便知道是套路，也必须迎战，万一丢了终战龙王，那3U四打五都能推了FTW的复活水晶。

"上了。"卫骁说。

陆封："嗯。"

话音落地，幻影盗贼开启镜像，幻身和本体同时出动，冲向温韦。宣龙技能方向一转，硬生生从龙坑绕出来飞向了卫骁。

卫骁技能给出来，收是不可能收的，可技能全砸在宣龙身上也实在亏，更何况他这暴露的视野，足够阿睡一镰刀锁住他。

电光石火间，一阵波涛巨浪的音效从天而降——深海领域！

潮汐战士的大招落地，炫目的特效把整个龙坑变成了深海，湛蓝的海水，幽深的水域，恍若海底裂谷。

"漂亮！"解说都忍不住惊呼出声，"这个大招给得完美！"

深海领域是范围攻击，潮汐战士执三叉戟，以海神之尊召唤水域，覆盖陆地的同时击飞范围内敌人一秒钟，命中敌人越多，强化普攻越强！

只见潮汐战士三叉戟横扫，范围内的敌人瞬间跌了三分之一的血量。

卫骁美滋滋："多谢队长护我。"

陆封这一"开大"，镇住了3U全员不说，也救下了差点要被搞死的幻影盗贼。FTW占据优势，猫咪工程师的炮弹落地，轰得领域内敌人狼狈逃窜。

眼看着温韦和李淳以及宣龙都是要完了，上帝视角的观众发现了凶险之处："乐神危险！"

深海领域击飞了3U三人，但从逸却顺利绕了过去，一个傀儡砸中越文乐。越文乐立刻交出闪现，试图脱离傀儡范围，谁知从逸还留了一手，他借着宁哲涵搭桥，一个猫咪炸弹砸向越文乐！

坏了！

菜哥就在越文乐身边，他心里一慌。

越文乐不能死！一旦长弓德鲁伊倒地，FTW撑不住3U的下一次猛攻，天启牧师的致命之处在此展露无遗。启示录可以强化攻击，可以给予防御，却无法给予治疗，大招赐福是全队增益，分摊到越文乐身上少得可怜。

怎么办？

白才来不及多想，只能以肉身冲上去抗伤害。他死了虽然也很要命，但总比越文乐死了强！

从逸看出了白才的意图，他当机立断，将所有伤害堆向白才。

傀儡术士换死天启牧师？这似乎是辅助互换？

不，这对 3U 来说是利益最大化！傀儡术士在团战中的作用比天启牧师小很多。

如果能够击杀天启牧师，那越文乐的长弓德鲁伊如同被拿掉了长弓，伤害骤减 50%，一个没了启示录的长弓德鲁伊，不足为惧。

从逸换走白才，3U 稳赚不赔。眼看着菜哥要凉了，一道蓝色幻影闪过，移形换位后，卫骁挡在了天启牧师身前。

全息投影把这一幕完整地投射出来，幻影盗贼劲瘦的身姿犹如碎掉的玻璃般，在一身牧师装的白才面前崩裂。

白才大惊！

卫骁血线暴跌，本就半血以下的他瞬间重伤，白才头皮发麻，手比脑子还快，想给他治疗。

不过他不是神牧，不是光牧，也不是元素萨满，他是一个没有奶量的天启牧师。

菜哥慌了："老卫……"

卫骁幻影再开，控住了近身的傀儡术士，将最后的伤害砸到他身上。

系统公告：

FTW.Quiet 击杀 3U.Night！

3U.Night 击杀 FTW.Quiet！

卫骁和从逸互换了！一个辅助换走了打野位，3U 可以啊！

白才蒙了："老卫你干吗，你怎么能……"你一个打野位怎么能挡我身前？

蒙住的还有对面的阿睡，卫骁吊儿郎当的声音在他心底响起："虽说辅助的职责是保护队友，但也没人规定，打野不能保护辅助。"

没人规定，打野不能保护辅助；没人规定，打野不可以为辅助赴死；没人规定，辅助一定就是被牺牲的那一个！

卫骁救了白才，不是缺乏理智，不是意气用事，而是在看准了大局，摸透了形势后做出的最佳判断。

牺牲一个幻贼，保下了天启牧师和长弓德鲁伊的完美组合。

卫骁松了鼠标，懒洋洋道："老越、菜哥，看你们了。"

启示录亮起，明心落到越文乐身上，被叠了双倍伤害的长弓德鲁伊一箭射穿宣龙，随后就是彻头彻尾的杀戮。

深海领域消失，天启赐福从天而降，沐浴在圣光中的 FTW 四人疯扑 3U。

李淳倒下了，温韦倒下了，阿睡击杀了宁哲涵，却躲不过越文乐的长弓。

一声声箭响，以摧枯拉朽之势终结团战。

系统公告：

FTW.Le 四杀！

又是一个四杀，越文乐用恐怖的输出向所有人证明了自己的射手，蓝方水晶爆破，比赛终结！ FTW 以 3∶1 赢下全国半决赛！

会场爆发了热烈的喝彩声，为最后一场精彩绝伦的比赛，为最后一次向死而生的团战，为从逸、为卫骁、为 3U、为 FTW！

为这些给他们带来了精彩对决的年轻人，更为他们拼搏到最后一秒的澎湃热血！

解说声音激昂，把整个会场的气氛烘托到了极致。

选手们摘下耳机，卫骁冲菜哥眨眼睛："牛啊老白。"

白才眼眶都红了。

卫骁站起身，看向了对面的 3U。输了比赛，输了这个赛季，3U 五人都有些恍惚。

不真实，很空。

这个赛季就这样了吗？他们止步于此了吗？

李淳的眼泪夺眶而出，宣龙和温韦这两个老选手也有些回不过神，从逸直直地看着前方，一言不发。

直到 3U 的耳机里传出了少年清冷却生涩的声音："对不起。"

是阿睡。

3U 所有人都愣住了，阿睡嗓音微颤，却带着前所未有的坚定："是我没有保护好你们。"

身为队长，他却一直活在队友的保护下。

52

阿睡满脑子都是卫骁最后舍身保护白才的画面，卫骁不是 FTW 的队长，卫骁甚至只是一个新赛季的新人，可他却成全了整支战队。明明他有着比谁都强横的实力，明明他的打野是能撑得起队伍的核心，明明他一个人正常发挥就可以强势夺下胜利，但是他选择了队友。

担当、责任。

真正的成长是自己走出来。

阿睡转身终于看到了身边人，终于主动看向自己的队友。

从逸立刻道："说什么呢，你……"

阿睡就在他旁边，摘下耳机，闷闷地拥住他。

从逸惊呆了！

阿睡轻声道："辛苦了。"

一直都比同龄人成熟，一直都像个哥哥一样照顾着身边人，一直默默付出的从逸。谁能想到他只比阿睡大一点点，谁又记得他也不过是个少年。

从逸喉咙哽住了，说不出话，宣龙、温韦和李淳也过来，把他们拥在中心。

输了比赛，输了这个赛季，可仍旧有一道光照在他们身上。这是一道破开封闭的自我，照亮疏离和冷淡，把心拧成了一股绳的追逐荣耀的光。

镜头给到3U，相拥的五位选手滚烫了观众的心。粉丝大叫着他们热爱的选手名，鼓励他们，激励他们，渴望着他们新的未来！

双方战队握手道别，阿睡来到卫骁面前时，卫骁握住他手，将人拉向自己。

阿睡怔了下。

卫骁给了他一个短暂的拥抱："加油。"

阿睡通红的眼眶，胀得更痛了。

卫骁继续道："双人赛见。"

阿睡："嗯！"

比赛结束了，作为这个赛季国内最顶尖的比赛之一，赛后采访少不了。因为连续两局越文乐的优秀表现，FTW这边的MVP给了越薯片。

辰风："去接受采访吧。"

越文乐："……"

卫骁抽了他手中的薯片："你不去我去了。"

也就卫骁了，旁人从乐神手里抢薯片无异于赛场上抢他弓箭，是能真人对打的。

越文乐："哦。"

卫骁酸不溜丢的："'垃圾话'没有我，采访也没有我，我改个名吧。"

就他这张嘴，连菜哥都懒得搭腔了，然而……

陆封配合他："改成什么？"

卫骁："乖巧安静的小可爱？"

陆封笑了笑。

满屋子人无语：脸呢？大哥！大魔王你不能这样惯着他，他尾巴都要翘上天啦！

越文乐去采访席了，老越是个沉默寡言的性格，平日里能做对不说，有那时间打游戏不好吗？当然这不意味着他对采访生涩，事实上他还挺懂的。

主持人问了几个无关痛痒的问题，越文乐答得可圈可点。

主持人开始搞事："今天乐神表现太好了，拿下了半决赛的MVP。"

这明显看戏的语气，道行浅的选手可能会被套路，越文乐很稳，依旧是那副苍白模样，说话不冷不热："不是我表现好。"

主持人："嗯？"

越文乐："是队友给得好，队长的深海领域开了个完美团，卫骁牺牲自己保下菜哥，小宁远程消耗压低了对方血线，当然还有菜哥……"

他停顿了一下，主持人立马接话："菜哥怎么？"

越文乐给出答案："菜哥的挂件也很稳。"天启牧师因为技能原因外号叫天启挂件，出了名的'躺赢'天赋。

观众席哄堂大笑。

后台休息室，白才嘴角抽搐："滚！"

骂归骂，菜哥眼眶还红着，最后的团战对他触动很大，当惯了辅助的人大多"佛系"，尤其白才又是个不争不抢的性格，向来是尽本分听天命，牺牲自己倚仗队友。

　　刚才那一局，卫骁倒下的时候，他真的心慌，说得矫情些，卫骁对他来说犹如战神。

　　不管是两年前还是两年后的今天，白才习惯了辅助卫骁，习惯了看卫骁秀遍全场，更习惯了在卫骁的带领下取得胜利。支柱一样的人倒下，白才脑中闪过的是输了。

　　担当没了，核心倒了，他一个辅助能做什么？

　　然后卫骁告诉他："靠你们了。"

　　靠他？靠他？！

　　白才都不知道自己最后做了什么，当然也不需要他主观地去做什么，启示录一开，给越文乐保驾护航就完事了。

　　可感觉不一样，他头一次体会到了被托付、被倚仗的责任感。

　　原来胜负的重担有一天会落在他的肩头。

　　原来他也有决定队伍输赢的力量。

　　原来拿下这个半决赛，真的有他白才的一份功劳！

　　白才体会到了前所未有的热血沸腾。

　　卫骁："你哭什么？"他歪头看菜哥。

　　菜哥："我乐意！"

　　卫骁笑眯眯："爽得？"

　　白才："滚！"

　　真的爽！酣畅淋漓，不留遗憾，爽得人浑身鸡皮疙瘩都爹起来了。只是这话从卫骁口中冒出来，怎么就这么别扭呢！

　　赢下半决赛，当然得有庆功宴，项六早就约好了地方。

　　卫骁好奇："六哥我们要是输了……"

　　项六："呸呸呸，不说不吉利的话。"

　　陆封："输了也得吃饭。"

　　项六："……"行吧，老板说的都对。

　　半决赛之后还有总决赛，是不可能让崽崽们喝酒的，吃个火锅，放肆庆祝一下问题不大。

　　在会场还能稳住，在车上也算安静，等吃了点东西，气氛一起来，几个半大小子开心起来了。

　　宁哲涵："我们赢了？"

　　菜哥给他一拳："不然呢？"

　　小宁子："我们进总决赛了？"

　　菜哥："废话！"

　　没见过世面的宁哲涵小脸通红："我这第一个赛季就冲进总决赛了？"

　　卫骁一边等着队长的投喂，一边接话："冷静，等你第一个赛季就拿下全球总冠军了再激动。"

宁哲涵："呀！"

项六心虚："那个，咱不说大话……"

陆封："对。"

项六："……"

六哥塞了自己一大口龙虾，罢了罢了，还是少说多吃吧，回头自己怎么被开除的都不知道！

胡吃海喝了一顿，回到基地后辰风摆摆手："早点睡，明天复盘。"

菜哥已经缓过劲来，懒鬼上身："不休息一天吗……"

辰风："呵呵。"

白才立马强行"甩锅"："休息什么啊小宁子，刚拿下半决赛怎么净想着偷懒！"

吃得有点撑的小宁子："嗯？"

卫骁骂白才："要点脸吧菜哥。"

白才："这话谁说我都服，但你，住口！"

卫骁："行行行，我住口，豆哥交给你了。"

白才："……"

卫骁吧唧亲了一口毛豆，嘱咐它："好好陪你菜叔玩，他精力旺盛。"

毛豆："嗷！"

白才戾了："卫小疯你做个人，现在都半夜十二点了。"

豆哥只听得懂它爸说话，已经拿大脑袋去拱白菜了，菜菜第二天黑眼圈大得惊人！

卫骁看向陆封："队长一会儿还有事吗？"

陆封："没事。"

卫骁眼睛明亮："Solo？"

陆封："……"

卫骁："你说好的，赢了半决赛我……"

陆封："……行。"

两人上楼，小宁子感慨："骁哥真是太勤奋了，刚赢了比赛就Solo，他好勤奋好努力，我要向他学习！"

卫骁轻声轻气道："你会不会觉得委屈？"

陆封微怔。

卫骁没抬头："以前打比赛你是峡谷最亮眼的，是每一局的MVP，所有人的注意力都在你身上，现在却成了陪衬。"

陆封低笑，由衷道："这才是我想要的。"

卫骁唰地抬头，明亮的眼睛像在夜空中升起的星："真的？"

陆封："当然。"

卫骁："不委屈？"

陆封："一点都不。"

卫骁又笑了，眼中的色彩是自信和骄傲："还会亮起来的，等队友成长起来，我们一起照亮荣光峡谷。"

曾经的FTW，只有陆封一人亮若星辰。

现在的FTW，陆封逐渐敛了光芒。

但未来的FTW，将是五个人的荣光！

53

昨晚和队长Solo得有点晚，第二天上午十点卫骁才起床下楼，不过基地那叫一个安安静静，保洁阿姨都结束工作回去了。

后厨还在，看到卫骁下来问道："吃点东西？"

卫骁看看时间道："不用麻烦啦。"很快中午了，等他们醒了一起吃午饭了，没必要再单独为他准备早餐。连豆哥都在睡觉，卫骁实在无聊，索性去了训练室单排冲分。

谁知他刚登录游戏，发现好友栏里亮着个熟人。

卫骁："莫队也起这么早？"

ID"老子没有钱"正是RR的队长莫辉。

巧的是对方也发来了消息："你也一宿没睡？"

同时看到对方消息的两人："……"

卫骁懂了："莫队一宿没睡啊。"

莫有钱："你起得可真是相当早了。"

卫骁："一般一般，没我队长早。"三句不离陆封，是卫小疯没错了。

莫辉约他："来双排？"

卫骁心想：都说同性相斥，我怎么这么吸引野王？上次起个早遇到阿睡，这次起个早撞上莫辉。

卫骁叹口气，开启"人生导师"模式："莫队是因为后天的半决赛失眠了？"

莫有钱："哪壶不开提哪壶。"

卫骁："小月月这个赛季状态这么好，你怕什么？"

莫辉："他一个人状态好有用？"

卫骁："哦，原来是你不行？"

莫辉："……"

不等莫队自己吐槽，卫骁主动道："是我错了，我不该说你不行。"

莫辉："……闭嘴吧你！"

两人闲聊着已经排进了游戏，卫骁是打野位，莫有钱也是打野位，两野相撞必有一……

卫骁随手掏了个中路，还用的是仙术士。

莫辉："呵呵。"

卫骁："放心，不比小月月差。"

莫辉拿了个死骑，回他："放心，肯定比你队长差。"

卫骁哈哈大笑，毫不客气地发表情鄙视他。

莫辉："……"睡觉不香吗？干吗要遇上他！

上一个这么想的人是睡神，睡神后来……莫队你有点危险啊。

可惜贼船已上，他已经和卫骁聊起来了。莫辉的打野也是很有风格的，他不是卫骁、阿睡这种野核打法，但也不是 TPT 那种纯工具人，他意识很不错，缺点是打野节奏感差了点。

玩游戏也挺体现性格的，像菜哥很难玩好除辅助以外的职业，卫骁也很难玩好辅助。打野位里细分，每个人性格不同，打法也截然不同，卫骁是看似刚猛凶悍，号称峡谷小疯子，但其实心细敏感顾全大局，阿睡才是真的凶悍，次次都是炸裂峡谷，顺便也把自己人炸了个稀里哗啦。

陆封看似沉静，像是风平浪静的海平面，然而只有身处大海的人知道那是一种怎样磅礴的压迫力，不分敌我。莫辉是另一种类型，意识不错，指挥到位，节奏的确差了点，抓人的凶猛度也弱了些，但胜在稳。

不功不过，中庸之道，稳得住整个团队也是种能耐。

RR 的高光赛季是月夜入队后，月夜和莫辉适配性极强，一个是只管秀翻全场的刺儿头，一个是稳得住全队的磐石，二者搭档，RR 不厌。

在冬训营时，RR 能够赢了 EVE，莫辉功不可没。倒不是说 EVE 没有一个合格的打野，而是 EVE 的打野没有莫辉能镇住自家刺儿头的本事。

月夜有人管，谢神可是无人敢管。他俩打上头，队友也就只能跟着冲，全场十个人，唯一清醒的就是莫辉，能赢有他七成功劳。

莫辉的顾虑，卫骁隐约能猜到些："傅队是有些克小月。"

莫辉叹气："他也克我。"

卫骁跟着叹气："他对我也不友好。"

莫辉："你有陆封你怕个鬼。"

卫骁又美滋滋了："这倒是。"

莫辉又打击他："你别以为扶起了越文乐就能打过瘪嘴哭。"

卫骁笑呵呵。

莫辉："你家中单能被老傅算计死。"

傅黎那脑子玩弄一个宁哲涵，不用写台本，随性发挥就完事了。

卫骁不疾不徐道："干吗小瞧我家小宁子？"

莫辉："谁还看不穿他？"

卫骁幽幽道："谁知道呢！"

莫有钱："别小瞧了傅黎。"

卫骁："我谁也没小瞧。"

莫辉叹气，自己这半决赛吉凶未卜，哪还有心情去操心FTW。

卫骁又道："你把TPT摁死在半决赛，我们就都不用怕了。"

莫辉："呵。"

卫骁给他打气："加油啊莫队！"

莫辉习惯性去中路支援，刚抵达就看卫骁单杀了对面，行吧……这臭小子的仙术士真挺好。

莫有钱继续和他闲扯："那么好赢，我还用失眠？"

卫骁纳闷道："你怎么压力这么大？"

要说阿睡失眠，卫骁能理解，甚至月夜失眠，卫骁也不意外，但莫有钱？莫辉这经验阅历，至于因为一场半决赛心慌？

莫有钱也是无人可说了："我这个赛季再打不出成绩……"

卫骁有种糟糕的预感，果然，莫辉说的话宛若网上的段子："就得回去继承家业了！"

卫骁："……"

你们这些有钱人真讨打啊！莫辉说得像段子，心里却是真的愁闷。他道："我也没你队长那本事……就算买得起RR，也经营不来，我也就打打比赛这样子……"

各家有各家的愁，有钱没钱的，烦恼向来公平，不会遗落任何人。

莫辉说得很坦诚，他家倒没有陆封家那么神经，他爹妈很疼他，上头还有个亲姐姐。

莫家长女是女强人一个，比莫辉大了整整七岁，已经挑起了集团的大梁。莫辉家倒没什么非得儿子继承家业的思想，儿子也好，女儿也罢，谁有出息谁就管事，一视同仁。莫姐姐打小就比莫辉优秀，成绩年年拔尖，毕业后也是事事出彩。莫辉不是不优秀，只是活在这么个优秀的姐姐的巨大阴影下，想更优秀太难。

莫有钱吐槽道："我真惨，本来就被我姐压着，后来陆封从国外回来，和我成了同班同学，我又被他压……"

卫骁抓到重点了："来来来，有请莫队认真讲讲我队长念书时候的事。"

莫辉："……"

谁要一宿不睡觉早起讲陆封啊！莫辉强行把话题给拽了回来："总之我样样不如意，后来被同学带着打了回游戏，发现了新天地……"

常年活在姐姐的高山之下，莫辉的信心被消磨殆尽，无聊中玩了次荣光，青铜局里大杀特杀让他获得了前所未有的成就感，之后他就爱上荣光了，一路不回头地冲进职业圈。

卫骁忍不住接话："可惜在荣光也还是打不过我队长。"

莫辉："……"你还聊不聊了！

卫骁清清嗓子，安慰他："当然，这世上本来就没人比得上我队长。"

莫辉被噎得想睡觉！

卫骁怕他在泉水①挂机，哄他："好啦好啦，我们不说我队长了，你继续。"

虽然气得肝疼，但话都说到这个地步了，再不说下去好像更亏，于是莫辉继续道："我眼瞅着年纪也大了，我爸妈的意思是差不多就行了，该收收心干正事了。"

说着莫辉心里就很不是滋味："我这才是正事！"

卫骁听着："嗯嗯嗯。"

莫辉："你还能更敷衍点吗？"

卫骁："你有这个需要的话，还真能。"

莫辉："……"

卫骁抢了他一个蓝 Buff："莫队，咱俩打个商量吧。"

莫辉懒得出声，给他戳了个问号。

卫骁真情实感地说道："我听你倒完苦水，你给我讲讲我队长小时候的事呗。"

莫辉："……"

要不是在职业服，他现在就挂机了！

54

莫有钱一气之下想说"谁要向你倒苦水，拜拜再见"！接着又考虑到自己在这个时间段还真没有可以唠嗑的人了，于是生生忍了下来。

卫骁也的确遵守约定，当了一个不错的倾听者，卫骁嘴上贫归贫，听得挺认真。

莫辉这烦恼，给一般人听了可能会想捞起键盘打死他。

这叫烦恼？有钱人的烦恼都这样？可其实这对莫辉来说还真是很烦。

人这一生总会有自己的追求，哪怕生在那样富足的家庭，莫辉也渴望得到认同。

有个那样优秀的姐姐，莫辉很难在已有的生活圈里被认可。拥有再多又如何？没有成就感的人生是无趣的。

好不容易遇到荣光，好不容易在职业赛场打出了成绩，好不容易获得了无数人的认可，莫辉不想失去。

他这个年纪有点尴尬，他和陆封同龄，只是生日比他大一些。

说退役吧，不到年纪；说还小吧，也的确不是该胡闹的时候了。

莫辉父母给了他自由的三年，没有干涉他的职业梦，也没有强求他怎样，甚至连零花钱都不限制，完全让他自己寻开心。

父母给了他时间，他也该识趣了。RR 成绩不错，他也混成了国内的明星选手，可是就那点签约费，还不够他微博抽奖闹着玩的。

可就这样退役？莫辉不甘心。

RR 迎来了新生，正是向上攀爬的阶段，他等了这么久，怎能甘心放弃！

---

① 指游戏里的复活基地。

刚好结束了一局，大大的"Victory"映入眼帘，激得莫辉鼻尖泛酸。

Victory！

胜利。

想赢，想要冠军，想打全球赛，想站在耀眼的金雨之下身披荣光！

卫骁继续匹配游戏，刚好切进游戏画面，他来了句："想那么多干吗！"

莫有钱敛了情绪："你倒是一身轻，没有顾虑。"

卫骁盯着屏幕："我有啊，陆封扛了三年，FTW蹉跎了三年，我不能再让他们输了。"

何止如此，今年是约定的最后期限，再拿不到全球冠军，FTW前途未卜。庆蕾撤资，一直没成绩的FTW还能拿到投资商注资吗？即便有投资方心动，有庆蕾压着，他们敢吗？

对赌协议里当然不会明晃晃地写上陆封要对庆蕾言听计从，但身为陆封的亲生母亲，庆蕾可以名正言顺地使用他的许多权益。对FTW的权益，身为陆家子孙的权益，甚至利用他来制衡陆明泽，这才是庆蕾最狠辣的地方。

卫骁不敢输，不能输。他无法想象前三年陆封是怎样一路撑过来的，但一定要在这一年陪他走到最巅峰。

脱离庆蕾，脱离陆家，只做自己。

莫辉："你队长也不容易。"

卫骁的心像被钝刀割了下。

莫辉继续道："他家的事我知道一些，庆姨是有点……"他不清楚卫骁知道到什么程度，所以不好多说。

卫骁无意在别人这里揭队长伤疤，他又对莫辉重复："真的没必要想太多。"

他把之前没说完的补充了一下："拼尽全力证明自己，爱你的人会看到的。"

莫辉一怔，闷了许多天的胸腔忽然亮堂了一些。

卫骁这局拿到了暗影盗贼，他在龙坑刷了个九道弧光，频道里炸开了锅，一个劲问是谁是谁。

卫骁打字："看ID。"

"陆封？"

对面也被噎到了，为了试探这个暗贼，他们中路集中，搞了一次团战。这局莫辉玩的是法师，他的中路菜到了极致，被卫骁从头骂到尾。

莫辉手忙脚乱地打伤害，气得肺疼："输不了。"

卫骁："输不了也是因为我太秀。"

莫辉竟没法反驳他，卫骁"卖"了莫有钱，拿了个五杀，局势稳下来，对面不敢嚣张了，有点怕了这个暗影盗贼。

卫骁有了闲工夫："莫队，是不是该聊聊我家小队长了？"

莫辉嘴角抽搐："什么？小……"

卫骁："少年陆封！"

莫辉："好学生，特别优秀，我们学校上一个像他这么优秀的是我姐。"有个姐姐就算了，还有这个同学，莫有钱活该被比得"自闭"。

卫骁："还有呢？"

莫辉回忆道："比现在还'面瘫'，但也和现在一样帅，很多人追……"

他大体讲了讲，基本上当年的陆封就是别人家的孩子，各方面都很优秀，成绩永远拔尖，学习好、运动好、守规矩、懂礼貌，还长得帅，"无可挑剔"这四个字似乎就是为他量身定做的。

莫辉说着说着有点儿酸："你说说，这还是……"

"人吗"俩字还没说出来，卫骁打断他："就这？"

莫辉："嗯？"

卫骁语气里的失望毫不作假："我陪你聊了三局，你就和我说这些我早就知道的？"

莫辉："……"

卫骁细细数着："优秀、拔尖、能力强、长得帅……这不都是众所周知的吗？"

你这理直气壮的语气还能更理直气壮点吗？！

莫辉不想问，他怕卫骁真能！

刚好一局结束，莫队拔腿就跑："拜拜。"

卫骁："欸……"

莫辉："我睡了。"

卫骁："嗯？"他被"不良商家"骗了！

菜哥来叫他吃饭，卫骁还在生气。陆封也下来了，问道："怎么了？"

本来还打算迁怒菜哥，看着队长瞬间只剩委屈："被莫有钱欺负了。"

陆封："嗯？"

卫骁："他骗我说有你小时候的独家情报，结果就只说你学习好、运动强、能力逆天还有长得帅……这些全世界都知道的事，用得着他说吗！"

陆封："……"

菜哥："噗……"以后有卫骁在场，他绝不喝水！

卫骁委屈死了："我被他骗得好惨！"期待落空，不爽极了。

陆封被他逗笑，问他："你想知道什么？"

卫骁心思一动："比如初恋啊，比如……"

陆封："那你问错人了，莫辉不知道。"

后来莫有钱还是送来了一份小礼物。

菜哥起初以为是值钱东西，他眼巴巴地看着卫骁，期待他打开然后瞧不上，他来捡个漏。卫骁也没想太多，随手拆开。

白才："这？"

卫骁呆了足足十秒钟。

里面是三张照片，看角度似乎都是抓拍。十四五岁的少年，的确有了冰山大魔王的雏形，但那不经意的抬头，英俊的五官又有着现在绝对没有的青涩少年气。

　　中学时期的陆封！

　　菜哥倒吸口气："队长真是从小帅到大啊。"

　　卫骁忽地收紧，警惕地看向白才。

　　菜哥："……干吗？"

　　卫骁："你不许看！"

　　白才："……"

　　卫骁把照片宝贝似的压在胸口："队长的绝密私照，只有我能看！"

　　白才要不是胆子小，真想呸他！

　　鉴于这三张照片，卫骁和莫有钱的"恩怨"一笔勾销，甚至在赛前和月夜 Solo 到大半夜，打得他浑身硬刺全耷起来，状态绝佳。

　　陆封不知道照片的事："不生气了？"

　　卫骁没把照片给陆封看，一来是不愿他回忆过去，二来是他自个儿也实在心疼。心疼不得不样样优秀的陆封，更心疼样样优秀仍得不到父母认同的陆封……

　　这样的伤疤，卫骁不忍心去碰。

　　卫骁："仔细想想也不怪莫队，谁让你这么优秀，他也就只能看到这么优秀的你了。"三句不离"彩虹屁"，整个训练室的人都听木了。

　　陆封笑着坐他身边，问他："明天去现场看比赛？"

　　明天就是 RR 和 TPT 的半决赛了。

　　卫骁正好有事和他商量："队长，我打算留在基地开直播。"

　　陆封："嗯？"

　　卫骁眨眼睛："开直播解说 RR 和 TPT 的比赛。"

　　陆封："项六吩咐的？"

　　卫骁："没啊，我自己主动申请的，也不是为了补时长，主要是宠粉。"

　　不管怎样，都要做长久打算，想要 FTW "独立"，就得自己强大起来。

　　粉丝是基础，巩固好自己的根基，才有资格撑起 FTW。

　　卫骁很有觉悟，陆封隐约明白了，他心里微热，想说什么又觉得说什么都是多余的："那我陪你。"

　　卫骁没听明白："啊？"

　　陆封温声道："明天我和你一起在直播间解说比赛。"

　　卫骁："啊？！"

七 团队的战斗

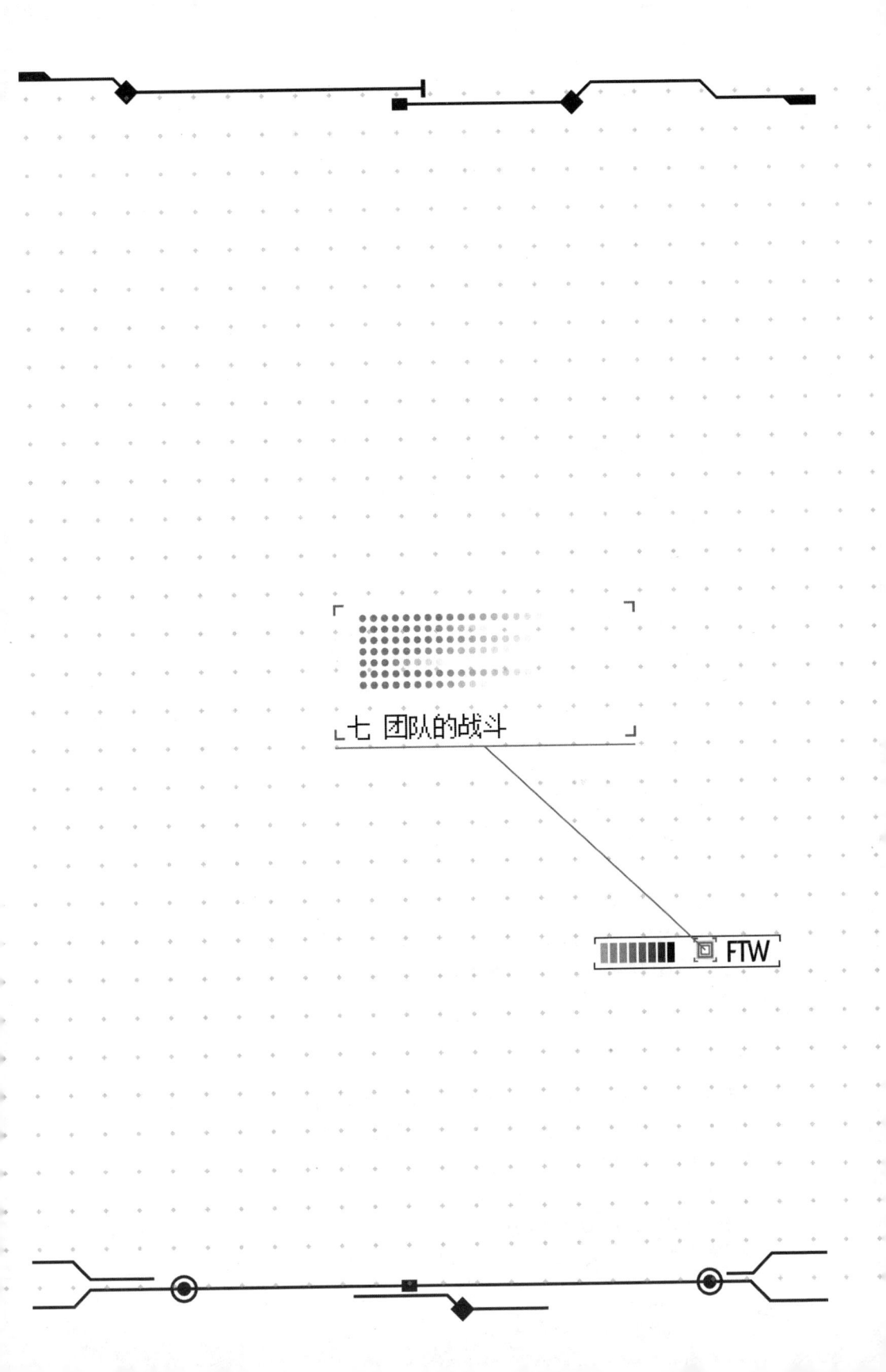

55

中国赛区第十二赛季第二场全国半决赛在晚上七点正式开战！和 FTW、3U 那场差不多，这一场的粉丝也是挤爆会场，尖叫着自己喜爱的明星选手。

RR 月夜、RR 莫辉、TPT 傅黎、TPT 欧星……各种灯牌和周边比比皆是，RR 的战队色是深蓝，TPT 的战队色是橙红，一冷一热，把会场割开，泾渭分明！

卫骁有点儿庆幸自己没去现场，这阵仗……哪怕是从后台入场也是人挤人！他提前两个小时发了宣传微博，告诉粉丝自己会开直播解说比赛。粉丝奔走相告，评论和转发瞬间破万条。

选手开直播解说其他战队的比赛并不罕见，甚至有些战队还会专门要求名气高的选手解说比赛。

直播是选手重要的考核指标，与其直播睡觉直播吃饭来混时长，还不如解说比赛。一来提升选手名气，二来能和粉丝有更多互动，三来也是复盘学习……一举多得，俱乐部喜闻乐见。

有 Q 粉打趣："马上总决赛了，宝宝还要补直播时长吗？"

卫宝宝也不知道自己怎么就成宝宝了，但……无所谓啦，他还回复了一下："时长早够了，这只是因为爱你。"

好巧不巧，陆封转发了这条微博，内容一如既往地言简意赅："一起。"

粉丝本来就兴奋异常，一看陆封这条微博更是原地"爆炸"。

陆封入行多年，连直播的时间都屈指可数，更不用说是解说比赛了，他身为俱乐部负责人，有这时间不如去处理下积成山的事务。再就是他话少，这沉默寡言的性格解说比赛？

粉丝无法想象。

但现在……

"感谢卫骁，感谢卫骁骁，感谢 FTW 新一代野王，你给我们创造了好多奇迹！"

"是哦，肯定是卫骁开口求的陆封，要不他哪能来解说比赛？！"

"卫骁和陆封解说比赛？一个话痨一个面瘫……还真行。"

"是时候验证下 FTW 双野不和的传言是真是假了！"

不喜欢 FTW 的网友也蓄势待发。

"坐等'翻车'，解说是那么好做的？说不到点上可真就笑掉大牙了。"

"卫骁才入行一年就好意思直播解说比赛了？"

"估计也就晒晒脸吧。"

卫骁提前五分钟开了直播间，他有一搭没一搭地和粉丝聊着，刚好接到了陆封的电话。

"队长！"

弹幕："为什么叫声队长都这么乖！好乖的语气，果然是个宝宝！"

挂了电话，卫骁给粉丝解释："队长临时有点事，晚点过来。"

陆封的粉丝大失所望，卫骁哄着粉丝："队长一会儿就来了，我们一起等他，乖。"

这声"乖"电到万千少女，哭得更凶了——还想被Q神哄哄。

房门推开，白才走了进来。镜头看不到是谁来了，弹幕纷纷询问，以为是陆封这么快就回来了，兴奋得直叫唤。

卫骁转身，看到了菜哥。

白才做口型："直播开了？"

卫骁："菜哥一起吗？"

白才懂了，立马有礼貌地说道："队长说晚点过来，让我先陪你直播会儿。"

选手的个人直播间，约束比官方直播间小得多，本来就是娱乐性质，太较真就没意思了，所以房管并没干涉太多。

白才坐下后，比赛现场开始了选手采访，月夜日常死鱼眼，问一句答一句，就差把"大爷很牛"四个字写脸上了，莫有钱状态不错，和主持人有说有笑。

TPT这边欧星星一笑，观众席立马传来尖叫声，欧星生了张娃娃脸，和越文乐一样都很显小，但他比乐神活泛，一双丹凤眼，一对小虎牙，笑起来特别招人疼。傅黎戴了副金丝眼镜，穿着TPT工整的队服，气场不像选手像教练，虽然他也的确担任了部分教练的职责……

随着一个个选手登场，卫骁用轻快的语调介绍着，要做就做专业，卫骁操着一口流利的普通话，很会说道。

菜哥也和他搭档了多年，一个逗哏，一个捧哏，解说还没正式开始，粉丝就开始点赞。

一边刷一边好奇："大师大师！你觉得月夜和欧星谁更厉害？"

卫骁："月夜厉害些。"

立马有TPT粉不服，甚至想闹。

卫骁下一句就是："当年我做陪练时，小月月比小星星多约了三场。"

粉丝："嗯？"

卫骁歪头问菜哥："我没记错吧？"

菜哥："月神是三百五十二场，星神是三百四十九场。"

粉丝懂了，敢情您说的月夜更厉害些，是以这个为衡量标准的吗？月夜多被你捶了三场，所以更厉害？

粉丝无语，可是又没法反驳。

反驳什么，那弹幕明显是坑，只能说卫骁圆得漂亮。

当然弹幕不会这样放过他："大师，听说欧星转位置是被你打怕了？"

以前欧星是走上单的，现在转去了下路。这话又挖了一个坑，什么叫被你打怕了？事是那么回事，但这么问就明显是在找事。

如果只是随便问问也就罢了，还刷了个礼物特效，那明晃晃的弹幕框让人忽视不了。

卫骁瞥了一眼，没回避："他射手玩得不好？"

一句话反弹到问的人脸上。

你管人家为什么换路？

被打怕了又如何，欧星现在的成绩是实打实的，欧星不比月夜和阿睡，他不是出道就红的类型。

最初那一年他走上路简直能被骂死，也亏了这小子韧性足，没被骂崩，反而找到了白才，寻求突破。

菜哥来者不拒，给钱就行，本以为欧星这哭包，约两局就厌了，谁知一约就打了近百局。

眼看着胜率低至5%，卫骁于心不忍，给冤大头欧星建议："你非得玩上路？"

欧星一愣。

卫骁："荣光不是只有上单吧，还是说你只爱战士？"

欧星顿了下道："队里只有上单位了。"

卫骁："不是这么论的吧？硬走自己不擅长的，不是更辜负了把你签到战队的人？"

电子竞技，菜是原罪，其他全是废话，队里只有上单你就非得玩自己不擅长的上单？

欧星显然不是全能王，他这不仅是拿自己开玩笑，也是拿整个战队开玩笑。

诚然，新人刚入职业圈，都会委曲求全，都会勉强自己，可成绩是一切的根本。拿不到成绩，拖累的是所有人。不勇敢站出来，又怎么知道不行。

欧星"自闭"了两天，再度找到卫骁："能陪我练练射手吗？"

又是一百局，欧星的胜率从5%狂升至40%，几乎要和卫骁五五开。当然，如果卫骁用盗贼，他这胜率会立刻跌个20%，但这进步已经足够惊人了。

欧星鼓起勇气，向俱乐部提了申请。本以为会被拒绝，谁知俱乐部愣了下后道："巧了，路寿也想换……"

路寿是TPT现在的射手，一直都发挥得中规中矩，说不上好但也不拖后腿。欧星没想到他不想玩射手。

教练组直接把两人叫来，仔细问了问。

欧星和路寿面面相觑："你居然想去？你居然也想换位置？！"

这瞬间，两人都瘪嘴哭了。早知如此，何必被迫适应啊！也是从这一刻，TPT上单和射手的深厚友情建立了，哪怕他们在峡谷里隔着最遥远的距离，但只要彼此望一眼，那都是干劲满满。

不能辜负他给我的这个位置！

这些事当然不能在直播间说出来，只是卫骁和白才都各自感慨了一会儿。

勇敢点，走出来，没准处处是惊喜。

闲聊了一阵，第一局游戏开始。

月夜没拿到仙术士，但抢到了同样强势的法刺英雄——灵木法师。也不知是昨天和卫骁的 Solo 余力还在，还是半决赛第一局比较上头，月夜开局就把傅黎给压回塔下。

灵法是个前期不太凶的天赋，尤其是没有大招的时候，伤害全是单体攻击，清兵线都成问题。

可月夜从一开始就没想先清兵线，他盯准了傅黎，只要魔能法师一露头，他冲上去就是一二连招，连控攻击，耗他半管血，等傅黎不得不缩回塔下，他再慢悠悠地清线。

卫骁："灵法的常规打法，前期绝不能厌，能打人就别打兵，越塔强换也比缩到塔下强。"

像是印证他的说法，下一拨兵刚到位，月夜又是一套小连招，疯狂捶傅黎。

魔能法师没位移又脆皮，哪经得住这样耗，不得已交了个闪现，谁知月夜闪现接一技能，冲进塔里击杀傅黎！

RR 夺下一血。

虽然月夜也没了，但还是赚了个一血等级差，同时也狠狠压制住了傅黎。

弹幕纷纷喝彩。

"月夜牛！"

"今天这是中国赛区第一中单的争夺战啊！"

"目前看来，月夜占优势！"

"果然刺儿头克稳健型，傅队好委屈。"

"莫慌，瘪嘴哭向来是开局先哭，笑到最后。"

弹幕又开始问刁钻的问题："大师，你觉得月神和黎神谁更强？"

卫骁很淡定："小月的仙术士很强，傅队的统筹力无敌。"

想看热闹？不可能的。

骁哥游刃有余。

RR 这凶猛开局，似乎把 TPT 给打得很难受。中路一血爆发后，双方平稳了一段时间，主要是 TPT 避战，努力发育。

卫骁解说得中规中矩，没贫嘴也没打趣，很认真地分析着局势。

直到又有人搞事情，这人连刷三个火箭，问了卫骁一个问题："Q 神，RR 和 TPT，你希望在总决赛遇到哪支战队？"

换言之，你希望哪个战队赢？你怕哪支战队？你看比赛的心思是怎样的？

其实大家都好奇，但不好意思问出来，这人开口了，还刷足了礼物，卫骁也不能当没看见。

菜哥盯着这条弹幕，余光瞥向卫骁。

卫骁面色不变，有条不紊道："无所谓。"

弹幕哪里甘心听到这么个答案，又问："谁赢都无所谓吗？"

卫骁老神在在："RR 也好，TPT 也罢，都是 FTW 的手下败将，谁进总决赛都无所谓，反正冠军是 FTW 的。"

弹幕哗然。

一片感叹号和省略号。

更有一片："哈哈哈哈哈哈哈哈哈哈，不愧是你。"

卫骁还特无辜地反问他们："我说得不对？"

粉丝大叫："你说得都对！你这么帅，说什么都对！"

卫骁这脸皮也是一绝："嗐，也没那么帅，比我队长差点。"

粉丝更是笑翻在直播间！

菜哥也是服气的，论公关能力，卫骁真是天赋异禀！

第一局结束，RR 拿下一分。RR 粉丝尖叫连连，兴奋得似乎已经拿下半决赛冲进总决赛了，TPT 粉丝倒也没哭起来，作为瘪嘴哭的粉，他们早就备好了速效救心丸，一脸"佛系"。

没办法，TPT 是出了名的慢热，让一追三是常态，让二追三都不让人意外。

输一局算什么？只要没连输三局咱就稳得住！

第二局比赛开始 BP，卫骁这边门开了。

粉丝耳朵尖得很，虽然看不到人，但已经开始兴奋了。

"陆封回来了？"

"快让我看看我男神，我想他！"

"陆封陆封，我爱你！"

这次真是陆封，陆封拿了两杯西瓜汁，看向白才。

陆封给了白才一杯，白才哪敢要，连忙说："我不喝不喝。"

陆封："拿着。"

白才："……好的。"

卫骁也接过了西瓜汁，喝了一口："好甜！"

陆封："是吗？"

卫骁："你尝尝。"

陆封就着他的手喝了一口："嗯。"

卫骁看向摄像头，笑眯眯地给大家做介绍："大家好，这位是我队长。"

弹幕："……谁不认识陆封！"

卫骁来劲得很："现在由他作为我的搭档，我们一起解说这场比赛。"

弹幕一片"废话废话，快让大魔王说点什么"。

然后就看到陆封弯唇笑："大家好。"

此生能见陆封笑，死而无憾！

接下来，他们更见识了什么叫大魔王。

难怪官方从不邀请陆封作为嘉宾去解说席，难怪解说们都苦笑摇头说不想和陆封合作。

不是他冰山，也不是他寡言，更不是他接不上话。

而是他……神预言！

56

喝西瓜汁的空当，第二局 BP 结束，双方进入游戏，这局月夜依旧是法刺英雄，拿到的是利刃法师。听名字都品得出来，这是个近战型天赋。

利刃法师的确是法术攻击，但武器却是一把锋利的匕首，凭借着罕有的三段位移，突进收割，一个法师位凶起来和刺客相差无几。

傅黎选了个相当冷门的法师天赋——邪毒法师。毒法强势过，如今却沦为冷板凳常驻人员，多年不上赛场。

解说们看到这个天赋颇为惊讶，话里话外都是对 TPT 的担忧。

毒法乍看挺强的，技能以毒攻为主，能够破防御造成持续伤害，大招毒沼泽更是范围极广的群体伤害。

这么牛的法师天赋，为什么选手都不用了呢？因为适配性太差。持续性伤害能被规避，破防御效果对于脆皮输出的作用不大——伤害会溢出。毒沼泽范围再广留不住人也是毫无价值。

一个缺乏控制、输出不稳定又没有其他功能的天赋，不坐冷板凳才奇怪了。

卫骁看到毒法也皱了皱眉："TPT 的新套路？"他可不会小瞧傅黎。

陆封薄唇动了下。观众没听到他说了什么，卫骁却听到了，他睁大眼："是吗？"

陆封点头。

弹幕好奇死了。

"大魔王说了什么？！"

"为什么只说给卫骁听？我也要陆封的耳边低语！"

"唇语大师在哪儿？赶紧解读一下啊。"

卫骁笑眯眯地说："等打完比赛再告诉你们。"

弹幕："怎么还卖起关子了，是嫌我礼物刷得不够多吗？"哐哐飞了一堆火箭。

卫骁道："现在说没意思，相信我，这局比赛结束一定揭晓答案！"

行吧，玩还是卫骁会玩，吊人胃口的能力神了。

RR 和 TPT 打比赛，中路是最引人注目的地方。月夜和傅黎的对战是 70% 以上的观众所期待的。

这局傅黎一改上局的谨慎稳重，走位非常靠前，毒法的邪气弹扔得到处都是，完美钳制了利刃法师的走位。

弹幕品出点味了。

"这毒法有点儿克月夜啊。"

"原来法刺型中路怕毒法？"

"学到了学到了，傅黎不愧是荣光'学神'，套路真多！"

一旦月夜被压制，RR 的局势就没那么轻松了。莫辉来中路 Gank 了一次，傅黎谨慎得很，邪气弹探草丛，炸出了莫辉，避开了一场厮杀。

对局前十分钟，陆封都没怎么说话。卫骁是习惯的，队长不爱说话，他一个人解说也很够用了。

粉丝却不乐意了："卫骁你休息下，给我陆封一点说话的机会好吗？"

卫骁瞥到了弹幕，不理。

粉丝锲而不舍："我是来看双人直播的，不是来听你说单口相声的！"

卫骁依旧不理。

粉丝还在闹："卫骁的声音听多了好无聊。"

陆封眉峰微扬，忽地开口："这时候月夜不该上。"

他一开口，所有人都怔了下，包括卫骁，磁性的嗓音，轻缓的语调，透过音质极佳的麦克风传到无数人心底。

弹幕顿时疯了，刷的内容冷不丁给外人看还以为是误入某明星的直播间……

女粉丝根本不关注陆封说了什么，光听他声音去了。

男观众还是留意到了，夹缝中评价："怎么就不该上了？解说都说月夜机会抓得好。"

弹幕刚发出来就惨遭打脸，RR 送了俩人头，TPT 一次性爆肥。

解说也改口："有点可惜，切入时机很好的……"

刚才 RR 和 TPT 在河道里迎面撞上，月夜盯准了邪毒法师，位移突进，匕首带出刀锋，直逼傅黎面门。

当时解说立刻说道："漂亮！月夜的这次的突进很稳，邪毒法师要被送回家……"

他话音未落，直播间陆封就说："……月夜不该上。"

同一个画面，陆封和解说给出的是截然相反的评价，谁对谁错，结果来得也快。

月夜的确刺中了傅黎，可惜邪毒法师站在自己的邪气弹中，抵御了大半伤害，同时他回身铺了毒沼泽，月夜落地后，身体被毒气侵蚀，血量持续下降。

仅是这样不足以击杀月夜，凭借着位移多，他可以轻松离开没有留人能力的毒沼泽。可惜傅黎算得很好，当沼泽蔓延到远古生物时，巨龙被激活，它一声咆哮，龙啸震及地面，范围内生物全被眩晕零点五秒。

傅黎在自己的毒沼泽里毫发无损，月夜却因为这零点五秒的眩晕错失了逃离毒沼泽的机会。

系统公告：

TPT.Auroral 击杀 RR.Moon！

傅黎击杀月夜后，RR 辅助也跟了过来，他本意是要支援月夜，等他脱离毒沼泽后来次反攻，谁知月夜没了！他掉头就跑，按理说傅黎是留不下他的，可惜欧星也支援过来，一记冰箭准得让人头皮发麻，被控死的 RR 辅助魂归泉水。

　　RR 用两个人头告诉大家，陆封的那句话半点没错。

　　不该上，月夜是真的不该上。

　　后知后觉的观众震惊了。

　　"大魔王不开口则已，一开口就是神预判啊。"

　　"陆封要没这意识，还配得上世界第一的称谓吗？"

　　"瞎猫碰上死耗子。"

　　"陆封有这所谓的神预判的话，FTW 的团队赛至于这么坑吗？"

　　如果说卫骁是凭借聪明才智巧妙地回呛，陆封就是直截了当地用实力打脸弹幕。

　　瞎猫碰死耗子？那这死耗子有点儿多。陆封不配有这神预判？

　　不好意思，这局的发展路线被大魔王安排好了。

　　起初卫骁只是觉得爽！这干脆利落的打脸，打得质疑者脸都肿了，肿到开不了口，舒适度满分。后来他也跟着弹幕一起心惊肉跳。

　　陆封说的话不多，几句点评却次次戳中要点。

　　"月夜莽撞了。"不用想，月神死了，区别是人头归谁。

　　"欧星应该上。"不用想，欧星错失俩人头，令人扼腕。

　　"RR 辅助慢了一步。"好家伙，丝血逃出来的莫辉就这么被毒气生生耗死。

　　"TPT 在开龙。"话音落三秒钟，远古生物被唤醒……

　　二十分钟后，弹幕全是惊叹。

　　"我是在看比赛实况吗？"

　　"怎么这么像赛后复盘！"

　　"这剧透式的解说是怎么回事？"

　　"要不是开了摄像头，我都怀疑大魔王就在现场！"直播和现场比有点儿延迟，刚好有提前预判的时间差。

　　然而摄像头开着，两人都入镜了，背后训练室的光景大半都在镜头里，作不了假。

　　还有人不服。

　　"连资深解说都没法看清的形势，我不信陆封能看得这么明白！"

　　"运、运气！绝对是误打误撞！"

　　"这误打误撞的概率有点高啊……"

　　"运气好成这样，比神预判还可怕好吗！"

　　第二局进展到三十五分钟，陆封垂下眼眸问卫骁："楼下有点心，要吃吗？"

　　卫骁还在盯着比赛："等打完……所以说，比赛要结束了？"

　　陆封："嗯。"

　　卫骁惊叹："RR 还真输了啊！"

话音落，TPT 辅助一个奔腾加速，五人犹如一阵风一般扑向了在中路聚集的 RR 五人，毒沼泽铺满河道，冰猎的一轮爆炸输出，RR 全军覆没。

1：1，TPT 扳平比赛！

弹幕服了，心服口服，陆封粉丝不提了，网友都立刻刷起"彩虹屁"。

有人还惦记着之前的事，问卫骁："第二局结束了，卫骁快告诉我们陆封开局说了什么！"

比赛刚开始，陆封对卫骁的那声低语，还有人等着呢。

卫骁："我刚已经说了啊。"

观众一头雾水："啊？"

卫骁重复了一下自己的话："RR 还真输了啊。"

还有什么不明白的？

开局陆封对卫骁说的那句话就是"RR 很难赢"。

比赛还没开打，只是出了阵容陆封就给了这样的评断，卫骁怕他被打脸，所以没说出来。如今 RR 输掉这一局，没什么好瞒着的了。

弹幕鬼哭狼嚎。

"拒绝剧透式解说，毫无观赛体验！"

"这局比赛不算！我看了个寂寞！"

"讲真的，我都不知道 RR 和 TPT 打了个什么，全程听大魔王神预判，然后等他'翻车'。"

"请问大魔王'翻车'了吗？"

有粉丝开始翻旧账了。

"说实话，陆封一开始真没想开口，是谁非逼他开口的？！"

"还嫌卫骁话多，还嫌他烦人，这下爽了？"

"大预言家前十分钟沉默寡言，从有人开始不满卫骁后，剧透式解说诞生了，什么原因你们心里没点数？"

还有人不服气，始终觉得有运气加成，打死不服陆封这么牛。

卫骁美滋滋地吃点心，话更少了，你们乐意看剧透式解说，那就满足你们。

第三局一开，陆封更"过分"了。

从 BP 开始，神预言就开始了。

RR 拿了个死骑，陆封："雨猎和灵法。"TPT 还真就锁了这俩！

轮到 RR 选了，陆封："巨人萨满。"RR 也锁。

陆封："蝶术士。"

不只弹幕，连卫骁都惊了："这……"

弹幕帮他把话说完了："大魔王是手持剧本吗？！这也太可怕了，哪怕亲眼所见，我也怀疑自己看错了！"

满弹幕都是问原因的，陆封一个不理，直到卫骁眨眨眼，问道："怎么这么准？"

陆封才慢声细语地给他解释："巨人萨满和蝶术士是 RR 最近的固定组合，专为针对雨猎准备的……"

他一字一句说给卫骁听，直播间也都听了个明明白白。至此所有质疑声都消失了。
什么神预言，什么神预判，全是功课做得足啊！

阵容、套路、选手特性、战队组合、教练习性……全都摸透了才能从禁用位推断出选位，再从已有英雄推断出接下来的天赋选择，看似是玄之又玄的东西，其实全是周密的逻辑推理。

第三局进行到第二十分钟，弹幕求饶了。

"卫骁！快堵住你家队长的嘴！"

"用什么方式都行，我受不了这剧透式解说了！"

"我承认陆封声音好听，但是……您能安静地吃点心吗？"

"对对对，卫骁你快喂你队长吃个核桃酥，他肯定饿了！"

卫骁："我队长不爱吃甜的。"

弹幕："乱讲，西瓜汁也那么甜，他喝了一半呢！"

卫骁："果汁和点心能一样吗？！"

卫骁还真给了陆封一块不那么甜的小饼干，陆封静静吃着，"放过"了直播间的观众。

第三局，TPT 火力全开，从开局就压着 RR，不给月夜丝毫喘息的机会。

TPT 的粉丝都说瘪嘴哭是慢热，其实不然。这是傅黎的老毛病，第一局试探和练手，赢了血赚，输了也不亏。等第二局开始才认真起来，套路、谋略、意识和大局观都逆天地强，上帝视角感受弱些，峡谷里对决的感触才深。

哪怕大预言家不出声，观众也看出来这第三局……RR 怕是要输了。

卫骁也挺可惜的："不妙啊。"

他移了下视角，看向打野的莫辉，莫辉这局拿的是死骑。死骑打野很常规，莫有钱用得也不错，几次支援还算到位，可惜傅黎看穿了他，要么避战，要么反蹲，RR 丁点好处都没讨到。

经济差不断拉大，眼瞅着四千多了。

卫骁到底是有点偏心的——三张照片功不可没。他不希望莫辉就这样输了。

"再拼命一点啊。不是想让家人看到吗？"卫骁在心里说着。

陆封察觉到他的异常，碍于直播没多问，只是轻声道："RR 后期不弱。"

卫骁眼睛一亮："他们还有希望？"

陆封："看死骑了。"

卫骁心又提起来了。之前和莫辉的闲聊的时候，卫骁有很多未尽之言。莫有钱的困扰对于卫骁来说，反而是大写的羡慕。

慈爱的父母，温暖的家庭，衣食无忧的莫辉，唯一的难处只是如何证明自己。饱汉不知饿汉饥，卫骁连家是什么都不知道。

莫辉沉浸在自己的痛苦中，觉得自己输了比赛会离开职业赛场。

卫骁看到的却是期待——莫辉父母对他的期望。

认不认真，熟悉你的人最懂。莫辉没有拼尽全力，所以他的父母觉得你玩够了可以回来了，如果莫辉让他们看到拼尽全力的自己，他的父母不会勉强他。

这样的家庭，卫骁真的很羡慕。

对局拖到了三十一分钟，直播间里已经在唱衰。

"RR完了，果然只要针对死月夜，这个队伍就不行。"

"莫有钱赶紧退役吧，换个新打野，RR早起来了。"

"闭嘴！没有莫队，哪有今天的RR！"

"莫辉的个人实力很强的好吧！"

"强在哪儿？这个赛季他都外号莫抠脚了好吗！"

RR二塔全破，经济落后TPT整整六千，面对在中路疯狂逼团的TPT，也不知RR队内语音交流了什么，本该撤退到高地竭力守家的五人居然冲了出去！

死亡骑士一马当先，重形态下重刀突击，精准击飞雨猎。

欧星一惊，刷出踏雨飞，悬空躲过死骑的制裁，然而莫辉冲势不减，切了轻形态后，三头犬跃起，冲向半空中的欧星，一记衰败连刺两下，欧星吃了个满伤害。

系统公告：
RR.Money 击杀 TPT.Star！

这一刻，整个会场都沸腾了。莫辉击杀欧星，RR绝地翻盘！

没了欧星这个大输出，TPT试图撤退，可惜RR的巨人萨满闪现"开大"，月夜舞出满屏蝴蝶，伤害爆炸。

TPT被团灭，RR赢下第三小局！镜头给到了这局的功臣莫辉。

死亡骑士倒地，屏幕上的"Victory"映入青年眼中，这一刻，没有来职业圈玩票的富二代。

有的只是RR的队长——莫辉。

57

最后的绝地翻盘把卫骁也惊艳到了："漂亮！"

他毫不客气地夸莫有钱："莫队的切入时机把握得太好了，完全盯死了欧星的走位，最难能可贵的是欧星并没有走位失误，TPT的辅助和上单也都站准了死角，莫队还是找到了切入的时机，技能的预判和释放，全都精准到了极致，所以才能切死欧星！"

而欧星倒下就是TPT垮掉的开始，大输出被击杀，即便有经济差也很难在气势磅礴的RR五人手中讨得好处。兵败如山倒，甭管之前优势有多大，后期的一次团灭，那就是天崩地裂。

这也是竞技的魅力——运筹帷幄之中也有意外。

卫骁夸得可起劲，都不带重词的，直到他瞥到了一条弹幕："Q崽，看看你家队长，你再吹下去，你队长要酸死啦！"

卫骁连忙哄人："喀，这死骑如果给我队长玩，那欧星早死千百次了。"

陆封塞给他一块西瓜，卫骁腮帮子鼓起来，努力吃下去。

又有人揪着卫骁之前说的话问他："这么看，Q神比较怕TPT？"

RR赢了，卫骁这喜悦溢于言表，反过来就说明他不希望TPT赢，为什么不希望呢，怕在总决赛和他们短兵相接呗。

这逻辑……

卫骁笑眯眯地回呛："怕谁？我这辈子只怕我队长。"

弹幕："……"

卫骁追问："请问TPT里哪位选手比我队长厉害？"

粉丝又乐了，纷纷表示，自从粉了卫骁，完全不知道吃瘪为何物！

爽，大写的爽。"封你卫王"（奉你为王）是荣光首例！

闲聊了一会儿，双方休息结束，开始了第四场比赛，这局是RR的赛点局，一旦拿下比赛，那六月二日全国总决赛，对阵的就是FTW和RR了。

而TPT，如果再出现上局的情况，那他们这个赛季也就画上句号了。

镜头——给到战队选手，双方十人，面上都不轻松。

向来见到镜头就露出小虎牙的欧星也专注地看着屏幕，只微微点头，似乎在听耳麦里的队长说话。RR这边莫辉也很严肃，他收起了吊儿郎当的模样，坐得笔直，神态是前所未有的认真。

第四局手热了，血烫了，胜负在此一战！

BP结束，对局开始。看得出上一局的逆境翻盘给了RR很大的鼓舞，无论是莫辉、月夜、上单还是辅助和射手，全都状态飙升，气势如虹。

RR的特色是中野辅联动，莫辉表现极佳，和月夜的配合堪称完美。

卫骁起初还在解说，到后来就只盯着看了。

这配合有得学，而且学得来。

陆封见他不出声，便随口说几句。

弹幕对他是又爱又恨，爱他声音，听着舒服；恨他"剧透"，多刺激的团战也会因为他的一句话提前知道结果……

也有观众奇怪，大魔王怎么这么牛，预判和意识强到这个地步了吗？！

其实没那么夸张，资深解说不是做不到这点，而是不能做。

解说是官方的，面对的是全国观众，更注重的是"解说"比赛，将发生的事描绘给观众，同时增强观看效果，他们不是看不透，只是不能说透而已。

至于陆封的神预言，也是有条件的。观战模式是上帝视角，这和在游戏里截然不同，双方动向全看得到，对于陆封这种水平的选手，想预言走势真的不难。

RR的攻势在近三十分钟时逐渐弱了下来。TPT的粉丝紧张死了，就差没抱头痛哭。

卫骁一语道破："经济差不大啊。"

别看RR冲劲猛，人头数领先，莫辉的多次Gank都很有成效，可双方的经济差并不大。

MOBA游戏很多时候打的就是个经济差。你经济高，我经济低，买不起神装的我操作再秀也只能被按在地上捶。这也是陆封个人实力牛，FTW团队赛却起不来的根本原因。

操作再牛又怎样，九道弧光又如何，装备不够，等级不到，打出来的输出就是挠痒痒。

RR乍看之下优势很大，似乎很快能终结比赛。可只要看看彼此仅差两千的经济，一切就不好说。

尤其是RR的射手和TPT的欧星，两人相差了整整一千七，而且欧星比RR的射手多了一件神装。

这是个巨大的隐患！

又是三五分钟，RR显出了颓势，TPT的稳扎稳打在此刻展露无遗。超强的运营谋算，不疾不徐地推进，面对RR的冲劲十足，他们打太极般，轻松将其化解。

卫骁神色凝重起来。

陆封低声："风贼很难碰到金猎。"

前期利用风暴盗贼打出大优势的莫辉，面对此时的金猎已经束手无策。

风贼和死骑不一样，死骑防御高，控制强，一套打出去对于脆皮雨猎来说十分致命。风贼爆发高但血量奇低，而金猎的防御比雨猎还多了一点。

别小瞧这一点点，它往往是制胜的关键点。最后的团战打响时，很多人都预见到了结果。

同一个错误TPT不会犯两次，莫辉没能找到时机袭击欧星，月夜的一套远程消耗打得毫无意义。

正面拼伤害的话，整个RR都抗不住金猎的金箭。导播给了欧星一个特写。娃娃脸少年神情专注，长且翘的睫毛下是一双漆黑的眸子。

小虎牙收住，嘴角紧绷，严肃的神态伴着键盘和鼠标的敲击声。

系统公告：
TPT.Star击杀RR.Money！
TPT.Star击杀RR.Kun！
TPT.Star……

斩获三杀后，TPT强势夺下第四局比赛的胜利！

2：2！比分平了！

解说兴奋道："这将是今年季后赛第一场打满五局的对决！"

"没错，看来我们今天有机会欣赏自由之役了。"

"月夜终于可以拿到仙术士了，听说他最近的千层云又进步了。"

"拖到第五局，对 TPT 来说略亏啊。"

自由之役是 BO5 的特色，BO5 最多能打到五局，前四局都会有正常的 BP，是正常的对局，和 BO3 没有区别。

唯独第五局，被叫作"自由之役"的这一局是不一样的。自由之役中取消 BP，俗称盲选。不再禁用天赋，也不禁止重复选择，只要敢，双方可以拿完全一样的英雄。

这就很刺激了，尤其对有拿手天赋的战队来说，无异于开挂！

月夜的仙术士、阿睡的狂贼、FTW 的暗影盗贼……这些都可以放出来敞开秀了！

最后一局，定胜负的一局，也是最自由的一局。选手们如何且不提，反正观众的情绪被调动到最高，一个个都超级期待！

卫骁也眼睛明亮，定睛看着屏幕。

弹幕也在认真关注比赛。

"RR 肯定拿仙术士，他们那套阵容只要拿到手，胜率百分之百。"正赛场次有限，再加上 BP，RR 统共也就用过两三次，所以这个胜率百分之百其实没么夸张。

"TPT 有点危险啊，干吗要拖到自由之役，3：1 拿下比赛不香吗？"

"呵呵，他们得有那本事。"

"押注了，我猜 RR 赢！"

"跟一把，我也觉得 RR 稳了。"

在一片唱衰 TPT 的声音中，卫骁和陆封却持相反观点，这可是 TPT，这可是傅黎。一个把圈套当空气铺满整个赛场的男人。

他会对自由之役毫无准备？他会对月夜的仙术士没有对策？

不可能。

卫骁期待的反倒是傅黎的"对策"。

自由之役没有 BP，双方提交各自阵容后进入游戏，毫无疑问，RR 是仙术士阵容，TPT 居然拿了个罕见的法师天赋——亡灵法师。

解说已经在分析了，观众更加紧张，RR 的粉丝担心月夜的仙术士"翻车"，TPT 的粉丝担心傅黎的套路套不住人。

最后一局，全球总决赛近在眼前！

拿到成名英雄，选手状态是不一样的。月夜本就是个凶猛的法刺打法，如今冲劲更凶，刚到六级，千层云就刷得飞起。

TPT 不愧是套路帝，亡灵法师很让人期待，亡灵法师不算热门天赋，赛场上倒也能见到，但大多是为了搭配某个阵容。他是个召唤天赋，有点像德鲁伊，攻击手段主要依靠召唤物，有骷髅有亡魂，都是死灵。

普通玩家其实不太爱玩这个天赋，倒不是操作有多难，而是不可控。指望召唤物去攻击A，它们跑去咬B了；指望召唤物去推塔，它们却和小兵死磕，甚至还去和野怪纠缠，能把人气死。

傅黎在这一局把他掏出来，显然是想要针对月夜，具体怎么针对，暂时没看出来。

莫辉拿了自己擅长的死骑，欧星是狙击工程师，都是较强势的英雄。前期中路对线，月夜毫不客气地压制亡灵法师，甚至在千层云刷出来后差点击杀傅黎。

傅黎献祭了召唤物，丝血逃生。

解说在分析了一会儿双方阵容后，十分期待TPT能打出效果。但游戏进展到中期，亡灵法师依旧没什么亮眼操作。

难道……TPT止步于此了？

直播间里，卫骁和陆封说话都少了，卫骁看得全神贯注，陆封也垂眸盯着。两人虽然不说话，但一直在切换视角，不同角度，不同视野，不同区域地去看整个局势。

对局来到第二十五分钟，沉寂了许久的TPT陡然爆发！

欧星破掉下路一塔，开始了TPT的射手游走体系。狙击工程师是个手极长的射手，他普攻伤害一般，但技能伤害逆天。尤其是狙击能力，只要架好炮台，范围高达半张地图，当然这么广的射程需要极高的瞄准度，攻击时间很短，且不能释放其他技能，操作成本很高。

欧星支援中路，但只是待在龙坑处，他原地架炮台，砰的一声，精准命中远处的仙术士！

"厉害。"卫骁扬眉。

解说更是吹了起来，观众席也传来了喝彩声，弹幕一片片地刷屏。

让人更加目瞪口呆的是，砰的又是一枪，仍旧是最远距离，狙击到位，月夜站在塔下居然跌至重伤！

与此同时，一连串召唤物抗着防御塔的伤害扑向仙术士。

召唤物的皮很脆，防御塔攻击一下就打死一个，但挡不住它们太多，防御塔攻速极慢，一次攻击只能点死一个，召唤物犹如献祭般，踩着伙伴的尸体冲上去……

听描述似乎很慢，但其实一切都在眨眼间，而且傅黎放出召唤物的时机是欧星放出第二枪前，所以月夜根本无处可躲。

两枪爆头，仅有一只骷髅挠到月夜……亡灵法师击杀仙术士！

这配合真绝了，到这时候大家终于意识到了亡灵法师的用途。

他在明面上的确很难克制仙术士，甚至在前期被仙术士打爆头。但亡灵法师和狙击工程师太适配了！

一旦欧星出到三件神装从下路解放后，亡灵法师的召唤物就是他的眼睛。召唤物送死，视野会开放短暂的一秒钟。仅仅一秒，已经给了欧星开枪的机会。

超远距离，超高伤害，两枪能毙命！仙术士根本没有刷出千层云的机会！

早就想到TPT肯定有针对RR这套阵容的准备，但真的没想到竟然是这样的。

不打控制，不打爆发。

TPT 从头到尾对 RR 贯彻的宗旨就是不和你硬碰硬。

仙术士连死两次后，RR 动了起来。

莫辉："我去找欧星。"只要确定了欧星的位置，对其进行干扰和击杀，就可以保住月夜。

然而亡灵法师的功能再度展现出来，召唤物可以用来确定仙术士位置，也可以用来侦查偷袭者动向。

欧星身为一个厌包，神经敏锐到了极点，别说召唤物给了他视野，即便没有，他的嗅觉都能探查到危险。

莫辉刚要摸到他，他已经滑溜地跑开。当然这也给了月夜一点机会，让他暂时摆脱了被狙击枪锁定的危机。

傅黎对这个也早有安排，欧星一旦有危险，整个 TPT 都缩了起来。

打架？不不不，再等等。

刺儿头碰上棉花，让观众看都心态爆炸！

三十五分钟，欧星再度找到机会，满神装的他两枪精准命中，送走了月夜，与此同时 TPT 辅助开启奔腾，一阵旋风般，五个人包夹了 RR 四人。

莫辉的死骑的确不简单，拼死带走了 TPT 两人，可惜只要杀不死在远处放冷枪的欧星，RR 无力回天。

Victory！

TPT 赢下自由之役！第十三赛季中国赛区全球总决赛的名单火热出炉。

FTW 对 TPT！

会场响起了惊人的掌声，镜头给到了 TPT 的观众席，粉丝因激动而涨红的脸，五颜六色的夺目灯牌，一声声几近沙哑的尖叫，全是对他们的欢呼和祝福。

RR 这边，比赛结束，摘下耳机的莫辉神态木木的，盯着屏幕里的"Defeat"。

月夜转头看他："队长。"

莫辉没动。

月夜依旧是那副冷淡模样："哭什么！还有下个赛季。"

莫辉："……"

月夜起身，一边向台下走去，一边道："没了家里给的零花钱，你就不会打比赛了？"

莫辉一愣，月夜大步走下去，明明是输了，可他却像个斗胜的公鸡："当然，你非要回去继承家业我们也留不住。"

一句并不怎么好听的话，却像阵阵热流般挤满了莫辉的胸腔，伴随着蒸腾的热气，他眼前豁然开朗——明明失去了最后的机会，却仿佛打开了新的天地。

莫辉眼泪都没干，嘴角却溢出了笑容："……那我以后可真就是莫有钱了。"

月夜目不斜视："你本来就是莫有钱。"

这时主持念起了粉丝的名单，念到 RR 时她愣了下："有位粉丝为 RR 贡献了一千万人气值。"

这时大屏幕上公布了粉丝 ID——莫辉他姐。

观众哄堂大笑,直说这位粉丝够皮,却不知道这真是莫辉的姐姐,货真价实。

比赛结束,直播也停了。

卫骁关了直播间,还在出神。

陆封问他:"在想最后一局?"

卫骁白皙的手指轻点着桌面:"TPT 很难缠啊。"欧星这个小屁孩,练了这手狙击工程师,实在刁钻。

卫骁换位思考,如果自己是月夜,哪怕是用暗影盗贼,只怕也要被这冷枪给狙到"自闭"。

怎么办呢?

中国赛区的半决赛全部结束,作为全球赛的主办赛区,他们的赛程被安排在最后。

中国赛区刚刚定下全国总决赛的名单,其他赛区已经打完了所有比赛。

效率最高的是北美赛区。

毫无悬念拿下赛区冠军的元泽给陆封打了个电话。

元泽:"借个地方住?"

58

如果是半年前,元泽做梦也想不到自己会给陆封发这么一条不要脸的信息。

借个地方住?他这个"叛徒"哪来的脸。

现在嘛……

元泽继续发消息:"听说新 FTW 基地有五六层高,空房间不少吧,我们这边人不多,也就八九个,给腾个四五间房足够了。"现在干脆不要脸了!

巧的是,卫骁也收到了一条消息。

老 G 中文不好,用火星文说着"我来了。"

熟悉的火星文熟悉的你,拿了北美赛区冠军的 Gary 依旧是这副傻样。卫骁并不知道元泽在和队长联系,只低头回复 Gary:"恭喜夺冠。"

老 G 继续用火星文输出:"不想念我?"

卫骁被这火星文辣得眼睛疼,暗骂元泽不做人,给老 G 装了个什么输入法,祸害这大傻子还殃及他人:"说英文。"

老 G 坚持:"不要!"

某种程度上他中文挺好的,中国人都打不出这几个字!卫骁懒得解释,直接给他发英文。

到底是母语比较舒服,Gary 好歹正常说话了。

老 G 联系卫骁,当然不是炫耀自己夺冠,而是另有要事:"我队长说啦,我们要借住 FTW。"

卫骁一愣："什么？"

老 G："到时候还要麻烦你带我参观下 FTW 城堡！"

早就听说 FTW 新基地大得惊人，叫别墅都含蓄了，必须是庄园和城堡才行。

卫骁眨眨眼，转头看陆封："队长……"

陆封："怎么？"

卫骁把手机举起来，问道："老 G 说他们要来我们这儿住？"

这事他怎么不知道！

当然这事他也可以不知道，毕竟只要队长点头，什么都可以。

陆封瞥了一眼手机屏幕，淡淡地给出仨字："他做梦。"

卫骁："欸？"

陆封也把自己的手机屏幕给他看，卫骁凑过去，看到了元泽和陆封的聊天内容。

元老贼的略过不提，陆封言简意赅："没地方，不借。"

卫骁噗的一声笑出来，酷还是大魔王酷，管你对面是谁！

卫骁乐得眼睛弯弯："真不借？"

陆封："想让他们住进来？"

卫骁嘿笑一声："不如我们……"他凑到陆封耳边，叽里呱啦说了一通。

陆封听得薄唇微扬："胡闹。"

卫骁："我们可是说话算数。"

陆封看他。

卫骁："不好吗？一举多得，他们都求到我们面前了，不帮忙也说不过去。你答应的话，这事就交给我了。"

陆封："去吧。"

卫骁："好嘞！"

他先用自己的手机回老 G："你是不是搞错了，我队长没同意你们借住啊。"

Gary 发来一串问号后说："怎么会！我队长拍胸脯打包票，说已经搞定了啊。"

卫骁："要不你再问问？"

老 G 傻归傻，但也没傻到去触霉头，他小心问："陆封这么冷酷无情吗？"

卫骁："这跟冷酷无情没关系，之后还有全球赛，现在同住一个屋檐下，回头怎么打比赛。"

Gary："就那么打呗。"

卫骁懒得向大傻解释了，直白道："你真想到 FTW 借住啊。"

Gary："当然！近水楼台先得月，住在 FTW，我随时可以找陆封单挑！"

卫骁心道：美得你冒泡！

但他嘴上说的是："我可以帮你劝劝我队长。"

老 G 感觉到前方有坑："你这么好心？"

265

卫骁笑眯眯："当然，有条件。"

Gary："比如？"

卫骁："我们只要约训练赛，你们就随叫随到，包括且不局限于5V5。"

老G想都没想就拍板了："好！"

卫骁："你不问问你家队长？"

Gary已经在问了，直接在训练室喊出来的。

元泽："……"他一脸狐疑地走过来，看了看他们的聊天记录。

老G邀功道："队长，我厉害吧！"这公关能力绝了，住的地方有了，还能和FTW随时约训练赛，一举多得啊。

元泽细细看着，一双微扬的桃花眼里全是疑惑。

卫小疯会这么好心？总觉得前方有坑。

Gary的背景音不停："没问题的！卫骁人很好，虽然皮了点，但厚道。"

元泽沉吟了一会儿。

老G："我回他啦。"

说着他回卫骁："搞定！"

卫骁："可别出尔反尔哦。"

Gary："放心吧，只要我们住进FTW，训练赛随时约，想怎么打就怎么打。"

卫骁："拼尽全力？"

Gary："当然！"

卫骁："我截图了。"

老G无所谓道："随你。"

事就这么敲定了，看着是个皆大欢喜的局面。

元泽心里总打鼓，他又问陆封："同意了？"

陆封："嗯。"

元泽："现在FTW是卫小疯当家了？"

陆封："有问题？"

元泽："……"是我嘴欠，多此一问。

另一边，卫骁冲陆封眨眼睛："搞定，我可没骗他们。"

陆封笑了笑，给项六打电话，安排了一下。

六哥蒙了蒙："这……"

陆封："去安排吧。"

项六："好！"

距离总决赛只有短短六天时间，经历过的都知道，这六天才是真的煎熬。

一会儿觉得过得好慢，度"秒"如年，六天时间仿佛过了好几辈子；一会儿又觉得怎么过得这么快，眨眼就是一天，怎么时间一去不复返，总决赛近在眼前了？

这几天心理辅导师住在FTW了，每天都有二十分钟的陪聊时间，保持选手的心理状态，舒缓紧张的同时也让他们的精神维持在最健康的状态。

半决赛结束的第二天，莫辉给卫骁打电话。

莫有钱："中午有空？"

卫骁："嗯？"

莫辉："请你们吃饭。"

卫骁留意到他轻松的语气，打趣："不会是退役宴吧。"

莫辉笑骂道："滚，老子不退役！"

卫骁："哦，那是提前给我们准备的冠军庆功宴？"

莫辉："……"咱能要点脸吗？臭小子！

莫辉邀请了FTW全员，包括六哥一起吃饭。

一听是莫有钱请客，菜哥盛装出席。

卫骁啧声："这一身行头得六位数吧。"

白菜菜微笑："比不上队长的一块表。"

可惜了白才这一通打扮，就餐的地方居然如此平平无奇，虽说也人均四五百元，但对于莫有钱来说，这就是普通餐厅了好吗！

白才和莫辉关系好，问得相当直白："这么寒酸的吗？"莫队出手，不该人均两三千起？

莫辉反倒是喜滋滋的："以后我只有工资了，不能奢靡无度了。"

白才满头问号，就差问一句：莫式集团破产了？

不对啊，股价不还一路狂飙吗？

莫辉："我爸妈说了，逐梦可以，零花钱免了。"

菜哥一惊，脸上全是心疼："莫队你这是……"被逐出家门了？没好意思说出口。

莫辉半点不丧气，反而一脸喜色："我反思了一下，这一年我成绩不见长，和花钱大手大脚有很大关系，人嘛，吃得苦中苦，方为人上人，我爸妈断了我的经济供给是变相支持我追求梦想！"

在场所有人都无语了。理解不了，你们有钱人的脑回路真够清奇。

唯独陆封和他碰了下杯："恭喜。"

莫辉哈哈大笑："同喜！"

给圈外人看到这两队，只怕还以为冲进全国总决赛的是RR呢！输了比赛还这么开心，你们能不能正常点！FTW这边是没喝酒的，但提前放假的RR没了顾忌。

莫辉两杯酒下肚，对菜哥说："老白啊，你看我现在穷了。"

白才一副"你穷了你就该自觉地离我远点"的模样。

莫辉故意逗他："哥那时是年少轻狂不懂事，如今幡然醒悟，觉得吧，一辆保时捷……"

白才惊了："莫有钱你要点脸，给出来的车还想要回去不成！"

莫辉："你看我现在真是'莫有钱'了，白哥行行好……"

菜哥赶忙和他划清界限，甚至撺掇小宁子换座位，众人都被他们逗乐了。

莫有钱酒量一般，喝着喝着就喝多了。月夜没喝酒，凉飕飕的眼刀飞过来捅了他好几次。

莫辉如今天不怕地不怕，只觉得空气里全是自由，兴奋得很："老傅真是的，一天天藏东藏西，训练赛丝毫不漏底，正赛才往外掏，还能打出这样的效果。"

自由归自由，比赛也是真输了，要说不难受那是假的，这会儿彻底喝多，激情"开麦"，把傅黎骂了个狗血淋头。

卫骁乘机问了他们不少细节，RR也没有藏着的意思，反正这个赛季没戏了，比起死对头TPT，他们更希望FTW夺冠。

再说了，谁还不是个陆封粉？好不容易能看他拳打神之队，都乐意帮一帮。

莫辉说了半天，月夜也说了不少，他感触最深，毕竟是直接"受害人"，最后一局欧星的冷枪放得他头皮发麻："狙击工程师，欧星肯定是练过的，准头太夸张了，基本上只要开到视野，必中。"

一旁的越文乐竖着耳朵听着。

月夜看了他一眼："那不是一朝一夕能练成的，估计傅黎早就给他安排了周密的训练计划。"

狙击工程师，能玩好的职业选手不少，全球赛不提，国内赛也不乏"神枪手"，但这东西很依赖手感，哪怕练出了水准，不每天碰一碰，手一生极易发挥失常。当然傅黎的配合也是功不可没，两人默默契，不是所有法师和射手能有的。

FTW这边小宁子和老越是绝对没有那种默契的。

卫骁点头："阵容固然厉害，欧星背后付出的努力也不容小觑。"

哪有嘴上说出来的胜利？都是背后功课做得足。

莫辉靠在椅子上，摇着酒杯道："你们啊，决赛还是别拿暗贼的好。"

卫骁和陆封都看向他。

月夜冷着脸应道："没错。"

他们没有说得太细，但暗示得也很明显了。别看RR现在有说有笑，喝得开心，但昨天的自由之役给他们的冲击绝对不小。

尤其是月夜，仙术士是他的招牌，是他的自信，是他引以为傲的天赋，却败得一塌糊涂。

这种失败很残酷，打击的不只是RR的这个阵容，更是月夜的自信心。一个如此骄傲的选手，都能说出这样的话，足以见得他受到的刺激有多大。

胜者为王，败者为寇。

RR嘴上骂傅黎，心里倒也没真怨恨，技不如人，输了比赛，来年再战就是了。

一顿饭吃到晚上九点多，莫辉彻底喝多了，拉着菜哥唱歌。

白才铁面无私："一首五百。"

莫辉："好！"

月夜："呵。"

莫辉立马改口："好个鬼！"

菜哥翻白眼，嫌弃他："你赶紧回去继承家业不好吗？打什么穷鬼比赛！"

莫辉也嫌弃他："你懂什么！"

菜哥翻脸不是人："穷鬼走开！"

闹到了十点左右，各自回基地，临别时，月夜对宁哲涵说："明天约你。"

小宁子受宠若惊："啥！"

月夜："Solo。"

宁哲涵："好的！"站得笔直笔直的。

月夜拍拍他肩道："打死傅黎。"

小宁子皮一紧。

月夜低声："打不死他，就打死你。"

难怪月神不喝酒，作为一个熏都能被熏醉的男人，他不配！

翌日，元泽带着L&P落地S市第二机场，一行人浩浩荡荡，别看是北美战队，因为元泽，他们在中国人气也不弱。

机场照瞬间传遍微博，粉丝转发评论。

"元泽风采不减当年啊！"

"他这双长腿和大魔王有得一拼。"

"不愧是混血，个子高，身材真有料。"

"看到我这耳钉没，同款！"

"胡说，他那耳钉是冠军戒指改的好吗！"

有新人长见识了。

"什么什么？冠军戒指改成耳钉？"

"对啊，当年神之队的全球冠军戒指。"

"他改成了耳钉一直戴着？"

"没错，独一无二，荣光限定。"

元泽看起来很痞，主要是因为他长得像个花花公子，桃花眼再加上那招牌坏笑，赢了多少少女的心；当然还有个原因是他走得干脆利落，三年了一次也没回来，对FTW"抛弃"得那叫个明明白白。

只是这样吧，还不足以让粉丝又爱又恨，最难受的是，他是第一个放弃单人赛的。他明明可以拿下全球单人赛冠军，可以凭此在北美站稳脚跟，他却主动放弃了单人赛。

粉丝问他原因，元泽给他们的回复是左耳的耳钉，由黑金色的冠军戒指改成的独一无二的耳钉。当时神之队的老粉真是哭翻天，泪水汇成河，能从S市流淌到北美，流过半个地球。

陆封安排了车来接他们，元泽一眼看到了卫骁，打了招呼。

卫骁问了声好，道："我家队长忙，我来接你们。"

元泽摘了墨镜，打量着他："长高了。"

卫骁笑眯眯："也可能是你没穿内增高。"

元泽："……"聊不了，就不该和这小子说话！

Gary他们也都和卫骁问好，卫骁在冬训营时就和他们很熟了，如今再见倍感亲切。都是大男孩，且都是有实力的选手，彼此惺惺相惜，很聊得来。

上了车，元泽坐卫骁旁边，卫骁正在给陆封发消息。

元泽压低声音问他："你队长这么好说话？"

卫骁："我队长什么时候不好说话了？"

元泽："……"陆封什么时候都不好说话！

元泽到现在还觉得不安稳："真让我们住FTW啊？"

卫骁："当然。"

元泽："不用避嫌了？"

卫骁："你们都不在乎，我们无所谓啊。"

元泽食指轻点着扶手，总觉得前方有诈，可具体是什么，他又想不出来。

卫骁低头给陆封发消息，因为没避着，以元泽这动态视力，看了个明明白白。元泽面无表情地戴上墨镜，就差没给自己脸上贴个表情包了——墨镜一戴，谁都不爱。

从机场到基地，路程不短，折腾了十几个小时的L&P成员睡了个东倒西歪，等到了目的地还有些醒不过神。

元泽揉揉眼睛："到了？"

卫骁："嗯哪！"

老G从车窗外看去："你们这真是城堡啊！"

FTW这新基地可谓中国电竞圈的门面了，相当气派，L&P众人正想下车，才发现车子居然没停。

Gary："嗯？"

卫骁："还没到。"

老G懂了："不走正门啊？"

卫骁没解释，唯有元泽，心里一咯噔。五六分钟后，车停下，他们到了。

下车的瞬间，元泽脑袋嗡的一声。

果然是坑！果然卫小疯是不会做人的！

卫骁友好亲切道："到啦，前天刚打扫的，保证你们住得舒服。"

此时的老G察觉到不大对了："这里……"

卫骁介绍："这里是FTW基地。"只不过是三年前的。

元泽："……"

59

虽说是三年前的基地，但其实也就闲置了不到半年。FTW彻底资金自由是在拿下国内冠军后：疯涨的平台签约费以及各广告商的高额代言费，再加上团队的有效运营，又恰好碰上政策扶持才有了现在的大"城堡"。

老基地也不小，毕竟是曾经的神之队，三年时间，一栋建筑不会有什么太大变化。

如卫骁所说，这里被打扫得很干净，除了一些原本放着摆件、挂件的地方空荡荡，其余家具一应俱全，看不出是被闲置许久的模样。

入门是奖杯展示厅，曾经FTW拿过的奖杯全被陈列在此，用透明的玻璃罩仔细护着。

国内赛冠军、邀请赛冠军、单人赛冠军，还有最后那极具分量的全球赛冠军奖杯。

元泽看到它，左耳垂有轻微刺痛。

三年前的工匠师傅告诉过他："冠军戒指很重，并不适合被做成耳钉。"

卫骁热情地带他们参观老基地，老G后知后觉地反应过来了："这里是FTW以前的基地？"

卫骁："对。"

Gary惊悚回头，看向自家队长。元泽面沉如水，吓得傻大G后颈一缩。

杀人诛心啊！让元泽住这儿，是想让他死吗？！

老G立马道："我们……"

元泽打断他，问卫骁："楼上房间也打扫了？"

卫骁："当然，你们一人一间都够用。"

元泽："嗯。"

话音落，他走上台阶，不用人带，他可以带别人参观这里。

Gary："嗯？"

他回头看看VIVI，一脸迷茫。真要住这儿啊？

VIVI跟着元泽上楼，挑房间。上来后，元泽反倒心情平静了。熟悉的基地，却又全是陌生。

三年前的痕迹早被岁月侵蚀，留下的只有一楼的那些奖杯。新的FTW在这里又住了两年多，他的房间也早就属于过别的选手。

没什么相似的地方，也没什么好回忆的。只是心情沉沉的。

毕竟这栋屋子装着最耀眼的FTW也承载着最凄凉的FTW。如今新的FTW已经大步向前，走出了新的天地。他们这些旧人又有什么资格在这儿矫情。

卫骁皮归皮，也的确是想要"报复"下元老贼，但他知道分寸。把人领到这儿就很刺激了，他早就做好了元泽甩手走人的准备。

谁知他刚上楼，就听到了元泽在打电话。元泽的中文说得很标准，字正腔圆，就是语气蔫坏:"你和老李什么时候过来?"

不用提姓名,都猜得到这是在跟金成炫打电话。也不知道金成炫说了什么,就看元泽薄唇一勾,不怀好意道:"有地方住了?"

卫骁:"……"

担心这老贼的他宛若家里那棵傻菜!

元泽的确在跟金成炫打电话,韩国赛区和北美赛区同一天结束了国内总决赛,Pro这个冠军拿得比L&P难,打到自由之役的时候,还是金成炫一手金猎制霸全场才好歹赢下比赛。

韩国赛区新生代崛起迅速,好几匹黑马在冬训营时就已崭露头角。

恰好今年全球赛赛制大改,要是像以前那样搞种子队入围赛,只怕又是一场腥风血雨!

金成炫一场国内赛打得心累,至今没缓过劲:"有话说话,没话再见!"

元泽脾气"好"得很,温声细语的,像在哄人:"哥哥在关心你的住处呢。"

金成炫被恶心得浑身鸡皮疙瘩直蹦跶:"不用你操心。"

元泽:"我是不用自己操心啦,小陆封收留了我们。"这话一出,金成炫愣了下。

元泽这话说的,卫骁这被迫听墙脚的想跳出来打他:"我也没办法,陆封盛情邀约,我哪里好拒绝?所以……"

金成炫:"所以你就住FTW基地了?元老贼你要点脸行吗?!"

元泽感慨:"FTW基地真大啊,活脱脱一城堡,比Pro基地……嗯……目测大五倍吧。"

金成炫:"……"

元泽:"要不要一起住过来,我帮你向陆封提一声。"

金成炫:"滚!"

元泽:"来嘛,咱哥儿几个好好聚聚。"

金成炫:"……不去。"

元泽:"好的,我这就去和陆封说。"

金成炫恼羞成怒:"我说了我不去!"

元泽:"嗯嗯,我马上安排。"

金成炫啪嗒一声挂了电话,卫骁觉得自己还是心慈手软了,和元老贼比起来自己实在是单纯又年轻!

远在韩国赛区,炫神还酸了酸。

李赫然:"怎么了?"

金成炫没好气道:"陆封果然更喜欢元泽那老贼!"凭什么只邀请元老贼不邀请他。

李赫然问清楚后:"……"

幸好训练室没旁人,要不炫神"人设"真是崩得稀巴烂。

李赫然安慰他:"陆封是在还人情吧。"

金成炫一想:"也对。"

之前去北美治疗,元泽还是有照顾一二的,估计陆封是客套一两句,某个不要脸的就顺杆爬住下了。这么一想,金成炫还是觉得不服,问李赫然:"要不我们也借住 FTW 基地?"

李赫然无所谓道:"随你。"

金成炫越想越觉得有道理:"自己当哥哥的,理当保护元老贼弟弟!"

可惜了,炫神忘了自己比元老贼还小半岁。

这墙根一听,卫骁心里那一点点小愧疚烟消云散,果然对不是人的人,就该用不是人的法子,瞧瞧人家,掉坑里还美滋滋地拖垫背的,会玩得很!

安排房间时,老 G 纳闷:"这么多空房,为什么我要和 VIVI 挤在一间!"

元泽微笑:"这不是我们基地,本分点。"

Gary 想了想,忍住了,队长都为他们如此委曲求全住在这扎心的地方了,他们的确该懂事点,挑三拣四什么,有的住就不错了!

知道真相的卫骁:"……"

哦,腾出房子是为了 Pro 吧,元队您真行!虽说新基地成了老基地,但接风宴还是要请的。

对于元泽坦然住下这件事,陆封也有点诧异,卫骁把来龙去脉说了一下。

陆封:"……"

卫骁愤愤道:"是我低估他了。"

陆封笑了下:"那就赛场上打爆他。"

卫骁:"嗯!"

元泽这脸皮实在是让城墙拐都自愧不如的存在,接风宴上他还好意思抱怨:"那么大个基地,还没个四五间房了?至于把我们赶到穷乡僻壤的郊区吗?"

陆封不出声。

元泽继续道:"你在北美时……"

他话没说完,卫骁冷笑:"我队长没住在 L&P 基地吧!"

元泽:"……"

卫骁又道:"觉得穷乡僻壤,不如您搬去西城的酒店?"

四五千块钱一宿,一个全球赛能把 L&P 住破产。

元泽闭嘴了,陆封嘴角弯了下。这一笑把元泽给看明白了——难怪陆封这么安静,原来是等着"被维护"!

既然借住 FTW,之前的约定就得生效,L&P 刚倒完时差,就开始被"奴役"。

训练赛从中午一点一直打到了凌晨十二点,末了 Gary 还来劲得很:"再来!"

元泽打个哈欠:"来你个头!"被"奴役"还这么兴奋,受虐狂吗?!

距离全国总决赛只有短短三天时间了。连续两天和 L&P 的训练赛让 FTW 获益匪浅。起初是五局一胜,后来是五局两胜,再后来双方胜率竟然持平。

当然也是因为这是训练赛，训练赛打得越多其实越散漫。倒不是选手态度不端正，而是心态不一样。正赛的紧张和刺激，训练赛是无法给予的，而竞技这事，很多时候看的是状态。

好也罢，坏也罢，都是关键要素。

五月三十日，欧区的冠军争夺赛开始了，抢夺第一名的俩战队毫无疑问是 Y1 和 EVE。

项六直接开了个会议室，L&P 以及 FTW 的首发们打完训练赛接着看比赛，还挺热闹。晏江和谢和也是老对头了，这两支战队更是打过无数次。

谁强谁弱倒也没那么明显，看临场发挥。欧区的粉丝们热情高涨，呐喊声此起彼伏，热闹程度犹如看球赛。Y1 出场时，镜头给了晏江一个特写，这不苟言笑的男人连镜头都没看，冷淡地走进来，冷淡地坐下，仿佛身处的不是赛区总决赛现场，而是基地训练室。

元泽："晏神这心态真是无人能及。"

他这称谓嘲讽意味大于尊敬。

曾经的队长，现在的晏神，字里行间都是小情绪。

接着是 EVE 的选手出场。欧洲人普遍身材高大，EVE 的上单更是位一米九几的壮汉，队服穿在身上仿佛健身教练，魁梧得很；打野、辅助和射手也都在一米八五以上，辅助还是个两百斤的胖哥，站在谢和旁边犹如一座山。

这一下凹下去的队形，起初是会引来哄堂大笑的。

现在……

一米七多的谢和一出场，会场瞬间燃爆，全是为他响起的喝彩声。身高算什么，谢神气场两米八！

卫骁挺佩服谢和的，一个华人能在欧区拥有这样的人气真的很不容易。如果不是绝对逆天的实力，哪能击倒那致命的偏见。

谢和付出了远超于常人数倍的努力，付出了没日没夜的拼搏与奋进，才迎来了如此惊人的喝彩声！

BP 很快，双方教练都站在各自明星选手背后，而晏江和谢和全程闭嘴，一句话不说，让人好奇他们是怎么沟通阵容的。

其实熟悉他们的就知道，没必要说什么，他俩一个辅王一个法王，阵容全看队友和敌方。

教练可以随意安排，给他们什么都能打出最惊艳的效果，这就是神之队的实力。不是全职业的全能王，却是自己位置上的全能王。

广而不精，不如精益求精！

第一局谢和展示了法王真正的实力，把宁哲涵和 VIVI 看得一愣一愣的。

荣光里每个位置都至关重要的，只要想秀，只要有能力，都秀得起来。

谢和的全地图联动把人看得热血沸腾。他一拨兵线扫完，去上路支援，Y1 上单非死即伤；他回到中路又是一个突袭，打得 Y1 中路频频后退；察觉到野区有动静，他踩准视野摸过去，不等Y1打野出手，他已经完美撤了回去。

只有下路……因为晏江在，他没去。按理说前期该去死抓射手，但谢和太了解晏江了，他留在下路就是在引诱他过去。

一旦EVE重心移过去，团战发动机晏江能把他们搞"自闭"。

老对手的对决实在是精彩纷呈，外行还只是看热闹，内行却真的是在看门道。

FTW偌大的会议室，安静得针落可闻。谁都不出声，眼睛都恨不得不眨，生怕错过精彩时刻。

第一局在谢和的四处点火下，EVE夺下胜利。

别看Y1输了，但所有人心里都有数，晏江慢热，或者该说整个Y1慢热。他们队里没有谢和这种"撞击"型选手，想要进入状态需要时间。遇上弱队，可能第一局中段就打得差不多了，但遇上老对头EVE，深知他们情况的谢和才不会给他们"醒"过来的时间。

赢一局是一局，谁手软谁傻。

第二局一开，整个峡谷氛围不一样了。

谢和依旧是到处点火，可惜成功率直线下降。Y1四人的情绪被调动起来了，中后期等晏江带着随便哪个位置游走起来时，EVE便开始捉襟见肘。

卫骁轻声对菜哥道："看到没？"

菜哥看到的可太多了，眼花缭乱！

卫骁提醒："视野！"

白才点头："很刁钻。"

卫骁："学问很多，回头复盘。"

白才认真道："嗯！"

Y1也好，EVE也罢。虽然分别有个顶梁柱，但其他四人也都是实力强横的顶尖选手。

谢和的支援给到普通选手那儿，可能压根儿接不住，别说是打出效果了，跟不上节奏卖了谢和都是常规操作。

晏江的视野给得刁钻且精准，但如果Y1四人的意识不够，可能根本察觉不到，只会错过这一闪即逝的机会。

毋庸置疑的是，这两支队伍都是磨合到了一定境界的。晏江和谢和出彩，是因为他们带动了团队节奏，犹如定海神针或风向标一般给了队友足够的信息和助力。

第二局Y1拿下比赛。

第三局更加胶着，手热起来的十个人秀得全场沸腾，给了粉丝极致的观看体验，心随着他们的操作颤动，呐喊声不绝于耳。

Y1火力全开，上单、中路、打野和射手全都给出了精彩操作，剪出来能放进年度集锦的那种。

元泽喷了一声，陆封静静看着。虽然两人都没说什么，但从他俩的眼睛里都能看到不同程度上的炽热。

卫骁和晏江短暂地组过队，隐约能体会到一点。作为队友，晏神真的是一个不可多得的存在，毫无违和感的辅助，预判敌人的同时也预判队友，不需要说太多，大写的顺心如意，不愧是"荣光圈"的瑰宝。

这么说倒不是否认 Y1 选手的水平，而是另一种程度的认可。能被晏神辅助的人，都注定了和"菜"绝缘。

第三局还是 Y1 拿下比赛。

中场休息的"垃圾话"环节，晏江和谢和依旧没有出场，Y1 是中路选手出来嘲讽了一番，EVE 是打野出来铿锵回撑。字幕翻译得挺接地气，莫名搞笑。

第四局，EVE 开始了更加"偏激"的打法。原本 EVE 就是个绝对的中核队伍，如今变本加厉，全图的经济堆到谢和身上，由谢和四处支援改成其他位置的簇拥环绕。

要么避战，要么就干票大的，这样拉扯了足足四十分钟，最后一次团战在谢和以六道魔能最远距离戳死 Y1 射手后夺下比赛！

2：2，平了！终于还是打到了自由之役。

所有来现场的人都觉得值回票价了，粉丝激动地站起来，很期待今天的冠军花落谁家。

去年全球总决赛的冠军是 Y1，但欧区冠军却是 EVE。今年是 EVE 卫冕成功，还是 Y1 折下桂冠？

就看这最后一战了。

卫骁忽然道："不如我们来押一把。"

元泽最贪玩："赌注呢？"

卫骁："先说说我们的想法，万一都一样，还打什么赌。"

元泽："你先说，我肯定和你不一样。"

卫骁："那你不是稳输？"

元泽笑："输给你，我……"

陆封："Y1。"直接打断了元泽的话。

卫骁立马看向陆封，笑得美滋滋："队长和我心有灵犀！"

元泽："……"瞬间不想打赌了呢！

卫骁又看向他："怎么样元队，你押 EVE？"

元泽："……"

陆封眼皮微掀："输不起就别说大话。"

元泽没好气地道："EVE！"虽然他也觉得这把老谢不稳。

卫骁拍板："我们 Y1，元队 EVE，大家做个见证啊。"

Gary 欲言又止。

元泽瞪他一眼，傻大 G 闭嘴了。

元泽："赌注呢？"

卫骁当然是有盘算："如果我们赢了，元队去约一下 TPT 的训练赛怎么样？"

元泽："……"

臭小子，还真是物尽其用啊！

FTW 不方便去约 TPT，但 L&P 可以，而且 TPT 不会拒绝。

因为某种程度上，L&P 与 FTW 很像，同样是上单厉害，同样是打野核心，连 VIVI 都和小宁子有相似之处，这两个队约训练赛，TPT 没有暴露战术的顾虑，也能借此找到突破 FTW 的战术。

元泽应下来了。

卫骁："行，看比赛吧！"

元泽满头问号："不问问我的条件？"

陆撑撑上线："不用，你必输。"

元泽："……"

这帮臭小子，真是翅膀梆硬啊！

60

队长被欺负，L&P 全员那必须……幸灾乐祸啊！

VIVI 三人一副我不懂中文的样子，半点给自家队长递台阶的意思都没有。

老 G 到底是心地善良，给元泽"挽尊"："队长，你的条件是什么？"

元泽："……"懒得提了。

Gary 抱有幻想："万一 EVE 发威，干翻了 Y1 呢？"

元泽："呵呵。"

老 G 诚心诚意道："你不是常说，不怕一碗就怕玩意吗？"

这中国话说的，在场的中国人都听不懂。

元泽纠正他："是不怕一万就怕万一。"

Gary："对对对！"

元泽终于还是说出来了："如果 EVE 赢了，FTW 和 L&P 打训练赛时，卫骁和 Gary 换队打。"

俩野王："嗯？"

卫骁怜悯地看向老 G，话不用说，眼神代表一切，醒醒吧，你被嫌弃得明明白白！

老 G 委屈死了："早知道不给你台阶了！"

元泽："……"

果然他不该回 FTW，这地方和他不合！

闲聊间，直播间的两支战队已经选好了阵容。自由之役，大多数队伍都各有一番套路阵容，让人比较意外的是，谢和居然没拿仙术士。"荣光圈"有句话流传已久：仙术士有两种，一种是谢和的仙术士，一种是其他人的仙术士。

别看月夜在中国赛区很有名，但放到全球看，他还是差了些火候。

会议室的诸位也挺意外。

Gary："谢神这是放弃治疗了？"虽然直觉要输，但也不要输得这么直白嘛！

元泽自己给自己安慰："新套路吧。"

卫骁难得附和元泽："药术士打中路是可以的。"

这局其实很有趣，两队同时拿了药术士：EVE的谢和，Y1的晏江，他们拿了同职业同天赋，然而一个是用药术士走中路，一个是用药术士打辅助。

不但卫骁他们觉得有趣，会场的观众显然也兴奋至极。别管是谁家的粉丝，都是爱看热闹的，前队友、现宿敌，掏出同一个英雄，火药味不要太重！

谢和真不愧是荣光第一刺儿头，拿出药术士不为别的，就是要当着晏江的面秀，就是要告诉全世界，不是只有你能玩好药术士！

自由之役，他这是完全放飞自我了！

开局就是野区碰撞，二级团打得飞起，双方的药术士都是能奶能毒，把一个低级阶段的团战拉扯得惊心动魄。最后以一换一结束战斗，双方死的还都是打野。

EVE乍看还占了点优势，因为一血是谢和的！

元泽抱胸看着，十分淡定。

老G叹口气："EVE的'一血不胜'定律啊。"

元泽不淡定了：你不说话能死啊！

老G还解释上了："真的，很奇怪，每次谢神拿一血，这局EVE就要输……唔……"

元泽把西瓜塞他嘴里，Gary直眨眼。

元泽："闭嘴。"

卫骁噗的一声笑出来，看恶人吃瘪什么的，也太欢乐了！

到了六七分钟，药术士和药术士之间的不同逐渐展现出来，谢和的药术士那是绝对的中单，高法强、强消耗，明明是个爆发不高、没控制且没位移的天赋，愣是被他打出了仙术士、灵法、蝶术士这些法刺天赋的效果。

Y1中路苦不堪言，拿了个法刺却被压制成这样，真是奇耻大辱！压崩中路，谢和又去上路搞事。

EVE打野和谢和配合极佳，他刚清完河道小野，已经顺着草丛摸了上去。

三抓一，Y1上路完了！

EVE肯定是这么想的，然而上帝视角的观众却是心一紧。

Y1这边可不是只有一个孤零零的上单，晏江带着打野坠在了谢和身后，谢和把技能交出去扑向Y1上单时，Y1打野也扑向了他！

螳螂捕蝉，黄雀在后！这Gank神了！

导播给了个特写，谢和的药术士是暗形态，晏江的是光形态。药术士的两个形态，一个是苍白冷艳的古堡公爵，一个是圣光笼罩的神圣医师，同一款皮肤的光、暗两面，像双生子般同时出现在峡谷里，这画面帅炸了。

卫骁他们这边是关了直播弹幕的，如果开着就能看到粉丝的尖叫！

晏江和谢和。

医师和公爵。

光与暗。

沉静与暴戾。

全部被药术士这个天赋给串起来了！

一场围剿，EVE 损失惨重。虽然他们切死了 Y1 上单，但己方死了两人，重伤一人，上路塔保不住了。一旦被 Y1 撕开缺口，EVE 就会陷入完全被动的局面。要命的是 EVE 这支队伍最怕的就是束手束脚。

Y1 并不会放弃这好不容易争取到的优势，他们展现出前所未有的强势打法，中野辅联动，硬气到了极致，完全霸占了 EVE 的一半野区不说，还把下路射手打得直往塔下缩。

赛区冠军，一步之遥！

谁都不想输！

同样是冠军队，同样骄傲，同样渴望胜利。

虽然不知道他们队内沟通了什么，但 EVE 奇迹般冷静下来，开始找机会。哪怕舍弃一部分资源，哪怕放弃一路的优势，哪怕经济差距在不断拉开，但他们却稳住了心态，犹如屏息在草丛中的猎豹般，寻找着最佳时机。

比赛打的是谋略，比赛打的也是机遇。

经济差高达八千金币最后却翻盘的比赛也有很多。没到水晶爆破的最后一刻，就有无限生机！

终于，在比赛二十分钟的时候，EVE 找到了机会，他们的打野扑到了走位靠前的 Y1 中路，跟着谢和的辅助秒开奔腾，火速赶到后打了 Y1 一个措手不及。

哪怕是晏江也救不了这样的"猝死局"。

中路倒下、射手被偷，打野的一套技能被切了光形态的谢和抵消……Y1 连死两人，晏江勉强救下了皮糙肉厚的上单和位移多的打野。

解说的声音慷慨激昂："漂亮！这是 EVE 的大节奏！"

导播给出了经济走势图，原本一路下滑的 EVE，因为这次团战逐渐上扬，再加上团战后 EVE 席卷了野区和远古生物，硬生生从相差六千的经济打到相差两千。

两队总经济只差两千，这完全可以接受，只要再有那样一次机会，EVE 就能超越 Y1！

对局越发紧张，双方外塔全丢，视野被卡得很死，透着屏幕都感觉到十人的小心翼翼。都不是善茬，上次的状况无论在哪方重现，比赛都将终结。

二十九分钟……三十分钟……三十一分钟……三十五分钟……

满神装的十个人碰撞了足足七次，每次都是徒劳而返，连复活甲都没丢一个，这样下去要靠终极龙王定胜负了。

Y1 先动手开龙，EVE 明知他们是诱敌，却不能置之不理，龙王一丢，EVE 必输，无论是不是坑，这次都要干到底了！

镜头给到了 EVE 五人，队内指挥是他们的打野 CC。只见他面容凝重，从口型能分辨出他似乎喊了一声"Xie"。

药术士上了！谢和率先冲进去，在没有视野的情况下锁定了Y1射手和法师，这俩因为龙坑的地形站位比较集中。药术士给自己附魔，灌注加给予，最后的天罚精准地落在Y1的这俩头上。

行云流水的一套连招，秀得人头皮发麻。

只见Y1双输出血量暴跌，眼看着要成重伤。与邪气的黑相对立的圣光亮起，同样的附魔给了队友，同样的灌注和给予依旧落在了这两人身上，接着又是一个天罚，砸向的却是谢和！

晏江的药术士，能救死扶伤也能杀人于无形，短短五六秒，发生碰撞的三人血量全如过山车般，暴跌、狂升，接着又是骤降……

"心跳流"打法已经让人头皮发麻了，双倍"心跳"是什么鬼！旁观粉丝都看得忘记呼吸了，峡谷里的十个人得是怎样的惊心动魄！

接二连三的系统公告响起。

Y1射手阵亡，EVE打野阵亡，Y1中路倒地，EVE射手倒地……最后倒下的是拿了双杀的谢和，最后站着的是秒换无敌丝血存活的晏江，他一人推掉了EVE的基地。

会场爆发了激烈的掌声，观众纷纷起立，为这精彩至极的战斗狂欢喝彩！

冠军属于Y1！今年的欧洲赛区，Y1点爆了整个舞台！

拿了冠军，晏江也还是那副模样，不喜不悲，仿佛入定的老僧。

对此大家伙也是服气的。

谢和眉峰皱了皱，起身时，他身边的大个惊了下："Xie？"

谢和："全球赛再战。"

欧洲赛区作为去年的全球总冠军赛区，今年拥有两个名额，冠亚军都可以入围全球赛，是独一份的特殊待遇，也正是这个特权，让今年的全球赛火药味更重了。

这是一支战队的战斗吗？不，这是整个赛区的荣耀！

毫无疑问，输掉的还有元泽。

卫骁看他："元队？"

元队暴躁："没用的东西！"

这话也就背后说说，真给谢神听到，真人PK了解下。

刚好镜头给到了采访，输掉比赛的谢神依旧气场强大，仿佛整个会场是他家，Y1就是他早晚要踩在脚下的小蟪蚁："全球赛，EVE一定击溃Y1。"

输了又怎样，狠话放起来！谢和这性格，又招恨又吸粉。

有人能骂死他，也有粉丝爱死他，也是够极端的。

听到这话的卫骁斟酌了一下："我决定帮帮谢神和晏队。"

元泽习惯性接眼："怎么？"

卫骁："提前把EVE和Y1淘汰出局，他们就不用打啦！"

在座听得懂中文的："……"别去吐槽人家谢和了，他们家这位更狂！

各大赛区，还在争夺冠军的也就剩下中国赛区了。作为这届全球赛的主办地，各赛区冠军队纷纷订好机票，提前赶了过来。赛委会忙得很，尤其是中国赛区的分部，特别重视。

国内总决赛要办得漂漂亮亮，全球人都盯着看呢。这个总决赛就是全球总决赛的预热，连会场都是同一个。

规模如何展示的是赛区能力，必须不能丢面子。越搞越大的同时，也让这场国赛区的赛事全球瞩目。

输了赌局的元队约了 TPT 的训练赛。谁知他们还没开打，金成炫给陆封打了电话："你们的对手很强啊。"

陆封："嗯？"

金成炫清了下嗓子："和他们约了个训练赛，七局四胜。"

四胜的当然是 Pro，但 TPT 能拿下三局也很不一般了。

陆封点头："今年 TPT 成长起来了。"

金成炫和陆封关系不错，而且娇花没那么大的愧疚感，这三年和陆封也偶有联系。当年的神之队，金成炫是早就定下要走了，他本来就是被"卖"到中国的，合约到期想回国，无可厚非。

当然，道理是这样，心里还是难受的，所以金成炫也放弃了单人赛。

令人意外的是，金成炫着重点评了欧星，基本上和 TPT 打过的战队，都对傅黎印象深刻，这位选手的确是很特别，像晏江又不像，是选手又很像教练，在峡谷中的统筹力强得过分。

金成炫大概自己是射手的缘故，所以对欧星更敏感些："七局拿了六个射手，每一个都玩得可圈可点，尤其擅长躲打野，我们家贵志被他搞得头大如牛。也不知道他经历了什么，嗅觉灵敏得像生了个狗鼻子，不等小志露头，他总先一步躲开……"

金成炫的早年经历比较凶残，名叫娇花却真不是被人护着的温室花朵。他在神之队的时候，不下手抢，是什么都吃不到的。

所以他不厌，冷不丁见到欧厌包，也是耳目一新。听他说了一通后，陆封补了句："他和卫骁关系很好。"

金成炫愣了愣。

陆封："两人经常 Solo。"

金成炫听懂了，顺便有点心疼，难怪厌成这样，难怪敏感成那样，难怪朴贵志怎么都抓不到他，有卫小疯调教，没放弃游戏的都成神了。

聊完了 TPT，金成炫把话题绕啊绕，可算绕到重点上了："听说元泽住在你们那儿？"

陆封："……"不管新旧，都是 FTW 基地，也都是"我们"这儿。

金成炫清清嗓子，矜持道："我们订了明天的票。"

陆封："我安排人接你们。"都是老朋友，这点忙肯定要帮。

金成炫暗示："地方其实还没定。"

陆封："……"

这疯狂暗示都快成明示了，金成炫："有推荐吗？"

陆封还是很了解金成炫的，这时候要是装不懂，他能恼羞成怒炸了基地。

"你不介意和元泽同住？"陆封问他。

金成炫干咳一声："有什么好介意的，冬训营时不也住一起。"

陆封："哦。"

金成炫急了："到底有没有地方？"

陆封："……有。"

金成炫："那我们……"

陆封："你愿意就行。"

金成炫美滋滋的，果然还是小陆封乖巧懂事！

L&P约TPT打训练赛是轻而易举的事，他们一开口，TPT经理立马答应，都没问选手意见，当然选手也没有意见。训练赛是有默认规则的，不会把复盘视频外传，但卫骁他们不用看复盘，他们直接蹲训练室里，这有点贼，可其实也贼不过傅黎。

三局训练赛，L&P轻松赢下。

老G："就这？"新学的词，赶紧用一用。

元泽一语道破："明显没发挥全力。"

Gary："也对……全网都知道我们住在哪儿。"

傅黎不提防才有鬼了。

卫骁嫌弃元泽："怪你。"

元泽："嗯？"

卫骁盯他："你别住FTW，他们就放手一战了。"

TPT肯定野心勃勃，哪里会放弃和L&P的训练赛？还是忌惮FTW。

元泽被他噎了个半死："我要不是住FTW……"能去为你们约训练赛吗！

卫骁："还是炫神好，口述得也比你这强。"

元泽："……"真是后浪扑前浪，前浪死在沙滩上啊，FTW养出来的人怎么一个比一个气人！

还有两天就是全国总决赛了，FTW这边状态总体不错，几场训练赛又练了不少新套路，上野联动也逐渐摸到了精髓，整体进步飞快。

硬要说问题吧，也有。小宁子这几日心神不宁的。之前和3U打半决赛的时候，卫骁拎着越文乐一通死磕，硬生生把他给磨了出来，守得住下路，拼得过睡哥，豪取四杀夺下总决赛门票。

这次对上傅黎，对中单的要求无疑是很高的。可卫骁丁点没有打磨宁哲涵的意思。

小宁子内敛，几次欲言又止，菜哥发现了，私底下问卫骁："你不调教下宁哥？"

卫骁看他："我们小宁子哪里惹你了？"

菜哥："……"

他没好气道："我是说马上要和 TPT 打了，你不练练他？像老越那样。"

卫骁："小宁子又不是老越。"

菜哥好奇了："怎么，小宁子比老越秀？"这就有点"碰瓷"了啊。

卫骁多敏锐："怎么，小宁找你了？"

白才："没，我就觉得他有点慌。"

卫骁想了下道："我去找他聊聊。"

谁知不等卫骁找过来，宁哲涵先找他了。全队最小的老幺，经验最少的小宁子，胆子也是最小的，他鼓起勇气叫住卫骁。

卫骁看他这样，又心疼又好笑："怎么？"

宁哲涵："我……我想 Solo！"

卫骁："想突击训练？"

宁哲涵用力点头："嗯！"

卫骁没出声。

宁哲涵赶忙道："我不怕的，什么都不怕！"

只要能不拖后腿，只要赢下全国赛，只要拿下全球赛名额，他吃多少苦都行，他可以的！

卫骁放低了声音，轻声道："不用。"

宁哲涵一愣，猛地抬头，看他的眼睛里全是慌乱。

什么意思……不用是什么意思……是 Solo 也无法提升的意思吗？是他无法在两三天内变强的意思吗？是他……

半秒的工夫，宁哲涵小脸刷白。

卫骁把话说完了："你保持现状就好。"

宁哲涵蒙蒙的，脑子里全是糨糊。

卫骁叹口气道："这是我和队长商量后的对策，本来不想告诉你，但……"都紧张成这样了，再不说反而本末倒置了。

宁哲涵结结巴巴地问："什么对策？"

卫骁："对策就是保持不变，用最简单的小宁子去干最滑头的老傅黎。"

61

宁哲涵蒙了蒙，半天蹦出一句："所以是王者预判打青铜？"

荣光的几个段位中，最高是王者，最低是青铜，翻译过来就是超神玩家面对新手崽子，什么预判都不好使。

卫骁弹他脑门："想什么呢，你可是国服法王！"

早在入队前，小宁子就打了好几个国服，水准不是吹的，要不 FTW 哪会下血本把人签回来。

小宁子嘴角禁不住弯起来:"那是说我头脑简单,刚好克制聪明的傅队?"

这孩子,怎么净埋汰自己呢!

卫骁语重心长道:"这叫本能选手天克心机的神算子。"

其实意思差不多,就是听起来高大上一些,宁哲涵的嘴角彻底压不住了,直和太阳比肩:"原来是这样……"

开心炸了,队长和骁哥没放弃他,不特训是为了打出更好的效果,原来他只要做自己就是对团队最大的贡献!

卫骁:"所以你是我们的撒手锏,明白了?"

宁哲涵站得笔直,就差敬礼了:"明白!"

卫骁满意地拍拍他肩膀:"你要是闲得慌,还是有个特训课程交给你的。"

小宁子兴奋得很:"骁哥你说,我肯定能做好!"

卫骁:"去训练营补兵,不用太多,三百拨吧。"

宁哲涵:"啊?!"

补兵是选手的基本功,也是重中之重。宁哲涵的补兵水准没问题,但这玩意只有更熟没有最熟。能够在兵线上占据绝对优势,甭管对面是人是鬼,都得难受死。

小宁子呆了半秒钟后悟了:"我懂了!补兵也是本能之一,我要化有意识补兵为无意识补兵,这样和傅队对线就更有优势了!"

卫骁:"……咯。"

宁哲涵星星眼望他:"我说得对吗?"

只是给他找点事做,让他别心慌的卫大师略心虚:"对,是这么回事。"语气里那可是半点心虚都没有的。

小宁子兴冲冲地走了,临行前嘀咕:"三百拨太少了,我要挑战六百拨。"

卫骁:"……"行吧,多补点兵总归没坏处。

时刻关注着宁哲涵,生怕这崽崽出事的菜哥惊诧地发现他雄心大振,精神饱满,补兵都补得兴致勃勃。

白才去找卫骁:"你给小宁子灌了什么迷魂汤?"

这也太神了,前后能有十分钟?蔫头耷脑的小宁子就振作成了参天大树!

卫骁瞥他:"什么迷魂不迷魂的,别给我搞绯闻啊。"

白才懒得和他贫,追问:"你到底和他说了什么?这效果比心理辅导师还牛。"

卫骁淡定道:"你以为我的大师是白叫的?"

白才嘴角抽搐:"此师非彼师。"

卫骁:"都是一个师。"

菜哥:"……"

当然卫骁还是告诉了白才,赛前卖关子是在割裂队伍,卫骁不会犯这种低级错误。白才到底比小宁子多点心眼:"你这是在安慰他吧?"

卫骁反问他:"你不相信咱家法王?"

白才沉吟，卫骁拍拍他肩膀道："自信点，咱家这位可是去年的新人王。"

青训营每年都会有优秀的新人脱颖而出，所谓新人王其实并不是官方定的称谓，而是新人实力过强，被大家推出来的。不管是当年的卫骁，还是那个小人周兴飞，以及去年的宁哲涵，个人实力都是毋庸置疑的。

小宁子最欠缺的不是实操和意识，而是经验和心态，巧的是，他缺的这些，卫骁能为他补足。

菜哥松口气，面上嫌弃卫骁，嘴上也在损他，心里却是对他很服的。其实关于宁哲涵，卫骁也纠结了一段时间。早在半决赛结束前，他就在思考，越文乐他比较熟，毕竟早年 Solo 过无数次，他的性格卫骁心里有数。之后菜哥和越文乐搭档，日常和卫骁吐槽，卫骁人不在 FTW，帮的忙可半点不少，毕竟是菜菜"背后的男人"……

卫骁可以轻易调动起越文乐，对宁哲涵却有点苦手。打了一个常规赛，宁哲涵的发挥一直是中规中矩的，不拖后腿但也不是很出彩。

可以说是野核打法掩盖了他的锋芒，但更多的是小宁子的性格使然——胆小、谨慎。明明个人实力拔尖，却像个喜欢躲在洞里的小兔子，不自信。

面对这样的宁哲涵，Solo 只会适得其反。该怎么办呢？

卫骁绞尽脑汁想了好多天。

陆封看在眼里："担心宁哲涵？"

最懂卫小小的当数大魔王，这话真是一点不假。

卫骁："有一点点。"

陆封："一点点？"

卫骁加重语气："'亿'点点。"

陆封笑道："没那么夸张。"

卫骁叹口气："小宁子经验太少了，心态也容易起伏。"

正所谓当局者迷，旁观者清，每次让宁哲涵振作的都是卫骁，卫骁却在担心他的心态问题。

陆封低声道："如果是我打野，那宁哲涵的确有问题。"

卫骁听不得任何人说陆封不好，包括陆封本尊："你虽然不爱打野，但你的打野超强！"

陆封笑笑，把话题硬扳回来："有你在，宁哲涵没问题的。"

卫骁是一个能及时调整队友状态的选手，不过他心里还是不踏实："老傅不简单的，小宁子和他正面碰上，实在……"

说真的，哪怕宁哲涵对上月夜，卫骁都不慌。硬拼技术，小宁子不差什么；经验这东西宁哲涵自己心里清楚，差一些他也能哄回来，可是傅黎……

陆封道："未必不是好事。"

卫骁抬头看他："嗯？"

陆封："下过棋吗？"

卫骁摇摇头，他打小为生计奔波，什么爱好都没培养，能玩游戏都是个意外。

陆封温声道："下棋一般都会一步三算。"

卫骁："我懂！就是走一步要往后想好多好多步。"

陆封："倒也没必要想那么多步。"

卫骁好奇宝宝："怎么说？"

陆封："打个比方，我们俩来下棋，我会你不会。"

卫骁："我的确不会，但队长你怎么什么都会！"

陆封没被他岔开话题，继续道："我会下棋，傅黎也会下棋，我俩对上，他算我三步，我算他四步，那么我赢了。"

卫骁点头。

陆封又道："换个人，我来和你下棋，我算你三步，你一步不算，那么谁输谁赢？"

卫骁眼睛一亮，懂了！说白了是层级问题，想要战胜一个人，你最好比他高一个层级，倘若高太多，反而没有效果。

比如，向左还是右走这个问题，层级一的人直接向左；层级二的人猜到了层级一的人会向左，那么他向右；层级三的人又能猜到层级二的人向右，所以他向左走。

那么层级一和层级三做出的选择有什么区别？

宁哲涵和傅黎就是类似的存在，他俩的经验层级，差距绝对超过一层。所以保持不变的宁哲涵，对傅黎来说是最难缠的。

卫骁想明白后，心服口服："还是队长厉害！"得亏旁边没人，要不卫小小能拎着吹上半小时。

安慰好卫骁后，陆封起身去阳台吹了会儿夜风。

国内冠军、全球总冠军，他们真的能一路走到底吗？走到最后就一定是自由吗？

陆封垂下眼睑，看着花园中早已凋谢的紫叶李。

Pro 抵达 S 市，陆封安排了接机的车，元泽接过重任，表示自己不能白住，适当干点活是应该的。

卫骁："你不怕炫神打死你。"

元泽只想看金成炫崩溃的模样，哪管死活。

卫骁："……"

元泽亲自来接，Pro 几个崽崽吓了一跳，连忙问好，元泽一口韩语流利得不要不要的，很快让朴贵志他们心服口服。

李赫然比元泽年长，没那么客套，元泽问他："手腕最近怎样？"

金成炫代答："放心，打到你退役没问题。"

元泽心情好，不气："那我得多坚持几年。"

金成炫抱胸看他："你怎么来接我了？"

元泽怕打草惊蛇，安抚道："我不能在 FTW 白吃白住吧，帮忙接个人还是可以的，再说咱们这么熟。"

金成炫忍不了了，用中文吐槽他："你今天好恶心。"

元泽用韩语："没错，我一直这么帅。"

听不懂中文的Pro队员："……"你们在聊什么？！

金成炫懒得理他了，对李赫然道："换下座位。"他本来坐过道的。

李赫然起身，金成炫坐里面去，闭目养神，不理元泽。

元泽的爱好之一就是教人说中文，这满车外国友人，必须好好对待。

于是开始了教学："来，我教你们金成炫的中文读法。"

金成炫："……"

朴贵志很捧场："怎么读？"

元泽："金屁屁。"

金成炫："元泽！"

元泽："叫我干吗？金屁屁。"要不是有李赫然拦着，金成炫就把他踹下车了！

总算到了基地，元泽得了卫骁的启发，故意让司机在FTW新基地停了停。

Pro众人欣赏了一下FTW城堡，发出了惊叹声，面积大可真幸福啊，能建这么大个"庄园"！

金成炫受够了元泽，正想下车。元泽笑眯眯："还没到。"

朴贵志惊了："直接开进去吗？"

元泽笑而不语，金成炫对他是真了解，心里不禁咯噔了一下："老贼……"

元泽："嗯？"答应得可顺溜。

金成炫："你……"

等终于到了基地，金成炫原地爆炸："元老贼！"

元泽啥也没听到。

金成炫："你是人吗？！"

还真不是，时隔三年，炫神怎么就忘了老队友的属性了呢。

接风宴很隆重，三个战队加起来近二十人，好不容易定到张大桌。桌中央还有个摆台，小桥流水鲜花落，十分唯美。桌子大的好处是可以坐得很远很远，比如炫神和元队中间隔了整个摆台，是全桌最遥远的距离了。

关于借住FTW老基地这事，Pro全员是没什么想法的。基地够大，而且收拾得板板正正，最重要的是一应设备俱全，不比自家基地差，比住酒店方便太多。

金成炫冷静下来后，李赫然："之前联系的酒店还有房间。"

金成炫摇头："就住这儿吧。"

李赫然："你……"

金成炫撑着栏杆，看着熟悉又陌生的景象，轻叹："挺好的。"

开始的地方，结束的地方。

虽然想"杀"了元泽，但又有点感激，也许这是他们最后的一次重聚，是他们最后一次同住一个屋檐下。

在这里，真的挺好。

鉴于全球赛还有一段时间，L&P 和 Pro 都喝了一点啤酒。事实证明，职业选手喝酒……十个顶不了别人一个。

酒量这玩意得练，打职业的忌酒，谁也不比谁强。半杯啤酒下肚，金成炫就开始骂元泽不是人。

元泽笑眯眯："不如你再拉一个垫背的？"

晏江和谢和也在路上了，看样子是想赶在中国总决赛前抵达。

金成炫怒道："谁！垫谁！你给我说个名字出来！"

元泽："喀……"

还真不好说，晏江不会上当，谢和惹不起。金成炫看起来高冷实则是娇花，谢和看起来一米七实际上是两米八，惹不起惹不起。

垫背的拉不到，金成炫还嘱咐元泽："你别暴露了啊。"

元泽懂："肯定不会让他们知道我们住在哪儿。"

金成炫："尤其是我！"

元泽："明白。"

金成炫并不信他，直接威胁："你要是暴露了我，我就……"

元泽："你就怎样？"

金成炫："我全网挂你！"

元泽挺好奇："挂我什么？"

金成炫："挂你三年前的丑照。"

元泽大惊失色："你还留着！"

金成炫终于扳回一局，心情大爽。一点酒没沾的卫骁喝着西瓜汁问陆封："他们……"

陆封给他剥了个螃蟹腿放盘里："不喝酒也这样。"

卫骁："……"当年的神之队，本质是搞笑队吧！

晏江和谢和是离国内总决赛还有一天时到的，这时候 FTW 已经全员闭关，天王老子他也不会见。他们挑这时候来，估计也没想"叙旧"，毕竟从关系上来讲，这俩不如元泽、金成炫和陆封亲近，再加上冬训营时分组的缘故，甚至更远了一点。

谢和落地后联系了金成炫，作为队内刺儿头，谢和跟谁的关系都那样，但比起元泽，他选择金娇花。金成炫出来见他，两人喝了两杯。

谢和问得很不经意："你们住哪儿？"

金成炫一惊，谢和又问："L&P 借住在 FTW？"

这不是秘密，只不过没人知道元泽住的不是新基地，而是老基地，金成炫点点头，岔开了话题。两人聊了聊近年形势，谢和突兀地来了句："你回过基地吗？"

这话一出，金成炫哪能不懂？他们的基地只有三年前的那栋旧楼。

谢和低头搅着咖啡杯，轻声问："一起回去看看？"

金成炫："……"

八 骄阳灿空，无限荣光

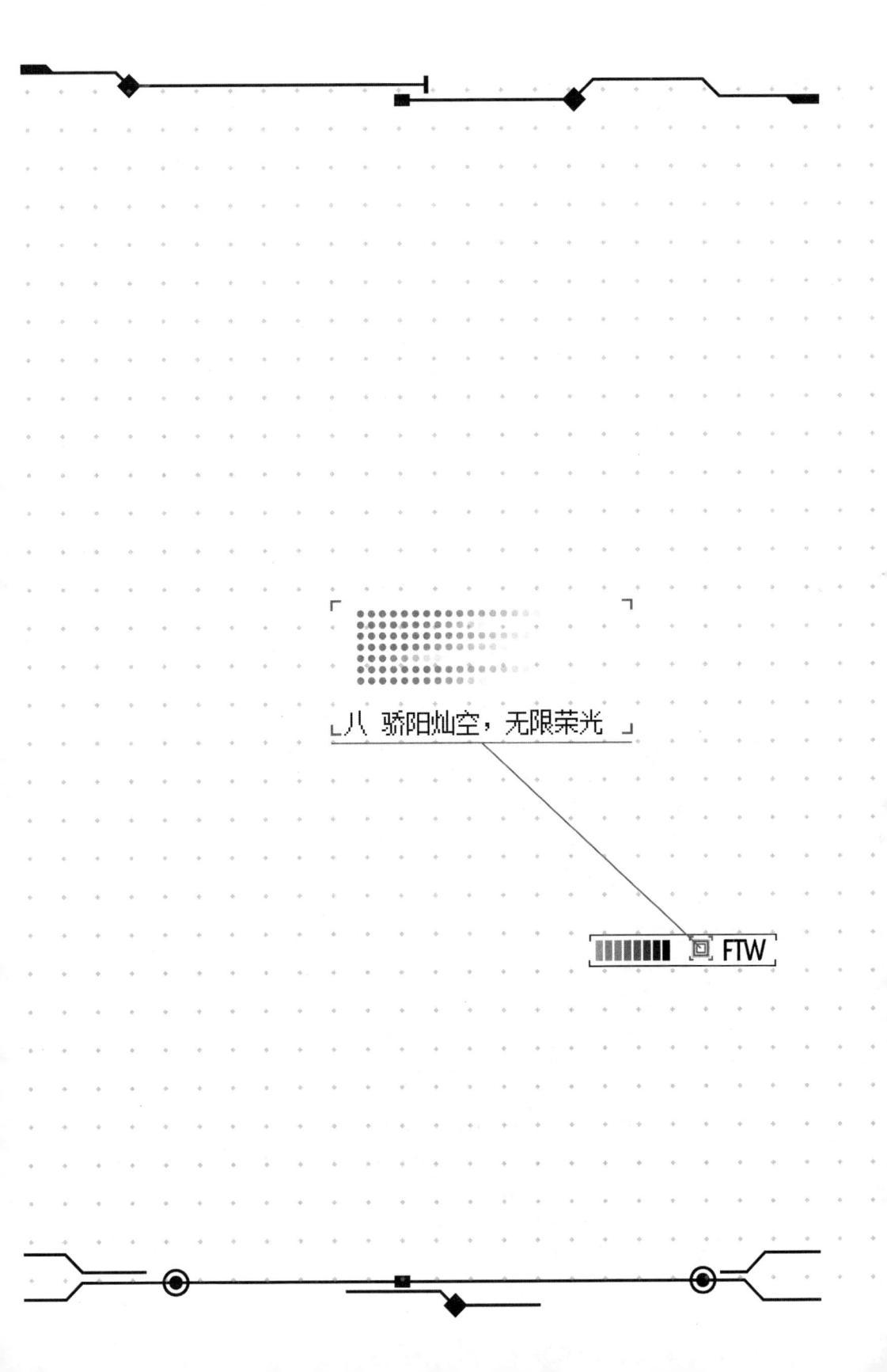

62

一、起、回、去、看、看？

看什么，看笑话吗！

三年前"弃之如敝屣"的 FTW，三年后又恋恋不舍地住回去了？金娇花不要脸啊！

真是千算万算，没算到谢和会主动想回去看看。作为全队最"凶"，谢和很不善交际。个子矮被人笑话，拳头伺候；实力菜，被人嘲笑，Solo 安排；成绩不佳，发挥不好，训练翻个三四倍。

一个能做绝不说的狠人，开口对金成炫说出这么一句话——您品，您细品。

谢和想念 FTW，一旦感受到这个点，金成炫的心软了一大半。

谢和的第一个战队就是 FTW，第一次拿 MVP，第一次小组赛冠军，第一次国内冠军，第一次全球赛冠军，全部都在 FTW。

神之队分崩离析时，他的痛苦不亚于陆封。陆封有挽回的能力，他却只剩无奈，甚至连留在国内都办不到。背井离乡过的金成炫很理解谢和的心情，国外的战队再好，成绩再优，冠军一个接一个，都不如在自己的家乡。那种由内而生的踏实感，是在外漂泊的人最渴望的。

金成炫轻叹口气，谢和已经竖起了一根刺："你不想就算了。"

金成炫心想，我不是不想，而是已经住那儿了！这话到底是说不出口，都是老傲娇了，面子大过天了解下。

金成炫斟酌着，总算想出个托词："等明天的总决赛结束吧。"

谢和眉峰蹙了蹙。

金成炫解释："那毕竟是陆封的地方，总得和他打声招呼。"

虽然荒废（实际住满人），但总归是现 FTW 的私产，说一声是应该的。

这会儿 FTW 正忙于总决赛，拿这种事叨扰，不合适。

谢和顿了下，金成炫真怕他来一句——我就在外面看看。

幸好，谢神不只想看外面，还想进去，于是他点头应下来："行。"

金成炫松口气，深感逃过一劫，两人又聊了会儿，很快就冷场了。显然谢和私约金成炫就一个目的——回 FTW 看看。

这个目的达成，谢神就不想聊天了。

金成炫试探："那我们明天见？"

谢和起身："好。"

金成炫："……"

虽然我也不想和你聊了，但为什么你表现得比我还明显！

输了，不爽。

金成炫一回去就找元泽："赶紧联系地方，明天搬出去。"

元泽惊："露露这么狠心吗，只给住三天？"

金成炫把谢和要来"参观"的事说了："不想老脸丢尽就麻利点。"

元泽松口气："来就来呗，我们尽尽地主之谊。"

金成炫震惊看他："……脸呢？！"

元泽不是娇花，老贼是不要脸的："要什么脸，他们想来住还没地方了呢。"

FTW 老基地就这么一栋别墅，L&P 和 Pro 首发外加随行人员刚好住满，没空房间了，金成炫一时没接上话。

元泽凉凉道："你搬出去吧，我反正是住这儿了，回头老谢来了，我问问他要不要住下。"

金成炫："……"

他搬出去换谢和住进来？哦，不如气死他。

金成炫稳住了，也对，要什么脸，过了这村没这店，他才不要搬出去！

至于谢和参观……

看就看吧！看也没房间给你住！

全国总决赛前夕，辰风照例停了所有训练，让他们早点休息，同时叮嘱了一些注意事项。项六这两天也一直盯着后勤，生怕选手吃不好喝不好睡不好，影响了比赛状态。

虽说不是第一次打进总决赛，但该有的紧张半点不会少。首发选手不提，基地的工作人员都神经紧绷，那心态就像高考前夜的家长，谨小慎微，慌里慌张，生怕一点点小事影响到考生。这氛围感受不到是不可能的，连续两天心情极佳的小宁子又开始慌了。

老越到底是打过一次的人，稳得很，还能用自己的神逻辑哄宁哲涵："看到这个薯片没？"

小宁："看到了！"

老越："嘎嘣咬碎它，明天你就稳了。"

旁听的菜哥："……"信了你的鬼。

偏偏还真有人信，小宁子郑重其事接过薯片，一脸严肃。

越文乐给予他鼓励："咬吧。"

小宁子点头："嗯！"

他把薯片放入口中，眼睛盯着越文乐，老越眼神坚定。

嘎嘣一声脆响，小宁子眼睛明亮。

越文乐拍拍他肩，语重心长道："小伙子，你稳了。"

宁哲涵喜笑颜开，精神百倍，旁边托腮看着的菜哥面无表情，他时常因为自己的高智商而感觉和队友格格不入怎么办？

宁崽乐于分享，拿了薯片来找白才："菜哥你也来试试！"

白才咬住薯片，宁哲涵双手握拳，可以生成"加油"表情包了。

嘎嘣！

越文乐对菜哥竖起大拇指，菜哥生无可恋。三小只其乐融融，卫骁早早上楼去找队长。

卫骁站在陆封身边，轻声道："……想赢。"不是之前的嬉皮笑脸，不是胡闹打趣，而是从心底涌上来的浓浓的渴望。

想赢，一定要赢。赢到最后！

陆封坚定回复："嗯。"

听到他的声音，像是得到了许诺一般，卫骁安心地去睡了。

全国总决赛定在了下午六点，作为年度盛事之一，总决赛的规模惊人，三万人的会场坐了个满满当当。

灯光、音响、明星助阵以及热场节目都让观众直呼赚回票价。

两支战队已经在候场区了，虽然打了一整个赛季，可来到这最后一场还是感觉不一样。无论是妆容、出场、入席等都有安排和规定，流程组一直跟在战队旁边，事无巨细地说。

嘎嘣脆组合又添新成员。

卫骁："薯片这么好吃？"怎么连小宁子都吃起来了。

宁哲涵连忙教他薯片之神的祝福，卫骁乐了："给我一片。"

小宁子递给他，卫骁叼住。

宁哲涵一慌："骁哥你要自己用手拿着吃，才能嘎嘣一声！"连比带画的。

卫骁吃到嘴里，嘎嘣！

宁哲涵一脸佩服："超响，牛的！"

卫骁谦虚："一般一般，世界第一。"

一旁正在化眉毛的菜哥："……"咱能像个正常人吗！

在后台的主角们，并不知道此时会场已经先一步被点燃。观众全部入席，明星热场结束，开始了一年一度的荣光回顾，裸眼3D的特效将整个荣光峡谷搬到了会场中，观众看得目不暇接，惊叫连连。

直播间的没有身临其境之感，但也被这画面给美到心醉神迷。

"咱们赛区下血本了啊！"

"这是给全球赛预热呢。"

"好不容易在国内举行，当然要狠狠秀一把！"

精彩绝伦的特效过后，镜头状似不经意地落在了前排的观众席上。起初观众也没当回事，还在议论纷纷，直到有人看清了，惊呼："晏、晏……"

直播间看得更清楚，网友直接原地"爆炸"。

"神之队全员到齐吗？"

"晏队！谢神！炫哥哥！元老贼！"

"世纪'同框'啊，有生之年啊！"

镜头给到的正是来看比赛的 FTW 前首发四人。晏江坐在贵宾席的最左侧，神色漠然，眼尾扫过镜头时全是冷淡；谢和在他右手边，他靠在椅背中，瘦削的身体陷进去一块，但抱胸的姿势一如既往地嚣张跋扈；金成炫在谢和右边，他坐得端正，白皙的肤色在灯光下仿佛在发光；最右边是元泽，只有他直视了镜头，甚至还眨了下眼，一个媚眼换来会场万千少女的尖叫声。

神之队四人来看 FTW 的全国总决赛，这可能是老粉梦里才敢想的事。

决裂、分崩离析、老死不相往来。如今却……

真的有人哭出声，打字的手都在颤抖。

"我不管，他们都还爱着陆封！"

"必须爱啊，最小的露露，队伍的幺弟，扛起一切的陆封。"

"可是他们，再也……再也……"

赛委会也是不做人了，在这个时候放起了宣传片。

总决赛前夕，两个战队都根据主题拍了宣传片。TPT 的主题是生于微末，战至巅峰。从最末流的战队，一路艰难坎坷地走到总决赛舞台，TPT 用实力告诉大家——只要有梦，前途无限！

FTW 恰好与 TPT 相反，曾经的王者之师，曾经的巅峰战队，一朝沦落，千疮百孔。废墟上站立的男人迎来了新的伙伴，一个、两个、三个、四个……

宣传片里给的只是剪影，但从这轮廓也看得出他们是谁，本来还能绷住眼泪的人，看到这一幕后彻底受不住了。

热泪夺眶而出，呐喊声撕心裂肺，当屏幕上给出 FTW 的队徽，全场沸腾。

背对着观众席的五个人搭肩而立，五个 FTW 成员聚在一起，成就了新的战队宣言——骄阳灿空，无限荣光。

宣传片落幕，FTW 对阵 TPT 的字样悬浮在半空中。短暂的沉寂之后是更加让人热血沸腾的特效。荣光十一个职业的全息投影出现在会场，紧接着是对应的一百四十五个天赋。无数英雄点缀在三万人的会场，引得观众惊叫连连。

直播间观众看得眼都绿了。

"早知道这么精彩，说什么也要去现场啊！"

"抢票抢票！现在就开始蹲全球总决赛的票！"

"还有更大的会场吗？三万人太小了啊！"

有眼尖的，捕捉到了细节。

"看神之队那边！"

"扎心了啊老铁……"

绝对不是巧合，是故意安排的，散落在巨大会场的一百四十五个英雄，恰好就有一队留在了神之队身侧。

晏江的药术士、谢和的仙术士、元泽的死亡骑士、金成炫的金光猎人，还有在属于这场比赛的上单位置旁边的暗影盗贼。

"这是神之队的夺冠阵容啊！"

"原来大家都记得……"

三年前，照亮荣光的五个人，用这五个英雄问鼎全球！毋庸置疑的实力，当之无愧的冠军，他们创造的辉煌，早已载入史册。曾经的神之队以这样的方式重聚，击溃了多少粉丝的泪腺，让他们泪流满面，这承载的何止是选手的梦，更是无数玩家的热血和青春！

会场再度暗下，一百四十五个英雄化作星光，最终凝聚在中央的舞台上。

战歌响起，选手入场。

过去已逝，未来可期。

新的FTW，骄阳灿空！

今夜是中国赛区的狂欢，是过去与未来的交替，是道别，更是崭新的开始！

在主持人铿锵有力的战队介绍后，比赛终于拉开了决战篇章。

FTW对TPT。冠军花落谁家！

选手入席，调试设备，裁判审查……一应流程和平时比赛没什么区别，只是观众多了，会场热了，四面八方传来的视线烫得人手指发软。

卫骁活动了下指尖，试了下麦："人多是不一样啊。"

菜哥："废话。"

卫骁："来，宁哥，嘎嘣一声！"

越文乐相当死板地："嘎嘣。"

宁哲涵噗的一声笑出来。

辰风戴上耳麦时，听到的就是幼稚儿童的幼稚对话。行吧……能在这样的赛场上这么幼稚，也是个能耐。

"准备好了吗？"问这话的是他们的队长。

四小只大喊："准备好了！"

BP开始，双方禁用和选位都很快。

第一局没什么顾虑，干就完事了。准备做得足，训练打得多，血和泪换来的实力，敞开了发挥就行！TPT这支队伍，FTW也是深入研究过的。

作为最喜欢套路人的队伍，他们的天赋实力也很强。傅黎和欧星不用说了，无论是法刺还是炮台，无论是大输出还是灵活型，两人都各有拿手天赋。

因为双星闪耀，TPT剩余三人似乎没什么特色，可若是忽视他们，那和TPT对战就输了一半。欧星是靶子，也是后期的核心，傅黎是万金油，剩余三人也是构成TPT这台机器转动的重要部件。

上路魏吉是跟着 TPT 从低谷走到总决赛舞台的老人。生于微末，战至巅峰，说的就是他这种一步一个脚印，从最末尾走向巅峰的选手！打野庄锐石和卫骁同期，两年前的青训营卫骁太过耀眼，遮盖了无数人的光芒，庄锐石就是其中之一。

同样是打野位，同样是暗贼起家，他原本该发光发热的战绩被卫骁给比得一无是处。之后卫骁离开了职业赛场，庄锐石辗转多家俱乐部，熬了一年多，终于在 TPT 站稳脚跟。

锐气退尽，余下的是坚若磐石的信念！辅助杜义是 TPT 的前队长，原本的中单位。后来傅黎入队，两人磨合了一阵子，杜义毅然放下队长和中单位，全权托付给比自己小两岁的傅黎。

傅黎当时告诉他："相信我，我一定会带着大家走向胜利。"

如今，他们站到了全国总决赛的舞台！从吊车尾来到了国内最高舞台，距离冠军，他们仅一步之遥！

BP 结束，对局开始。小宁子拿了个蝶术士，傅黎用的是魔能法师。双方都没含蓄，开局放大招，这俩中单都是强输出位。

卫骁："守住第一拨兵线，等我抓人。"

宁哲涵："了解！"

中单拿蝶术士，前期必须摧爆魔能法师，否则后期要被他的魔能光束戳死。

卫骁轻吸口气，向第一个蓝 Buff 下手了。蓝区开局，是隐贼的常规。

何为常规？能被轻易猜到的就是常规。但卫骁还是选择了蓝开，为什么？

因为蓝区紧邻上路，上路有陆封在，TPT 敢来搞事吗？

事实证明，TPT 敢，傅黎下达指令，庄锐石已经逼近了 FTW 蓝野区。

上帝视角的观众看得明明白白。

"前期丢了蓝，隐贼会很伤的。"

"庄锐石一个人过来的，卫骁不尿吧？"

"问题是卫骁没有视野，他能知道庄锐石是一个人？"

这就是 TPT 贼的地方，庄锐石一个人反野，辅助明明在下路，却没有把视野暴露给白才和越文乐。一旦庄锐石露面，卫骁势必会小心谨慎。

他不清楚庄锐石是一个人还是两个人。一个人的话，还有一战之力，两个人的话，他可能会丢了蓝 Buff 还卖了一血，很亏。

正思索，陆封的声音响在他耳畔："小小，上。"

卫骁精神一振，半点犹豫都没有，丢下蓝 Buff，一套技能砸到了庄锐石身上。

观众惊了："这么莽的吗？"

"看上路！"

为什么陆封敢让卫骁攻击庄锐石，因为他先一步把魏吉逼到了绝地，TPT 不支援的话，魏吉必死。

这时候卫骁再扑上去撕咬庄锐石，左右为难的 TPT 该如何抉择？

63

  TPT 这局选择的辅助是守护萨满，这个天赋的大招相当于一次传送，使用后可以迅速来到队友身侧，并给予队友短暂的无敌效果，是个极其强悍的保命技能。而且守护萨满的大招吟唱时间比传送短，冷却时间更短，实用价值极高。

  当然只有两级的守护萨满还不能使用大招，想过来就只能靠传送。

  那么他会传送给谁呢？

  傅黎言简意赅："力贼。"

  杜义的传送圣光已经落在了庄锐石身上。TPT 选择放弃上路，支援庄锐石！

  解说："这是个不错的选择，魏吉那边被陆封缠住，想走很难，反观庄锐石，虽然被卫骁打了一套，但血量尚可，杜义传送到位，控制给足是可以反杀卫骁的，用上路换 FTW 核心打野，非常划算！"

  道理是这样，不过卫骁是那么好抓的人吗？

  杜义落地前，系统公告先一步响起——

  FTW.Close 击杀 TPT.Jili！

  一血大魔王再度抢下第一滴血，一次比一次用时短，一次比一次干脆利落，连全国总决赛都不放过！解说少不了又是一通吹，吹得大魔王粉丝纷纷发弹幕："哎呀，淡定淡定，陆封常规操作。"

  FTW 上路开花，TPT 打野二抓一结果又如何？冲的时候毫不犹豫，溜的时候也是头也不回。

  卫骁隐了身形，滑溜得像条鱼。丢个蓝 Buff 虽然亏，但一血是他们的，赚了！

  TPT 的确不是个寻常队伍，能一路走到现在，干翻了新秀 RR，哪会普通？杜义落地的瞬间，秒放探测雷，瞬间暴露了卫骁的身形。

  这是守护萨满的一技能，一个类似于真视守卫（游戏角色类型）的地雷，玩家时常吐槽守护萨满是峡谷工具人，就因为他的一技能和大招，全是共用技能的加强版。探测雷的范围是真视守卫的两倍有余，虽然有持续时间，不像真视守卫那样只要不被拔掉就一直存在，但它作为一个可以肆意使用的技能也实在很恶心。

  BP 的时候卫骁的隐贼是先选的，TPT 后手就掏个守护萨满，也是很看重他了。这会儿卫骁惊讶，当然不是因为探测雷，他早有心理准备，甚至预判走位，绕到了一个死角，可没想到的是杜义扔的就是他所在的死角。

  这就很尴尬了，庄锐石可没放过这千载难寻的机会，直接闪现突进，地刺断了卫骁的后路，非要击杀隐贼！卫骁没死，那 FTW 血赚；卫骁死了，可就是另一个故事了！

  解说："陆封赶过来了，卫骁能撑住，等来支援吧？！"

以上路和蓝野区的距离，陆封没必要用传送，直接跑过来更划算，可问题是……

系统公告：
TPT.Rock 击杀 FTW.Quiet！

卫骁死在了 TPT 野辅的围剿下，TPT 扳回一城！用上路换打野，哪怕丢了一血，但 TPT 绝对不亏。

杜义的守护萨满用得很好，他在身后也放了探测雷，超远距离看到了陆封的视野。庄锐石掉头就跑，半点和大魔王火并的意思都没有。

解说 A 道："其实可以打，TPT 这边毕竟两个人……"

陆封再凶也只有一个人，而且是单形态的死骑，庄锐石野心大点，没准能双杀 FTW 上野。

解说嘴哥："想什么呢！看看陆封脸色，自家打野被杀，他已经杀气腾腾了！"

他不说还好，一说导播真给了陆封一个特写。

其实陆封常年冰山，有没有杀气全看观众解读，此时此刻嘛……

杜义这视野给绝佳，按理说庄锐石应该能逃出生天，谁知……蝴蝶翩翩，明明闻不到花香，却被这漫天的蝶影给缠得仿佛身处百花丛中。

庄锐石心一惊。蝶术士一套连招飞过来，本就半血以下的庄锐石瞬间阵亡。

系统公告：
FTW.Silvery 击杀 TPT.Rock！

"厉害！"卫骁狠夸小宁子，"多谢宁哥，我才大仇得报！"

小宁子害羞了："是、是队长压走位压得好。"

卫骁这话和陆封粉丝的如出一辙："那都是队长的常规操作，是你衔接给力。"

小宁子这心，被他骁哥吹得就像峡谷里的蝴蝶一样，翩翩起舞了。

解说正疯狂夸 FTW 的这个完美配合，小宁子乐极生悲。他刚斩获人头，对面魔能法师的光束袭来，四道全中，还触发了一个叠加伤害。

系统公告：
TPT.Auroral 击杀 FTW.Silvery！

这糖葫芦串得，漂亮！

小宁子："……"

卫骁哄他："不怕，哥哥给你报仇！"

他话音落，陆封已经来到中路，带走了技能全部冷却中的傅黎。傅黎连闪现都没了，因为刚才击杀宁哲涵时，他是闪现接一二技能，一个天秀后转角遇见大魔王，人生真是起伏、起伏、伏伏……

眼看着队长击杀了傅黎，卫骁赶忙改口："不是哥哥，是队长！"

这一场厮杀，对于观众来说真是神仙开局，你杀我，我杀你，你再杀我，我再杀你。这都不是螳螂捕蝉，黄雀在后了，而是黄雀后面还有坏狐狸和大狮子！

低级阶段的团战能打得这么热闹，不愧是全国总决赛，刺激啊！

观众被调动起情绪，摇旗呐喊，嗓门大得可以预见明天得靠金嗓子喉宝续命。后排喝彩声震天，前排倒是安静得很，尤其是神队所在的那一排，全都一声不吭。

元泽笑眯眯的，余光扫了晏江一眼。谢和眉峰微蹙，盯着屏幕的黑眸深沉。

什么都不用说，无须开口半个字，四人心里想的都差不多——陆封变了。

FTW 的孤狼，懂得配合了。这一场团战是从 TPT 入侵野区开始的，但显然陆封上路击杀魏吉才是拉扯的开始。别看死了一个又一个，参与的七个人都将个人实力发挥到了极致，包括率先死掉的魏吉，没有他的垂死挣扎，也不会有庄锐石从魔王手下逃走，虽然还是被宁哲涵送回家了。

陆封压迫魏吉，配合了卫骁去压低庄锐石血线。

陆封追击庄锐石，虽然被杜义勘破了视野，但他的走位很好，使得庄锐石只能撞进蝶术士的攻击范围。

宁哲涵带走了庄锐石，自己也落进傅黎手中，但陆封已经在赶来的路上。FTW 能拿下三个人头，陆封的这一串配合至关重要！

看了无数场 FTW 比赛的粉丝不觉得怎样，无比熟悉陆封的神之队却是感触良多。

越是熟悉，越是明白；越是明白，越是无奈。

如今看到了改变，怎能不唏嘘？

开局送了一个人头，卫骁怎能甘心？他快速清完野区，开始到处点火。

TPT 是前期不爱打架的类型，他们的核心是属狗的，团队氛围难免也有点"苟"，前期能避战就避战，抓紧发育才是王道，刚才实属意外。

可惜了，卫骁最爱打架，哪会让他们"苟"住，频频给他们制造意外。按理说 FTW 该死抓下路，拼命压迫欧星的生存空间，可惜欧星星不愧是厌包，几次 Gank 都没能击杀他，这就有点得不偿失。

卫骁："菜哥你和老越守住，我先和队长带穿上路。"

下路难啃，那就先把上路压垮，回头换线也好，逼团也罢，都是 FTW 说了算。

这个决策很对，FTW 上野联动的能力在联盟是数一数二的。

魏吉苦不堪言："这谁顶得住！"一个大魔王也就罢了，再来一个小疯子，这疯魔组合，要人老命！

傅黎："放塔保命。"

也只能这样了，虽说丢了上路外塔等同于把上半野区喂给卫小疯，可有什么办法？

不选择性撤退，丢的可就不只是塔，人也要没了，一个人头两百金币，自己留着不香吗，干吗要喂饱敌人！

魏吉撤退，庄锐石声东击西，去搞宁哲涵。小宁子听从指令，颤巍巍地把自己当诱饵，等引来TPT三人，卫骁一个传送降落，扑向庄锐石。

一杀之仇，必须报上一报！

庄锐石不愧是TPT首发，深得瘪嘴哭真传，地刺不用来抓人，反而反向使用，把扑上来的卫小疯给扯远了。

卫骁："……"

宁哲涵："……"

叫什么瘪嘴哭，你们就叫全队厌吧！TPT三人来得谨慎，撤得凶猛，大写的小心翼翼。

避战是吧？推塔就完事了！

卫骁继续死磕上路，顺便把上半个野区收入囊中，疯狂滚经济。导播给出了经济面板，将双方的经济状况展现给观众。可以看到FTW一路高升的经济状态，毕竟野怪疯狂刷，兵线死命压，人头数也多一点，经济不高才有鬼了。

与之相反，TPT的确是一路低迷，经济差越来越大，资源占比少得可怜。

这么看，TPT第一局完了？

解说当然不方便预测这些东西，哪怕他们看得明白，也不会点出来，这是职业素养。在场的行家可不止解说，台下的辰风，TPT的教练组，还有来观赛的3U和RR以及神之队，都看出来了。

这经济面板最大的亮点是欧星，全队经济都低，全队都比FTW差了大半截，唯独欧星，金币数量和卫骁不相上下！

卫骁此时六千金币在身，三件神装，欧星这会儿有五千九百金币，第三件神装马上做成。

这意味着什么？中后期的TPT将是另一个画风！

这隐患FTW不知道吗？他们很清楚。没有谁比他们盯欧星盯得紧，但这就是TPT的能耐，倾全队之力拖住节奏，一旦把欧星给堆起来了，那就是撑天撑地的存在！

要什么前期，后期才是真武器。

欧星也从未让队友失望。对局进展到中期，TPT中上路外塔全掉，大半个野区完全沦陷，只有下路还在死死守着。

当欧星三神装到位，TPT开始了强势反扑！庄锐石来到下路，卫骁给了提示："没看到石头哥。"石头哥是庄锐石的昵称，也是因为他的ID翻译过来就是石头。

菜哥："收到！"

越文乐发育得也不错，并不怎么担心，他和欧星也是老对手了，而且还有点针尖对麦芒的意思。

中国赛区只有一个第一射手。去年是越文乐，今年欧星星虎视眈眈。

涉及"咖位"问题，那必须死磕到底。

白才放了个眼,探到了庄锐石的位置:"老越小心。"

越文乐:"嗯。"

他们开始后撤,万万没想到一直中规中矩的杜义忽然"发疯",二技能群体加速再加上辅助装的狂奔效果,庄锐石和欧星像风一样地扑了上来。

菜哥:"这!"

身为团队辅助,关键时候牺牲自己是必要的,菜哥当机立断,掩护越文乐撤退。自己死了,好歹让越文乐活下来。

越文乐也没莽,这形势还上,那不是莽而是作死。谁知庄锐石一点停下的意思都没有,直接无兵线越塔,强留越文乐。

这是要以命换命?

不……

庄锐石不会死!

欧星开了扩展技能,冰箭范围大了两圈,冷箭嗖嗖作响,随着一个暴击,越文乐没了。

白才心一揪,他一个皮糙肉厚的巨人萨满竟然也脆弱得像个玻璃人。

一箭、两箭、三箭,只需四箭,巨人萨满也没了。更致命的是,抗了三下塔的庄锐石,本该是必死无疑,但杜义一个大招落在他头上,加了护盾的同时无敌0.5秒,完美护住了庄锐石。

一切都刚刚好,这配合堪称神仙!观众席爆发尖叫,为TPT的果敢反杀给出热烈掌声!

两个人头入账,本来就和卫骁经济持平的欧星,瞬间反超。

TPT的大节奏来了,别看前期被压得这么惨,别看上中路外塔全没,别看庄锐石被打压得这么惨,只要欧星不倒,TPT立马逆转败局!欧星离开下路,开始游走,身边时刻有至少俩保镖。

庄锐石开路,杜义探测雷扔得妙,再加上傅黎的接应,冰箭所到之处,FTW苦不堪言。

白才:"回头我们也试试守护萨满和冰霜猎人。"这什么魔鬼组合,太令人窒息了。

卫骁:"那我得用力贼。"这个下野辅联动很重要。

一句话噎到了菜哥,TPT能用的阵容,FTW不一定可以。方向不同,选择不一样,况且比赛没结束,好坏说不准。

FTW粉丝噤声了,一个个恨不能捧着小心肝,默默祈祷。这么好的开局,要是被TPT翻盘,对选手的心态影响太大了!

别输啊,虽然只是第一局,但真的不想他们输!

峡谷里的冰猎上天入地,观众席上也开始小声讨论,帮着陷入困境的FTW找突破口。

神之队这边,元泽歪头看金成炫:"你徒弟?"

熟悉的人一看就知道,欧星这打法深得金成炫真传,后期站起来的样子像极了在

Pro 扬眉吐气的炫神。尤其是守护萨满、冰猎和力贼的组合，Pro 常用。

金成炫盯着峡谷投影："是他家魔能法师的功劳。"

Pro 和 TPT 的交集仅限于最近的训练赛，真正发挥作用的另有其人。魔能法师就是傅黎，金成炫这句话是对他极大的认可。

外行看热闹，内行看门道，观众只觉得欧星星一箭一个小朋友，很牛，却不会想他为什么能做到这样。

复刻是需要天赋的，傅黎最可怕的地方就是能够帮助队友达成这个效果。Pro 的套路是明摆着的，能够学到精髓才是能耐。显然傅黎有这个本事，拿这一套打 FTW，真是再合适不过了。

元泽继续道："还是有点嫩啊。"他说的是现在的 FTW。

别看这套阵容克制 FTW，可其实想要打破这种套路，反倒需要 FTW 这种战队。

就好比 L&P 打 Pro，凶残的上野联动对金成炫来说是噩梦。哪怕 Gary 杀不死炫神，元泽补刀也能搞死。

一旦金成炫倒下，Pro 等于没了一半的输出，即便 L&P 仅余三人也足以击杀 Pro 四人。

FTW 为什么不行呢？

不是卫骁和陆封不行，而是剩下三人不行。

二换一搞死对方核心，代价是三打四。

L&P 虽然是主打上野，但中路、下路和辅助都是一顶一的高手，足以填补上野用生命换来的缺口，撕裂敌方。

FTW 的三小只能行吗？也许能行，但是卫骁和陆封敢托付吗？他们信得过自己的队友吗？

元泽向后靠在座椅中，期待着峡谷里的对决。

FTW 队内语音。

白才有点焦虑："怎么办？再拖下去咱们要守不住了！"

卫骁试探过几次，想要埋伏切死欧星，可惜这小子贼得要死，还有守护萨满的探测雷，根本无法靠近他。

卫骁和陆封几乎是同时看向了经济面板，现在的欧星已经是全场经济第一，但 TPT 前期落下太多，全队经济仍旧低于 FTW。从装备上看，除了欧星，TPT 四人全部不如 FTW，包括傅黎。只要能切死欧星，TPT 抗不住 FTW 强攻。

可是要怎么切？

白才的意识还是很到位的："现在还有经济差，等傅黎的魔能法师也跟上来，我们就真的没法打了！"

时机转瞬即逝，等到 TPT 全员和 FTW 经济持平，他们才是真的无力回天。

卫骁轻吸口气："队长。"

陆封："行。"

简简单单的对话，已经沟通好了。

卫骁握住鼠标的手微用力，神态凝重道："老白，交给你了。"

话音落，他抓住时机，冲向了被层层包围的欧星。

菜哥心一跳，浑身鸡皮疙瘩都耷起来了："你是在托孤吗？！"

这情景，还真是有那么几分味道，隐贼冲上去，避开了力贼的地刺，却没能躲开杜义的控制。

欧星沉着冷静，冰箭直射隐贼面门。卫骁血条狂跌，却没有丝毫后退的意思，他直冲欧星而去，像不要命的凶狼，誓要撕出一条血路，欧星被隐刃刺中，暴击光闪烁，他没了半管血。

系统公告：

TPT.Star 击杀 FTW.Quiet！

卫骁倒下了，欧星略松口气，紧接着死亡骑士的三头犬扑面而来。杜义挡在他身前，格挡了部分伤害，可死亡骑士的技能衔接极快，重刀击飞杜义，制裁落下，灵魂呐喊魔化了试图用技能的傅黎，最终一刀刺向欧星。

欧星退无可退，躲无可躲，只能咬牙："我换走他！"

一箭两箭，他死亡的同时，死亡骑士倒地！卫骁和陆封两人接力，才击杀了TPT的欧星。

菜哥倒吸口气："上！"

越文乐和宁哲涵："好！"

蝶术士的蝴蝶铺满峡谷，枪炮师的炮声狂扫TPT四人。

三打四，FTW最稚嫩的三小只面对TPT经验十足的四人组！

系统公告：

FTW.Le 击杀 TPT.Du！

TPT.Auroral 击杀 FTW.White！

FTW.Le 击杀 TPT.Rock！

FTW.Silvery 击杀 TPT.Jili！

峡谷里仅剩三个人，重伤的宁哲涵，三分之一血的越文乐，还有濒临重伤的傅黎。傅黎交出闪现，试图逃命。宁哲涵蝴蝶纷飞，不顾死活地冲了上去。

魔能光束击中蝶术士，蝴蝶落在魔能法师肩膀上！

两人同时倒地！

峡谷里只剩下FTW的射手越文乐。

解说声音激动："时间够吗？复活时间够不够！TPT最快也要二十八秒，足够枪炮师一路推到水晶了！"

峡谷里倒下了，耳麦里炸天了。白才和宁哲涵恨不能抢过键盘和鼠标，帮越文乐点塔。

五、四、三、二、一！在欧星复活的瞬间，TPT水晶爆破。

第一小局，FTW拿下胜利！三万人的会场，燃爆！

"FTW牛！"

终于不再只是陆封牛，而是整个团队都强悍！

陆封，不是一个人了。

64

全国总决赛和其他比赛不一样，作为全赛区盛会，主办方当然希望战队们能打出最精彩的比赛，所以每一小局结束后都有一个短暂的后台休息。

选手起身离席，各自回了后台的休息室。

解说还在点评着刚才的比赛，无论是赢下比赛的FTW，还是棋差一着输了的TPT，在刚才的对局中都展现了绝对的实力。"TPT的四保一体系一如既往地火力刚猛，欧星中后期发力，把FTW逼到了不得不用两个人去换他的局面。FTW时机抓得准，选择在这个时间当机立断终结比赛，如果再拖下去，结果如何真的难说。"

对局胜负已出，解说也没那么拘谨，说得比较开，点评得更精准，观众也听得很认真。

镜头在观众席上缓慢移动，又是不经意间在神之队这一排略停了停。一闪即逝，但直播间的观众已看了个明明白白。

晏江、谢和、金成炫和元泽，四人全都一言不发，仿佛峡谷里的比赛还没结束，他们还在盯着看。

有些网友开始对这四个人表达不满。

"傻眼了吧！被我们本土赛区镇住了吧！"

直播间弹幕滚得快，更多的还是粉丝的唏嘘。

"虽然晏神面无表情，虽然谢神微蹙眉头，虽然炫神一脸高冷，虽然元老贼桃花眼垂了下来，但我觉得他们是欣慰的。"

"欣慰他们的露露有了新伙伴吗？"

"什么新伙伴？是有了真正的伙伴啊！"

"楼上你怎么回事，为什么说的话带催泪弹。"

"我们大魔王这三年过的是什么日子，你们心里没点数吗？！忍着干什么，给我哭啊！"

"本事业粉有点狂妄了，兄弟们，我想看FTW3：0夺冠！"

"你何止狂妄，你是在做梦，当我们TPT是吃素的啊！"

"如果是以前的FTW，TPT可能还有一战之力，讲真的就现在这个状态的FTW，无人能挡！"

"上一次总决赛3∶0是什么时候来着……"

"三年前的神之队！"

"对不起，我也狂了，我要见证新的神之队诞生！"

后台休息室，FTW喜气洋洋。汤臣等在门口，见小宁子来了，给他一个大大的拥抱："漂亮！"

小宁子下了台，走到这会儿手还有点哆嗦："汤哥……"声音呜呜咽咽的。

他汤哥忙得很，眼看越文乐来了，松开小宁子又去抱他："牛！"

要哭不哭的小宁子："……"

越文乐呆呆地说："哦。"明显缺电，需要薯片续命的样子。

菜哥不想要这爱的抱抱，试图躲开，可惜老汤同志块头大，门堵得死，瘦削的菜哥被他胳膊一拦就抱住了。

汤哥："酷啊！"

白才："……"快被勒死了！

卫骁和陆封在最后，汤哥想抱卫骁。

辰风负责给他们泼冷水："才赢了一小局，就当自己是全国总冠军了？"

很好！汤哥捧场，辰风冷场，翘上天的小尾巴们灰溜溜地落下来。辰风根据他们的状态调整语气，低迷了鼓励，膨胀了打压，身为团队教练，这点心理引导还是得有的。

第一局发挥不错，赢得也漂亮，但问题依旧不少，辰风挑重点讲，让他们冷静冷静以备接下来的硬仗："整个中国赛区都知道，TPT是个慢热战队，第一局失利对他们来说是家常便饭，所以不能掉以轻心……"

FTW休息室这边热热闹闹，TPT那边异常安静。坐进沙发后，欧星拿起矿泉水，咕咚咕咚喝了好几大口。他平日里爱笑爱闹，是个活泼性子，这会儿脸上哪还有笑容，时常露出来的小酒窝早不见踪影了。

第一局输了，他们经常开局输，可没有哪次像现在这样气氛紧绷。他们输掉的不是第一局，而是他们战无不胜的四保一体系。

全国总决赛TPT是很认真的，对FTW这个对手，他们也给予了绝对的尊重。试探没必要，摸索更不需要，他们每一局每一个人头都不想丢，开战便倾付全力，结果……

输得惨重，欧星的心是有些慌的，这就是四保一体系的一大弊端。

四个人将全队的希望压到一个人身上，竭力给他创造发育的空间，将能够抢到的经济全部堆给他。欧星不负所望，在中后期打出了足够强势的效果，差一点就能带领团队走向胜利，可是……

他被击杀了。

好不容易建立的优势，瞬间土崩瓦解。

内疚、自责。

欧星会忍不住自我厌弃，他还是不够强，他还是差了一大截，否则……

庄锐石拍拍他肩膀道:"没事,第一局而已。"

欧星垂着短发,盯着手中的矿泉水:"嗯。"

魏吉也道:"我们已经做得很好了,那可是国内顶级的上野。"

杜义到底是老将,心态稳的,他打趣道:"何止国内顶级?是全球顶级好吗!这俩是比元泽和Gary还强的双人组。"

这话一出,TPT休息室的气氛好了些,欧星心情也稍稍松了点,他眼尾轻扬,余光看向傅黎,傅黎垂着眼眸,食指相合抵在下巴上,显然正在思索,并没留意到他们的对话。

欧星眼神又黯淡了些,教练略微提了提刚才对局中的一些点,温声细语,很怕刺激到他们。等傅黎思索完毕抬头时,教练立马闭嘴。

所有人视线都挪向他,傅黎道:"不能放前期,对抗FTW,前期必须抓住节奏。"

庄锐石:"搞宁哲涵?"

傅黎点了下头道:"石头你盯紧上路,杜哥跟我,星崽你拿雨猎。"

欧星一愣,傅黎没看他,但抬手在他发顶按了下,声音很轻:"保护好自己。"

欧星喉结滚动,重重应道:"嗯!"

休息结束,傅黎起身:"走吧。"

这是一场硬仗。经过了一整个赛季的淬炼,FTW每一分每一秒都在飞速成长,想要赢这支充斥着无限可能的队伍,很难。但他们能做到!

第二局开始,从TPT的BP,卫骁敏锐地嗅到了猫腻:"这是要抢仙术士?"

辰风当然也察觉到了:"注意中路吧。"

宁哲涵坐直了后背,自我安慰:"我不怕他!"

卫骁笑道:"没错,我们宁神谁都不怕!"

宁神这就有点收不住嘴角了。

辰风弹了卫骁后脑一下:"安分点。"

第二局TPT先抢,如卫骁所言,他们锁了仙术士,轮到FTW选了,对面先抢一楼,FTW就可以拿两楼。

怎么选呢?

辰风斟酌着:"傅黎用仙术士的话,欧星大概率会拿雨猎,我们要不要直接锁了?"

傅黎要拼中路,那就不是纯粹的四保一阵容了,欧星需要一个能够自保的天赋,雨猎是他最拿手的。如果FTW先一步把雨猎拿了,欧星虽然还有别的选择,可肯定不如雨猎舒服。

不过……

卫骁问道:"老越想用雨猎吗?"

越文乐:"……都行。"这一点停顿没能瞒过卫骁和辰风。

辰风:"先抢狂贼吧。"

卫骁:"行。"

雨猎放出去了，TPT没客气，率先抢下。

解说看着阵容评价："两支战队都想抢前期啊。狂贼、狂战、灵木法师、仙术士、雨猎、隐贼，全是前期强势的英雄。FTW拿了双狂组合，TPT有点亏，没办法，他们想要仙术士和雨猎，势必要有所取舍。让我们看看是FTW的双狂更胜一筹，还是TPT的双飞能扳回一局吧！"

仙术士和雨猎都会"飞"，经常会被戏称为双宿双飞组合。

进入游戏，TPT的意图极其明显，杜义跟着傅黎在中路，开局就不想让宁哲涵好过。仙术士和灵木法师都是法刺英雄，秀起来上天入地，相对来说牺牲的是远程消耗和控兵线的能力。

六级前仙术士弱势一些，但灵法也很难，因为他大多是近身攻击，想出塔清兵，势必会被对方磨掉一定血量。尤其是傅黎这边还有个杜义，时不时丢个弹弹乐，能把小宁子给弹成小秃子。

菜哥眼看中路扛不住，道："我去跟小宁子。"

越文乐这局拿的是滑膛枪炮师，一个能够和雨猎抗衡的射手，双方都比较灵活，完全可以1V1。

卫骁略犹豫，但还是应下来："行。"

这一犹豫大家心里都懂，杜义和傅黎是什么配合，菜哥和宁哲涵真比不了。不全是选手个人实力问题，而是那种时间积累下来的默契和意识，很难超越。

FTW还在成长期，短板是肯定存在的。中辅联动这一块就属于相对不成熟的地方，不过没关系，面对、接受、一步一个脚印，总会提升！

卫骁清完野区，正想往上路走。

陆封："庄锐石在上路。"

卫骁："嗯？！"

小地图没视野，估计是陆封从野区动向分析出的信息。庄锐石在上路，卫骁过去的话，双方就是一场火并。

值吗？以陆封和卫骁的能力，如果蹲到两人，击杀是轻而易举的；如果蹲不到，他们也不会被反蹲击杀。

但是有没有利益更大的选择？卫骁没说什么，掉转方向，直冲下路而去。

陆封一个人也能抵挡住两个人的夹击，既然如此，他不如去下路Gank欧星。二打二说不准的话，那二打一概率绝对够大！

上帝视角的解说们看到了全局动向："卫骁没去上路，庄锐石和魏吉能抓死陆封吗？"

弹幕直接嘘声一片："想啥呢，天虽然黑了，但也没到做梦时间。"

解说继续道："那么下路的FTW能抓死欧星吗？"

弹幕各种评论。

"欧星的雨猎，输出可能是最低的，但保命的本事绝对一顶一。"

"所以说上下路的二打一，注定都没结果？"

"看中路!"

导播急转镜头,给到了中路,上下路还没开战,中路已经爆发了近身血拼。没有到六级,都没有大招的两个中单撞到了一起。

灵木法师缠住了仙术士,这局杜义拿的是神牧,这个天赋的奶量可不是吹的。圣光落在仙术士身上,掉下去的血量还没涨上来的多,傅黎连云式突脸,宁哲涵血量暴跌三分之一。

白才连忙丢了个光盾给宁哲涵,总算抗住了后续伤害,宁哲涵翻滚躲开傅黎的一击,回身又是一根木刺,戳向傅黎。

傅黎身形轻晃,躲开了伤害。宁哲涵正要翻滚回去,靠被动的缠绕继续控制仙术士,杜义的弹弹乐先一步落地,从残血小兵飞到灵法身上,甚至还在白才那边撞了两撞。

"很好。"傅黎声音平静,抓住杜义给他创造的机会,连云式叠落云式,相互撞击的云朵给出了爆炸伤害。

系统公告:

First blood!

TPT.Auroral 击杀 FTW.Silvery!

傅黎拿下一血,在中路撕开缺口,直击 FTW 短板!上路 TPT 扑了个空,陆封一个兵没丢且全身而退。

下路卫骁和越文乐配合不错,把欧星打到丝血,虽然没能完成击杀,但丢了一拨兵线对于欧星来说还是很伤的。

这一局的 TPT 让大家都感受到了截然不同的风格。不愧是套路万花筒,上一局四保一,这一局中单核心,花样百出,每一个都很不简单!

抢下一血后,傅黎经济全场第一,他们保持了这个战术,继续疯狂压制敌方中路。TPT 这个操作让台下的 RR 气呼呼。

莫有钱:"傅老贼,偷得真快!"

月夜:"技不如人。"

莫有钱不服:"哼!"

傅黎要真赢了 FTW,他一定要去敲竹杠!

TPT 和 RR 在半决赛相遇,打得那叫一个头破血流,RR 只是输了也就罢了,还被套路走很多战术。冲进四强的队伍谁不想夺冠?谁不想战胜 FTW?

RR 通过和 FTW 的大量训练赛,好不容易摸索出一个战术,就是傅黎现在用的这套。打野死磕上路,帮着自家上单挡住大魔王的攻势。射手拿自保型天赋,缠住越文乐。中路凭借月夜的高水准来挤压宁哲涵。不是大家瞧不起小宁子,实在是这位新人选手经验不足,相较于 FTW 其他队员,是软肋。

压迫中路,逼着卫骁来支援,那么上路就能松口气,不敢说能打出缺口,至少不会被陆封制裁。如果能抵抗住卫骁的 Gank，对局就赢了一半，万一下路能在 Solo 中击杀越文乐，FTW 必崩！这本是 RR 用来夺冠的战术，如今被傅黎给学了个十成十，他们怎能不气！

更气人的是，傅黎弥补了他们的战术缺陷，凭借中辅的神仙配合，吊住了白才，约束了卫骁，更给下路留下伏笔。

欧星独占半个野区，经济滚得很快，以他的个人操作，还真有极大的把握秀死越文乐。

虽说上个赛季的国内第一射手是越文乐，但那是因为 FTW 夺下了全国冠军。

真要硬拼个人实力，大家可是谁都不服谁。什么第一不第一的，打的就是第一！

第二局比第一局还揪心。

FTW 的粉丝又开始惶惶不安了。

"这不行啊……"

"大魔王被牵制，中路被强攻，下路欧星逐渐要压住越文乐……"

"FTW 被完全克制啊。"

"怎么办怎么办？找不到突破口的话，下一局 TPT 还会故技重施吧？"

"这不是输一局的事啊，这是要出大事啊！"

"讲真的，宁哲涵这水平……就算 FTW 去了全球赛，也没法和谢和拼吧。"

FTW 队内语音前所未有地安静，白才不出声了，卫骁也没再说什么，本就沉默的陆封和越文乐更不会说话。经济越拉越开，中路完全被打爆。

终于小宁子忍不住了："骁哥……"怎么办？完全打不过傅黎和杜义。

卫骁一旦来帮忙，傅黎和杜义立刻选择避战，等卫骁去野区清野，他们就开始强压。最难受的不是被抓，而是这样 2V2，却根本打不过对方。

没有策略，不需要意识，摆在眼前的只是实力差距——配合也是实力的一种。

卫骁盯着经济面板："菜哥去下路。"

白才一惊："这……"他一走，宁哲涵就彻底废了！

宁哲涵也听得明明白白，他只觉得后背一片冷凉，手指微颤，丢了个兵。

卫骁看在眼中，但不破不立，所谓的青铜克王者，可不是嘴上说说那么容易。

自信心不够的话，一切都是白搭。

菜哥犹豫着，陆封的声音响起："去下路。"

白才一咬牙，低声道："宁子你扛住，我、我和老越先去下路打开缺口。"他能想到的只有这个了。

宁哲涵努力稳住声音："好。"

白才一走，观众也发现了。

"这什么意思？FTW 放弃灵法了？"

"不行啊，本来就是软肋，再丢下不管，这局……"

"亏得我还以为 FTW 雄起了，结果还是菜！"

"下赛季换中单行吗？FTW 财大气粗的，买个成熟中路有这么难吗？非得养新人，呵呵呵。"

弹幕已经预定了 FTW 未来两年的发展路线，粉丝心态崩了，还嘴的力气都没了。

FTW 队内语音。

"小宁子！"卫骁锁住了蓝 Buff，仅余最后一点血量时，他将蓝 Buff 甩到了中路边缘。

宁哲涵一怔，他本能大于脑子，灵木法师已经丢了木刺过去。蓝 Buff 落在身上时，他惊道："我不是……不是故意的。"

狂贼还是很需要蓝的，不仅能够补充蓝条，还能减技能冷却时间，非常重要，可是他竟然……

卫骁："本来就是给你的。"

宁哲涵："啊？！"

卫骁一段位移来到中塔下，道："相信我吗？"

宁哲涵心一震："信！"

卫骁："还记得赛前和你说的吗？"

宁哲涵心间涌起一阵苦涩，说不出话。

卫骁帮他说："你是克制傅黎的撒手锏。"

宁哲涵："可我……"打得稀烂，根本不行。

卫骁："听我的，什么都别想！"话音落，他冲出草丛，镰刀锁住的竟然是杜义。

宁哲涵赶忙翻滚跟上，心里慌得打滚："骁哥……"

卫骁："杀傅黎！"

一切都发生得极快，卫骁的突然出现让傅黎意外，他预判了狂贼镰刀的位置，巧妙躲开，谁知卫骁没有钩他，反而锁住了杜义。

这……傅黎眉峰微蹙，刚想借此攻击狂贼，一株魔藤从地下升起，稳稳地缠住了他。

傅黎："什么！"

宁哲涵的确是什么都没想了，他没想自己对阵的是谁，没想这是全国总决赛的舞台，也没想自己输了会怎样。他脑中只剩下卫骁的三个字："杀傅黎！"

灵木法师的一套连控甩到仙术士脸上。傅黎连动都动不了，直接被控到死。

解说的声音都拔尖了："灵法这套连招用得精准，衔接出的控制让仙术士毫无招架之力！"

系统公告；

FTW.Silvery 击杀 TPT.Auroral！

宁哲涵击杀了傅黎！全场爆发出激烈的掌声，给灵木法师，给宁哲涵，给 FTW 的这位中单新人王。

卫骁："愣着干什么，来双杀。"

傅黎死了，杜义这个神牧哪里逃。宁哲涵脑袋蒙蒙的，连翻带滚突过去，收割了努力奶自己却怎么也奶不上去的可怜神牧。被压了整整一局，被压得喘不过气，被压得心态血崩的小宁子一朝翻身把歌唱，爽得就差现场开麦了！

卫骁松口气，没人察觉到的是，他额间和掌心都沁出了些许薄汗。这把有点拼，但不拼一把，怎能诠释 FTW 的无限可能！

中路一场反杀，FTW 抢回节奏。小宁子不厌了，灵法不惧了，傅黎和杜义两人打得过白才和宁哲涵，却打不过宁哲涵和卫骁。

卫骁这局的狂贼不像打野，反倒像个辅助。镰刀钩辅助，队友单杀对面！镰刀钩输出位，不好意思慢走不送。刀刀必中，TPT 血崩。

Victory! 直到赢下第二局，宁哲涵还有点回不过神："我们赢了？"

白才犹如坐了次过山车："……赢了。"

65

TPT 才是真的犹如做梦，对局结束都没回过神来。傅黎面沉如水，摘下耳机后径直走向后台休息室。

解说在分析刚才的对局，对宁哲涵大夸特夸，直说新人王名不虚传，综合素质极强，第一次登上总决赛舞台都能有如此亮眼的发挥，卓绝优秀。

观众也被误导了，认定了这局带飞的是宁哲涵，是他忽然"开窍"，和傅黎硬拼，把这个神算子打崩了。

然而傅黎很清楚自己输给了谁，不是宁哲涵，而是卫骁。宁哲涵没有任何改变，改变的是与他配合的人。

前半局宁哲涵和白才在中路被傅黎和杜义压得很惨，卫骁多次支援，都没能打出效果，主要是面对三打二的局面，傅黎选择避战，而 FTW 三人根本留不住他。卫骁也不可能一直蹲在中路，等他一走，傅黎和杜义又开始折磨宁哲涵和白才。

这个套路在前半场一直奏效，直到白才去了下路。三打二成了二打二，傅黎和杜义没必要再避战，如果能一举压制卫骁和宁哲涵，那 TPT 这局稳了一大半。

可惜卫骁从一开始就没按常理出牌，他让了个蓝 Buff 给宁哲涵，自己把狂贼当力贼用，打控制拉扯住杜义，给了宁哲涵和傅黎 Solo 的机会。

按理说傅黎单挑不会输给宁哲涵，更何况他经济占优势，仙术士飞起来能轻而易举击杀灵木法师。可一切都太突然了，傅黎最顾忌的是卫骁，他为了躲避狂贼的镰刀，把自己送到了宁哲涵的控制范围内。

灵木法师四个技能有五个强控（被动有普攻击飞），被他率先突脸，没有净化的脆皮只能等死。傅黎一死，杜义无路可走。

拿到双杀的宁哲涵，瞬间把前期丢下的经济追补上大半，同时也打出了手感。之后FTW的中野联动的战术清奇得仿佛专为TPT量身打造。形影不离的灵法和狂贼死盯仙术士,他去哪儿他们就在哪儿。

傅黎不理卫骁只打宁哲涵,那卫骁瞬间让他知道什么叫狂贼王者;傅黎关注卫骁,躲着他的攻击,那他就转头去搞杜义,给宁哲涵创造机会。所有判断对于卫骁来说没有用,因为他毫无章法。

更离谱的是宁哲涵,打了鸡血一样,从拿了双杀就开始亢奋,和之前畏畏缩缩的萌新判若两人,凶得犹如被谢和附体。

傅黎很清楚自己输在哪儿,可越是清楚越是意难平。他从没低估FTW,从没低估过卫骁,但显然他还是低估了。低估了卫骁对整个团队、对所有队友的巨大影响力。更可怕的是,这个影响力是即时性的,不需要准备和铺垫,轻易就能做到的。

台下的元泽喷了一声,侧头对金成炫说:"卫小疯真是个宝贝。"

金成炫瞥他一眼:"那也和你无关。"

他们当然看得懂这局的关键在卫骁,甚至看到的比身在局中的傅黎还多。这种果决,这执行力,这惊人的相容性,全都是天赋。这是和微操、游戏领悟力等截然不同的另一种强悍能力。

这种能力,只能用"可遇而不可求"六个字来形容。即便是站到了荣光巅峰的几个人,见过有这样不讲道理的相容性的人也只有晏江。

卫骁还和晏江不一样。他活力四射,光芒万丈。如果说晏江给予队伍的是不可缺少的空气,那卫骁给予的就是耀眼夺目的阳光。

同样不可触摸,同样无声无息,同样重要,但给人的感受是截然不同的。

一个是看不到的,一个却是让人看得眼热心热。

金成炫余光看了眼晏江,灯光璀璨下,他黑眸平静,只有熟悉他的人才知道那里面簇着火焰。

是战意。是对旗鼓相当的战斗的渴望。

谁不想呢?

金成炫收回视线,盯着屏幕上空着的座位。谁不想击溃这样的天才,谁不想在一场酣畅淋漓的比赛中夺下桂冠。

后台休息室,FTW四小只逐渐膨胀。

小宁子:"2:0了!"

菜哥:"稳住稳住,下局是赛点。"

越文乐最直白:"想3:0。"

菜哥一惊:"你……"

他话没说完,卫骁接话道:"想什么呢……"

白才乍听这四个字,还想卫小疯怎么了,转性了吗?做人了吗?学会谨慎低调了吗?

就听卫骁把话说完:"自信点,把'想'字去了,咱们肯定3:0夺冠!"

白才:"……""谨慎低调"根本就不在卫骁的字典里!

辰风敲打他们："第三局 TPT 肯定会破釜沉舟，冷静点。"

众人坐下，抓住这短暂的时间沟通对策。

TPT 这边更安静了，庄锐石想开口，但看着沉默的傅黎和欧星，又把话给咽了回去。这两个赛季，TPT 不是没遇到过低谷，事实上他们走得很难：从没人瞧得起，到逐渐有成绩；从全队乱七八糟，到逐渐有条有理；从没有战术，到现在的套路万花筒……

没有千辛万苦，哪有万丈荣光。

低谷、迷茫、彷徨……他们都经历过，可都不像这次……

第一局，四保一输了；第二局，傅黎输了。扑面而来的挫败感因为这是全国总决赛而变本加厉。冠军触手可及，未来近在眼前，他们却要与其失之交臂。

怎么能甘心！

不想输，不能输，不愿放弃这近在眼前的机会。

付出、努力、无数的汗水和泪水才把他们送到了这个舞台，怎么甘心这样失去！沉重的气氛压在 TPT 休息室，更落在了每个人的心间。

欧星抿了唇："队长……"

傅黎："嗯。"

欧星："下一局我想用金猎。"

这话的意思就是他想要再试一次四保一，想把输掉的第一局抢回来，想弥补失误，给队伍抢回一分。

傅黎没答应，欧星的心沉了沉："我……"

傅黎摇头，道："我拿琴术士。"

欧星短促地吸了口气，庄锐石、杜义、魏吉都看向傅黎。

傅黎抬眸，看向他们："交给我。"

他嗓音低沉，有着奇迹般的安抚人心的力量，整个 TPT 休息室的人心底都感觉到一股热意。

从教练到选手，从首发到替补，所有人都信任傅黎，没有他就没有现在的 TPT，没有他也没有现在的总决赛舞台。

信任、依赖。傅黎可以把 TPT 拧成一根绳，铸成一柄无坚不摧的钢刀！

TPT 全员振作起来了。

提示音响起，傅黎起身："这局，你们做好自己就行。"

欧星跟在他身后，即将走出黑暗，走向那耀眼的舞台时，他低声喊傅黎，傅黎脚步微顿，在热血激昂的音乐中回头对他说："没事，有我在。"

灯光打在他身上，拖曳下的阴影将他烘托得像个巨人，撑起 TPT、带领 TPT、守护 TPT 的巨人，敞开了打。

哪怕是最后一局，也要战到最后！

赛点局，双方气势如虹。FTW 显然状态极佳，迫不及待地想要一鼓作气拿下比赛。TPT 连输两局，迎来了心惊肉跳的赛点，却仍旧调整好了状态，有着必胜的信心。

BP结束，看到TPT的阵容，所有人都是眼前一亮。傅黎拿的是琴术士，TPT这次真是放手一搏了。琴术士是一个偏辅助型的中单，甚至有人直接用她打辅助。

傅黎拿了琴术士，目的只有一个——统筹全局。这局不是四保一，不是押宝欧星，而是到处开花。上路狂战士，打野狂贼，射手魔能枪炮师。三个位置，全是能带飞的英雄。

能打、能抗、能控、能突脸，三个全是核心！辅助是巨坦大地萨满，再加上傅黎的琴术士，比赛还没开始就看得出TPT的意图。

硬拼到底。

三路全要！

FTW这边也感觉到了TPT的杀气腾腾。

白才："这局不好打。"

小宁子还在上头："我打得过琴术士！"

菜哥："琴术士不会给你机会的！"

这又是不是仙术士，一个辅助型中单，输出不重要，重要的是功能，这局琴术士真正比拼的其实是菜哥。

小宁子："哦……"

卫骁："老白来跟我。"

白才："啊？！"

卫骁："四处点火是我们的特长。"

TPT想打节奏，FTW最不差的就是节奏。来吧，第三局，给观众看一看什么叫头也不回，血战到底。

白才瞬间豪气万丈："好！"

越文乐幽幽地来了句："跟着我很委屈是吧？"

白才："家花哪有野花香。"

卫骁笑骂他："谁是野花。"

白才："野王里的一朵花。"

卫骁："滚！"

贫完嘴的菜哥才想起大魔王，皮一紧，闭嘴了。

陆封这局拿的是血战，作战能力和狂战不相上下。连打了两局，魏吉被搓出狠劲，到底是职业选手，个人实力有的，被捶了两局，没被打崩，反而磨出了血性，已经能勉强抵挡陆封了。

当然，这也是因为狂战士的一二技能比血战强势一些。

卫骁拿了仙贼，这是他们斟酌再三才确定的上野组合，为的是针对欧星。

傅黎拿琴术士时，辰风以为他们又要四保一，四保一最恶心的点莫过于切不死射手。

第一局隐贼后期乏力，死骑虽然输出足够，可一旦被拦下，很难碰到欧星，所以才需要他俩拼命换一人。

仙贼和血战就不一样了，这俩一个有高额免伤，一个有大招免疫一切伤害，非常适合一换一，如果TPT再来四保一，那FTW能把他们给安排得明明白白。

虽然TPT这局不是四保一，但仙贼和血战也不弱，足够对抗狂战和狂贼。

卫骁开局就意识到TPT要搞事，早早把菜哥叫到身边，准备随时支援，然而他还是慢了点。

打野是有刷野节奏的，不尽快击杀野怪，野怪不会刷新，如此推迟个十几秒，耽误的就是队内资源，尤其是第一批野怪，如非必要，一般都要死死控好。

卫骁刷野已经很快了，可惜再怎么快也快不过中路的一拨兵线。

火速抢完中线，琴术士直奔下路。

小宁子给了提示："琴术士往下路去了！"

卫骁："老白给视野。"

去下路还是来下野区，这是个未知数，白才行动很快，已经在摸索琴术士踪影。然而傅黎早就猜到了他的行动，他上局看不透卫骁和宁哲涵的胡抢乱打，这局却是能轻易看出白才的动向。

他做出往下走的举动，其实是回到自家野区帮着打野清完野怪，带着野辅二人重回中路。

菜哥纳闷："没人啊……"

卫骁心一提："小宁子！"

晚了，中路火法腿短得要死，想要按下闪现，却被琴术士一个琴环按住，这是琴术士的核心技能，也是荣光里强控之一。

狂贼前期什么伤害，镰刀嗖嗖嗖地响，几下就把火焰法师给送回家了。

小宁子倒吸口气："好阴险！"

更阴险的还在后头，琴术士有点类似药术士，是一个可输出可治疗的天赋。换个和弦等于换个英雄，更"变态"的是还有个增加移速的技能。用得好的琴术士，能把队友带成一阵龙卷风，所到之处寸草不生。

傅黎显然有这个能耐，等卫骁开始支援，琴术士已经在峡谷里风生水起。这真不是卫骁的节奏跟不上，而是傅黎的全局统筹力太强。

对于FTW，对于卫骁，对于卫骁和白才这个组合，傅黎研究了数十个日夜。

看透、摸透、想透。不是上局那种出其不意，卫骁和白才一旦落入常规打法，那就仿佛被"预言家"盯上，他们举步维艰，被算得一清二楚。

菜哥头皮发麻："这神算子……真是天赋异禀啊。"

卫骁沉声道："哪有什么天赋异禀，功课做得足而已。"

能把他俩了解成这样子，卫骁怀疑傅黎连两年前青训营乃至这两年他和白才的双排局都刷了一遍。

这什么鬼，说他是他俩肚子里的蛔虫都客气了！不只卫骁和菜哥暴躁，下路越文乐更暴躁。这也就是没有聊天频道，要有的话，越文乐一准把欧星给骂个狗血淋头。

管你是全国总决赛，管你全国瞩目，乐总现在就想激情"开麦"！叫什么欧星，叫欧包得了，还能吃！

下路越文乐拿的是雨猎，欧星用的是魔能枪炮师。一个灵活，一个手长，按理说越文乐可以压着欧星打。然而欧星不愧是厌包鼻祖，躲得那叫一个稳稳当当。不出头也就算了，他还不丢兵。

厌包的最高境界是什么？

厌在塔下补兵，还不伤塔也不损兵线，经济始终和越文乐持平。

不提乐总，观众都服了。从某个角度来讲，欧星也是天纵奇才，全球罕见的神仙射手了。

台下金成炫抚额。

元泽："是我错怪你了。"

金成炫："……"

元泽："你教不出这么可爱的徒弟。"

FTW的射手都是硬核选手，比如金娇花，比如越文乐……厌是什么？不会写！不过Y1的射手倒有点像欧星，难怪晏江对他青睐有加，这种组合的适配性的确强。

又是很被动的一局，早就有心理准备，但常规套路被傅黎给算得这么准，还是有些窝火。

小宁子都不紧张了，生气是克制紧张的灵丹妙药，一旦火气上涌，慌张算什么，只想同归于尽！

这局比赛观众看得也是眼睛都不敢眨，稍微错错眼，可能就错过精彩瞬间了，谁敢走神。

撕扯进行到二十分钟，FTW逐渐冷静下来。不能这样搞下去，TPT这游击战打得太舒服，继续被他们蚕食，FTW真的会在不知不觉中输掉比赛。

不想输！

赢到现在，连一小局都不想输！

能3：0，谁想3：1？一鼓作气，再而衰，三而竭，这道理是写在兵法书上的。

如果被TPT让二追三，FTW能吊死在TPT基地外。

面对全队的心浮气躁，始终保持冷静的陆封开口了："开龙。"

清清冷冷的声音像冰块一样镇住了沸腾的热水。

卫骁轻吸口气："好！"说罢他召集老越，动手搞金龙。

峡谷两条龙，一金一银。击杀金龙在经验和经济加持下还会有兵线优势，击杀银龙会有高额的团队增益，比如攻击力、防御力，甚至是回血能力都会短暂提升。拿下金龙适合为后期储备资源，拿下银龙适合打团。

FTW选择金龙只是因为卫骁刚好在下野区，效率高。

金龙血量跌了三分之一，卫骁心中警铃大作："他们是不是在开银龙？"

这么久没动静，除此之外别无其他可能。与此同时，陆封已经埋伏到了银龙河道，半秒的视野暴露了 TPT 的踪迹。

他们果然在打银龙！

怎么办？双方换龙？

金龙换银龙的话，其实 FTW 不亏。

陆封："白才开奔腾，全部过来。"这时他们的金龙血量已经降到了二分之一，再加把劲就能打完。

放弃攻击的话，他们之前的二分之一就白打了！然而 FTW 全员没有丁点儿犹豫。弃龙开奔腾，全队犹如一阵风，火速从河道直扑银龙龙坑。

宁哲涵手里还有传送，直接按下技能，传送到位。

龙坑深处，退无可退。

十人血战，一触即发！

66

从上帝视角看更刺激。解说语速极快，还能恰到好处地带出诸如惊讶、紧张、错愕的情绪，也是高手一位。

TPT 开银龙，FTW 开金龙。

起初所有人都以为这是双方战队各拿远古生物，不分伯仲，也打不起架。谁知大魔王半点停顿都没有，在自家选手去打金龙时自己摸到了银龙的视野范围内。

"这是要干什么？陆封要抢龙吗？！"

"不是吧，TPT 五个人呢，进去就是一个死啊。"

"万一大力出奇迹呢？"

"不可能！陆封什么阅历，哪会犯这种低级错误？况且 FTW 也没弱势到必须赌一把运气的地步。"

所谓抢龙就是在敌方打龙的时候蹲好位置，等到龙怪血量被压到极限，抢到最后一击伤害，那么远古生物的所有收益全归己方所有。抢龙也是荣光的日常活动之一，这玩意需要技巧，但更看重运气。搏一搏可能会单车变摩托，也可能是单车变独轮车。

不到绝境，实在没必要这么冒险。那么陆封真的是要抢龙吗？

解说看得远一点："莫非 FTW 准备银龙坑围剿？金龙已经快半血，放弃的话太可惜。银龙的血量掉得比金龙还快，万一 TPT 拿了银龙，FTW 再来……"

话还没说完，只见 FTW 三人在加速效果下旋风一般来到银龙龙坑。

还真是弃龙开团啊！这么果决的吗？！

无数人心里想的都是下达这个指令的人是谁？大魔王还是卫小疯？太狠了！更让人血脉偾张的是，嗜血战士召唤幻魔，一马当先冲进银龙龙坑。

观众完全兴奋了。

"还真一挑五啊！"

"不算吧，队友最多两秒……啊，一秒内赶到！"

"可这时候陆封进去就是个死吧……"

"死什么啊，嗜血战士没玩过吗？大招无敌啊。"

没错，血战的大招血魔苏醒，迅速进入嗜血状态，无法被攻击，免疫一切伤害长达两秒。

陆封这可不是脑门一热就冲进去了，他利用幻魔搞乱 TPT 视野，血刺直逼傅黎面门，等 TPT 反应过来技能铺天盖地落下时，他秒开苏醒，免疫一切伤害。

绝妙的先手！完美开团，先换走敌方一套技能，等队友赶到，抢尽优势。

传送技能到底是快一点，宁哲涵先落地，火法太喜欢这种阵地战了，一套技能闭眼丢，总能打到人。

当然职业选手不会闭眼扔，还是要追求最高叠伤的。宁哲涵一串火球扔过去，特效落在枯草上，视觉上看像是点燃了银龙坑！

TPT 也的确强横，面对陆封的冲团，宁哲涵的高输出，他们快速走位，竭力躲避伤害的同时找到了最佳输出位置。

FTW 三人赶到，十人瞬间战成一团。导播干脆利落地给了一个大远景，将整个银龙龙坑搬到了舞台上，观众睁大眼，身体前倾，后排的更是恨不得站起来。

呐喊、高呼，一张张脸全都涨得通红，仿佛舞台上不是一场比赛，而是真正的战场。互相厮杀的五人就是他们各自的战神，一夫当关，万夫莫开，守护的是背后万千城池！

仙域盗贼万剑天降，狂暴盗贼镰刀索命，琴术士抚琴破阵，魔能枪炮师疯狂扫射，雨中猎人踏雨翻飞……

十个人都秀到了极致，数十秒的团战漫长又短暂。缓慢又急促。

每个人的心都提到了嗓子眼，静等着结果诞生。

系统公告：
FTW.Silvery 击杀 Silvery Dragon！

宁哲涵击杀了银色巨龙！

弹幕疯了，现场也炸锅了。

"银龙是 FTW 的！"

"宁哲涵一个火神光束，穿透了龙坑，抢到了银龙的最后一击！"

虽然宁哲涵在抢到银龙后被欧星一炮轰走，但也值了。FTW 有了银龙的增益，血量、防御、攻速全部有所提升。这些数据肉眼是看不到的，综合实力却实打实地增强了，本来他们的经济还落后于 TPT，如今尽数补回，甚至暗暗地有所反超。

龙坑爆炸。别管狂战士的劈砍如何凶猛；别管琴术士的和弦如何翻手为云，覆手为雨；也别管魔能枪炮师的输出有多爆炸……

翻飞的雨猎，在空中就没落过地的仙贼，忙于喂奶的白才……

活着的FTW三小只，干翻了TPT五人！

银龙坑厮杀，惨烈收场。

最后站着的仅有越文乐和卫骁，就连他俩也是全部重伤，命悬一线。

河道横尸遍野，TPT团灭！太精彩了！

观众在尖叫中给予热烈的掌声，直播间的弹幕把画面都遮掉了，全在吹"彩虹屁"。甭管是谁家粉丝，看到这一场精彩团战，都得死命吹上一吹。

年度最佳镜头出现在全国总决赛的赛点局，酷炸了！如此激烈的团战结束了，比赛却没有终结。

TPT前期兵线和防御塔都控得很好，卫骁和越文乐半点时间都没浪费，疯狂推塔，连破中路二塔后眼看着TPT的人马上复活，他们又掉头去反野，把TPT的野区搜刮了个一干二净后紧急撤退。

导播及时给出经济面板，原本TPT抢先的经济被FTW彻底反超，曲线图的骤降和狂增看得人呼吸凝滞，这要是股票，跌成这样和涨成这样，都能把人逼疯。

双方阵亡人员复活后，比赛相对平缓了一些，观众也有时间喝点水，喘口气，放松下神经了。

太刺激了，不管谁输谁赢，今天的比赛都足够载入荣光中国赛区的史册了。

问就是大写的牛！

打了场翻盘团，FTW这边自然是气势磅礴，恨不能一鼓作气爆破水晶终结比赛。

不知不觉中，FTW已经有了惊人的成长。如果了解这支队伍的人，事后听一下队伍语音，就会明白这成长到底在何处。

台下辰风没有再咬指甲，但汤臣知道，他比谁都紧张，比在场三万多人都紧张。最了解FTW，最了解陆封，最了解这支队伍的人是他。

这三年，他全都看在眼中。每天每夜，每时每刻，他想的都是这支队伍，想的都是这些选手，想的都是峡谷里的每一次对决。

他不在战场，却是最惦记战场的人，不需要听队内语音，他也能看出自家选手的成长。

无形却又显著，终于，一盘散沙的FTW重新凝结成团！

低迷落魄时有卫骁，兴奋膨胀时有陆封。

宁哲涵、越文乐、白才，是绝对信任他们的，而陆封也终于信任他们了。

什么叫团队，什么叫一支队伍。不是单方面的依靠，不是单方面的信任，而是互相信任、彼此成就。

熬了三年……不，加上神之队的两年。

FTW终于是一个团队了！

比赛还没结束，辰风眼眶却开始发热，他轻吸口气，继续凝神盯着荣光峡谷。

短暂的平静后，卫骁又开始找机会。FTW抢得主动权后，TPT想避战就没那么容易了，之前的游击打法因为龙坑的一次团灭而出现缺口，想再找回先前的节奏需要更多的时间。

FTW 会给他们这样的时间吗？卫骁不会！

下野区一次视野压制后，卫骁蹲到了在二塔处清兵线的欧星。此时 TPT 分散三路，只有一个大地萨满护体的欧星说不上有多安全。

傅黎立刻道："撤退！"

此时白才已经命中了大地萨满，欧星撤退的话，大地萨满倒也能跑掉，但他们下路二塔也只能放弃了。对傅黎言听计从，无数场比赛中从没违背过他命令的欧星顿了一下。只有短短零点几秒，不可能感受到的停顿，傅黎却察觉到了。欧星没有撤退，他架炮开轰，所有输出尽数砸在射程范围内的白才身上。

白才一惊："有点凶。"

卫骁刷出连招，直击大地萨满："这才像个样子。"

话音落，欧星收起炮台，一道道弹射错开白才冲向卫骁。这是魔能枪炮师的一个高级操作，职业选手大多能做到，但角度控制很看时机和技巧，并非每次都能发挥出足够强势的效果。

欧星一步未退，面上是前所未有的沉着冷静，他以白才为斜角，瞄的全是仙贼！

卫骁吃了两枪后血量瞬间跌至四分之一。

努力替仙贼挡伤害的白才："不行，我扛不住了！"

到底不是全防御装，奶量被制裁后哪撑得住枪炮师后期的爆炸伤害。

系统公告：
TPT.Star 击杀 FTW.White！

欧星在和卫骁的正面比拼中，击杀白才，击退了卫骁！诚然他背后有岌岌可危的防御塔保护，但能打出这样的效果也非常优秀了。要知道后期的仙贼，尤其是卫骁这种水平，一个万剑天降就能让他拜拜。

"这是我认识的那个欧夙夙吗？"

"我星你怎么了？被绑架了你就眨眨眼睛！"

"啊啊啊，欧神好帅，不愧是中国赛区第一射手！"

"过分了啊，什么第一射手，当我乐总不存在了吗？"

粉丝闹哄哄的，赛场上傅黎却是难得愣了一下神，自从银龙龙坑的团灭之后，TPT 紧绷到了极限。本就寡言少语的队内语音现在有的只是傅黎冰冷的指令，TPT 四人也是沉默地执行，一丝不苟，气氛紧张。

他们都憋着一口气，他们都渴望着找回节奏，他们都想着要赢下一局。

可是……局面越来越被动。抢到优势的 FTW 不讲道理！

卫骁和白才偷袭欧星，傅黎提前给出了预警。如果欧星避战，于双方都没什么影响；如果欧星应战，TPT 有 70% 的概率是死伤两人。

但是欧星握住了那 30% 的机会，他打出了不一样的结果。

击杀白才，击退卫骁。给 TPT 抢来了喘息的机会！

菜哥虽然倒地，但心里不慌："感觉欧星起来了。"

这话有点一语双关，卫骁听懂了。

卫骁："起来才好。"

一味地依赖终会沦为盲从。TPT 队内语音依旧沉默，但是他们的节奏找回来了！这局明明不是四保一阵容，可欧星用自己的实力证明了自己的核心价值。

解说也激动起来："TPT 这局厉害了，两套阵容随意切换。魔能枪炮师居然能够打出这样的爆炸伤害。欧星的个人实力不容小觑。团队配合也绝佳啊！庄锐石的狂贼很厉害，有上一局卫骁的样子。把核心打野用出了辅助的效果。"

上一局卫骁用狂贼配合宁哲涵撕裂 TPT，庄锐石这局的狂贼也有了这样的功能。

镰刀锁住人，剩下交给欧星。而欧星也的确有这个能耐斩杀对方！

TPT 又打回来了！优势、劣势、重回优势！

经济走势真的是过山车了，涨跌涨跌，心电图似的。观众看得屏气凝神，生怕自己动静大点，这局势又会翻转。

眼看着这第三局又有了第一局的模样：被团团围住的欧星成了人头收割机，走到哪儿杀到哪儿。

兵线、野怪、人头，甚至是远古生物，他都能一炮一炮地全部敛入囊中。又是四保一，又是 TPT 牌推土机，又是崛起的射手。

怎么办？

FTW 这次拿的是雨猎，雨猎是绝不可能被四保一的，作为灵活型射手，他更像刺客，擅长走位单挑，不适合抱团。好不容易打开的局面，要被 TPT 封死了吗？

陆封："欧星交给我。"

卫骁："嗯！"

这次不用二换一，更不用隐贼死了死骑接力，这次只需要嗜血战士一人！

近四十分钟，正面相撞的两支队伍都清楚这是最后一战了。

FTW 赢了，全国总决赛结束；TPT 赢了，他们还有继续战斗的机会。

这就是赛点局，这就是最后的战斗！

解说："陆封绕后了！宁哲涵打消耗，越文乐拉扯，卫骁伺机而动，陆封盯准欧星，FTW 来势汹汹！"

TPT 拼死护着欧星，欧星也把神经绷到了极限，留意着所有风吹草动，他知道自己这局更凶险，也知道 FTW 想要切死他远比第一局还容易。

但是他没机会了，他必须拼一把，他违背了傅黎的命令，做出了自己的选择，就一定要走到底！他要赢。他要告诉傅黎……

"嗜血战士上了！"解说和画面完全同步，超高的语速伴随着技能特效，混战中的峡谷让人头皮发麻。

幻魔牵扯、血刺突袭，在琴术士的强控落下前，血魔苏醒，无法被选中的嗜血战士贴近了欧星。欧星只觉后背发凉，明明隔着屏幕，他却嗅到了血味。

"打！"傅黎低沉的嗓音响在他耳畔。

欧星回神，发现琴术士所有奶量全部集中到了他身上。血条起起伏伏，伤害跌跌宕宕。

欧星什么都想不了，什么都看不见，什么也都不在乎了！他要击杀血战，他要活下来，他要带领TPT赢下比赛！

血战倒下了！陆封被击杀了！TPT有转机了吗？

不……

复活甲站起，凭借着幻魔的余影，陆封一刀斩血，带走欧星。欧星也有复活甲，可两秒对他来说太长了。

FTW四人早就扑了上来，火焰弹、雷雨箭、仙贼突脸破除防御后万剑天降……爆炸伤害的余波都足够让重伤的欧星倒地不起。

系统公告：
TPT.Star 击杀 FTW.Close！
FTW.Quiet 击杀 TPT.Star！
FTW.Quiet 击杀 TPT.Du！
FTW.Quiet 击杀 TPT.Rock！
FTW.Quiet 击杀 TPT.Jili！
FTW.Quiet 击杀 TPT.Auroral！
FTW.Quiet 五杀！

全场起立，掌声震天，三万人的会场声浪一波高过一波，响彻云霄！一换五！
FTW赢下比赛。
2021年，全国总冠军诞生！
比赛结束，3：0的荣耀战绩唤醒了中国赛区的王者之师。
神之队终将远去。
FTW重获新生！

摘下耳机，卫骁扑到陆封怀里，死死抱住他，白才也激动得抱过来，越文乐木呆呆地回不过神，宁哲涵号啕大哭。辰风和汤臣大步走上来，用力拥住了台上的五个人。

灯光亮起，光芒万丈。FTW五人沐浴在荣光之下！

另一边，TPT全员呆坐在位置上，欧星脸色苍白，眼泪一大滴一大滴地滚落，声音哽咽："对不起。"

他左手边的傅黎摘下耳机，伸手在他发顶揉了揉，欧星眼泪流得更凶了："对不起,是我没听你的。"

傅黎向后靠在电竞椅:"你做得很好。"欧星后背僵直,眼睛睁得大大的。

傅黎扯了下嘴角,低声道:"TPT不是只有我……"

吵闹的会场,疯狂的舞台,TPT五人却都听到了他的声音,杜义胳膊一揽,把人都拥住了,庄锐石和魏吉也起身过来。

五人凑在一起,傅黎声音微哑,把话说完了:"TPT还有大家。"

TPT不是只有傅黎,还有欧星、杜义、庄锐石和魏吉!

"下个赛季……"五人齐声道,"我们一起努力!"

67

屏幕上开始播放刚才对局的精彩剪辑,首先是龙坑团战、突进、围剿、反杀……短短几十秒的对战剪出来再度播放仍旧让人热血沸腾。

太刺激了!当宁哲涵击穿龙坑,抢到银龙时,观众席仍旧爆发出激烈的掌声。

然后是最后的团战,正面对决的十个人各自为胜利拼搏。齐心协力保护欧星的TPT、一马当先冲进敌营的陆封、队长战死疯了一样扑向TPT的四小只。

耀眼的特效,炸裂的连招,狂暴输出下卫骁豪取五杀!

总决赛舞台上的五杀!定下胜负的五杀!

FTW.Quiet,给出的不只是五杀绝世,更是耀亮整个会场的夺目光芒。

"骄阳耀空,无限荣光!"

当这八个字铿锵有力地落在屏幕上时,所有人都呐喊出声——For the win!!

粉丝沉浸在冠军诞生的狂欢中,台下前排坐的职业选手却是安静的。

3U、RR都来看比赛了,阿睡、月夜盯着沐浴荣光的FTW,黑眸灼热。从逸内敛一些,但后背也坐得比往常更直,战意凛然。莫辉低骂一声:"我要不是没有钱了,一定抽个奖压惊。"

真强,FTW不用说了,TPT也不是人。而面对这样的TPT,FTW竟然3:0零封对手,更不是人!

安静之下是波涛暗涌,是对下个赛季的无限期望。导播又开始"不经意"抓拍了,镜头滑过神之队众人,本就亢奋的直播间粉丝更激动了。

"看到没!我们FTW3:0夺冠了!"

"没有你们,FTW一样是冠军!"

"颤抖吧晏江,今年的全球冠军是中国赛区的!"

镜头一闪而过,神之队四人的心情远非表面上这么平静,哪怕身处国外,这三年他们也看遍了陆封的比赛——

多少场,队友全死了,陆封孤掌难鸣;多少次,陆封一人力挽狂澜,站到最后;又有多少次,陆封孤军奋战,把5V5硬生生打成了1V5。

终于，FTW不再只有陆封。

终于，孤胆英雄不再寂寞。

最后一局的两次巅峰对决——龙坑和最后的团战——率先冲进去的都是陆封。龙坑是他用血条硬换的，因为他相信队友马上赶到，因为他明白自己倒在龙坑，队友会帮他复仇。

最后的团战更是他以命换命，劈出了欧星的复活甲。

十人团战，最先倒下的是大魔王，这放以前是想都不敢想的事。可现在发生了，自然而然地牺牲，彰显的是托付后背的信任。

他的队友值得！陆封破开夜空，卫骁骄阳似火，FTW未来可期！

或多或少，元泽、金成炫、谢和，乃至晏江，眼底都溢出些许羡慕。分不清是羡慕谁。

羡慕有了为之牺牲之人的陆封？还是羡慕让陆封甘愿为之牺牲的人。

没人知道，包括他们自己，各赛区的冠军杯是银色的，只有全球赛的总冠军是灿灿金杯。

冠军银杯已经是荣耀的象征，当FTW五人捧起奖杯时，照片定格，象征了奇迹的诞生。

总决赛的舞台，当然要好好采访冠军队。根据位置先采访的是越文乐，老越呆呆的，半天蹦出一个字："夺冠了……"

主持一看这家伙和睡神有得一拼，赶紧说个话挽救一下，换下一个。

第二位是菜哥，菜哥作为"荣光交际花"，是嘴皮子厉害的社交达人，这会儿却是说不出话了，要哭不哭地说了半天，具体说了什么——主持人都不知道自己理解得对不对。

"看来几位都很激动！"

主持人直接跳过小宁子了，这位都不是呜咽了，而是放声大哭，哇哇叫那种，也不知道事后宁神看了视频会不会羞愧难当，钻地板缝里。

第四位是陆封，主持人看到陆封有点紧张。但凡"荣光圈"的，新人旧人，谁见了陆封不紧张？

选手敬佩他的个人实力和年纪轻轻就能掌控俱乐部的绝对权威，女孩先被这身高、气场和脸蛋给迷得七荤八素，再想想他的战绩……

得，采访前做再多准备，这会儿都有点声颤。

更要命的是，陆封还笑了笑，不苟言笑的大魔王，全球总决赛的舞台上手握个人赛冠军杯的陆封都没笑一下，这会儿……却笑了。

主持人小心脏一跳，差点忘词，好在熟练成本能，她还是问出来了。

陆封接过话筒，低声道："很开心。"

全场："啊啊啊啊啊。"

陆封眼中笑意未退，声音是前所未有的松快："比赛打得很开心。"

不只是夺冠开心，更是享受比赛。听到这句话的老粉真的是号啕大哭，哭得和宁神不相上下。

陆封把话筒递给旁边的卫骁，骁神握住话筒的瞬间，整个会场氛围不大一样了。

主持人连忙过来，照例采访卫骁，请他说一下获胜感言。与激动的三小只画风截然不同，当然也和畅怀的大魔王不一样，卫骁将"疯器"贯彻到底，又疯又嚣张！

"这只是一个开始，"他开口就是王炸，"今年中国赛区一定会拿下全球总冠军！"

掷地有声，嚣张至极。中国赛区拿下全球总冠军？

不就是FTW夺下金龙杯嘛！手捧银龙杯，畅想金龙杯。

卫小疯，不愧是你！

会场再度爆炸，尖叫声不绝于耳。卫骁还没说完，继续道："输给FTW的兄弟别哭，等我们给你们挣名额，咱们明年再战！"

夺下全球总冠军的赛区，来年将有两到三个种子队名额！

这话狂得……狂得太让人喜欢啦！

观众大叫着卫骁牛！FTW牛！中国赛区牛！

响声震天，把气氛再度燃到顶点。台下被挑衅了一脸的元泽和金成炫想把这臭小子拖下来，想揍他！

平日里喜怒不形于色的晏江却薄唇微扬，低语："小疯子。"

坐他旁边，听了个明明白白的谢和："嗯，是够疯。"

毫无疑问今晚属于FTW，会场落幕，会后依旧狂欢。

FTW设宴，几乎请了所有工作人员，一起为胜利欢呼。虽然很快就有全球赛，但辰风还是批准所有人都可以喝点酒。

一瓶啤酒足够放倒四小只了，包间里没外人，像做梦一样飘了两小时的乐总回神了："我们夺冠了？"

哭得眼都肿了的宁哲涵又热泪盈眶了："是啊！我们夺冠了！"

白才平静了点："我去年也是冠军辅助，怎么就没这么激动？"

越文乐蜗牛似的来了句："不一样。"

在场所有老人都是心一震。的确不一样！

去年的中国赛区哪有今年这凶猛？去年RR也好，3U也罢，都是刚刚崭露头角。TPT甚至没进四强。

可今年都是什么鬼？一个个强得炸裂，一个个成长得犹如坐火箭，每一场比赛都打得人鸡皮疙瘩直蹦跶。

赛时不觉得，赛后回忆真是头皮发麻。

爽，也后怕。

冠军和冠军是不一样的。今年的银龙杯，分量尤其重！

卫骁喝了一口酒开始上头："淡定点，银龙杯而已。"

菜哥要不是怕被大魔王杀了，现在就跳起来暴揍他了："你还好意思说！你那说的是人话吗！"

放狠话放到总决赛舞台，嚣张跋扈到挑衅全世界，卫小疯你还是人吗？

哦，本来就不是人。

行吧，谁都不如你狠！

卫骁昂首挺胸："我敢说敢做，敢做就敢当！"

要不是看到神之队都在下面，他还不说了呢。看到了就要说！

他就是要告诉他们，冠军是FTW的！说着，他想起来了："我拿了五杀欸，全国总冠军赛点局最后的团战拿了五杀欸！"

FTW众人："……"你这神经是终于搭对线了吗？

菜哥敷衍他："嗯嗯嗯，骁神牛，骁神干一杯。"

卫骁懒得理他，他看向陆封，眼巴巴地："队长！我拿了五杀！"

白才不想再听他"臭屁"，说罢他把一盘子虾壳推他面前。

卫骁嫌弃死了："谁要你吃剩的！"

白才操碎了心，虾壳子全给你也堵不上你这张嘴！

庆功宴结束已经临近凌晨，回基地的车上，几人东倒西歪，酒没喝多少，醉得倒是不轻。

宁哲涵开始说梦话了："冠军，我竟然是冠军，嘿嘿嘿。"

刚出道就夺冠，这位开心得快傻了。另一个也是刚出道就夺冠，还是五杀夺冠，还是全场FMVP，还当着全世界放狠话，嚣张得让人想揍他。

车子直接开进基地停车场，六哥挨个把崽子们喊醒，哄他们进屋睡。这一天折腾到现在，无论是体力还是精力都到了极限。

宁哲涵、越文乐迷糊糊地下车，直奔楼上宿舍而去，连澡都没洗，倒下就睡。

这两天是属于FTW的幸福假期，复盘不急，训练也再等等。如此漂亮地赢下国内冠军，他们需要时间缓一缓。

磨刀不误砍柴工，心急也吃不了热豆腐，心态平缓下来需要时间。

卫骁每天都要吹一吹自己的五杀，偶尔会露出点小紧张，关于自己放的狠话。别看骁哥霸气侧漏挑衅全世界，但在队长这里，还是软趴趴的，是人都会怕。

再怎么胆大包天，卫骁心里也有着软肋："队长，我不会'翻车'吧？"

不等陆封开口，卫骁自己又道："绝不会！"

陆封安抚他："保持这个状态，问题不大。"

卫骁点头："嗯！你摁死元老贼，老越对金成炫，宁哥干翻谢神，菜哥压制晏队……完美！"

陆封看他："你呢？"

"我？"卫骁弯着眼睛，"我手撕元泽，暴揍炫神，切哭谢神，完胜晏队！"

可以的，人小胃口大。

嘴上贫着，心里还是不踏实，卫骁不知不觉中把心里话全倒出来："想要全球总冠军，想要队长……自由……"

最后两个字像一把糖做的刀子，戳在了陆封的心尖上。

拿下全球总冠军，手捧金龙杯，FTW才能真正属于他们。

图书在版编目（ＣＩＰ）数据

荣光.3 / 龙柒著. —广州：广东旅游出版社, 2024.5
ISBN 978-7-5570-3207-4

Ⅰ. ①荣… Ⅱ. ①龙… Ⅲ. ①长篇小说—中国—当代 Ⅳ. ①I247.5

中国国家版本馆CIP数据核字(2024)第031948号

荣光 . 3

RONG GUANG. 3

出 版 人：刘志松
责任编辑：李　丽
责任技编：冼志良
责任校对：李瑞苑

广东旅游出版社出版发行
地址：广州市荔湾区沙面北街 71 号首、二层
邮编：510130
电话：020-87347732（总编室） 020-87348887（销售热线）
投稿邮箱：2026542779@qq.com
印刷：嘉业印刷（天津）有限公司
（地址：天津市静海经济开发区北区银海道 48 号）
开本：700 毫米 ×980 毫米　1/16
字数：423 千
印张：21
版次：2024 年 5 月第 1 版
印次：2024 年 5 月第 1 次印刷
定价：49.80 元

【版权所有 侵权必究】

如发现图书质量问题，可联系调换。质量投诉电话：010-82069336